辦公室
實境會話
即戰力

Business Communication in Japanese

商用日語

從新人入職到各式商務互動，
輕鬆縱橫日商職場

USER'S GUIDE 使用說明

全書以「職場情境式會話」編寫，擬真互動實境，能聽會說，自學最有效！

1 實境會話，學習在現實中反饋！

從第一關面試開始，到接待客戶、洽談生意、談判議價、出國考察等等在日商職場裡會遇到的各種情況，翻開本書都有一一應對的會話，互動輕鬆不費力！

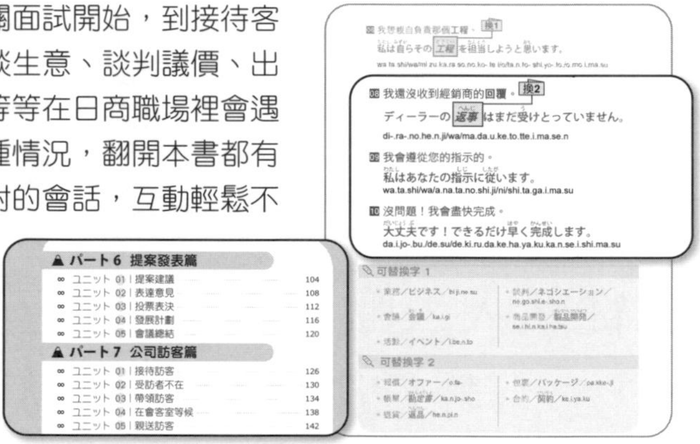

2 聽與說會話獨立配置，表達邏輯更清楚！

別人會怎麼說，你又該怎麼表達，全書以獨立跨頁清楚呈現；完整一章節最後，再以溝通式的對話劇情設計，語言應用將能更清晰。

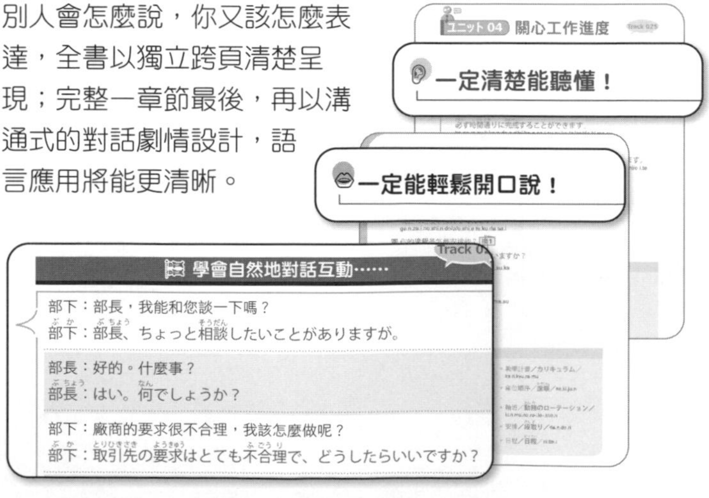

ユニット 04 關心工作進度
一定清楚能聽懂！
一定能輕鬆開口說！
學會自然地對話互動……
部下：部長，我能和您談一下嗎？
部下：部長、ちょっと相談したいことがありますが。
部長：好的。什麼事？
部長：はい。何でしょうか？
部下：廠商的要求很不合理，我該怎麼做呢？
部下：取引先の要求はとても不合理で、どうしたらいいですか？

3 關鍵詞彙替換，溝通更靈活！

每篇實境會話中，重要的關鍵詞彙都有多個替換選擇，不論聽、說都能更快速的應用與理解，一來一往不詞窮，交流更生動！

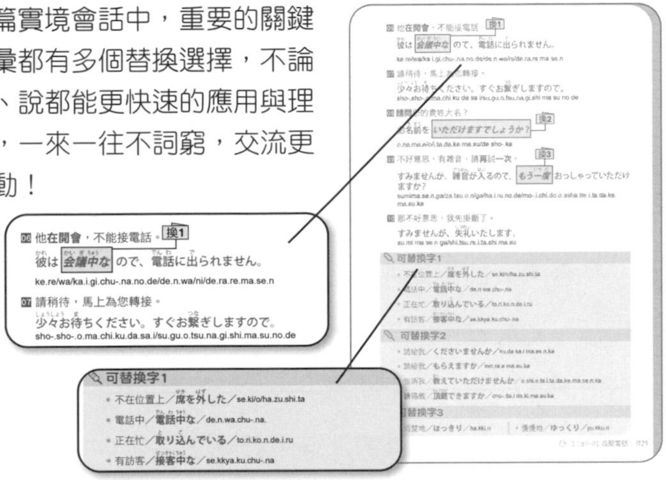
06 他在開會，不能接電話。換1
彼は会議中なので、電話に出られません。
ke.re/wa/ka.i.gi.chu-.na.no.de/de.n.wa/ni/de.ra.re.ma.se.n
07 請稍待，馬上為您轉接。
少々お待ちください。すぐお繋ぎしますので。
sho-.sho-.o.ma.chi.ku.da.sa.i/su.gu.o.tsu.na.gi.shi.ma.su.no.de
可替換字1
不在位置上／席を外した／se.ki/o/ha.zu.shi.ta
電話中／電話中な／de.n.wa.chu-.na.
正在忙／取り込んでいる／to.ri.ko.n.de.i.ru
有訪客／接客中な／se.kkya.ku.chu-.na

4 全書會話語音檔，迅速提升聽說能力！

全書實境會話日語全收錄，在熟悉正常語速的同時，還能同時學習道地口語，也能再次溫習全書會話內容，一舉數得！

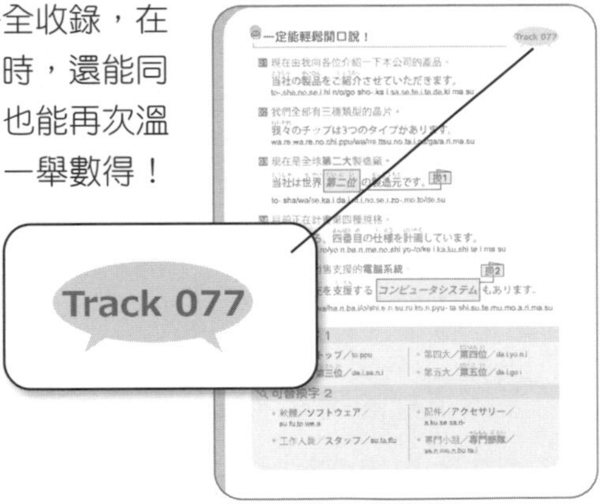
一定能輕鬆開口說！
Track 077

全書音檔雲端連結

因各家手機系統不同，若無法直接掃描，仍可以至以下電腦雲端連結下載收聽。

（http://tinyurl.com/4zy9zfc5）

PREGACE
作者序

從我來到台灣到現在，已經有好長的一段時間了。我有一群在台灣日商工作的日本朋友及台灣學生，在和他們的互動中，我發現雙方都遇到一個共同的問題就是：「溝通不良」。台灣人即使學過了日文，但常常因為緊張、語速或專業用語，對於日本同事説的似懂非懂；同樣地，日本人也覺得台灣同事説的日文怪怪的……。

為什麼會發生這樣的溝通障礙呢？

其實理由很簡單，正是因為許多日語教材教得是「正確的日語」，而不是「職場上好用的日語」。在工作上用到日語的時候，對台灣人來説，最大的障礙並不是在日語本身，反而是在商用日語裡特有的表達方式、敬語、禮儀，甚至是日本人特有的習慣等等，若是沒有注意到，就會誤以為是自己的日語不好。

基於這樣的因素，我決定動筆寫一本給台灣人看的「日商公司工作用語大全」，滿足在日商工作的台灣朋友們。

如果你正在為面試日商公司不知怎麼準備……

如果你是新入職，想給日本同事或主管留下好印象……

如果你想要好好地接待日本客戶……

舉凡想要在日商職場締造完美的即戰力，這一本完整的日商公司會話大補帖，一定能讓你快速上手，互動交流不詞窮，有效提升業務能力與專業形象！

為了讓讀者們能好好聽懂並理解對方的語意，同時也能完整流暢的表達自己想法，我刻意地按照情境將內容分為聽、說兩個獨立單元，幫助讀者同時訓練聽力與口說。另外，補充大量的「可替換詞彙」，可隨時因應需要，直接套用，溝通更有彈性，達到高效學習成果。在每一主題章節的最後，也編寫一篇完整會話，將該情境主題學過的相關短句串連，讓你能更熟悉會話的運用，溝通如魚得水，在職場上出類拔萃。

本書精選15大項主題、70個情境分類，讓你從容面對職場上的各種情況！從新人入職、同事互動、主管應對及客戶溝通等等，應有盡有，不論遇到什麼樣的狀況，都能找到相對應的商用日語句子立即使用！全書皆輔以羅馬拼音，就算對50音還不熟悉，您也能立刻就跟著唸出職場上需要的商用日語！此外還有語音檔MP3，只要掃一下 QR Code，就能同步訓練道地的聽說能力，贏在起跑點。

希望這一本《商用日語：辦公室實境會話即戰力！從新人入職到各式商務互動，輕鬆縱橫日商職場》，能幫助你克服障礙，日商職場溝通無礙！

CONTENTS
目錄

▲ パート6 提案發表篇

▲ パート7 公司訪客篇

▲ パート8 介紹公司篇

▲ パート9 日本客戶篇

▲ パート10 商務互動篇

パート 11　商務互動篇

パート 12　採購篇

パート 13　合約篇

パート 14　商業展覽篇

パート 15　國外考察篇

パート 1

新人入職篇

* 01 面試應答
* 02 錄取通知
* 03 新職到任

パート 1 音檔雲端連結

因各家手機系統不同，若無法直接掃描，
仍可以至以下電腦雲端連結下載收聽。
（http://tinyurl.com/4vnn9ju6）

ユニット 01 面試應答

Track 001

一定能清楚聽懂！

01 你願意來參加面試嗎？

面接(めんせつ)を受(う)けに来(く)ることができますか？

me.n.se.tsu/o/u.ke/ni/ku.ru.ko.to/ga/de.ki.ma.su.ka

02 請帶一份**畢業證書**的影本。 換1

卒業証書(そつぎょうしょうしょ)のコピーを持参(じさん)してください。

so.tsu.gyo-.sho-.sho.no.ko.pi-/o/ji.sa.n.shi.te.ku.da.sa.i

03 你怎麼知道我們公司的？

どうやってわが社(しゃ)のことを知(し)ったのですか？

do-.ya.tte.wa.ga.sha.no.ko.to/o/shi.tta.no.de.su.ka

04 你有什麼樣的工作經驗？

どのような仕事(しごと)の経験(けいけん)がありますか？

do.no.yo-.na.shi.go.to.no.ke.i.ke.n/ga/a.ri.ma.su.ka

05 為什麼想應徵這份**工作**？ 換2

何(なん)でこの仕事(しごと)に応募(おうぼ)しようと思(おも)ったのですか？

na.n.de.ko.no.shi.go.to/ni/o-.bo.shi.yo-.to.o.mo.tta.no.de.su.ka

可替單字 1

* 作品集／**作品集(さくひんしゅう)**／sa.ku.hi.n.shu-
* 身分證明／**身分証明書(みぶんしょうめいしょ)**／mi.bu.n.sho-.me.i.sho
* 履歷表／**履歴書(りれきしょ)**／ri.re.ki.sho
* 照片／**写真(しゃしん)**／sha.shi.n
* 合格證書／**合格証明書(ごうかくしょうめいしょ)**／go-.ka.ku.sho-.me.i.sho
* 論文／**論文(ろんぶん)**／ro.n.bu.n

可替單字 2

* 職位／**ポスト**／po.su.to
* 職務／**職務(しょくむ)**／sho.ku.mu
* 本公司／**当社(とうしゃ)**／to-.sha
* 任務／**タスク**／ta.su.ku
* 工作／**勤務(きんむ)**／ki.n.mu

06 你的**專長**是什麼？ 換1

ご専門は何ですか？

go.se.n.mo.n/wa/na.n/de.su.ka

07 你為什麼離開以前的公司？

前の会社を辞めた理由は何ですか？

ma.e.no.ka.i.sha/o/ya.me.ta.ri.yu-/wa/na.n/de.su.ka

08 你的期望薪資是多少？

どのぐらいの給料を希望されますか？

do.no.gu.ra.i.no.kyu-.ryo-/o/ki.bo-.sa.re.ma.su.ka

09 你的優點和缺點分別是什麼？

あなたの長所と短所は何ですか？

a.na.ta.no.cho-.sho.to.ta.n.sho/wa/na.n/de.su.ka

10 還有什麼問題嗎？

ご質問は他にありますか？

go.shi.tsu.mo.n/wa/ho.ka.ni.a.ri.ma.su.ka

可替換字 1

* 特技／**特技**／to.ku.gi
* 專業／**専攻**／se.n.ko-
* 優點／**メリット**／me.ri.tto
* 特長／**特長**／to.ku.cho-
* 性格／**性格**／se.i.ka.ku
* 興趣／**趣味**／shu.mi
* 特色／**特色**／to.ku.sho.ku
* 經歷／**経歴**／ke.i.re.ki
* 學過的東西／**勉強したこと**／be.n.kyo-.shi.ta.ko.to
* 製作的東西／**製作したもの**／se.i.sa.ku.shi.ta.mo.no

一定能輕鬆開口說！

Track 002

01 非常感謝您的**通知**。換1

お知らせいただき、ありがとうございます。

o.shi.ra.se.i.ta.da.ki/a.ri.ga.to-.go.za.i.ma.su

02 我要帶過去的作品去嗎？

過去の作品を持っていく必要がありますか？

ka.ko.no.sa.ku.hi.n/o/mo.tte.i.ku.hi.tsu.yo-/ga/a.ri.ma.su.ka

03 可以為我說明一下工作內容嗎？

仕事の内容を説明してもらえますか？

shi.go.to.no.na.i.yo-/o/se.tsu.me.i.shi.te.mo.ra.e.ma.su.ka

04 我精通日語的公文寫作。

日本語の公式の書類を書くのに熟達しています。

ni.ho.n.go.no.ko-.shi.ki.no.sho.ru.i/o/ka.ku.no.ni.ju.ku.ta.tsu.shi.te.i.ma.su

05 我能與人合作，且組織能力很好。

私は他の人と協力して仕事をすることができますし、組織能力もかなりいいです。

wa.ta.shi.wa.ho.ka.no.hi.to/to/kyo-.ryo.ku.shi.te.shi.go.to/o/su.ru.ko.to/ga/de.ki.ma.su.shi/so.shi.ki.no-.ryo.ku.mo.ka.na.ri.i-./de.su

可替換字 1

* 幫忙／**お助け**／o.ta.su.ke
* 參與／**ご参与**／go.sa.n.yo
* 來電／**お電話**／o.de.n.wa
* 來訪／**ご来場**／go.ra.i.jo-
* 來訪／**ご来訪**／go.ra.i.ho-
* 通知／**ご通知**／go.tsu-.chi
* 說明／**ご説明**／go.se.tsu.me.i
* 詢問／**お聞き**／o.ki.ki
* 致贈／**お送り**／o.o.ku.ri
* 迎接／**お出迎え**／o.de.mu.ka.e

06 我通過**日檢 N1和日本導遊測驗**。 換1

私は、***日本語能力試験N1と日本の通訳ガイド***の資格を持っています。

wa.ta.shi.wa/ni.ho.n.go.no-.ryo.ku.shi.ken/to/ni.ho.n.no.tsu-.ya.ku.ga.i.do.no.shi.ka.ku/o/mo.tte.i.ma.su

07 我在國立臺灣大學主修日文。

私は国立台湾大学で日本語を専門として勉強していました。

wa.ta.shi/wa/ko.ku.ri.tsu.ta.i.wa.n.da.i.ga.ku/de/ni.ho.n.go/o/se.n.mo.n.to.shi.te.be.n.kyo-.shi.te.i.ma.shi.ta

08 我能承受工作上的壓力。

プレッシャーに耐えて仕事をすることができます。

pu.re.ssha-/ni/ta.e.te shi.go.to/o/ su.ru.ko.to/ga/de.ki.ma.su

09 我離開前公司是因為想**要加薪**。 換2

もっと給料を貰おうと思ったので、前の会社を辞めました。

mo.tto.kyu-.ryo-/o/mo.ra.o-.to.o.mo.tta.no.de/ma.e.no.ka.i.sha/o/ya.me.ma.shi.ta

10 我非常感激能有機會與您面談。

面談の機会をくださって非常に感謝しています。

me.n.da.n.no.ki.ka.i/o/ku.da.sa.tte/hi.jo-.ni.ka.n.sha.shi.te.i.ma.su

可替換字 1

* GRE／**GRE**／ji-.a-.ru.i-
* TOEIC／**TOEIC**／to-.i.kku
* TOEFL／**TOEFL**／to-.fu.ru
* SAT／**SAT**／e.su.e-.ti-或sa.tto
* 日本留學試驗／**日本留学試験**／ni.ho.n.ryu-.ga.ku.shi.ke.n

可替換字 2

* 想從事日文的工作／**日本語を生かせる仕事をしたい**／ni.ho.n.go/o/i.ka.se.ru.shi.go.to/o/shi.ta.i
* 想前往國外／**海外へ行きたい**／ka.i.ga.i/e/i.ki.ta.i
* 想換工作／**転勤したい**／te.n.ki.n.shi.ta.i
* 想從事研發工作／**研究開発に携わりたい**／ke.n.kyu-.ka.i.ha.tsu/ni/ta.zu.sa.wa.ri.ta.i
* 想從事綜合職／**総合職をしたい**／so-.go-.sho.ku/o/shi.ta.i

ユニット 02 錄取通知

Track 003

一定能清楚聽懂！

01 歡迎加入我們！

ようこそわが社へ！

yo-.ko.so.wa.ga.sha.e

02 恭喜你！你被錄取了。

おめでとうございます！あなたが採用(さいよう)されました。

o.me.de.to-.go.za.i.ma.su/a.na.ta/ga/sa.i.yo-.sa.re.ma.shi.ta

03 請帶身分證與私章來報到。

身分証明書(みぶんしょうめいしょ)と印鑑(いんかん)を持参(じさん)してください。

mi.bu.n.sho-.me.i.sho/to/i.n.ka.n/o/ji.sa.n.shi.te.ku.da.sa.i

04 您願意**下週**就來工作嗎？ 換1

来週(らいしゅう)から勤(つと)め始(はじ)められますか？

ra.i.shu-.ka.ra/tsu.to.me.ha.chi.me.ra.re.ma.su.ka

05 你能來真是太好了！

あなたが来(き)てくれて本当(ほんとう)によかったです！

a.na.ta/ga/ki.te.ku.re.te.ho.n.to.ni.yo.ka.tta.de.su

可替換字 1

* 禮拜一／**月曜日(げつようび)**／ge.tsu.yo-.bi
* 禮拜二／**火曜日(かようび)**／ka.yo-.bi
* 禮拜三／**水曜日(すいようび)**／su.i.yo-.bi
* 禮拜四／**木曜日(もくようび)**／mo.ku.yo-.bi
* 禮拜五／**金曜日(きんようび)**／ki.n.yo-.bi
* 禮拜六／**土曜日(どようび)**／do.yo-.bi
* 禮拜日／**日曜日(にちようび)**／ni.chi.yo-.bi
* 下下禮拜／**再来週(さらいしゅう)**／sa.ra.i.shu-
* 後天／**明後日(あさって)**／a.sa.tte
* 下個月／**来月(らいげつ)**／ra.i.ge.tsu

06 請你**早上八點半**到人事部報到。 換1

朝八時半(あさはちじはん)に人事部(じんじぶ)に来(き)てください。

a.sa.ha.chi.ji.ha.n/ni/ji.n.ji.bu/ni/ki.te.ku.da.sa.i

07 我們會為您準備專屬辦公室。

我々(われわれ)は専用(せんよう)のオフィスをご用意(ようい)しております。

wa.re.wa.re/wa/se.n.yo-.no.o.fi.su/o/go.yo-.i.shi.te.o.ri.ma.su

08 請在下周五前告知我們你的決定。

来週(らいしゅう)の金曜日(きんようび)までにご決定(けってい)をお知(し)らせください。

ra.i.shu-.no.ki.n.yo-.bi.ma.de.ni/go.ke.tte.i/o/o.shi.ra.se.ku.da.sa.i

09 可能要請你先去開一個薪資帳戶。

給与口座(きゅうよこうざ)を開(ひら)いておいてください。

kyu-.yo.ko-.za/o/hi.ra.i.te.o.i.te.ku.da.sa.i

10 我是負責人事的田中，有問題請撥電話給我。

人事(じんじ)を担当(たんとう)している田中(たなか)と申(もう)します。質問(しつもん)があれば、お電話(でんわ)をお掛(か)けください。

ji.n.ji/o/ta.n.to-.shi.te.i.ru.ta.na.ka.to.mo-shi.ma.su/shi.tsu.mo.n/ga/a.re.ba/o.de.n.wa/o/o.ka.ke.ku.da.sa.i

可替換字 1

* 早上／**午前**(ごぜん)／go.ze.n
* 下午／**午後**(ごご)／go.go
* 一點半／**一時半**(いちじはん)／i.chi.ji.ha.n
* 二點半／**二時半**(にじはん)／ni.ji.ha.n
* 三點半／**三時半**(さんじはん)／sa.n.ji.ha.n
* 四點半／**四時半**(よじはん)／yo.ji.ha.n
* 五點半／**五時半**(ごじはん)／go.ji.ha.n
* 六點半／**六時半**(ろくじはん)／ro.ku.ji.ha.n
* 七點半／**七時半**(しちじはん)／shi.chi.ji.ha.n
* 八點半／**八時半**(はちじはん)／ha.chi.ji.ha.n

一定能輕鬆開口說！

Track 004

01 非常感謝您給我這個機會。

この機会(きかい)を与(あた)えてくださったことに感謝(かんしゃ)します。

ko.no.ki.ka.i/o/a.ta.e.te.ku.da.sa.tta.ko.to/ni/ka.n.sha.shi.ma.su

02 我很榮幸能夠與你們**一起工作**。 換1

私(わたし)はあなたたちと**仕事(しごと)をすることができて**光栄(こうえい)です。

wa.ta.shi/wa/a.na.ta.ta.chi/to/shi.go.to/o/su.ru.ko.to/ga/de.ki.te.ko-.e.i/de.su

03 請問合約簽在**這裡**嗎？

ここに署名(しょめい)するですか？ 換2

ko.ko/ni/sho.me.i.su.ru/de.su.ka

04 可以幫我介紹一下週邊環境嗎？

周囲(しゅうい)の環境(かんきょう)を案内(あんない)していただけますでしょうか？

shu-.i.no.ka.n.kyo-/o/a.n.na.i.shi.te.i.ta.da.ke.ma.su.de.sho-.ka

05 請問報到時需要帶什麼證件嗎？

初(はじ)めの日(ひ)は何(なん)らかの身分証明書(みぶんしょうめいしょ)を持参(じさん)する必要(ひつよう)がありますか？

ha.ji.me.no.hi/wa/na.n.ra.ka.no.mi.bu.n.sho-.me.i.sho/o/ji.sa.n.su.ru.hi.tsu.yo-/ga/a.ri.ma.su.ka

可替換字 1

* 見面／**お目(め)にかかれて**／ o.me.ni.ka.ka.re.te
* 說話／**お話(はなし)できて**／ o.ha.na.shi.de.ki.te
* 見面／**お会(あ)いできて**／ o.a.i.de.ki.te
* 共商／**ご相談(そうだん)できて**／ go.so-.da.n.de.ki.te
* 討論／**打(う)ち合(あ)わせできて**／ u.chi.a.wa.se.de.ki.te
* 工作／**働(はたら)くことができて**／ ha.ta.ra.ku.ko.to.ga.de.ki.te
* 通電話／**お電話(でんわ)できて**／ o.de.n.wa.te.ki.te
* 唱歌／**歌(うた)うことができて**／ u.ta.u.ko.to.ga.de.ki.te

可替換字 2

* 這邊／**こちら**／ko.chi.ra
* 那邊／**そちら**／so.chi.ra

06 我是今天來報到的李將生。

今日(きょう)来(き)たばかりの新入社員(しんにゅうしゃいん)の李将生(リージィアンシォン)と申(もう)します。

kyo-.ki.ta.ba.ka.ri.no.shi.n.nyu-.sha.i.n/no/ri-.jia.n. sho.n.to.mo-.shi.ma.su

07 請問第一天就要**健康檢查**嗎？ 換1

はじめの日(ひ)にすぐに ***健康検査(けんこうけんさ)*** をしますか？

ha.ji.me.no.hi.ni.su.gu.ni.ke.n.ko-.ke.n.sa/o/shi.ma.su.ka

08 未來請多多指教。

これからよろしくお願(ねが)いします。

ko.re.ka.ra.yo.ro.shi.ku.o.ne.ga.i.shi.ma.su

09 謝謝你的介紹。

ご紹介(しょうかい)いただきありがとうございます。

go.sho-.ka.i.i.ta.da.ki/a.ri.ga.to-.go.za.i.ma.su

10 我還有很多地方**不習慣**，請多多幫忙。 換2

不慣(ふな)れな ことがたくさんありますので、どうぞよろしくお願(ねが)いいたします。

fu.na.re.na.ko.to/ga/ta.ku.sa.n.a.ri.ma.su.no.de/do-.zo.yo.ro.shi.ku.o.ne.ga.i.i.ta.shi.ma.su

可替換字 1

- 考試／**試験(しけん)**／shi.ke.n
- 訓練／**トレニーング**／to.re.ni-.n.gu
- 面試／**面接(めんせつ)**／me.n.se.tsu
- 簡報／**プレゼンテーション**／pu.re.ze.n.te-.sho.n

可替換字 2

- 不懂／**分(わ)からない**／wa.ka.ra.na.i
- 不知／**しらない**／shi.ra.na.i
- 不熟／**未熟(みじゅく)な**／mi.ju.ku.na
- 記不得／**覚(おぼ)えられない**／o.bo.e.ra.re.na.i

ユニット 03 新職到任

Track 005

一定能清楚聽懂！

01 各位同仁，這位是今天到職的林義德。

皆(みな)さん、こちらが今日(きょう)ご着任(ちゃくにん)になりました林義徳(リンイーデェァ)さんです。

mi.na.sa.n/ko.chi.ra/ga/kyo-.go.cha.ku.ni.n.ni.na.ri.ma.shi.ta/ri.n.i-.dea.sa.n/de.su

02 請你向大家自我介紹一下。

それでは、自己紹介(じこしょうかい)をしてください。

so.re.de.wa/ji.ko.sho-.ka.i/o/shi.te.ku.da.sa.i

03 中嶋小姐，請你帶林先生去四處看看。

中嶋(なかじま)さん、林(りん)さんを連(つ)れて周(まわ)りを見(み)てみましょう。

na.ka.ji.ma.sa.n/ri.n.sa.n/o/tsu.re.te.ma.wa.ri/o/mi.te.mi.ma.sho-

04 麻煩你填一下這個表格的必要事項。

このフォームに必要事項(ひつようじこう)を記入(きにゅう)してください。

ko.no.fo-mu/ni/hi.tsu.yo-.ji.ko-/o/ki.nyu-.shi.te.ku.da.sa.i

05 這是你的**公司信箱帳號跟暫時密碼**。

換1

これはあなたの *会社(かいしゃ)のメールアドレスと臨時(りんじ)のパスワード* です。

ko.re/wa/a.na.ta.no.ka.i.sha.no.me-.ru.a.do.re.su/to/ri.n.ji.no.pa.su.wa-.do/de.su

可替換字 1

* 櫃子／**ロッカー**／ro.kka-
* 信箱／**ボックス**／bo.kku.su
* 鑰匙／**キー**／ki-
* 識別證／**スタッフカード**／su.ta.ffu.ka-.do
* 桌子／**デスク**／de.su.ku
* 辦公室／**オフィス**／o.fi.su
* 筆／**ペン**／pe.n
* 名片／**名刺(めいし)**／me.i.shi
* 電腦／**コンピューター**／ko.n.pyu-.ta-
* 文具／**文房具(ぶんぼうぐ)**／bu.n.bo-.gu

06 我們中午有一個小時的休息時間。

我々(われわれ)は昼(ひる)に一時間(いちじかん)の休憩時間(きゅうけいじかん)があります。

wa.re.wa.re/wa/hi.ru.ni.i.chi.ji.ka.n.no.kyu-.kei.ji.ka.n/ga/a.ri.ma.su

07 你的員工證明天會核發。

あなたのスタッフカードは明日(あした)発給(はっきゅう)されます。

a.na.ta.no.su.ta.ffu.ka-.do/wa/a.shi.ta.ha.kkyu-.sa.re.ma.su

08 我帶你去會議室看看。

会議室(かいぎしつ)にお連(つ)れします。

ka.i.gi.shi.tsu/ni/o.tsu.re.shi.ma.su.

09 **茶水間和洗手間**在這邊。 換1

給湯室(きゅうとうしつ)とトイレ **はこちらです。**

kyu-.to-.shi.tsu/to/to.i.re/wa/ko.chi.ra/de.su

10 有問題可以隨時問我。

質問(しつもん)があれば、いつでもご遠慮(えんりょ)なく私(わたし)に聞(き)いてください。

shi.tsu.mo.n/ga/a.re.ba/i.tsu.de.mo.go.e.n.ryo.na.ku.wa.ta.shi.ni.ki.i.te.ku.da.sa.i

可替換字 1

* 地下室／**地下室(ちかしつ)**／chi.ka.shi.tsu
* 會議室／**会議室(かいぎしつ)**／ka.i.gi.shi.tsu
* 接待室／**応接室(おうせつしつ)**／o-.se.tsu.shi.tsu
* 印泥／**朱肉(しゅにく)**／shu.ni.ku
* 夾子／**クリップ**／ku.ri.ppu
* 透明膠帶／**セロテープ**／se.ro.te-.pu
* 文件夾／**ファイル**／fa.i.ru
* 白板／**ホワイトボード**／ho.wa.i.to.bo-.do
* 影印機／**コピー機(き)**／ko.pi-.ki
* 電子計算機／**電卓(でんたく)**／de.n.ta.ku

一定能輕鬆開口說！

Track 006

01 大家好，我是今天到職的陳瑛士。

今日着任しました陳瑛士です。どうぞ、よろしくお願いします。

kyo-.cha.ku.ni.n.shi.ma.shi.ta.che.n.in.n.shi-/de.su/do-.zo/yo.ro.shi.ku.o.ne.ga.i.shi.ma.su

02 我是第一次接觸行銷工作。

マーケティング活動に従事するのは初めてです。

ma-.ke.ti.n.gu.ka.tsu.do-/ni/ju-.ji.su.ru.no/wa/ha.ji.me.te.de.su

03 很高興能跟各位共事。

皆さんと一緒に仕事ができて嬉しいです。

mi.na.sa.n/to/i.ssho.ni.shi.go.to/ga/de.ki.te.u.re.shi.i.de.su

04 請問**我的位置**在哪裡？ 換1

すみませんが、***私の席***はどこですか？

su.mi.ma.se.n.ga/wa.ta.shi.no.se.ki/wa/do.ko/de.su.ka

05 我能申請名片嗎？

名刺を申し込むことはできますか？

me.i.shi/o/mo-.shi.ko.mu.ko.to/wa/de.ki.ma.su.ka

可替換字 1

- 書架／**本棚**／ho.n.da.na
- 修正液／**修正液**／shu-.se.i.e.ki
- 畫板／**画板**／ga.ba.n
- 白板筆／**マーカー**／ma-.ka-
- 信封／**封筒**／fu-.to-
- 郵票／**切手**／ki.tte
- 圓規／**コンパス**／ko.n.pa.su
- 膠水／**のり**／no.ri
- 膠帶／**セロテープ**／se.ro.te-.pu
- 削鉛筆機／**えんぴつ削り**／e.n.pi.tsu.ke.zu.ri

06 我的**日文**還不夠好，請多包涵。 換1

私は**日本語**がまだまだですから、よろしくお願いします。

wa.ta.shi/wa/ni.ho.n.go/ga/ma.da.ma.da/de.su.ka.ra/yo.ro.shi.ku.o.ne.ga.i.shi.ma.su

07 我一定會好好努力的。

私は必ず頑張ります。

wa.ta.shi/wa/ka.na.ra.zu.ga.n.ba.ri.ma.su

08 請問我的工作職責包括哪些？

私の仕事の内容はどのようなことが含まれますか？

wa.ta.shi.no.shi.go.to.no.na.i.yo-/wa/do.no.yo-.na.ko.to/ga/fu.ku.ma.re.ma.su.ka

09 這份**文件填完了**要交給誰呢？ 換2

全ての**記入が終ったら**、どなたに渡せばよいですか？

su.be.te.no.ki.nyu-/ga/o.wa.tta.ra/do.na.ta/ni/wa.ta.se.ba.yo.i.de.su.ka

10 會有人來與我交接嗎？

業務を引き継ぐ人は来ますか？

gyo-.mu/o/hi.ki.tsu.gu.hi.to/wa/ki.ma.su.ka

可替換字 1

- 英文／**英語**／e.i.go
- 打字／**タイピング**／ta.i.pi.n.gu
- 技巧／**スキル**／su.ki.ru
- 發音／**発音**／ha.tsu.o.n
- 談話能力／**話す能力**／ha.na.su.no-.ryo.ku

可替換字 2

- 做完計畫／**計画を作ったら**／ke.i.ka.ku/o/tsu.ku.tta.ra
- 擬完預算書／**予算書を作ったら**／yo.sa.n.sho/o/tsu.ku.tta.ra
- 打好草稿／**草稿を作ったら**／so-.ko-/o/tsu.ku.tta.ra
- 做好投影片／**パワーポイントを作ったら**／pa.wa-.po.i.n.to/o/tsu.ku.tta.ra
- 完成設計／**設計を完成したら**／se.kke.i/o/ka.n.se.i.shi.ta.ra

Track 007

學會自然地對話互動……

部長：各位同仁，這位是今天到職的林義德。

部長（ぶちょう）：皆（みな）さん、こちらが今日（きょう）着任（ちゃくにん）の林義徳（リンイーディア）さんです。

部長：請你向大家自我介紹一下。

部長（ぶちょう）：自己紹介（じこしょうかい）をしてください。

林義德：大家好，我是今天到職的林義德。這是我第一次接觸行銷工作，很高興能跟各位共事。

林義徳（リンイーディア）：はじめまして、今日（きょう）着任（ちゃくにん）したばかりの林義徳（リンイーディア）と申（もう）しますが。販売（はんばい）の仕事（しごと）は初（はじ）めてですから、どうぞよろしくお願（ねが）いします。皆（みな）さんと一緒（いっしょ）に勤（つと）められて光栄（こうえい）です。

部長：中嶋小姐，請你帶林先生去四處看看。

部長（ぶちょう）：中嶋（なかじま）さん、林（リン）さんに周（まわ）りの環境（かんきょう）をご案内（あんない）してください。

中嶋：好的。林先生，我帶你去會議室看看。

中嶋（なかじま）：かしこまりました。林（リン）さん、会議室（かいぎしつ）へどうぞ。

中嶋：這裡是會議室。茶水間和洗手間在這邊。

中嶋（なかじま）：こちらは会議室（かいぎしつ）です。給湯室（きゅうとうしつ）とお手洗（てあら）いはそちらです。

林義德：請問我的位置在哪裡？

林義徳（リンイーディア）：恐（おそ）れ入（い）りますが、私（わたし）の座席（ざせき）はどこですか？

中嶋：請往這邊走。

中嶋（なかじま）：こちらへどうぞ。

林義德：請問我的工作職責包括哪些？

林義徳（リンイーディア）：私（わたし）の勤務内容（きんむないよう）は何（なん）ですか？

中嶋：稍後田中先生會來和你交接。

中嶋（なかじま）：後（のち）ほど、田中（たなか）さんが業務（ぎょうむ）の移転（いてん）にいらっしゃいますから。

パート2

辦公室（職員篇）

* 01 請同事幫忙
* 02 機器操作
* 03 行政工作
* 04 提出建議
* 05 談加薪

パート 2 音檔雲端連結

因各家手機系統不同，若無法直接掃描，
仍可以至以下電腦雲端連結下載收聽。
（http://tinyurl.com/2v5ze48x）

ユニット 01 請同事幫忙

Track 008

一定能清楚聽懂！

01 需要幫忙嗎？你好像有點手忙腳亂。

お手伝いしましょうか？仕事に追われていろようですね。

o.te.tsu.da.i.shi.ma.sho-.ka/shi.go.to.ni.o.wa.re.te.i.ru.yo-/de.su.ne

02 我能幫什麼忙嗎？

何かお手伝いできることはございませんか？

na.ni.ka.o.te.tsu.da.i.de.ki.ru.ko.to/wa/go.za.i.ma.se.n.ka

03 這件事很急嗎？

この件は緊急を要しますか？

ko.no.ke.n/wa/ki.n.kyu-/o/yo-.shi.ma.su.ka

04 等我**會議**結束後就幫忙你。 換1

会議が終わった後、お手伝いいたします。

ka.i.gi/ga/o.wa.tta.a.to/o.te.tsu.da.i.i.ta.shi.ma.su

05 好的，但是請等一下。

いいですが、少々お待ちください。

i.i/de.su.ga/sho-.sho-.o.ma.chi.ku.da.sa.i

可替換字 1

* 工作／**仕事**／shi.go.to
* 電話／**電話**／de.n.wa
* 面試／**面接**／me.n.se.tsu
* 簡報／**プレゼンテーション**／pu.re.ze.n.te-.sho.n
* 課程／**クラス**／ku.ra.su
* 吃飯／**食事**／sho.ku.ji
* 會談／**打ち合わせ**／u.chi.a.wa.se
* 連絡／**連絡**／re.n.ra.ku
* 說明／**説明**／se.tsu.me.i
* 發表／**発表**／ha.ppyo-

06 你可以找櫻井小姐幫忙，這原先是她的業務。

櫻井さんに聞けばいいですよ。その件は、もともと彼女の勤務内容ですから。

sa.ku.ra.i.sa.n/ni/ki.ke.ba.i-./de.su.yo/so.no.ke.n/wa/mo.to.mo.to.ka.no.jo.no.ki.n.mu.na.i.yo-/de.su.ka.ra

07 我想木村先生能幫你。

木村さんが手伝ってくれると思います。

ki.mu.ra.sa.n/ga/te.tsu.da.tte.ku.re.ru/to/o.mo.i.ma.su

08 我幫你打電話給錦戶先生吧！

私が錦戸さんに電話をかけてあげましょう。

wa.ta.shi/ga/ni.shi.ki.do.sa.n/ni/de.n.wa/o/ka.ke.te.a.ge.ma.sho-

09 你最好先向課長**報告**。 換1

できるだけまず先に課長に *報告した* ほうがいい。

de.ki.ru.da.ke.ma.zu.sa.ki.ni/ka.cho-/ni/ho-.ko.ku.shi.ta.ho-/ga/i-

10 你可以看這份**流程表**。 換2

この *フローチャート* を御覧ください。

ko.no.fu.ro-.cha-.to/o/go.ra.n.ku.da.sa.i

可替換字 1

* 說／**言った**／i.tta
* 說／**話した**／ha.na.shi.ta
* 寫信／**メールした**／me-.ru.shi.ta
* 說明／**説明した**／se.tsu.me.i.shi.ta
* 解釋／**解釈した**／ka.i.sha.ku.shi.ta
* 解釋／**解説した**／ka.i.se.tsu.shi.ta

可替換字 2

* 參考資料／**参考資料**／sa.n.ko-.shi.ryo-
* 帳簿／**帳簿**／cho-.bo
* 圖示／**図示**／zu.shi
* 檔案／**ファイル**／fa.i.ru

一定能輕鬆開口說！

Track 009

01 可以請你幫我看看這份**合約**嗎？ 換1

すみませんが、この**契約書**に目を通していただけますか？
su.mi.ma.se.n.ga/ko.no.ke.i.ya.ku.sho.ni/me.o.to-.shi.te.i.ta.da.ke.ma.su.ka

02 你可以幫我檢查這封 E-mail 的日文部分嗎？

このメールの日本語をチェックしてくれませんか？
ko.no.me-.ru.no.ni.ho.n.go/o/che.kku.shi.te.ku.re.ma.se.n.ka

03 把這份文件傳真給業務部好嗎？

このドキュメントを業務部にファックスしてくれませんか？
ko.no.do.kyu.me.n.to/o/gyo-.mu.bu/ni/fa.kku.su.shi.te.ku.re.ma.se.n.ka

04 請告訴我歸檔資料放在哪裡。

ファイリングされた資料はどこにありますか？
fa.i.ri.n.gu.sa.re.ta.shi.ryo-/wa/do.ko/ni.a.ri.ma.su.ka

05 幫我輸入這些數字好嗎？

これらの数字を入力していただけますか？
ko.re.ra.no.su-.ji/o/nyu-.ryo.ku.shi.te.i.ta.da.ke.ma.su.ka

可替換字 1

* 草案／**草案**／so-.a.n
* 草稿／**草稿**／so-.ko-
* 摘要／**レジュメ**／re.ju.me
* 會議記錄／**会議記録**／ka.i.gi.ki.ro.ku
* 傳真／**ファックス**／fa.kku.su
* 信件／**メール**／me-.ru
* 估價單／**見積書**／mi.tsu.mo.ri.sho
* 商品目錄／**カタログ**／ka.ta.ro.gu
* 明細表／**明細書**／me.i.sa.i.sho
* 抗議書／**抗議書**／ko-.gi.sho

06 你知道這個客戶的電話嗎？

この顧客の電話番号がわかりますか？

ko.no.ko.kya.ku.no.de.n.wa.ba.n.go/ga/wa.ka.ri.ma.su.ka

07 抱歉，請問我應該問誰呢？

恐れ入りますが、誰にお聞きしたらよろしいでしょうか？

o.so.re.i.ri.ma.su.ga/da.re/ni/o.ki.ki.shi.ta.ra.yo.ro.shi.i.de.sho-.ka

08 這些事情都要在下班前**完成**，我自己做不完。 換1

これらのことは、今日の時間までに完了する必要がありますが、私では力不足だと思います。

ko.re.ra.no.ko.to/wa/kyo-.no.ji.ka.n.ma.de.ni.ka.n.ryo-.su.ru.hi.tsu.yo-/ga/a.ri.ma.su.ga/wa.ta.shi.de.wa.chi.ka.ra.bu.so.ku.da.to.o.mo.i.ma.su

09 不好意思，真是麻煩你了。

すみません、お手数をおかけしました。

su.mi.ma.se.n/o.te.su-/o/o.ka.ke.shi.ma.shi.ta

10 真的很感謝你幫我。

手伝ってくださって本当にありがとうございます。

te.tsu.da.tte.ku.da.sa.tte/ho.n.to-.ni.a.ri.ga.to-.go.za.i.ma.su

可替換字 1

* 製作／**作成する**／sa.ku.se.i.su.ru
* 創作／**作る**／tsu.ku.ru
* 寫完／**書き終わる**／ka.ki.o.wa.ru
* 整理／**整理する**／se.i.ri.su.ru
* 安排／**手配する**／te.ha.i.su.ru
* 計算／**計算する**／ke.i.sa.n.su.ru
* 安排／**アレンジする**／a.re.n.ji.su.ru
* 看／**見る**／mi.ru
* 報告／**報告する**／ho-.ko.ku.su.ru
* 説明／**説明する**／se.tsu.me.i.su.ru

ユニット 02 機器操作

Track 010

一定能清楚聽懂！

01 這台**影印機**常常故障。 換1

この **コピー機(き)** はしばしば故障(こしょう)します。

ko.no.ko.pi-.ki/wa/shi.ba.shi.ba.ko.sho-.shi.ma.su

02 你的電腦無法登入嗎？

お使(つか)いのコンピューターにログインできないのですか？

o.tsu.ka.i.no.ko.n.pyu-.ta-/ni/ro.gu.i.n.de.ki.na.i.no/de.su.ka

03 你可以請資訊部來修理。

IT部門(ぶもん)に連絡(れんらく)すれば修理(しゅうり)してもらえます。

i.ti-.bu.mo.n/ni/re.n.ra.ku.su.re.ba.shu-.ri.shi.te/mo.ra.e.ma.su

04 我想是墨水沒了。

インクがなくなったのだと思(おも)います。

i.n.ku/ga/na.ku.na.tta.no.da/to/o.mo.i.ma.su

05 印表機的墨水在那裡，你會換嗎？

そこにプリンターのインクがあります。自分(じぶん)で替(か)えられますか？

so.ko.ni.pu.ri.n.ta-.no.i.n.ku/ga/a.ri.ma.su/ji.bu.n/de/ka.e.ra.re.ma.su.ka

可替換字 1

* 收音機／**ラジオ**／ra.ji.o
* 傳真機／**ファックス**／fa.kku.su
* 電話機／**電話機(でんわき)**／de.n.wa.ki
* 計算機／**電卓(でんたく)**／de.n.ta.ku
* 印表機／**プリンター**／pu.ri.n.ta-
* 燈／**電気(でんき)**／de.n.ki
* 椅子／**いす**／i.su
* 打字機／**タイプライター**／ta.i.pu.ra.i.ta-
* 照相機／**カメラ**／ka.me.ra
* 放映機／**映写機(えいしゃき)**／e.i.sha.ki

06 這個軟體是你安裝的嗎？

そのソフトウェアは、あなたがインストールしたのですか？
so.no.so.fu.to.we.a/wa/a.na.ta/ga/i.n.su.to-.ru.shi.ta.no/de.su.ka

07 **傳真機**的使用方法這裡有說明。

ファックス の使用方法はここにあります。 換1

fa.kku.su no.shi.yo-.ho-.ho-/wa/ko.ko.ni.a.ri.ma.su

08 碎紙機明天會修好。

シュレッダーは明日までには直ります。
shu.re.dda-/wa/a.shi.ta.ma.de.ni.wa/na.o.ri.ma.su

09 你最好去問山下先生。

山下さんに聞くのが一番いいです。
ya.ma.shi.ta.sa.n/ni/ki.ku.no/ga/i.chi.ba.n.i-/de.su

10 你忘記打開這個開關了。

あなたはスイッチを入れるのを忘れたんじゃないですか。
a.na.ta/wa/su.i.cchi/o/i.re.ru.no/o/wa.su.re.ta.n.ja.na.i.de.su.ka

可替換字 1

* 收音機／**ラジオ**／ra.ji.o
* 錄音機／**レコーダー**／re.ko-.da-
* 電唱機／**レコードプレーヤ**／re.ko-.do.pu.re-.ya
* 立體聲錄音機／**ステレオレコーダー**／su.te.re.o.re.ko-.da-
* 磁帶錄音機／**テープレコーダー**／te-.pu.re.ko-.da-
* 冰箱／**冷蔵庫**／re.i.zo-.ko
* 洗衣機／**洗濯機**／se.n.ta.ku.ki
* 錄放影機／**ビデオ**／bi.de.o
* 電風扇／**扇風機**／se.n.pu-.ki
* 電子鐘／**電子時計**／de.n.shi.do.ke.i

一定能輕鬆開口說！

Track 011

01 我的電腦好像中毒了。

私(わたし)のコンピューターはウイルスに感染(かんせん)しているようです。

wa.ta.shi.no.ko.n.pyu-.ta-/wa/u.i.ru.su.ni.ka.n.se.n.shi.te.i.ru.yo-/de.su

02 請問影印紙放在哪裡？

コピー用紙(ようし)はどこですか？

ko.pi-.yo-.shi/wa/do.ko/de.su.ka

03 你能幫我借另一台**投影機**嗎？ 換1

別(べつ)の **プロジェクター** を貸(か)していただけませんでしょうか？

be.tsu.no.pu.ro.je.ku.ta-/o/ka.shi.te.i.ta.de.ke.ma.se.n.de.sho-.ka

04 打卡鐘的時間又太快了。

タイムカードの時間(じかん)にはまだ早(はや)すぎますね。

ta.i.mu.ka-.do.no.ji.ka.n.ni/wa/ma.da.ha.ya.su.gi.ma.su.ne

05 白板筆沒有水了。

ホワイトボード用(よう)のマーカーのインクが出(で)なくなりました。

ho.wa.i.to.bo-.do.yo-.no.ma-.ka-.no.i.n.ku/ga/de.na.ku.na.ri.ma.shi.ta

可替換字 1

* 照相機／**カメラ**／ka.me.ra
* 暖氣／**ヒーター**／hi-.ta-
* 檯燈／**電気(でんき)スタンド**／de.n.ki.su.ta.n.do
* 熨斗／**アイロン**／a.i.ro.n
* 熨衣板／**アイロン台(だい)**／a.i.ro.n.da.i
* 保溫瓶／**ポット**／po.tto
* 吸塵器／**掃除機(そうじき)**／so-.ji.ki
* 溫度計／**温度計(おんどけい)**／o.n.do.ke.i.
* 裁紙機／**裁断機(さいだんき)**／sa.i.da.n.ki.
* 號碼機／**ナンバリングマシン**／ne.n.ba.ri.n.gu.ma.shi.n

06 開視訊會議用的麥克風壞了。

ウェブ会議(かいぎ)で使用(しよう)されるマイクが壊(こわ)れていました。

we.bu.ka.i.gi.de.shi.yo-.sa.re.ru.ma.i.ku/ga/ko.wa.re.te.i.ma.shi.ta

07 你能修好嗎？還是我要打電話給廠商？

直(なお)すことはできますか？それとも、メーカーに電話(でんわ)しますか？

na.o.su.ko.to/wa/de.ki.ma.su.ka/so.re.to.mo/me-.ka-.ni.de.n.wa.shi.ma.su.ka

08 我要**傳真**給客戶，要怎麼操作呢？ 換1

私(わたし)が顧客(こきゃく)に **ファックスする** 場合(ばあい)は、どのように操作(そうさ)したらいいですか？

wa.ta.shi/ga/ko.kya.ku/ni/fa.kku.su.su.ru.ba.a.i/wa/do.no.yo-.ni.so-.sa.shi.ta.ra.i-/de.su.ka

09 影印機卡紙了，趕快取消影印。

コピー機(き)が紙詰(かみつ)まりしました、早(はや)く印刷(いんさつ)を解除(かいじょ)してください。

ko.pi-.ki/ga/ka.mi.tsu.ma.ri.shi.ma.shi.ta/ha.ya.ku.i.n.sa.tsu/o/ka.i.jo.shi.te.ku.da.sa.i

10 按這個按鈕就可以了嗎？

このボタンを押(お)したらいいですか？

ko.no.bo.ta.n/o/o.shi.ta.ra.i-/de.su.ka

可替換字 1

* 發國內電報／**国内電報(こくないでんぽう)をうつ**／ko.ku.na.i.de.n.po-.o.u.tsu
* 發國外電報／**国外電報(こくがいでんぽう)をうつ**／ko.ku.ga.i.de.n.po-.o.u.tsu
* 發國際電報／**国際電報(こくさいでんぽう)をうつ**／ko.ku.sa.i.de.n.po-.o.u.tsu
* 發室內電報／**市内電報(しないでんぽう)をうつ**／shi.na.i.de.n.po-.o.u.tsu
* 發夜間電報／**夜間電報(やかんでんぽう)をうつ**／ya.ka.n.de.n.po-.o.u.tsu
* 發普通電報／**普通電報(ふつうでんぽう)をうつ**／fu.tsu-.de.n.o.u.tsu
* 發電話／**電話(でんわ)する**／de.n.wa.su.ru
* 連絡／**連絡(れんらく)する**／re.n.ra.ku.su.ru
* 配送／**配達(はいたつ)する**／ha.i.ta.tsu.su.ru
* 郵寄／**郵送(ゆうそう)する**／yu-.so-.su.ru

ユニット 03 行政工作

Track 012

一定能清楚聽懂！

01 上戶係長要我們一起把這些報價單完成。

上戸係長は私たちに一緒にこの見積書を作り上げるように命じました。

u.e.do.ka.ka.ri.cho-/wa/wa.ta.shi.ta.chi.ni/i.ssho.ni/ko.no.mi.tsu.mo.ri.sho/o/tsu.ku.ri.a.ge.ru.yo-/ni/me.i.ji.ma.shi.ta

02 今天下午我帶你去拜訪客戶。

今日の午後、あなたを連れて、クライアントを訪問しにいきましょう。

kyo-.no.go.go/a.na.ta/o/tsu.re.te/ku.ra.i.a.n.to/o/ho-.mo.n.shi.ni.i.ki.ma.sho-

03 你做完後要向德永部長報告。

やり終わった後、徳永部長に報告する必要があります。

ya.ri.o.wa.tta.a.to/to.ku.na.ga.bu.cho-/ni/ho-.ko.ku.su.ru.hi.tsu.yo-.ga.a.ri.ma.su

04 這個**簡報**是開會要用的。 換1

この *プレゼンテーション* は会議で使うものです。

ko.no.pu.re.ze.n.te-.sho.n/wa/ka.i.gi/de/tsu.ka.u.mo.no/de.su

05 能順便幫我拿列印的文件過來嗎？

印刷された資料をついでに持ってこられますか？

i.n.sa.tsu.sa.re.ta.shi.ryo-/o/tsu.i.de.ni.mo.tte.ko.ra.re.ma.su.ka

可替換字 1

* 檔案／**ファイル**／fa.i.ru
* 檔案夾／**フォルダー**／fo.ru.da-
* 資料／**資料**／shi.ryo-
* 商品型錄／**カタログ**／ka.ta.ro.gu
* 圖表／**図表**／zu.hyo-
* 麥克風／**マイク**／ma.i.ku
* 遙控器／**リモコン**／ri.mo.ko.n
* 擴音器／**スピーカー**／su.pi-.ka-
* 接收器／**レシーバー**／re.shi-.ba-
* 話筒／**受話器**／ju.wa.ki

06 數據有點問題，再檢查一次吧！

データに少し問題があるから、もう一度チェックしてください！

de-.ta/ni/su.ko.shi.mo.n.da.i/ga/a.ru.ka.ra/mo-.i.chi.do.che.kku.shi.te.ku.da.sa.i

07 這次的小組會議請準時出席。

今度のグループ会議には時間通りに出席してください。

ko.n.do.no.gu.ru-.pu.ka.i.gi.ni/wa/ji.ka.n.do.o.ri.ni.shu.sse.ki.shi.te.ku.da.sa.i

08 你要的資料夾我放在這裡了。

あなたに頼まれたファイルはここに置きました。

a.na.ta.ni.ta.no.ma.re.ta.fa.i.ru/wa/ko.ko.ni.o.ki.ma.shi.ta

09 請跟我一起去**總務部**領取用品。 換1

一緒に ***庶務部*** へ用具を受け取りに行きましょう。

i.ssho.ni.sho.mu.bu/e/yo-.gu/o/u.ke.to.ri.ni.i.ki.ma.sho-

10 記得幫我簽收包裹喔。

私の小包を受け取るのを忘れないでください。

wa.ta.shi.no.ko.zu.tsu.mi/o/u.ke.to.ru.no/o/wa.su.re.na.i.de.ku.da.sa.i

可替換字 1

- 製造部／**製造部**／se.i.zo-.bu
- 人事部／**人事部**／ji.n.ji.bu
- 總務部／**総務部**／so-.mu.bu
- 業務部／**営業部**／e.i.gyo-.bu
- 剪票處／**改札口**／ka.i.sa.tsu.gu.chi
- 服務台／**案内所**／a.n.na.i.sho
- 候車室／**待合室**／ma.chi.a.i.shi.tsu
- 月台／**プラットホーム**／pu.ra.tto.ho-.mu
- 花店／**花屋**／ha.na.ya
- 雜貨鋪／**雑貨屋**／za.kka.ya

一定能輕鬆開口說！

Track 013

01 我只要將數字輸入就可以了嗎？

数字（すうじ）だけを入力（にゅうりょく）したらよろしいでしょうか。

su-.ji.da.ke/o/nyu-.ryo.ku.shi.ta.ra.yo.ro.shi.i.de.sho-.ka

02 今天下班前要完成嗎？

退勤（たいきん）する前（まえ）に、完成（かんせい）しなければなりませんか？

ta.i.ki.n.su.ru.ma.e.ni/ka.n.se.i.shi.na.ke.re.ba.na.ri.ma.se.n.ka

03 我聯絡廠商後再向您報告。

取引先（とりひきさき）に連絡（れんらく）してから、ご報告（ほうこく）いたします。

to.ri.hi.ki.sa.ki.ni.re.n.ra.ku.shi.te.ka.ra./go.ho-.ko.ku.i.ta.shi.ma.su

04 我正在確認**庫存**。 換1

在庫状況（ざいこじょうきょう）を確認（かくにん）しています。

za.i.ko.jo-.kyo-/o/ka.ku.ni.n.shi.te.i.ma.su

05 **經理**還在工作嗎？我需要他幫忙簽名。

マネージャーはまだ仕事（しごと）をしていますか？サインをお願（ねが）いしたいのですが。 換2

ma.ne-.ja-/wa/ma.da.shi.go.to/o/shi.te.i.ma.su.ka/sa.i.n/o/o.ne.ga.i.shi.ta.i.no.de.su.ga

可替換字 1

- 內容／**内容**（ないよう）／na.i.yo-
- 結果／**結果**（けっか）／ke.kka
- 數量／**数量**（すうりょう）／su-.ryo-
- 件數／**件数**（けんすう）／ke.n.su-
- 金額／**金額**（きんがく）／ki.n.ga.ku

可替換字 2

- 部長／**部長**（ぶちょう）／bu.cho-
- 課長／**課長**（かちょう）／ka.cho-
- 專務／**専務**（せんむ）／se.n.mu
- 科長／**係長**（かかりちょう）／ka.ka.ri.cho-
- 社長／**社長**（しゃちょう）／sha.cho-

06 這個檔案最慢下週要交出去。

このファイルは、来週（らいしゅう）までに、出（だ）さなければなりません。

ko.no.fa.i.ru/wa/ra.i.shu-.ma.de.ni/da.sa.na.ke.re.ba.na.ri.ma.se.n

07 明天才架設螢幕來得及嗎？

明日（あした）からスクリーンを設置（せっち）し始（はじ）めたら、間（ま）に合（あ）いますか？

a.shi.ta.ka.ra.su.ku.ri-.n/o/se.cchi.shi.ha.ji.me.ta.ra/ma.ni.a.i.ma.su.ka

08 快完成了，大約再**二十分鐘**。

あと 20分（ぷん） ほどで終（お）わります。 換1

a.to.ni.ju-.ppu.n.ho.do/de/o.wa.ri.ma.su.

09 還有什麼需要注意的地方嗎？

注意（ちゅうい）を払（はら）うことはまだありますか？

chu-.i/o/ha.ra.u.ko.to/wa/ma.da.a.ri.ma.su.ka

10 好，我知道了。

はい、承知（しょうち）いたしました。

ha.i/sho-.chi.i.ta.shi.ma.shi.ta

可替換字 1

- ＊ 三分鐘／**3分（ぷん）**／sa.n.bu.n
- ＊ 十分鐘／**１０分（ぷん）**／ju.ppu.n
- ＊ 十五分鐘／**１５分（ふん）**／ju-.go.fu.n
- ＊ 三十分鐘／**３０分（ぷん）**／sa.n.ju.ppu.n
- ＊ 四十分鐘／**４０分（ぷん）**／yo-.ju.ppu.n
- ＊ 五十分鐘／**５０分（ぷん）**／go.ju.ppu.n
- ＊ 一個小時／**一時間（いちじかん）**／i.chi.ji.ka.n
- ＊ 三個月／**三ヶ月間（さんげつかん）**／sa.n.ka.ge.tsu.ka.n
- ＊ 一年／**一年間（いちねんかん）**／i.chi.ne.n.ka.n
- ＊ 三年／**三年間（さんねんかん）**／sa.n.ne.n.ka.n

ユニット 04 提出建議

Track 014

一定能清楚聽懂！

01 你有什麼好提議嗎？

あなたはいい提案（ていあん）はありますか？

a.na.ta/wa/i-.te.i.a.n/wa/a.ri.ma.su.ka

02 有什麼**意見**都可以提出來。 換1

何（なに）か **意見（いけん）** があれば、どんどん出（だ）してください。

na.ni.ka.i.ke.n/ga/a.re.ba/do.n.do.n.da.shi.te.ku.da.sa.i

03 我覺得這個方法不錯。

私（わたし）はこの方法（ほうほう）はなかなかいいと思（おも）います。

wa.ta.shi/wa/ko.no.ho-.ho-/wa/na.ka.na.ka.i-/to/o.mo.i.ma.su

04 你做成草案，我考慮一下。

君（きみ）は草案（そうあん）を作成（さくせい）し、私（わたし）はそれを考（かんが）えてみます。

ki.mi/wa/so-.a.n/o/sa.ku.se.i.shi/wa.ta.shi/wa/so.re/o/ka.n.ga.e.te.mi.ma.su

05 這個問題一直都沒有結論。

この問題（もんだい）にはずっと結論（けつろん）が出（で）ていません。

ko.no.mo.n.da.i.ni/wa/zu.tto.ke.tsu.ro.n/ga/de.te.i.ma.se.n

可替換字 1

* 高見／**高見（こうけん）**／ko-.ke.n
* 意見／**意見（いけん）**／i.ke.n
* 創見／**創見（そうけん）**／so-.ke.n
* 發想／**発想（はっそう）**／ha.sso-
* 點子／**アイディア**／a.i.di.a
* 抱怨／**文句（もんく）**／mo.n.ku
* 質疑／**質問（しつもん）**／shi.tsu.mo.n
* 疑問／**疑問（ぎもん）**／gi.mo.n
* 疑難雜症／**困（こま）ったこと**／ko.ma.tta.ko.to
* 不懂之處／**分（わ）からないこと**／wa.ka.ra.na.i.ko.to

06 如果你能幫忙解決的話肯定能升官。

それを解決（かいけつ）できれば、きっと、昇格（しょうかく）させることができます。

so.re/o/ka.i.ke.tsu.de.ki.re.ba/ki.tto/sho-.ka.ku.sa.se.ru.ko.to/ga/de.ki.ma.su

07 這個提案行不通的。

この提案（ていあん）は通（とお）りません。

ko.no.te.i.a.n/wa/to-.o.ri.ma.se.n

08 你可以照這個方法做做看。

この方法（ほうほう）によって、やってみましょう。

ko.no.ho-.ho-.ni.yo.tte/ya.tte.mi.ma.sho-

09 我不覺得這是個好方法。

それがいい方法（ほうほう）だとは思（おも）いません。

so.re.ga.i-.ho-.ho-.da.to/wa/o.mo.i.ma.se.n

10 你先和**後藤**主任討論一下吧！ 換1

まず、後藤（ごとう）主任（しゅにん）と相談（そうだん）しなさい。

ma.zu/go.to-.shu.ni.n/to/so-.da.n.shi.na.sa.i

可替換字 1

* 大澤／**大澤（おおさわ）**／o.o.sa.wa
* 加藤／**加藤（かとう）**／ka.to-
* 瀧田／**瀧田（たきた）**／ta.ki.ta
* 末岡／**末岡（すえおか）**／su.e.o.ka
* 森山／**森山（もりやま）**／mo.ri.ya.ma
* 秋山／**秋山（あきやま）**／a.ki.ya.ma
* 泉／**泉（いずみ）**／i.zu.mi
* 増田／**増田（ますだ）**／ma.su.da
* 金田一／**金田一（きんだいち）**／ki.n.da.i.chi
* 石川／**石川（いしかわ）**／i.shi.ka.wa

一定能輕鬆開口說！

Track 015

01 我能提出一些意見嗎？

少し意見を述べてもいいですか？

su.ko.shi.i.ke.n/o/no.be.te.mo.i-.de.su.ka

02 我覺得這個方案還有**改善**空間。換1

このプログラムでは**改善の**余地があると思います。

ko.no.pu.ro.gu.ra.mu.de/wa/ka.i.ze.n.no.yo.chi/ga/a.ru.to.o.mo.i.ma.su

03 也許我們應該試試看相葉先生的方法。

多分、我々は相葉さんの方法でやってもいいかもしれません。

ta.bu.n/wa.re.wa.re/wa/a.i.ba.sa.n.no.ho-.ho-.de.ya.tte.mo.i-.ka.mo.shi.re.ma.se.n

04 您不覺得這份合約有些地方不太合理嗎？

この契約の一部が合理的ではないと思いませんか？

ko.no.ke.i.ya.ku.no.i.chi.bu/ga/go-.ri.te.ki.de.wa.na.i.to.o.mo.i.ma.se.n.ka

05 科長，您覺得這個提案如何？

科長、この提案をどうお考えでしょうか。

ka.cho-/ko.no.te.i.a.n/o/do-.o.ka.n.ga.e.de.sho-.ka

可替換字 1

* 改革／**改革する**／ka.i.ka.ku.su.ru
* 改正／**改正する**／ka.i.se.i.su.ru
* 改變／**改める**／a.ra.ta.me.ru
* 改良／**改良する**／ka.i.ryo-.su.ru
* 改造／**改造する**／ka.i.zo-.su.ru
* 變更／**変更する**／he.n.ko-.su.ru
* 替換／**替える**／ka.e.ru
* 修正／**修正する**／shu-.se.i.su.ru
* 矯正／**正す**／ta.da.su
* 訂正／**訂正する**／te.i.se.i.su.ru

06 我準備了一份提案資料，能請您過目嗎？

提案資料を用意しておきましたので、それに目を通していただけないでしょうか？

te.i.a.n.shi.ryo-/o/yo-.i.shi.te.o.ki.ma.shi.ta.no.de/so.re.ni.me/o/to-.shi.te.i.ta.da.ke.na.i.de.sho-.ka

07 如果您覺得可行的話，我會再規劃具體事項。

行けると思ったら、具体的な事項を計画し続けます。

i.ke.ru.to.o.mo.tta.ra/gu.ta.i.te.ki.na.ji.ko-/o/ke.i.ka.ku.shi.tsu.zu.ke.ma.su

08 你願意聽聽我的想法嗎？

私の考えを聞いていただけますか？

wa.ta.shi.no.ka.n.ga.e/o/ki.i.te.i.ta.da.ke.ma.su.ka

09 **謝謝**您在百忙中撥時間給我。

換1

ご多忙中時間を割いていただき、*ありがとうございます。*

go.ta.bo-.chu-.ji.ka.n/o/sa.i.te.i.ta.da.ki/a.ri.ga.to-.go.za.i.ma.su

10 請務必再考慮一次！

もう一度ご検討ください！

mo-.i.chi.do/go.ke.n.to-.ku.da.sa.i

可替換字 1

* 難以言表／**お礼の言葉もございません**／o.re.i.no.ko.to.ba.mo.go.za.i.ma.se.n
* 真心感謝／**本当にありがたく思っております**／ho.n.to-.ni.a.ri.ga.ta.ku.o.mo.tte.o.ri.ma.su
* 深表謝忱／**深く感謝しております**／fu.ka.ku.ka.n.sha.shi.te.o.ri.ma.su
* 感激／**感激いたします**／ka.n.ge.ki.i.ta.shi.ma.su
* 非常感謝到無以復加／**なんとお礼申し上げてよいか、言葉が見つかりません**／na.n.to.o.re.i.mo-.shi.a.ge.te.yo.i.ka/ko.to.ba/ga/mi.tsu.ka.ri.ma.se.n
* 衷心感謝／**心よりお礼申し上げます**／ko.ko.ro.yo.ri.o.re.i.mo-.shi.a.ge.ma.su
* 感謝／**感謝します**／ka.n.sha.shi.ma.su
* 感動／**感心します**／ka.n.shi.n.shi.ma.su
* 感動／**感動します**／ka.n.do-.shi.ma.su
* 誠惶誠恐／**恐れ入ります**／o.so.re.i.ri.ma.su

ユニット 05 談加薪

Track 016

一定能清楚聽懂！

01 你對薪水有什麼不滿嗎？

給料（きゅうりょう）について何（なに）か不満（ふまん）ですか？

kyu-.ryo-.ni.tsu.i.te.na.ni.ka.fu.ma.n/de.su.ka

02 你也過**試用期**了，我會向上呈報的。換1

あなたの**見習い**（みならい）期間（きかん）が終（お）わりました。それを上司（じょうし）に報告（ほうこく）します。

a.na.ta/ga/mi.na.ra.i.ki.ka.n/ga/o.wa.ri.ma.shi.ta/so.re/o/jo-.shi/ni/ho-.ko.ku.shi.ma.su

03 只要這個合約能簽下來，加薪當然沒問題。

この契約（けいやく）を結（むす）べれば、昇給（しょうきゅう）は当（あ）たり前（まえ）のことですよ。

ko.no.ke.i.ya.ku/o/mu.su.be.re.ba/sho-.kyu-/wa/a.ta.ri.ma.e.no.ko.to/de.su.yo

04 也該是時候幫你加薪了。

そろそろ、昇給（しょうきゅう）されてもよい頃（ころ）です。

so.ro.so.ro/sho-.kyu-.sa.re.te.mo.yo.i.ko.ro/de.su

05 我想你的**年終獎金**應該會很不錯。換2

あなたはよい**ボーナス**をもらえると思（おも）います。

a.na.ta/wa/yo.i.bo-.na.su/o/mo.ra.e.ru/to/o.mo.i.ma.su

可替換字 1

* 研習／**見学する**（けんがくする）／ke.n.ga.ku.su.ru
* 研修／**研修する**（けんしゅうする）／ke.n.shu-.su.ru
* 研究／**研究する**（けんきゅうする）／ke.n.kyu-.su.ru
* 試用／**試用する**（しようする）／shi.yo-.su.ru
* 學習／**勉強する**（べんきょうする）／be.n.kyo-.su.ru

可替換字 2

* 成績／**成績**（せいせき）／se.i.se.ki
* 結果／**結果**（けっか）／ke.kka
* 成果／**成果**（せいか）／se.i.ka
* 收入／**収入**（しゅうにゅう）／shu-.nyu-
* 利潤／**利潤**（りじゅん）／ri.ju.n

06 你這**一年**來工作表現不夠好。 換1

この**一年間**には、あなたの**勤務態度**はかんばしくありません。

ko.no.i.chi.ne.n.ka.n.ni/wa/a.na.ta.no.ki.n.mu.ta.i.do/wa/ka.n.ba.shi.ku.a.ri.ma.se.n

07 事實上，公司財政也有點困難……

実際、会社の財務状況も少し苦しいのです。

ji.ssa.i/ka.i.sha.no.za.i.mu.jo-.kyo-.mo.su.ko.shi.ku.ru.shi.i/no.de.su

08 給我一個幫你加薪的好理由。

昇給には、十分な理由を説明してください。

sho-.kyu-.ni.wa/ju-.bu.n.na.ri.yu-/o/se.tsu.me.i.shi.te.ku.da.sa.i

09 加薪有點困難，但我可以幫你爭取更多福利。

昇給は少し難しいですが、もっと多くの福利を図ってあげることができます。

sho-.kyu-/wa/su.ko.shi.mu.zu.ka.shi.i.de.su.ga/mo.tto.o-.ku.no.fu.ku.ri/o/ha.ka.tte.a.ge.ru.ko.to/ga/de.ki.ma.su

10 你的確是值得更多薪水。

君は確かにもっと多くの給料を得るに値します。

ki.mi/wa/ta.shi.ka.ni/mo.tto.o-.ku.no.kyu-.ryo-/o/u.ru.ni.a.ta.i.shi.ma.su

可替換字 1

* 一周／**一週間**／i.sshu-.ka.n
* 三天／**三日間**／mi.kka.ka.n
* 一個月／**一ヶ月**／i.kka.ge.tsu
* 三個月／**三ヶ月**／sa.n.ka.ge.tsu
* 半年／**半年**／ha.n.to.shi
* 數年／**数年**／su-.ne.n
* 數個月／**数ヶ月**／su-.ka.ge.tsu
* 數天／**数日**／su-.ji.tsu
* 兩年／**二年**／ni.ne.n
* 這陣子／**この間**／ko.no.a.i.da

一定能輕鬆開口說！

Track 017

01 有件事情想跟您商量……

ひとつご相談（そうだん）したいことがあるのですが。

hi.to.tsu.go.so-.da.n.shi.ta.i.ko.to/ga/a.ru.no.te.su.ga

02 我需要加薪。

給料（きゅうりょう）をあげていただきたいのですが。

kyu-.ryo-/o/a.ge.te.i.ta.da.ki.ta.i.no/de.su.ga

03 如果您不同意，我就要離職。

同意（どうい）していただけないなら、私（わたし）は辞職（じしょく）します。

do-.i.shi.te.i.ta.da.ke.na.i.na.ra/wa.ta.shi/wa/ji.sho.ku.shi.ma.su

04 我覺得自己在這次的專案表現值得嘉獎。

私自身（わたしじしん）がこのプロジェクトは称賛（しょうさん）に値（あたい）すると思（おも）います。

wa.ta.shi.ji.shi.n/ga/ko.no.pu.ro.je.ku.to/wa/sho-.sa.n/ni/a.ta.i.su.ru.to.o.mo.i.ma.su

05 **薪水**和面試時說好的有很大出入。

換1 — **給料**（きゅうりょう）は面接（めんせつ）の時（とき）の決（き）まりとかなり相違（そうい）があります。

kyu-.ryo-/wa/me.n.se.tsu.no.to.ki.no.ki.ma.ri/to/ka.na.ri.so-.i/ga/a.ri.ma.su

可替換字 1

- ＊ 期限／**期限**（きげん）／ki.ge.n
- ＊ 月薪／**月給**（げっきゅう）／ge.kkyu-
- ＊ 年薪／**年収**（ねんしゅう）／ne.n.shu-
- ＊ 工作時間／**勤務時間**（きんむじかん）／ki.n.mu.ji.ka.n
- ＊ 工作地點／**勤務の場所**（きんむのばしょ）／ki.n.mu.no.ba.sho
- ＊ 工作內容／**勤務内容**（きんむないよう）／ki.n.mu.na.i.yo-
- ＊ 人數／**人数**（にんずう）／ni.n.zu-
- ＊ 數量／**数量**（すうりょう）／su-.ryo-
- ＊ 契約／**契約**（けいやく）／ke.i.ya.ku
- ＊ 休假／**休暇**（きゅうか）／kyu-.ka

06 我幫公司創造了很高的利潤。

私は会社に高い収益をあげました。

wa.ta.shi/wa/ka.i.sha/ni/ta.ka.i.shu-.e.ki/o/a.ge.ma.shi.ta

07 這個要求應該不太過份。

過度な要求をしているのではないと思います。

ka.do.na.yo-.kyu-/o/shi.te.i.ru.no.de.wa.na.i/to/o.mo.i.ma.su

08 我希望能加薪到**五萬元**。 換1

月給は 5万元 に賃上げすることを望みます。

ge.kkyu-/wa/go.ma.n.ge.n/ni/chi.n.a.ge.su.ru.ko.to/o/no.zo.mi.ma.su

09 我認為我的組員也應該加薪。

私のチームメンバーも給料を上げる必要があります。

wa.ta.shi.no.chi-.mu.me.n.ba-.mo.kyu-.ryo-/o/a.ge.ru.hi.tsu.yo-/ga/a.ri.ma.su

10 我會更加努力為公司付出的。

今後はもっと会社に尽力します。

ko.n.go/wa/mo.tto.ka.i.sha/ni/ji.n.ryo.ku.shi.ma.su

可替換字 1

* 一萬／**一万**／i.chi.ma.n
* 二萬／**二万**／ni.ma.n
* 三萬／**三万**／sa.n.ma.n
* 四萬／**四万**／yo.n.ma.n
* 六萬／**六万**／ro.ku.ma.n
* 七萬／**七万**／na.na.ma.n
* 八萬／**八万**／ha.chi.ma.n
* 十萬／**十万**／ju-.ma.n
* 二十萬／**二十万**／ni.ju-.ma.n
* 五十萬／**五十万**／go.ju-.ma.n

Track 018

學會自然地對話互動……

部下：可以請您幫我看看這份合約嗎？
部下：恐れ入りますが、この契約に目を通していただけますか？

部長：沒問題，就這份文件嗎？
部長：いいですよ。この書類ですか？

部長：內容感覺上還蠻多的。
部長：内容は何とか多いですね。

部下：請您務必幫忙。
部下：必ずお手伝いください。

部長：先放在我這邊可以嗎？
部長：まず、ここにおいてもいいですか？

部下：是的。要我再列印一份嗎？
部下：いいです。もう一部印刷しますか？

部長：不用了，那台印表機常常故障。
部長：結構ですよ。あのプリンターはしばしば故障となります。

部下：可能是墨水沒了的關係吧？
部下：インクがなくなるでしょう。

部長：印表機的墨水在那邊，你會換嗎？
部長：プリンターのインクがあちらにありますが、自分で換えられますか？

部下：這邊有說明書，有使用方法。
部下：こちらは説明書がありますが、使用方法も載せています。

部長：這樣啊。如果不行的話就連絡IT部門。
部長：そうですか。もし分からないなら、IT部門に連絡しなさい。

パート3

日常辦室（主管篇）

パート 3 音檔雲端連結

因各家手機系統不同，若無法直接掃描，仍可以至以下電腦雲端連結下載收聽。

（http://tinyurl.com/2xeekvst）

ユニット01 指派工作

Track 019

一定能清楚聽懂！

01 可以請您再講**一次**嗎？ 換1

もう一度(いちど) おっしゃっていただけますか？

mo-.i.chi.do-/o.ssha.tte.i.ta.da.ke.ma.su.ka.

02 有什麼事要交代的嗎？

ご用件(ようけん)をうけたまわりましょうか？

go.yo-.ke.n/o/u.ke.ta.ma.wa.ri.ma.sho-.ka

03 請問何時要完成呢？

締(し)め切(き)りはいつでございますか？

shi.me.ki.ri/wa/i.tsu/de.go.za.i.ma.su.ka

04 這件事優先還是先處理**提案**呢？ 換2

これを優先(ゆうせん)しますか？それとも、提案(ていあん)を扱(あつか)うのは優先(ゆうせん)しますか？

ko.re/o/yu-.se.n/shi.ma.su.ka/so.re.to.mo/te.i.a.n/o/a.tsu.ka.u.no/wa/yu-.se.n/shi.ma.su.ka

05 好的，我馬上統整。

はい、私(わたし)はすぐ統合(とうごう)します。

ha.i/wa.ta.shi/wa/su.gu/to-.go-/shi.ma.su.

可替換字 1

* 詳細一點／**詳(くわ)しく**／ku.wa.shi.ku
* 慢一點／**ゆっくり**／yu.kku.ri

可以換字 2

* 報告／**レポート**／re.po-.to
* 營業報告書／**営業報告書(えいぎょうほうこくしょ)**／e.i.gyo-.ho-.ko.ku.sho
* 傳單／**チラシ**／chi.ra.shi
* 邀請函／**招待状(しょうたいじょう)**／sho-ta.i.jo-
* 照片／**写真(しゃしん)**／sha.shi.n
* 徵人啟事／**募集広告(ぼしゅうこうこく)**／bo.shu-.ko-.ko.ku
* 交貨／**納品(のうひん)**／no-.hi.n
* 估價／**見積(みつ)もり**／a.tsu.mo.ri

06 我想親自負責那個**工程**。 換1

わたし みずか こうてい たんとう おも
私は自らその工程を担当しようと思います。

wa.ta.shi/wa/mi.zu.ka.ra.so.no.ko-.te.i/o/ta.n.to-.shi.yo-.to./o.mo.i.ma.su

07 一跟廠商協調完成，我會馬上回報。

とりひきさき う もど ほうこく
取引先と打ち合わせをしてから、すぐ戻って報告します。
to.ri.hi.ki.sa.ki/to/u.chi.a.wa.se/o/shi.te.ka.ra/su.gu/mo.do.tte.ho-.ko.ku.shi.ma.su

08 我還沒收到經銷商的**回覆**。 換2

へんじ う
ディーラーの返事はまだ受けとっていません。

di-.ra-.no.he.n.ji/wa/ma.da.u.ke.to.tte.i.ma.se.n

09 我會遵從您的指示的。

わたし しじ したが
私はあなたの指示に従います。
wa.ta.shi/wa/a.na.ta.no.shi.ji/ni/shi.ta.ga.i.ma.su

10 沒問題！我會盡快完成。

だいじょうぶ はや かんせい
大丈夫です！できるだけ早く完成します。
da.i.jo-.bu./de.su/de.ki.ru.da.ke.ha.ya.ku.ka.n.se.i.shi.ma.su

可替換字 1

- 業務／**ビジネス**／bi.ji.ne.su
- 會議／**会議**（かいぎ）／ka.i.gi
- 活動／**イベント**／i.be.n.to
- 談判／**ネゴシエーション**／ne.go.shi.e-.sho.n
- 商品開發／**製品開発**（せいひんかいはつ）／se.i.hi.n.ka.i.ha.tsu

可替換字 2

- 報價／**オファー**／o.fa-
- 帳單／**勘定書**（かんじょうしょ）／ka.n.jo-.sho
- 退貨／**返品**（へんぴん）／he.n.pi.n
- 包裹／**パッケージ**／pa.kke-.ji
- 合約／**契約**（けいやく）／ke.i.ya.ku

一定能輕鬆開口說！

Track 020

01 把這封信翻成**日文**寄給田村先生。 換1

この手紙を**日本語**に翻訳して、田村さんに郵送してください。

ko.no.te.ga.mi/o/ni.ho.n.go.ni.ho.n.ya.ku.shi.te/ta.mu.ra.sa.n/ni/yu-.so-.shi.te.ku.da.sa.i

02 上野小姐，請過來一下。

上野さん、ここに来てください。

u.e.no.sa.n/ko.ko.ni.ki.te.ku.da.sa.i

03 整理完後**傳真**過去。 換2

仕上げた後に、**ファックス**してください。

shi.a.ge.ta.a.to.ni/fa.kku.su.shi.te.ku.da.sa.i

04 你跟蒼井先生一起去廠商那裡一趟。

蒼井さんと取引先のところへ行ってください。

a.o.i.sa.n/to/to.ri.hi.ki.sa.ki.no.to.ko.ro/e/i.tte.ku.da.sa.i

05 幫我訂一張到福岡的機票。

福岡行きのチケットを予約してください。

fu.ku.o.ka.yu.ki.no.chi.ke.tto/o/yo.ya.ku.shi.te.ku.da.sa.i

可替換字 1

- 英文／**英語**／e.i.go
- 德文／**ドイツ語**／do.i.tsu.go
- 法文／**フランス語**／fu.ra.n.su.go
- 西班牙文／**スペイン語**／su.pe.i.n.go
- 俄文／**ロシア語**／ro.shi.a.go
- 中文／**中国語**／chu-.go.ku.go

可替換字 2

- 用掛號寄／**書留で郵送**／ka.ki.to.me/de/yu-.so-
- 用E-mail寄／**メールで送信**／me-.ru./de/so-.shi.n
- （自己）送／**（自分で）配達**／ji.bu.n.de/ha.i.ta.tsu
- 叫快遞送／**速達で送信**／so.ku.ta.tsu/de/so-.shi.n.shi

06 不管他們提出什麼要求，都先通知我。

彼らがどんな提案を出しても、まず、私に知らせてください。

ka.re.ra/ga/do.n.na.te.i.a.n/o/da.shi.te.mo/ma.zu/wa.ta.shi/ni/shi.ra.se.te.ku.da.sa.i

07 我交代的都聽清楚了嗎？

話の内容は全部理解していますか？

ha.na.shi.no.na.i.yo-/wa/ze.n.bu.ri.ka.i.shi.te.i.ma.su.ka

08 數據明天**開會**前一定要準備好。 換1

明日の *会議の前* に、必ずデータを用意しといてください。

a.shi.ta.no.ka.i.gi.no.ma.e.ni/ka.na.ra.zu.de-.ta/o/yo-.i.shi.to.i.te.ku.da.sa.i

09 把你蒐集到的情報整理一份給我。

収集してきた情報を整理して私に渡しなさい。

shu-.shu-.shi.te.ki.ta.jo-.ho-/o/se.i.ri.shi.te.wa.ta.shi.ni.wa.ta.shi.na.sa.i

10 這個提案不夠好，**再修改一下** 。

この提案は行き届かないところがあるから、*もうちょっと直してください。* 換2

ko.no.te.i.a.n/wa/i.ki.to.do.ka.na.i.to.ko.ro/ga/a.ru.ka.ra/mo-.cho.tto.na.o.shi.te.ku.da.sa.i

可替換字 1

* 股東會議／**株主総会**／ka.bu.nu.shi.so-.ka.i
* 座談會／**フォーラム**／fo-.ra.mu
* 報名／**登録**／to-.ro.ku
* 表決／**投票**／to-.hyo-
* 演講／**講演**／ko-.e.n

可替換字 2

* 重作一份／**やり直してください**／ya.ri.na.o.shi.te.ku.da.sa.i
* 想個後備計畫／**バックアップ計画を考えましょう**／ba.kku.a.pu.ke.i.ka.ku/wo/ka.n.ga.e.ma.sho-
* 再跟組員討論一下／**もう一度メンバーと相談しなさい**／mo-.i.chi.do.me.n.ba-/to/so-.da.n.shi.na.sa.i
* 再想想看／**もう少し考えてみよう**／mo-.su.ko.shi.ka.n.ga.e.te.mi.yo-
* 最好不要進行比較好／**やめたほうがいいです**／ya.me.ta.ho-/ga/i.i/de.su

ユニット 02 指導新同事

Track 021

一定能清楚聽懂！

01 廠商的要求很不合理，我該怎麼做呢？

メーカーの要求はかなり無理があります。どうしたらいいですか？

me-.ka-.no.yo-.kyu-/wa/ka.na.ri.mu.ri/ga/a.ri.ma.su/do-.shi.ta.ra.i-/de.su.ka

02 您能教我一些**談判**技巧嗎？ 換1

交渉 スキルを教えていただけますか？

ko-.sho-su.ki.ru/o/o.shi.e.te.i.ta.da.ke.ma.su.ka

03 跟客戶應對有什麼需要注意的地方嗎？

クライアントと付き合うとき、特に注意を払うところがありますか？

ku.ra.i.a.n.to/to/tsu.ki.a.u.to.ki/to.ku.ni/chu-.i.o.ha.ra.u.to.ko.ro/ga/a.ri.ma.su.ka

04 這個**流程**我不太清楚。 換2

この ***プロセス*** は私はよくわかりません。

ko.no.pu.ro.se.su/wa/wa.ta.shi/wa/yo.ku.wa.ka.ri.ma.se.n

05 您能幫我寫下來嗎？

それを書き留めていただけますか？

so.re/o/ka.ki.to.me.te.i.ta.da.ke.ma.su.ka

可替換字 1

- 議價／**交渉**／ko-.sho-
- 拒絕應酬／**応酬拒否**／o-.shu-.kyo.hi.
- 催收帳款／**債権回収**／sa.i.ke.n.ka.i.shu-
- 開發新客戶／**新規顧客を開発する**／shi.n.ki.ko.kya.ku/o/ka.i.ha.tsu.su.ru
- 關於資訊科技的／**情報技術に関する**／jo-.ho-.gi.ju.tsu/ni/ka.n.su.ru

可替換字 2

- 商品明細／**商品の明細**／sho-.hi.n.no.me.i.sa.i
- 合約內容／**契約の內容**／ke.i.ya.ku.no.na.i.yo-

＊系統／**システム**／shi.su.te.mu

＊點子／**アイディア**／a.i.di.a

＊操作方法／**操作(そうさ)の方法(ほうほう)**／so-.sa.no.ho-.ho-

06 只要打電話給對方確認就好嗎？

先方(せんぽう)には電話(でんわ)で確認(かくにん)すればいいですか？

se.n.po-.ni/wa/de.n.wa.de.ka.ku.ni.n.su.re.ba.i-.de.su.ka

07 商品明細的寫法我還不熟。

商品(しょうひん)の明細書(めいさいしょ)の書(か)き方(かた)には、私(わたし)はまだ慣(な)れていません。

sho-.hi.n.no.me.i.sa.i.sho.no.ka.ki.ka.ta.ni/wa/wa.ta.shi/wa/ma.da.na.re.te.i.ma.se.n

08 請問**邀請函**這樣寫可以嗎？ **換1**

招待状(しょうたいじょう) **はこのように書(か)けばいいですか？**

sho-.ta.i.jo-/wa/ko.no.yo-.ni.ka.ke.ba.i-.de.su.ka

09 下次會議請讓我練習。

次(つぎ)の会議(かいぎ)は私(わたし)に練習(れんしゅう)をさせてください。

tsu.gi.no.ka.i.gi/wa/wa.ta.shi/ni/re.n.shu-/o/sa.se.te.ku.da.sa.i

10 請給我**更明確的指示**。 **換2**

私(わたし)に ***もっと具体的(ぐたいてき)な指示(しじ)*** **を与(あた)えてください。**

wa.ta.shi/ni/mo.tto.gu.ta.i.te.ki.na.shi.ji/o/a.ta.e.te.ku.da.sa.i

可替換字 1

＊合約／**契約(けいやく)**／ke.i.ya.ku

＊請假單／**休暇届(きゅうかとどけ)**／kyu-.ka.to.do.ke

＊公文／**公文書(こうぶんしょ)**／ko-.bu.n.sho

＊使用説明／**ヘルプ**／he.ru.pu

＊付款方式／**お支払(しはら)い**／o.shi.ha.ra.i

可替換字 2

＊更簡單的任務／**簡単(かんたん)な仕事(しごと)**／ka.n.ta.n.na.shi.go.to

＊參考範本／**リファレンステンプレート**／ri.fa.re.n.su.te.n.pu.re-.to

＊中文版的手冊／**マニュアルの中国語版(ちゅうごくごばん)**／ma.nyu.a.ru.no.chu-.go.ku.go.ba.n

＊IPad的説明書／**IPadの説明書(せつめいしょ)**／a.i.pa-.ddo.no.se.tsu.me.i.sho

＊檔案密碼／**ファイルのパスワード**／fa.i.ru.no.pa.su.wa-.do

一定能輕鬆開口說！

Track 022

01 我是你的主管。

私(わたし)はあなたの上司(じょうし)です。

wa.ta.shi/wa/a.na.ta.no.jo-.shi.de.su

02 和客戶開會絕對不能遲到。

クライアントとの会議(かいぎ)に遅刻(ちこく)することはできません。

ku.ra.i.a.n/to/no.ka.i.gi/ni/chi.ko.ku.su.ru.ko.to/wa/de.ki.ma.se.n

03 你等下要仔細看我怎麼跟他協商。

私(わたし)がどのように彼(かれ)と協議(きょうぎ)するのかをよく見(み)ておいてください。

wa.ta.shi/ga/do.no.yo-.ni.ka.re/to/kyo-.gi.su.ru.no.ka/o/yo.ku.mi.te.o.i.te.ku.da.sa.i

換1

04 你要隨時掌握廠商的**最新進度**。

いつでもディーラの ***最新(さいしん)の状況(じょうきょう)*** を掌握(しょうあく)すべきです。

i.tsu.de.mo.di-.ra.no.sa.i.shi.n.no.jo-.kyo-/o/sho-.a.ku.su.be.ki/de.su

05 填完**表格**後一定要再檢查一次。

換2 ***フォーム*** を埋(う)め終(お)わった後(あと)で、必(かなら)ず、もう一度(いちど)確認(かくにん)してください。

fo-.mu/o/u.me.o.wa.tta.a.to.de/ka.na.ra.zu/mo-.i.chi.do.ka.ku.ni.n.shi.te.ku.da.sa.i

可替換字 1

* 出貨狀況／**出荷状況(しゅっかじょうきょう)**／shu.kka.jo-.kyo-
* 名單／**リスト**／ri.su.to
* 企劃／**企画(きかく)**／ki.ka.ku
* 出貨明細／**出荷(しゅっか)の明細(めいさい)**／shu.kka.no.me.i.sa.i
* 動向／**トレンド**／to.re.n.do

可替換字 2

* 出貨單／**積荷明細書(つみにめいさいしょ)**／tsu.mi.ni.me.i.sa.i.sho
* 表單／**表(ひょう)**／hyo-
* 問卷／**アンケート**／a.n.ke-.to
* 意見書／**意見書(いけんしょ)**／i.ke.n.sho
* 金額／**値段(ねだん)**／ne.da.n

06 報價的時候不要主動提出底線。

オファーする時(とき)、自分(じぶん)から最低(さいてい)ラインを出(だ)してはいけません。

o.fa-.su.ru.to.ki/ji.bu.n.ka.ra.sa.i.te.i.ra.i.n/o/da.shi.te.wa.i.ke.ma.se.n

07 適度的**妥協**是必要的。 **換1**

適度(てきど)な **妥協(だきょう)** は必要(ひつよう)です。

te.ki.do.na.da.kyo/wa/hi.tsu.yo-/de.su

08 下次就由你自己跟客戶報告。

次回(じかい)は取引先(とりひきさき)への報告(ほうこく)は君(きみ)に任(まか)せます。

ji.ka.i/wa/to.ri.hi.ki.sa.ki/e.no/ho-.ko.ku/wa/ki.mi/ni/ma.ka.se.ma.su

09 把這些做完就可以下班了。

これらの仕事(しごと)のかたがついたら、退社(たいしゃ)できます。

ko.re.ra.no.shi.go.to.no.ka.ta/ga/tsu.i.ta.ra/ta.i.sha.de.ki.ma.su

10 **如果我不在**，你可以問井上先生。 **換2**

もし私(わたし)がいなければ、 井上(いのうえ)さんに聞(き)いてください。

mo.shi.wa.ta.shi/ga/i.na.ke.re.ba/i.no.u.e.sa.n/ni/ki.i.te.ku.da.sa.i

可替換字 1

* 延後／**遅延(ちえん)**／chi.e.n
* 提前／**繰上げ(くりあ)**／ku.ri.a.ge
* 研究／**研究(けんきゅう)**／ke.n.kyu-
* 討論／**論議(ろんぎ)**／ro.n.gi
* 合作／**協力(きょうりょく)**／kyo-.ryo.ku

可替換字 2

* 我在忙的時候／**私(わたし)が忙(いそが)しい時(とき)は**／wa.ta.shi/ga/i.so.ga.shi.i.to.ki.wa
* 有不懂的地方／**わからないところは**／wa.ka.ra.na.i.to.ko.ro.wa
* 詳細的情況／**詳(くわ)しい話(はなし)は**／ku.wa.shi.i.ha.na.shi.wa
* 遇到困難的話／**困難(こんなん)におちいったら**／ko.n.na.n/ni/o.chi.i.tta.ra
* 有時間的話／**時間(じかん)があれば**／ji.ka.n/ga/a.re.ba

ユニット03 鼓勵部屬

Track 023

一定能清楚聽懂！

01 對於所犯的錯我感到非常抱歉。

私(ども)の不手際で、ご迷惑をお掛けしてしまい、大変申し訳ございません。

wa.ta.shi.(do.mo)no.fu.te.gi.wa.de/go.me.i.wa.ku.o.o.ka.ke.shi.te.shi.ma.i/ta.i.he.n.mo-.shi.wa.ke.go.za.i.ma.se.n

02 我能做什麼補救嗎？

どうすればお許しいただけますでしょうか？

do-.su.re.ba.o.yu.ru.shi.i.ta.da.ke.ma.su.de.syo-.ka

03 謝謝您的**諒解**。換1

ご理解いただき、ありがとうございます。

go.ri.ka.i.i.ta.da.ki/a.ri.ga.to-.go.za.i.ma.su

04 這次我**太粗心了**。換2

今回は私が***うかつでした。***

ko.n.ka.i/wa/wa.ta.shi/ga/u.ka.tsu.de.shi.ta

05 我會負責挽回這個客戶的。

私が責任をもって、この顧客を挽回します。

wa.ta.shi/ga/se.ki.ni.n/o/mo.tte/ko.no.ko.kya.ku/o/ba.n.ka.i.shi.ma.su

可替換字 1

* 細心／**お心配り**／o.ko.ko.ro.ku.ba.ri
* 費心／**ご心配（お気づかい）**／go.shi.n.pa.i(o.ki.zu.ka.i)

可替換字 2

* 失誤了／**ミスをしてしまいました**／mi.su.o.shi.te.shi.ma.i.ma.shi.ta
* 搞錯了／**間違っていました**／ma.chi.ga.tte.i.ma.shi.ta
* 會成功／**成功します**／se.i.ko.u.shi.ma.su
* 會承擔責任／**責任を取ります**／se.ki.ni.n/o/to.to.ri.ma.su

06 很抱歉，交易被別的公司搶先了。

申し訳ありませんが、トランザクションは、他の企業に奪いとられました。

mo-.shi.wa.ke.a.ri.ma.se.n.ga/to.ra.n.za.ku.sho.n/wa/ta.no.ki.gyo-.ni.u.ba.i.to.ra.re.ma.shi.ta

07 不好意思，是我的**能力不足**。 換1

すみません。私の 能力不足 でした。

su.mi.ma.se.n/wa.ta.shi.no.no-.ryo.ku.bu.so.ku/de.shi.ta

08 我最近因為**很健忘**，常常被罵。 換2

私は最近 忘れっぽい ので、よく叱られます。

wa.ta.shi.wa/sa.i.ki.n.wa.su.re.ppo.i.no.de/yo.ku.shi.ka.ra.re.ma.su

09 我會記得這次的教訓。

これを教訓として、このようなことは二度とおこさないようきをつけます。(今度のレッスンから勉強になりました。)

ko.re.o.kyo-.ku.n.to.shi.te/ko.no.yo-.na.ko.to/wa/ni.do.to.o.ko.sa.na.i.yo-.ki.o.tsu.ke.ma.su (ko.n.do.no.re.ssu.n/ka.ra/be.n.kyo-.ni.na.ri.ma.shi.ta)

10 我以後會更加注意。

私は今後いっそう気をつけます。

wa.ta.shi/wa/ko.n.go.i.sso.ki.o.tsu.ke.ma.su

可替換字 1

* 失策／**ミス**／mi.su
* 關係／**せい**／se.i
* 責任／**責任**／se.ki.ni.n
* 業務／**業務**／gyo-.mu
* 研究不夠／**研究不足**／ke.n.kyu-.bu.so.ku

可替換字 2

* 粗心大意／**不注意**／fu.chu-.i
* 遲到了／**遅刻しました**／chi.ko.ku.shi.ma.shi.ta
* 睡眠不足／**睡眠不足**／su.i.mi.n.bu.so.ku
* 熬夜了／**徹夜しました**／te.tsu.ya.shi.ma.shi.ta
* 犯了錯／**間違いを犯しました**／ma.chi.ga.i/o/o.ka.shi.ma.shi.ta

一定能輕鬆開口說！

Track 024

01 犯錯乃人之常情。

誰(だれ)でも失敗(しっぱい)はするものです

da.re.de.mo.shi.ppa.i/wa/su.ru.mo.no.de.su

02 沒關係，**不要自責**。

換1

大丈夫(だいじょうぶ)です。 ***自分(じぶん)を責(せ)めないで*** **ください。**

da.i.jo-.bu/de.su/ji.bu.n/o/se.me.na.i.de.ku.da.sa.i

03 我相信你下次能做得更好。

次回(じかい)はもっとうまくやれると信(しん)じています。

ji.ka.i/wa/mo.tto.u.ma.ku.ya.re.ru.to.shi.n.ji.te.i.ma.su

04 別緊張，盡力而為。

緊張(きんちょう)しないで、全力(ぜんりょく)を尽(つ)くしてください。

ki.n.cho-.shi.na.i.de/ze.n.ryo.ku/o/tsu.ku.shi.te.ku.da.sa.i

05 相信自己的能力！

自分(じぶん)の能力(のうりょく)を信(しん)じて！

ji.bu.n.no.no-.ryo.ku/o/shi.n.ji.te

可替換字 1

- 不要沮喪／**がっかりしないで**／ga.kka.ri.shi.na.i.de
- 不要太在意／**あまり気(き)にかけないで**／a.ma.ri.ki.ni.ka.ke.na.i.de
- 不要悲傷／**悲(かな)しまないで**／ka.na.shi.ma.na.i.de
- 不要嘆氣／**溜息(ためいき)をつかないで**／ta.me.i.ki/o/tsu.ka.na.i.de
- 不要痛苦／**苦(くる)しまないで**／ku.ru.shi.ma.na.i.de
- 不要哭／**泣(な)かないで**／na.ka.na.i.de
- 不要氣餒／**落胆(らくたん)しないで**／ra.ku.ta.n.shi.na.i.de
- 不要生氣／**怒(おこ)らないで**／o.ko.ra.na.i.de
- 不要失望／**失望(しつぼう)しないで**／shi.tsu.bo-.shi.na.i.de
- 不要放棄／**諦(あきら)めないで**／a.ki.ra.me.na.i.de

06 我知道那不是你的錯。

それがあなたのせいでないことはわかっています。
so.re/ga/a.na.ta.no.se.i.de.na.i.ko.to/wa/wa.ka.tte.i.ma.su

07 你還好嗎？今天下午你休息吧！

大丈夫(だいじょうぶ)ですか？午後(ごご)は休(やす)んでください！
da.i.jo-.bu/de.su.ka/go.go/wa/ya.su.n.de.ku.da.sa.i

08 不要擔心，我會處理的。

心配(しんぱい)しないで、私(わたし)が何(なん)とかします。
shi.n.pa.i.shi.na.i.de/wa.ta.shi/ga/na.n.to.ka.shi.ma.su

09 這次的提案非常成功！

このたびの提案(ていあん)は大成功(だいせいこう)でした！
ko.no.ta.bi.no.te.i.a.n/wa/da.i.se.i.ko-/de.shi.ta

10 **今天晚上**我請客！

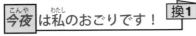

今夜(こんや)は私(わたし)のおごりです！ 換1
ko.n.ya/wa/wa.ta.shi.no.o.go.ri.de.su

可替換字 1

* 飲料／**ドリンク**／do.ri.n.ku
* 披薩／**ピザ**／pi.za
* 咖啡／**コーヒー**／ko-.hi-
* 唱歌／**カラオケ**／ka.ra.o.ke
* 午餐／**昼(ひる)ご飯(はん)**／hi.ru.go.ha.n
* 茶／**お茶(ちゃ)**／o.cha
* 晚餐／**晩(ばん)ご飯(はん)**／ba.n.go.ha.n
* 酒／**お酒(さけ)**／o.sa.ke
* 吃飯／**食事(しょくじ)**／sho.ku.ji
* 下午茶／**午後(ごご)のお茶(ちゃ)**／go.go.no.o.cha

ユニット 04 關心工作進度

Track 025

一定能清楚聽懂！

01 我已經請廠商 10 點前回報了。

取引先(とりひきさき)に 10時(じ) 前(まえ)に返事(へんじ)してもらうように頼(たの)みました。

to.ri.hi.ki.sa.ki/ni/ju-.ji.ma.e.ni.he.n.ji.shi.te.mo.ra.u.yo-.ni/ta.no.mi.ma.shi.ta

02 一定能夠準時完成的。

必(かなら)ず時間通(じかんどお)りに完成(かんせい)することができます。

ka.na.ra.zu.ji.ka.n.do.o.ri/ni/ka.n.se.i.su.ru.ko.to/ga/de.ki.ma.su

換1

03 明天您上班前一定會放在您桌上。

明日(あした)あなたが出勤(しゅっきん)する前(まえ)に、必(かなら)ず机(つくえ)の上(うえ)においておきます。

a.shi.ta.a.na.ta/ga/shu.kki.n.su.ru.ma.e.ni/ka.na.ra.zu.tsu.ku.e.no.u.e/ni/o.i.te.o.ki.ma.su

04 提案我送出去了。

提案(ていあん)を出(だ)しました。

te.i.a.n/o/da.shi.ma.shi.ta

05 下午 3 點半前可以完成。

三時半(さんじはん) になる前(まえ)に完成(かんせい)することができます。

sa.n.ji.ha.n.ni.na.ru.ma.e/ni/ka.n.se.i.su.ru.ko.to/ga/de.ki.ma.su

可替換字 1

* 一點／1時(いちじ)／i.chi.ji
* 二點／2時(にじ)／ni.ji
* 四點／4時(よじ)／yo.ji
* 五點／5時(ごじ)／go.ji
* 六點／6時(ろくじ)／ro.ku.ji
* 七點／7時(しちじ)／shi.chi.ji
* 八點／8時(はちじ)／ha.chi.ji
* 九點／9時(くじ)／ku.ji
* 十一點／11時(じゅういちじ)／ju-.i.chi.ji
* 十二點／12時(じゅうにじ)／ju-.ni.ji

06 你可以告訴我何時是最後期限嗎？

締め切りを教えていただけますか？（締め切り：しめきり／教え：おし）

shi.me.ki.ri/o/o.shi.e.te.i.ta.da.ke.ma.su.ka

07 由於**工作量很大**，我們現在急需人手。換1

仕事がたくさんあるので、急に人手が必要となりました。（仕事：しごと／急：きゅう／人手：ひとで／必要：ひつよう）

shi.go.to/ga/ta.ku.sa.n.a.ru.no.de/kyu-.ni/hi.to.de/ga/hi.tsu.yo-.to.na.ri.ma.shi.ta

08 **天候不佳**導致工程延誤。換2

天候が悪くて、工程の遅延を招きます。（天候：てんこう／悪：わる／工程：こうてい／遅延：ちえん／招：まね）

te.n.ko-/ga/wa.ru.ku.te/ko-.te.i.no.chi.e.n/o/ma.ne.ki.ma.su

09 目前一切進展順利。

今のところは、すべて順調に進んでいます。（今：いま／順調：じゅんちょう／進：すす）

i.ma.no.to.ko.ro/wa/su.be.te.ju.n.cho-.ni.su.su.n.de.i.ma.su

10 已經到收尾階段，應該很快就能完工。

最終段階にきているから、まもなく完成することができるはずです。（最終段階：さいしゅうだんかい／完成：かんせい）

sa.i.shu-.da.n.ka.i.ni.ki.te.i.ru.ka.ra/ma.mo.na.ku.ka.n.se.i.su.ru.ko.to.ga.de.ki.ru.ha.zu.de.su

可替換字 1

* 工程延誤／**工程が遅延した**（こうてい／ちえん）／ko-.te.i.ga.chi.e.n.shi.ta
* 罷工／**ストライキ**／su.to.ra.i.ki
* 員工辭職／**スタッフが辞任した**（じにん）／su.ta.ffu.ga.ji.ni.n.shi.ta

可替換字 2

* 豪雨／**豪雨で**（ごうう）／go-.u.de
* 暴風雪／**ブリザードで**／bu.ri.za-.do.de
* 地震／**地震で**（じしん）／ji.shi.n.de
* 車禍／**交通事故で**（こうつうじこ）／ko-.tsu-.ji.ko.de
* 黃金周／**ゴールデンウィークで**／go-.ru.de.n.u.i-.ku.de
* 地鐵停駛／**地下鉄が運行停止して**（ちかてつ／うんこうていし）／chi.ka.te.tsu/ga/u.n.ko-.te.i.shi.te
* 標案流標／**入札不成立で**（にゅうさつふせいりつ）／nyu-.sa.tsu.fu.se.i.ri.tsu.de

一定能輕鬆開口說！

Track 026

01 我什麼時候能拿到所有資料？

すべての資料（しりょう）を受（う）け取（と）れるのはいつですか？

su.be.te.no.shi.ryo-/o/u.ke.to.re.ru.no/wa/i.tsu.de.su.ka

02 把你目前的進度告訴我。

現在（げんざい）の進度（しんど）を教（おし）えてください。

ge.n.za.i.no.shi.n.do/o/o.shi.e.te.ku.da.sa.i

03 你的**流程**是怎麼安排的？ 換1

あなたの流（なが）れはどうなっていますか？

a.na.ta.no.na.ga.re/wa/do-.na.tte.i.ma.su.ka

04 這個任務要以急件處理。

このタスクは緊急（きんきゅう）を要（よう）します。

ko.no.ta.su.ku/wa/ki.n.kyu-.o./yo-.shi.ma.su

05 為什麼會延誤？

なぜ遅（おく）れるのですか？

na.ze.o.ku.re.ru.no.de.su.ka

可替換字 1

* 時刻表／**スケジュール**／su.ke.ju-.ru
* 路線圖／**ロードマップ**／ro-.do.ma.ppu
* 人員安排／**人員（じんいん）の配置（はいち）**／ji.n.i.n.no.ha.i.chi
* 職位／**ポスト**／po.su.to
* 人事異動／**人事異動（じんじいどう）**／ji.n.ji.i.do-
* 教學計畫／**カリキュラム**／ka.ri.kyu.ra.mu
* 座位順序／**席順（せきじゅん）**／se.ki.ju.n
* 輪班／**勤務（きんむ）のローテーション**／ki.n.mu.no.ro-.te-.sho.n
* 安排／**段取（だんど）り**／da.n.do.ri
* 日程／**日程（にってい）**／ni.tte.i

06 一完成馬上通知我跟經理。

完成してからすぐ私とマネージャーに知らせてください。

ka.n.se.i.shi.te.ka.ra.su.gu.wa.ta.shi/to/ma.ne-.ja-/ni/shi.ra.se.te.ku.da.sa.i

07 將明天的議程安排印出來給我。

明日の会議の日程を印刷して私にください。

a.shi.ta.no.ka.i.gi.no.ni.tte.i/o/i.n.sa.tsu.shi.te.wa.ta.shi/ni ku.da.sa.i

08 這項工程目前進行到哪一個階段？

この工事はどの段階まで進んでいますか？

ko.no.ko-.ji/wa/do.no.da.n.ka.i.ma.de.su.su.n.de.i.ma.su.ka

09 還需要多久才能完成？

完成するまでに、あとどのくらいかかりますか？

ka.n.se.i.su.ru.ma.de.ni/a.to.do.no.ku.ra.i.ka.ka.ri.ma.su.ka

10 需要**加派人手**給你嗎？ 換1

***人手を増やす* 必要はありますか？**

hi.to.de/o/fu.ya.su.hi.tsu.yo-/wa/a.ri.ma.su.ka

可替換字 1

* 斟酌一下／**検討する**／ke.n.to-.su.ru
* 靜養／**静養する**／se.i.yo-.su.ru
* 跑一趟／**奔走する**／ho.n.so-.su.ru
* 撥款／**資金を配分する**／shi.ki.n/o/ha.i.bu.n.su.ru
* 照顧／**世話をする**／se.wa/o/su.ru
* 下一番工夫／**一工夫する**／hi.to.ku.fu-.su.ru
* 預支款項／**料金を前払いにする**／ryo-.ki.n/o/ma.e.ba.ra.i.ni.su.ru
* 安排轎車／**乗用車を手配します**／jo-.yo-.sha/o/te.ha.i.shi.ma.su
* 像長官請示／**上司に伺いを立てる**／jo-.shi/ni/u.ka.ga.i/o/ta.te.ru
* 中途換車／**途中乗り換える**／to.chu-.no.ri.ka.e.ru

ユニット 05 提離職

Track 027

一定能清楚聽懂！

01 請**再慎重考慮**。換1

もう一度慎重に検討してください。

mo-.i.chi.do.shi.n.cho-.ni.ke.n.to-.shi.te.ku.da.sa.i

02 那你明天不用來了。

それでは、明日出勤する必要はありません。

so.re.de.wa/a.shi.ta.shu.kki.n.su.ru.hi.tsu.yo-/wa/a.ri.ma.se.n

03 改成**留職停薪**怎麼樣？換2

無給休職に替えたらいかがでしょうか？

mu.kyu-.kyu-.sho.ku.ni.ka.e.ta.ra.i.ka.ga.de.sho-.ka

04 你為什麼想辭職呢？

君はなぜ辞職したいのですか？

ki.mi/wa/na.ze.ji.sho.ku.shi.ta.i.no.de.su.ka

05 是不是有其他公司給你更好的工作？

他の企業がもっと良い仕事を与えるでしょうか？

ho.ka.no.ki.gyo-/ga/mo.tto.yo.i.shi.go.to/o/a.ta.e.ru.de.sho-.ka

可替換字 1

* 安排／**調整して**／cho-.se.i.shi.te
* 培育／**育成して**／i.ku.se.i.shi.te
* 委託／**委託して**／i.ta.ku.shi.te
* 移轉／**移転して**／i.te.n.shi.te
* 移動／**移動して**／i.do-.shi.te
* 委任／**委任して**／i.ni.n.shi.te
* 接待／**応接して**／o-.se.tsu.shi.te
* 改寫／**改作して**／ka.i.sa.ku.shi.te

可以換字 2

* 補休一周／**一週間を代休する**／i.shu-.ka.n/o/da.i.kyu-.su.ru
* 轉調部門／**部門を転属する**／bu.mo.n/o/te.n.zo.ku.su.ru

06 按照**合約**，你必須工作到下個月。

契約（けいやく）によってあなたは必ず来月まで働かなければなりません。 換1

ke.i.ya.ku.ni.yo.tte.a.na.ta/wa/ka.na.ra.zu.ra.i.ge.tsu/ma.de/ha.ta.ra.ka.na.ke.re.ba.na.ri.ma.se.n

07 請繳交**員工識別證**。 換1

スタッフカードを出（だ）してください。

su.ta.ffu.ka-.do/o/da.shi.te.ku.da.sa.i

08 你對這裡有什麼不滿意呢？

この会社（かいしゃ）で不満（ふまん）なことは何（なん）ですか？

ko.no.ka.i.sha.de.fu.ma.n.na.ko.to/wa/na.n/de.su.ka

09 我明天再給你答覆。

明日（あした）返事（へんじ）します。

a.shi.ta/he.n.ji.shi.ma.su

10 好吧，我會提報上級的。

わかりました、私（わたし）は上司（じょうし）に提出（ていしゅつ）します。

wa.ka.ri.ma.shi.ta/wa.ta.shi/wa/jo-.shi/ni/te.i.shu.tsu.shi.ma.su

可替換字 1

* 勞資法／**労働法**（ろうどうほう）／ro-.do-.ho-

可替換字 2

* 鑰匙／**かぎ**／ka.gi
* 起訴書／**訴訟**（そしょう）／so.sho-
* 申請書／**願書**（がんしょ）／ga.n.sho
* 識別證／**識別カード**（しきべつ）／shi.ki.be.tsu.ka-.do
* 預算案／**予算案**（よさんあん）／yo.sa.n.a.n
* 文件／**書類**（しょるい）／sho.ru.i
* 辭呈／**辞表**（じひょう）／ji.hyo-
* 報告書／**レポート**／re.po-.to
* 退會申請書／**退会届**（たいかいとどけ）／ta.i.ka.i.to.do.ke

一定能輕鬆開口說！

Track 028

01 恐怕我得辭職。

どうやら私は辞任しなければならないようです。

do-.ya.ra.wa.ta.shi/wa/ji.ni.n.shi.na.ke.re.ba.na.ra.na.i.yo-.de.su

02 請接受我的辭呈。

私の辞表を受理してください。

wa.ta.shi.no.ji.hyo-/o/ju.ri.shi.te.ku.da.sa.i

03 **我的父親**住院了，我想專心照顧他。

父が入院しているので、父の世話に専念したいと思います。

chi.chi/ga/nyu-.i.n.shi.te.i.ru.no.de/chi.chi.no.se.wa.ni.se.n.ne.n.shi.ta.i.to.o.mo.i.ma.su

換1

04 我想多花些時間陪**孩子**。

子供たちとより多くの時間を過ごしたいと思います。

ko.do.mo.ta.chi/to/yo.ri.o.o.ku.no.ji.ka.n/o/su.go.shi.ta.i.to.o.mo.i.ma.su

05 事實上，有公司願意提供**更高薪**給我。換2

実際に**もっと高い給料**を払ってくれる会社があります。

ji.ssa.i.ni/mo.tto.ta.ka.i.kyu-.ryo-/o/ha.ra.tte.ku.re.ru.ka.i.sha/ga/a.ri.ma.su

可替換字 1

* 祖父／**祖父**／so.fu
* 母親／**母**／ha.ha
* 家人／**家族**／ka.zo.ku
* 丈夫／**主人**／shu.ji.n
* 祖母／**祖母**／so.bo
* 妻子／**妻**／tsu.ma
* 兒子／**息子**／mu.su.ko
* 女兒／**娘**／mu.su.me

可替換字 2

* 更好的福利／**より良い福利**／yo.ri.yo.i.fu.ku.ri
* 更高的職位／**より高い位置**／yo.ri.ta.ka.i.i.chi

06 最近身體的狀況惡化了。

最近体調が悪化しました。（さいきんたいちょう／あっか）

sa.i.ki.n.ta.i.cho-/ga/a.kka.shi.ma.shi.ta

07 我能待到**找到新人**。 換1

新しい人を探すまでの間 **留任します。**（あたら／ひと／さが／あいだ／りゅうにん）

a.ta.ra.shi.i.hi.to/o/sa.ga.su.ma.de.no.a.i.da.ryu-.ni.n.shi.ma.su

08 我要生寶寶了，無法繼續工作。

赤ちゃんが生まれるので、仕事を続けることができません。（あか／う／しごと／つづ）

a.ka.cha.n/ga/u.ma.re.ru.no.de/shi.go.to/o/tsu.zu.ke.ru.ko.to/ga/de.ki.ma.se.n

09 我會把這個**案子**完成。 換2

私はこの ***案件*** **を終わらせます。**（わたし／あんけん／お）

wa.ta.shi/wa/ko.no.a.n.ke.n/o/o.wa.ra.se.ma.su

10 我不幹了！

やめさせていただきます。

ya.me.sa.se.te.i.ta.da.ki.ma.su

可替換字 1

* 月底／**月末まで**（げつまつ）／ge.tsu.ma.tsu.ma.de
* 年底／**年末まで**（ねんまつ）／ne.n.ma.tsu.ma.de
* 周末／**週末まで**（しゅうまつ）／shu-.ma.tsu.ma.de
* 下周／**来週まで**（らいしゅう）／ra.i.shu-.ma.de

可替換字 2

* 法案／**法案**（ほうあん）／ho-.a.n
* 工作／**仕事**（しごと）／shi.go.to
* 工作／**タスク**／ta.su.ku
* 報告／**レポート**／re.po-.to
* 系列／**シリーズ**／shi.ri-.zu
* 案子／**プロジェクト**／pu.ro.je.ku.to

Track 029

學會自然地對話互動……

部下：部長，我能和您談一下嗎？
部下(ぶか)：部長(ぶちょう)、ちょっと相談(そうだん)したいことがありますが。

部長：好的。什麼事？
部長(ぶちょう)：はい。何(なん)でしょうか？

部下：廠商的要求很不合理，我該怎麼做呢？
部下(ぶか)：取引先(とりひきさき)の要求(ようきゅう)はとても不合理(ふごうり)で、どうしたらいいですか？

部長：報價的時候要站在主導立場，不要亮出底線。
部長(ぶちょう)：オファーの時(とき)に主導(しゅどう)の立場(たちば)を立(た)って、最低(さいてい)ラインを出(だ)してはいけません。

部長：然後，你還要隨時掌握廠商的最新狀況。
部長(ぶちょう)：また、取引先(とりひきさき)の最新(さいしん)の状況(じょうきょう)を掌握(しょうあく)すべきです。

部長：再來就是要做適當的妥協。
部長(ぶちょう)：それから、適当(てきとう)な妥協(だきょう)は必要(ひつよう)です。

部下：了解。我已經把提案送出去了。
部下(ぶか)：分(わ)かりました。一応提案(いちおうていあん)を出(だ)しました。

部長：別緊張，盡力而為就好了。
部長(ぶちょう)：最善(さいぜん)を尽(つ)くして、パニックにならないでください。

部下：謝謝您的建議。
部下(ぶか)：アドバイスをいただいてありがとうございます。

部長：你要相信自己的能力。
部長(ぶちょう)：自分(じぶん)の能力(のうりょく)を信(しん)じなさい。

部下：是，我會努力的！
部下(ぶか)：はい、頑張(がんば)ります！

パート4

電話禮儀篇

* 01 接聽電話
* 02 轉達留言
* 03 電話請假

パート 4 音檔雲端連結

因各家手機系統不同，若無法直接掃描，

仍可以至以下電腦雲端連結下載收聽。

（http://tinyurl.com/4bekaxw7）

ユニット 01 接聽電話

Track 030

一定能清楚聽懂！

01 這裡是聯合商社嗎？

れんごうしょうしゃ
聯合商社でございますか？

re.n.go-.sho-.sha.de.go.za.i.ma.su.ka

02 請幫我轉接**會計部**。 換1

けいりぶ　つな
経理部にお繋ぎください。

ke.i.ri.bu/ni/o.tsu.na.gi.ku.da.sa.i

03 二宮小姐的分機是幾號呢？

にのみや　ないせんばんごう　なんばん
二宮さんの内線番号は何番ですか？

ni.no.mi.ya.sa.n.no.na.i.se.n.ba.n.go/wa/na.n.ba.n/de.su.ka

04 請問大野部長在嗎？

おおの ぶちょう
大野部長はいらっしゃいますか。

o.o.no.bu.cho-/wa/i.ra.ssha.i.ma.su.ka

05 我是伊藤商事的本田。

わたし　いとうしょうじ　ほんだ　もう
私は伊藤商事の本田と申します。

wa.ta.shi/wa/i.to-.sho-.ji.no.ho.n.da.to.mo-.shi.ma.su

可替換字1

* 行銷部／**販売部**（はんばいぶ）／ha.n.ba.i.bu
* 開發部／**開発部**（かいはつぶ）／ka.i.ha.tsu.bu
* 企劃部／**企画部**（きかくぶ）／ki.ka.ku.bu
* 設計部／**デザイン部**（ぶ）／de.za.i.n.bu
* 營業部／**営業部**（えいぎょうぶ）／e.i.gyo-.bu
* 公關部／**広報部**（こうほうぶ）／ko-.ho-.bu
* 工程部／**工程部**（こうていぶ）／ko-.te.i.bu
* 文書部／**文書部**（ぶんしょぶ）／bu.n.sho-.bu
* 客服部／**カスタマーサービス部**（ぶ）／ka.su.ta.ma-.sa-.bi.su.bu
* 總經理室／**ゼネラルマネージャーのオフィス**／ze.ne.ra.ru.ma.ne-.ja-.no.o.fi.su

06 要聯絡採購部應該撥哪支電話呢？

購買部に連絡したいなら、どの電話番号に掛ければいいですか？

ko-.ba.i.bu/ni/re.n.ra.ku.shi.ta.i.na.ra/do.no.de.n.wa.ba.n.go/ni/ka.ke.re.ba.i-/de.su.ka

07 我要**送包裹**，請問松本先生在嗎？ 換1

小包を送るのですが、松本さんはいらっしゃいますか？

ko.zu.tsu.mi/o/o.ku.ru.no.de.su.ga/ma.tsu.mo.to.sa.n/wa/i.ra.ssha.i.ma.su.ka

08 剛剛這裡有人打電話給我嗎？

先ほど、誰かから私に電話がありましたか？

sa.ki.ho.do/da.re.ka.ka.ra.wa.ta.shi/ni/de.n.wa/ga/a.ri.ma.shi.ta.ka

09 呂小姐，您現在**方便講電話**嗎？ 換2

呂さん、今、**少しお話して**もいいですか？

ro.sa.n/i.ma/su.ko.shi.o.ha.na.shi.shi.te.mo.i.i/de.su.ka

10 我打錯了，不好意思。

私は、かけまちがえました。申し訳ありませんでした。

wa.ta.shi/wa/ka.ke.ma.chi.ga.e.ma.shi.ta/mo-.shi.wa.ke.a.ri.ma.se.n/de.shi.ta

可替換字 1

* 送貨／**配達する**／ha.i.ta.tsu.su.ru
* 收貨／**荷物を受けとる**／ni.mo.tsu/o/u.ke.to.ru
* 訂貨／**注文する**／chu-.mo.n.su.ru
* 收費／**費用を徴収する**／hi.yo-/o/cho-.shu-.su.ru
* 面試／**面接を受ける**／me.n.se.tsu/o/u.ke.ru

可替換字 2

* 討論／**討論して**／to-.ro.n.shi.te
* 說話／**話して**／ha.na.shi.te
* 出來／**出かけて**／de.ka.ke.te
* 外出／**外出して**／ga.i.shu.tsu.shi.te
* 過來／**来て**／ki.te

一定能輕鬆開口說！

Track 031

01 您好，這裡是**國際行銷**。

換1

こんにちは、**国際(こくさい)マーケティング**です。

ko.n.ni.chi/wa/ko.ku.sa.i.ma-.ke.ti.n.gu/de.su

02 我能為您服務嗎？

どのような御用件(ごようけん)でしょうか？

do.no.yo-.na.go.yo-.ke.n/de.syo-.ka

03 敝姓沈，請問您找哪位？

私(わたし)は沈(ちん)と申(もう)しますが、どなたにおかけですか？

wa.ta.shi/wa/chi.n.to.mo-.shi.ma.su.ga/do.na.ta/ni.o.ka.ke/de.su.ka

04 能大聲一點嗎？

もう少(すこ)し大(おお)きな声(こえ)で話(はな)していただけますか？

mo-.su.ko.shi.o-.ki.na.ko.e.de.ha.na.shi.te.i.ta.da.ke.ma.su.ka

05 抱歉讓您久等了。

お待(ま)たせして申(もう)し訳(わけ)ありません。

o.ma.ta.se.shi.te.mo-.shi.wa.ke.a.ri.ma.se.n

可替換字 1

* 報社／**新聞社(しんぶんしゃ)**／shi.n.bu.n.sha
* 紡織廠／**紡績工場(ぼうせきこうじょう)**／bo-.se.ki.ko-.jo-
* 麵粉廠／**製粉工場(せいふんこうじょう)**／se.i.fu.n.ko-.jo-
* 食品廠／**食品工場(しょくひんこうじょう)**／sho.ku.hi.n.ko-.jo-
* 機械廠／**機械工場(きかいこうじょう)**／ki.ka.i.ko-.jo-
* 貿易公司／**貿易会社(ぼうえきがいしゃ)**／bo-.e.ki.ga.i.sha
* 印刷廠／**印刷工場(いんさつこうじょう)**／i.n.sa.tsu.ko-.jo-
* 軸承廠／**ベアリング工場(こうじょう)**／be.a.ri.n.gu.ko-.jo-
* 汽車製造廠／**自動車製造工場(じどうしゃせいぞうこうじょう)**／ji.do-.sha.se.i.zo-.ko-.jo-
* 橡膠廠／**ゴム工場(こうじょう)**／go.mu.ko-.jo-

06 他**在開會**，不能接電話。 換1

彼は **会議中な** ので、電話に出られません。

ke.re/wa/ka.i.gi.chu-.na.no.de/de.n.wa/ni/de.ra.re.ma.se.n

07 請稍待，馬上為您轉接。

少々お待ちください。すぐお繋ぎしますので。

sho-.sho-.o.ma.chi.ku.da.sa.i/su.gu.o.tsu.na.gi.shi.ma.su.no.de

08 **請問**您的貴姓大名？ 換2

お名前を **いただけますでしょうか？**

o.na.ma.e/o/i.ta.da.ke.ma.su/de.sho-.ka

09 不好意思，有雜音，請**再**說**一次**。 換3

すみませんが、雑音が入るので、 **もう一度** おっしゃっていただけますか？

sumima.se.n.ga/za.tsu.o.n/ga/ha.i.ru.no.de/mo-.i.chi.do.o.ssha.tte.i.ta.da.ke.ma.su.ka

10 那不好意思，我先掛斷了。

すみませんが、失礼いたします。

su.mi.ma.se.n.ga/shi.tsu.re.i.ta.shi.ma.su

可替換字1

* 不在位置上／**席を外した**／se.ki/o/ha.zu.shi.ta
* 電話中／**電話中な**／de.n.wa.chu-.na.
* 正在忙／**取り込んでいる**／to.ri.ko.n.de.i.ru
* 有訪客／**接客中な**／se.kkya.ku.chu-.na

可替換字2

* 請給我／**くださいませんか**／ku.da.sa.i.ma.se.n.ka
* 請給我／**もらえますか**／mo.ra.e.ma.su.ka
* 告訴我／**教えていただけませんか**／o.shi.e.te.i.ta.da.ke.ma.se.n.ka
* 請賜教／**頂戴できますか**／cho-.da.i.de.ki.ma.su.ka

可替換字3

* 清楚地／**はっきり**／ha.kki.ri
* 慢慢地／**ゆっくり**／yu.kku.ri

ユニット02 轉達留言

Track 032

一定能清楚聽懂！

01 請幫我轉告他，**晚點**我會去拜訪。

後で伺うとお伝えください。 換1

a.to.de.u.ka.ga.u.to.o.tsu.ta.e.ku.da.sa.i

02 能給我他的**手機號碼**嗎？ 換2

彼の**携帯番号**を教えていただけますか？

ka.re.no.ke.i.ta.i.ba.n.go-/o/o.shi.e.te.i.ta.da.ke.ma.su.ka

03 這件事很急，我一定要馬上跟他聯絡。

大至急ですので、すぐに彼に連絡する必要があります。

da.i.shi.kyu-/de.su.no.de/su.gu.ni.ka.re/ni/re.n.ra.ku.su.ru.hi.tsu.yo-/ga/a.ri.ma.su

04 請他跟頂尖物流的稲垣聯絡。

トップ物流の稲垣に連絡するようにお伝えください。

to.ppu.bu.tsu.ryu-.no.i.na.ga.ki/ni/re.n.ra.ku.su.ru.yo-.ni.o.tsu.ta.e.ku.da.sa.i

05 我想問他關於訂單的事情。

オファーの件についてお聞きしたいのですが。

o.fa-.no.ke.n/ni/tsu.i.te.o.ki.ki.shi.ta.i.no/de.su.ga

可替換字 1

* 今天下午／**今日の午後に**／kyo-.no.go.go.ni
* 下周二／**来週の火曜日に**／ra.i.shu-.no.ka.yo-.bi.ni
* 中午前／**午前に**／go.ze.n.ni
* 明天早上／**明日の朝に**／a.shi.ta.no.a.sa.ni
* 會議結束後／**会議の後で**／ka.i.gi.no.a.to.de

可替換字 2

* E-mail／**メール**／me-.ru
* 地址／**住所**／ju-.sho

* 家中電話／**自宅の電話**／ji.ta.ku.no.de.n.wa
* 分機號碼／**内線番号**／na.i.se.n.ba.n.go
* 傳真號碼／**ファックス番号**／fa.kku.su.ba.n.go

06 他知道我的電話，請他回撥給我。

彼は私の携帯番号を知っていますので、お電話をいただけますようお伝えください。

ka.re/wa/wa.ta.shi.no.ke.i.ta.i.ba.n.go/o/shi.tte.i.ma.su.no.de/o.de.n.wa/o/i.ta.da.ke.ma.su.yo-.o.tsu.ta.e.ku.da.sa.i

07 我的電話是 6636-8397。

私の電話番号は6636-8397です。

wa.ta.shi.no.de.n.wa.ba.n.go/wa/ro.ku.ro.ku.sa.n.ro.ku.no.ha.chi.sa.n.kyu-.na.na/de.su

08 我聽不清楚你說的，請講**慢一點**。 換1

すみませんが、電話が遠いのですが、ゆっくり話していただけますか？

su.mi.ma.se.n.ga/de.n.wa/ga/to.o.i.no.de.su.ga/yu.kku.ri.ha.na.shi.te.i.ta.da.ke.ma.su.ka

09 我要留言給他。

伝言をお願いします。

de.n.go.n/o/o.ne.ga.i.shi.ma.su

10 沒關係，我**晚點**再撥。 換2

それでは、後で掛けなおします。

so.re.de.wa/a.to.de.ka.ke.na.o.shi.ma.su

可替換字 1

* 清楚點／**はっきり**／ha.kki.ri

可替換字 2

* 明天／**明日**／a.shi.ta
* 改天／**別の日**／be.tsu.no.hi
* 後天／**明後日**／a.sa.tte
* 今晚／**今晩**／ko.n.ba.n
* 午休／**昼休憩**／hi.ru.kyu-.ke.i
* 下午／**午後**／go.go
* 三點／**三時**／sa.n.ji

一定能輕鬆開口說！

Track 033

01 不好意思，他現在**不在位置上**。

すみませんが、彼（かれ）はただいま***席（せき）を外（はず）しております。*** 換1

su.mi.ma.se.n.ga/ka.re/wa/ta.da.i.ma.se.ki/o/ha.zu.shi.te.o.ri.ma.su

02 需要留言嗎？

何（なに）かご伝言（でんごん）はございますか？

na.ni.ka.go.de.n.go.n/wa/go.za.i.ma.su.ka

03 請您晚點再撥好嗎？

後（あと）で掛（か）けなおしていただけますか？

a.to.de.ka.ke.na.o.shi.te.i.ta.da.ke.ma.su.ka

04 您方便留個**電話號碼**嗎？

電話番号（でんわばんごう）をお願（ねが）いいたします。 換2

de.n.wa.ba.n.go-/o/o.ne.ga.i.i.ta.shi.ma.su

05 他一回來我馬上請他回撥。

彼（かれ）が戻（もど）りましたら、お電話（でんわ）を差（さ）し上（あ）げるよう申（もう）し伝（つた）えます。

ka.re/ga/mo.do.ri.ma.shi.ta.ra/o.de.n.wa/o/sa.shi.a.ge.ru.yo-.mo-.shi.tsu.ta.e.ma.su

可替換字 1

* 外出中／**外出中（がいしゅつちゅう）です**／
ga.i.shu.tsu.chu-.de.su
* 開會中／**会議中（かいぎちゅう）です**／
ka.i.gi.chu-.de.su
* 休假中／**休（やす）み中（ちゅう）です**／
ya.su.mi.chu-.de.su
* 拍攝中／**撮影中（さつえいちゅう）です**／
sa.tsu.e.i.chu-.de.su
* 準備中／**準備中（じゅんびちゅう）です**／
ju.n.bi.chu-.de.su
* 口譯中／**通訳中（つうやくちゅう）です**／
tsu-.ya.ku.chu-.de.su
* 診斷中／**診察中（しんさつちゅう）です**／
shi.n.sa.tsu.chu-.de.su
* 手術中／**手術中（しゅじゅつちゅう）です**／
shu.ju.tsu.chu-.de.su

可替換字 2

* 地址／**連絡先（れんらくさき）**／re.n.ra.ku.sa.ki
* 名字／**名前（なまえ）**／na.ma.e

06 我給您他的**手機號碼**。 換1

彼(かれ)の **携帯番号(けいたいばんごう)** を教(おし)えて差(さ)し上(あ)げましょう。

ka.re.no.ke.i.ta.i.ba.n.go-/o/o.shi.e.te.sa.shi.a.ge.ma.sho-

07 他今天**不會進公司**。 換2

彼(かれ)は、今日(きょう) **会社(かいしゃ)に出勤(しゅっきん)しません。**

ka.re/wa/kyo-.ka.i.sha/ni/shu.kki.n.shi.ma.se.n

08 我知道了，我會轉告他的。

かしこまりました。彼(かれ)にお伝(つた)えします。

ka.shi.ko.ma.ri.ma.shi.ta/ka.re/ni/o.tsu.ta.e.shi.ma.su

09 我問完他會盡快回覆您。

彼(かれ)に尋(たず)ねた後(あと)、すぐにお電話(でんわ)を差(さ)し上(あ)げるよう伝(つた)えます。

ka.re/ni/ta.zu.ne.ta.a.to/su.gu.ni.o.de.n.wa/o/sa.shi.a.ge.ru.yo-.tsu.ta.e.ma.su

10 謝謝您的來電。

お電話(でんわ)ありがとうございます。

o.de.n.wa.a.ri.ga.to-.go.za.i.ma.su

可替換字 1

* 住址／**住所(じゅうしょ)**／ju-.sho
* Email／**メール**／me-.ru
* 名字／**名前(なまえ)**／na.ma.e
* 生日／**生年月日(せいねんがっぴ)**／se.i.ne.n.ga.ppi
* 班機號碼／**フライトナンバー**／fu.ra.i.to.na.n.ba-

可替換字 2

* 請假／**休(やす)みます**／ya.su.mi.ma.su
* 去拜訪客戶／**クライアントを訪(おとず)れます**／ku.ra.i.a.n.to/o/o.to.zu.re.ma.su
* 去高雄出差／**高雄(たかお)へ出張(しゅっちょう)します**／ta.ka.o/e/shu.ccho-.shi.ma.su
* 回總公司開會／**親会社(おやがいしゃ)へ戻(もど)って会議(かいぎ)に行(い)きます**／o.ya.ga.i.sha/e/mo.do.tte.ka.i.gi/ni/i.ki.ma.su
* 去美國／**アメリカへ行(い)きます**／a.me.ri.ka/e/i.ki.ma.su

ユニット 03 電話請假

Track 034

一定能清楚聽懂！

01 發生什麼事了嗎？

どうしたのですか？
do-.shi.ta.no/de.su.ka

02 早上可以請假，但你下午必須過來一趟。

朝(あさ)には休(やす)めますが、午後(ごご)には必(かなら)ず会社(かいしゃ)へ出勤(しゅっきん)してください。
a.sa.ni.wa.ya.su.me.ma.su.ga/go.go.ni.wa.ka.na.ra.zu.ka.i.sha/e/shu.kki.n.shi.te.ku.da.sa.i

03 **事假**不能當天才請。 換1

私用休暇(しようきゅうか)なら、当日(とうじつ)には申(もう)し込(こ)めません。

shi.yo-.kyu-.ka.na.ra/to-.ji.tsu.ni.wa.mo-.shi.ko.me.ma.se.n

04 回來後記得附上請假證明。

戻(もど)ってきたら、休暇証明書(きゅうかしょうめいしょ)を添付(てんぷ)することを忘(わす)れないでください。
mo.do.tte.ki.ta.ra/kyu-.ka.sho-.me.i.sho/o/te.n.pu.su.ru.ko.to/o/wa.su.re.na.i.de.ku.za.sa.i

05 希望你的家人早日康復。

ご家族(かぞく)が一日(いちにち)も早(はや)く回復(かいふく)することを願(ねが)っています。
go.ka.zo.ku/ga/i.chi.ni.chi.mo.ha.ya.ku.ka.i.fu.ku.su.ru.ko.to/o/ne.ga.tte.i.ma.su

可替換字 1

* 病假／**病気休暇**(びょうききゅうか)／byo-.ki.kyu-.ka
* 婚假／**結婚休暇**(けっこんきゅうか)／ke.kko.n.kyu-.ka
* 陪產假／**育児休暇**(いくじきゅうか)／i.ku.ji.kyu-.ka
* 公假／**公休**(こうきゅう)／ko-.kyu-
* 農忙假／**農繁期休暇**(のうはんききゅうか)／no-.ha.n.ki.kyu-.ka
* 生理假／**生理休暇**(せいりきゅうか)／se.i.ri.kyu-.ka
* 產假／**産休**(さんきゅう)／sa.n.kyu-
* 喪假／**忌引き**(きび)／ki.bi.ki
* 探親假／**帰省休暇**(きせいきゅうか)／ki.se.i.kyu-.ka
* 暑假／**夏休み**(なつやす)／na.tsu.ya.su.mi

06 那真是太遺憾了，請節哀。

とても残念(ざんねん)でございますが、どうか悲(かな)しみを抑(おさ)えてください。

to.te.mo.za.n.ne.n.de.go.za.i.ma.su.ga/do-.ka.ka.na.shi.mi/o/o.sa.e.te.ku.da.sa.i

07 你要**多保重**。

どうぞ **ご自愛(じあい)ください**。 換1

do-.zo.go.ji.a.i.ku.da.sa.i

08 今天就在家好好休息吧！

今日(きょう)は家(いえ)でよく休(やす)んでください！

kyo-/wa/i.e.de.yo.ku.ya.su.n.de.ku.da.sa.i

09 記得去看醫生。

お医者(いしゃ)さんへ見(み)てもらいに行(い)くことを忘(わす)れないでください。

o.i.sha.sa.n/e/mi.te.mo.ra.i.ni.i.ku.ko.to/o/wa.su.re.na.i.de.ku.da.sa.i

10 我會幫你轉告**課長**的。 換2

課長(かちょう) にお伝(つた)えいたします。

ka.cho-/ni/o.tsu.ta.e.i.ta.shi.ma.su

可替換字 1

* 趕快好起來／**一日(いちにち)も早(はや)く直(なお)ります**／i.chi.ni.ji.mo.ha.ya.ku.na.o.ri.ma.su
* 打起精神／**元気(げんき)を出(だ)せ**／ge.n.ki/o/da.se

可替換字 2

* 部長／**部長(ぶちょう)**／bu.cho-
* 市長／**市長(しちょう)**／shi.cho-
* 廠長／**工場長(こうじょうちょう)**／ko-.jo-.cho-
* 局長／**局長(きょくちょう)**／kyo.ku.cho-
* 縣長／**県長(けんちょう)**／ke.n.cho-
* 主任／**主任(しゅにん)**／shu.ni.n
* 省長／**省長(しょうちょう)**／sho-.cho-
* 鎮長／**町長(ちょうちょう)**／cho-.cho-

一定能輕鬆開口說！

Track 035

01 喂！請問課長在嗎？

もしもし！課長(かちょう)はいらっしゃいますか？

mo.shi.mo.shi/ka.cho-/wa/i.ra.ssha.i.ma.su.ka

02 我今天可以請假嗎？

今日(きょう)は休(やす)ませていただけますか？

kyo.wa.ya.su.ma.se.te.i.ta.da.ke.ma.su.ka

03 我臨時有事。

急(きゅう)な用事(ようじ)ができました。

kyu-.na.yo-.ji.ga.de.ki.ma.shi.ta

04 我家人住院了。

私(わたし)の家族(かぞく)が入院(にゅういん)することになりました。

wa.ta.shi.no.ka.zo.ku/ga/nyu-.i.n.su.ru.ko.to/ni/na.rima.shi.ta

05 我**發燒**。

私(わたし)は ***熱(ねつ)があります*** 。 換1

wa.ta.shi/wa/ne.tsu/ga/a.ri.ma.su

可替換字 1

* 喉嚨痛／**のどが痛(いた)みます**／ no.do/ga/i.ta.mi.ma.su
* 流鼻水／**鼻水(はなみず)が出(で)ます**／ ha.na.mi.zu/ga/de.ma.su
* 腸胃炎／**胃腸病(いちょうびょう)です**／ i.cho-.byo-.de.su
* 花粉症／**花粉症(かふんしょう)です**／ ka.fu.n.sho-.de.su
* 過敏／**アレルギーです**／ a.re.ru.gi-.de.su
* 腹瀉／**下痢(げり)です**／ge.ri
* 消化不良／**消化不良(しょうかふりょう)です**／ sho-.ka.fu.ryo-.de.su
* 牙疼／**歯痛(しつう)です**／shi.tsu-.de.su
* 頭痛／**頭痛(ずつう)です**／zu.tsu-.de.su
* 胃潰瘍／**胃潰瘍(いかいよう)です**／ i.ka.i.yo-.de.su

06 我上班途中**出了車禍**。 換1

通勤途中で交通事故がありました。

tsu-.ki.n.to.chu-.de.ko-.tsu-.ji.ko/ga/a.ri.ma.shi.ta

07 我想要在家好好休息。

自宅で休養したいのですが。

ji.ta.ku.de.kyu-.yo-.shi.ta.i.no.de.su.ga

08 請半天假可以嗎？

半日休ませていただけますか？

ha.n.ni.chi.ya.su.ma.se.te.i.ta.da.ke.ma.su.ka

09 接下來幾天我可以請喪假嗎？

次の数日間、忌引きを取れますか？

tsu.gi.no.su-.ji.tsu.ka.n/ki.bi.ki/o/to.re.ma.su.ka

10 謝謝您讓我請假。

休ませていただきありがとうございます。

ya.su.ma.se.te.i.ta.da.ki.a.ri.ga.to-.go.za.i.ma.su

可替換字 1

- 遇到大塞車／**大渋滞でした**／
  da.i.ju-.ta.i/de.shi.ta
- 車子拋錨／**車がえんこしました**／ku.ru.ma/ga/e.n.ko.shi.ma.shi.ta
- 頭暈／**めまいがしました**／
  me.ma.i/ga/shi.ma.shi.ta
- 腹痛／**腹痛がありました**／
  fu.ku.tsu-/ga/a.ri.ma.shi.ta
- 抽筋／**痙攣がありました**／
  ke.i.re.n/ ga/a.ri.ma.shi.ta
- 挫傷／**捻挫しました**／
  ne.n.za.shi.ma.shi.ta
- 關節炎／**痛風しました**／
  tsu-.fu-.shi.ma.shi.ta
- 氣喘／**喘息の発作が出ました**／
  ze.n.so.ku.no.ho.ssa/ga/de.ma.shi.ta
- 胸口難受／**胸焼けしました**／
  mu.ne.ya.ke.shi.ma.shi.ta

Track 036

學會自然地對話互動……

本田：你好，請問是聯合商社嗎？
本田（ほんだ）：もしもし、聯合商社（れんごうしょうしゃ）ですか？

秘書：是的，聯合商社您好。
秘書（ひしょ）：はい、聯合商社（れんごうしょうしゃ）です。

本田：可以幫我轉接會計部嗎？
本田（ほんだ）：経理部（けいりぶ）にお繋（つな）ぎいただけますか？

秘書：好的，請稍後。
秘書（ひしょ）：かしこまりました。少々（しょうしょう）お待（ま）ちくださいませ。

本田：我是伊藤商事的本田。請問大野部長在嗎？
本田（ほんだ）：私（わたし）は伊藤商事（いとうしょうじ）の本田（ほんだ）と申（もう）しますが。部長（ぶちょう）の大野（おおの）さんはいらっしゃいますか？

秘書：部長正在開會， 很抱歉現在沒辦法接電話。
秘書（ひしょ）：部長（ぶちょう）はただ今会議中（いまかいぎちゅう）ですので、恐（おそ）れ入（い）りますが、電話（でんわ）に出（で）られません。

本田：這樣啊！可以幫我轉告他我稍後會前往拜訪嗎？
本田（ほんだ）：そうですか。後（あと）で伺（うかが）うとお伝（つた）えくださいませんか？

秘書：好的。我會轉告部長。
秘書（ひしょ）：かしこまりました。では、部長（ぶちょう）にお伝（つた）えいたします。

本田：謝謝您。再見。
本田（ほんだ）：ありがとうございます。失礼（しつれい）いたします。

秘書：再見。
秘書（ひしょ）：失礼（しつれい）いたします。

パート5

會議簡報篇

パート 5 音檔雲端連結

因各家手機系統不同，若無法直接掃描，
仍可以至以下電腦雲端連結下載收聽。
（http://tinyurl.com/2ztfx2av）

ユニット01 開場致詞

Track 037

一定能清楚聽懂！

01 各位早安，希望今天的會議進行順利。

おはようございます、今日(きょう)の会議(かいぎ)をスムーズに行(おこな)えるように望(のぞ)みます。

o.ha.yo-.go.za.i.ma.su/kyo-.no.ka.i.gi/o/su.mu-.zu.ni.o.ko.na.e.ru.yo-.ni.no.zo.mi.ma.su

02 首先，讓我們看看今天的議程。

まず、今日(きょう)のプログラムを見(み)てみましょう。

ma.zu/kyo-.no.pu.ro.gu.ra.mu/o/mi.te.mi.ma.sho-

03 如果有什麼問題，請立刻提出。

ご質問(しつもん)があれば、すぐにおっしゃってください。

go.shi.tsu.mo.n/ga/a.re.ba/su.gu.ni.o.ssha.tte.ku.da.sa.i

04 今天會議和往常一樣由我主持。

今日(きょう)の会議(かいぎ)はいつものように、私(わたし)が議長(ぎちょう)を務(つと)めます。

kyo-.no.ka.i.gi/wa/i.tsu.mo.no.yo-.ni/wa.ta.shi/ga/gi.cho-/o/tsu.to.me.ma.su

05 首先，感謝各位**準時參加此次會議**。 換1

まず、*時間通(じかんどお)りに会議(かいぎ)に出席(しゅっせき)していただき、*ありがとうございました。

ma.zu/ji.ka.n.do.o.ri.ni.ka.i.gi/ni/shu.sse.ki.shi.te.i.ta.da.ki/a.ri.ga.to-.go.za.i.ma.shi.da

可替換字 1

* 提供資料／**資料(しりょう)を配(くば)って**／shi.ryo-/o/ku.ba.tte
* 幫忙安排會議／**会議(かいぎ)を手配(てはい)して**／ka.i.gi/o/te.ha.i.shi.te
* 幫忙租借場地／**スペースを借(か)りて**／su.pe-.su/o/ka.ri.te
* 準備茶點／**茶菓子(ちゃがし)を用意(ようい)して**／cha.ga.shi/o/yo-.i.shi.te
* 合作／**ご協力(きょうりょく)**／go.kyo-.ryo.ku
* 大家的支持／**皆(みな)さんのサポート**／mi.na.sa.n.no.sa.po-.to
* 信賴我／**信用(しんよう)してくださること**／shi.n.yo-.shi.te.ku.da.sa.ru.ko.to
* 平時的眷顧／**日頃(ひごろ)のご愛顧(あいこ)**／hi.go.ro.no.go.a.i.ko

* 邀請我來主持／**司会することを頼まれて**／
shi.ka.i.su.ru.ko.to/o/ta.no.ma.re.te

* 在大家親切地支持下成功／**皆さんのご好意に支えられ、大成功したこと**／mi.na.sa.n.no.go.ko-.i/ni/sa.sa.e.ra.re/da.i.se.i.ko-.shi.ta.ko.to

06 那我們開始吧。

それでは、始めましょう。
so.re.de.wa/ha.ji.me.ma.sho-

07 這個會議的目的是討論**經銷通路的問題**。換1

この会議の主旨は*販売ルートの問題*としています。

ko.no.ka.i.gi.no.shu.shi/wa/ha.n.ba.i.ru-.to.no.mo.n.da.i.to.shi.te.i.ma.su

08 請看**大綱第一頁**。換2

***アウトラインの一ページ目*をご覧ください。**

a.u.to.ra.i.n.no.i.chi.pe-.ji.me/o/go.ra.n.ku.da.sa.i

09 我非常願意聽聽各位的高見。

ご高見をぜひいただきたいと思います。
go.ko-.ke.n/o/ze.hi.i.ta.da.ki.ta.i.to.o.mo.i.ma.su

10 我們請董事來精神喊話。

理事が私たちを励ましてくださいます。
ri.ji/ga/wa.ta.shi.ta.chi/o/ha.ge.ma.shi.te.ku.da.sa.i.ma.su

可替換字 1

* 年終結算／**年末決算**／
ne.n.ma.tsu.ke.ssa.n
* 例行事務／**ルーチン**／ru-.chi.n
* 營業額下降／**売上高は減少**／u.ri.a.ge.da.ka/wa/ge.n.sho-

可替換字 2

* 最後一頁／**最後のページ**／
sa.i.go.no.pe-.ji
* 長條圖／**バーグラフ**／ba-.gu.ra.fu
* 曲線圖／**折れ線グラフ**／
o.re.se.n.gu.ra.fu
* 圓餅圖／**円グラフ**／e.n.gu.ra.fu
* 柱狀圖／**棒グラフ**／bo-.gu.ra.fu
* 會議記錄／**議事録**／gi.ji.ro.ku
* 表格第一欄／**フォームの最初の列**／fo-.mu.no.sa.i.sho.no.re.tsu

一定能輕鬆開口說！

Track 038

01 我們必須先等係長過來。

係長(かかりちょう)がいらっしゃるのを待(ま)たなければなりません。

ka.ka.ri.cho-/ga/i.ra.ssha.ru.no/o/ma.ta.na.ke.re.ba.na.ri.ma.se.n

02 全部人都到了。

全員(ぜんいん)が揃(そろ)いました。

ze.n.i.n/ga/so.ro.i.ma.shi.ta

03 請先簽**簽到表**。換1

名簿(めいぼ)にサインしてください。

me.i.bo/ni/sa.i.n.shi.te.ku.da.sa.i

04 今天由我做**會議紀錄**。換2

今日(きょう)は**会議(かいぎ)の記録(きろく)**をさせていただきます。

kyo-/wa/ka.i.gi.no.ki.ro.ku/o/sa.se.te.i.ta.da.ki.ma.su

05 每個位置上都有流程表了嗎？

各座席(かくざせき)にフロチャートが置(お)いてありますか？

ka.ku.za.se.ki /ni/fu.ro-.cha-.to/ga/o.i.te.a.ri.ma.su.ka

可替換字 1

* 同意書／**同意書(どういしょ)**／do-.i.sho
* 契約／**契約(けいやく)**／ke.i.ya.ku
* 使用申請／**利用申請書(りようしんせいしょ)**／ri.yo-.shi.n.se.i.sho
* 工作報告／**作業報告書(さぎょうほうこくしょ)**／sa.gyo-.ho-.ko.ku.sho
* 保密協定／**守秘義務(しゅひぎむ)の書類(しょるい)**／shu.hi.gi.mu.no.sho.ru.i

可替換字 2

* 司儀／**司会者(しかいしゃ)**／shi.ka.i
* 招待／**接待係(せったいかかり)**／se.tta.i.ga.ka.ri
* 主席／**主席(しゅせき)**／shu.se.ki
* 會議的安排／**会議(かいぎ)の手配(てはい)**／ka.i.gi.no.te.ha.i
* 會議的錄音／**会議(かいぎ)の録音(ろくおん)**／ka.i.gi.no.ro.ku.o.06

06 沒有拿到的請跟我領取。

もらっていないかたはどうぞ受(う)け取(と)ってください。

mo.ra.tte.i.na.i.ka.ta/wa/do-.zo.u.ke.to.tte.ku.da.sa.i

07 負責**架投影機**的人是誰？ **換1**

スライドを担当(たんとう)する人(ひと)は誰(だれ)ですか？

su.ra.i.do/o/ta.n.to-.su.ru.hi.to/wa/da.re/de.su.ka

08 麥克風好像有點問題。

マイクに問題(もんだい)があるようです。

ma.i.ku.ni.mo.n.da.i/ga/a.ru.yo-/de.su

09 很抱歉，銷售部部長**因病缺席**。 **換2**

申(もう)し訳(わけ)ありませんが、販売部(はんばいぶ)の部長(ぶちょう)は**病気(びょうき)で欠席(けっせき)します。**

mo-.shi.wa.ke.a.ri.ma.se.n.ga/ha.n.ba.i.bu.no.bu.cho-/wa/byo-.ki.de.ke.sse.ki.shi.ma.su

10 **社長正在路上**。會議可以先開始。 **換3**

社長(しゃちょう)は会社(かいしゃ)に来(く)る途中(とちゅう)ですが、会議(かいぎ)は先(さき)に始(はじ)めても良(よ)いでしょう。

sha.cho-/wa/ka.i.sha/ni/ku.ru.to.chu-/de.su.ga/ka.i.gi/wa/sa.ki.ni.ha.ji.me.te.mo.yo.i/de.sho-

可替換字 1

* 架設螢幕／**スクリーンを架設(かせつ)する**／su.ku.ri-.n/o/ka.se.tsu.su.ru
* 通知開會／**会議(かいぎ)を通知(つうち)する**／ka.i.gi/o/tsu-.ji.su.ru
* 影印資料／**資料(しりょう)をコピーする**／shi.ryo-/o/ko.pi-.su.ru
* 擬定大綱／**草案(そうあん)を作(つく)る**／so-.a.n/o.tsu.ku.ru

可替換字 2

* 不克前來／**来(こ)られません**／ko.ra.re.ma.se.n
* 被車潮塞住了／**渋滞(じゅうたい)に巻(ま)き込(こ)まれました**／ju-.ta.i/ni/ma.ki.ko.ma.re.ma.shi.ta

可替換字 3

* 大家都已就座／**皆(みな)さんに着席(ちゃくせき)していただいて**／mi.na.sa.n/ni/cha.ku.se.ki.shi.te.i.ta.da.i.te

ユニット 02 目標議題

Track 039

一定能清楚聽懂！

01 本次是針對**市場佔有率**。換1

今度(こんど)は **市場(しじょう)シェア** についてです。

ko.n.do/wa/shi.jo-.she.a.ni.tsu.i.te/de.su

02 我們希望今天能得出結論。

今日(きょう)は、結論(けつろん)を出(だ)せることを願(ねが)っています。

kyo-/wa/ke.tsu.ro.n/o/da.se.ru.ko.to/o/ne.ga.tte.i.ma.su

03 我們今天要討論的議題是技術創新。

今日(きょう)は、技術革新(ぎじゅつかくしん)の問題(もんだい)を議論(ぎろん)したいです。

kyo-/wa/gi.ju.tsu.ka.ku.shi.n.no.mo.n.da.i/o/gi.ro.n.shi.ta.i/de.su

04 本次會議主要包括以下幾個議題。

今度(こんど)の会議(かいぎ)では、次(つぎ)のトピックについて議論(ぎろん)します。

ko.n.do.no.ka.i.gi.de/wa/tsu.gi.no.to.pi.kku/ni.tsu.i.te.gi.ro.n.shi.ma.su

05 大家對此次的主題都清楚了嗎？

皆(みな)さんは今度(こんど)のテーマについてはっきり分(わ)かりましたか？

mi.na.sa.n/wa/ko.n.do.no.te-.ma/ni.tsu.i.te/ha.kki.ri.wa.ka.ri.ma.shi.ta.ka

可替換字 1

* 銷售策略／**販売戦略**(はんばいせんりゃく)／ha.n.ba.i.se.n.rya.ku
* 選擇目標市場／**標的市場の選択**(ひょうてきしじょうのせんたく)／hyo-.te.ki.shi.jo-.no.se.n.ta.ku
* 庫存管理／**在庫管理**(ざいこかんり)／za.i.ko.ka.n.ri
* 加班津貼／**時間外手当**(じかんがいてあて)／ji.ka.n.ga.i.te.a.te
* 業務擴展／**職務拡大**(しょくむかくだい)／sho.ku.mu.ka.ku.da.i
* 職位輪調／**ジョブ・ローテーション**／jo.bu/ro-.te-.sho.n
* 新客戶開發／**新規開拓**(しんきかいたく)／shi.ki.ka.i.ta.ku
* 員工考核／**人事考課**(じんじこうか)／ji.n.ji.ko-.ka
* 市場滲透策略／**市場浸透政略**(しじょうしんとうせいりゃく)／shi.jo-.shi.n.to-.se.i.rya.ku
* 產品開發策略／**新製品開発戦略**(しんせいひんかいはつせんりゃく)／shi.n.se.i.hi.n.ka.i.ha.tsu.se.i.rya.ku

06 我還有一些事項需要說明。

説明の必要な事項がまたいくつかあります。

se.tsu.me.i.no.hi.tsu.yo-.na.ji.ko-/ga/ma.ta.i.ku.tsu.ka/a.ri.ma.su

07 從**這個議題**開始著手吧！ **換1**

***このトピック*から着手しましょう！**

ko.no.to.pi.kku.ka.ra.cha.ku.shu-.shi.ma.sho

08 召開這次會議的目的是**促進雙方了解**。 **換2**

今度の会議を開く目的は、*双方の理解を促進する*ことです。

ko.n.do.no.ka.i.gi/o/hi.ra.ku.mo.ku.te.ki/wa/so-.ho-.no.ri.ka.i/o/so.ku.shi.n.su.ru.ko.to/de.su

09 今天的會議有別於前次。

今日の会議は、前回とは異なります。

kyo-.no.ka.i.gi/wa/ze.n.ka.i.to/wa/ko.to.na.ri.ma.su

10 部長希望我們今天能達成共識。

共通認識を得られることを部長は望んでいます。

ko-.tsu-.ni.n.shi.ki/o/e.ra.re.ru.ko.to/o/bu.cho-/wa/no.zo.n.de.i.ma.su

可替換字 1

- ＊ 收集情報／**情報収集**／jo-.ho-.shu-.shu-
- ＊ 眼前的事物／**目先のこと**／me.sa.ki.no.ko.to
- ＊ 消減預算／**予算の削減**／yo.sa.n.no.sa.ku.ge.n
- ＊ 提案／**提案書**／te.i.a.n.sho
- ＊ 可以馬上實行的東西／**即実行可能なもの**／so.ku.ji.kko-.ka.no-.na.mo.no

可替換字 2

- ＊ 交換情報和意見／**情報、意見を交換する**／jo-.ho-/i.ke.n/o/ko-.ka.n.su.ru
- ＊ 增進雙方理解／**相互理解を深める**／so-.go.ri.ka.i/o/fu.ka.me.ru
- ＊ 表決人事異動／**人事異動を決議する**／ji.n.ji.i.to/o/ke.tsu.gi.su.ru
- ＊ 表決契約簽訂／**契約の締結を決議する**／ke.i.ya.ku.no.te.i.ke.tsu/o/ke.tsu.gi.su.ru
- ＊ 表決股權移轉計畫／**株式移転計画を決議する**／ka.bu.shi.ki.i.te.n.ke.i.ka.ku/o/ka.tsu.gi.su.ru

一定能輕鬆開口說！

Track 040

01 這次會議的主要議題是什麼呢？

今度の会議の主なトピックは何ですか？

ko.n.do.no.ka.i.gi.no.o.mo.na.to.pi.kku/wa/na.n/de.su.ka

02 你能說明一下工作目標嗎？

仕事の目標について少し説明してもらえますか？

shi.go.to.no.mo.ku.hyo.ni.tsu.i.te.su.ko.shi.se.tsu.me.i.shi.te.mo.ra.e.ma.su.ka

03 這個主題不是**我們**負責的。

換1

このトピックを担当するのは **私たち** ではありません。

ko.no.to.pi.kku/o/ta.n.to-.su.ru.no/wa/wa.ta.shi.ta.chi.de.wa.a.ri.ma.se.n

04 我請早田先生多帶一些資料過來。

私は早田さんにさらに詳しい資料を持って来てもらいます。

wa.ta.shi/wa/ha.ya.da.sa.n/ni/sa.ra.ni.ku.wa.shi.i.shi.ryo-/o/mo.tte.ki.te.mo.ra.i.ma.su

05 上次開會不是討論過了嗎？

前回の会議で議論したのではありませんか？

ze.n.ka.i.no.ka.i.gi.de.gi.ro.n.shi.ta.no.de.wa.a.ri.ma.se.n.ka

可替換字 1

* 我這組／**私のグループ**／wa.ta.shi.no.gu.ru-.pu
* 我們部門／**我々の部門**／wa.re.wa.re.no.bu.mo.n
* 企畫部門／**企画部**／ki.ka.ku.bu
* 總務、雜務部門／**庶務部**／sho.mu.bu
* 銷售部門／**販売部**／ha.n.ba.i.bu
* 採購部門／**購買部**／ko-.ba.i.bu
* 開發部門／**開発部**／ka.i.ha.tsu.bu
* 宣傳部門／**広報部**／ko-.ho-.bu
* 生產部門／**製造部**／se.i.zo-.bu
* 會計部門／**会計部**／ka.i.ke.i.bu

06 我們今天將會討論**人員配置問題**。換1

今日(きょう)は**人員(じんいん)の配置(はいち)の問題(もんだい)**について討論(とうろん)します。

kyo-/wa/ji.n.i.n.no.ha.i.chi.no.mo.n.da.i.ni.tsu.i.te.to-.ro.n.shi.ma.su

07 這件事需要從長計議。

この問題(もんだい)はじっくりと相談(そうだん)しなければなりません。

ko.no.mo.n.da.i/wa/ji.kku.ri.to.so-.da.n.shi.na.ke.re.ba.na.ri.ma.se.n

08 目前首要任務是改進管理體制。

現在(げんざい)、最(もっと)も重要(じゅうよう)な任務(にんむ)は管理体制(かんりたいせい)を改善(かいぜん)することです。

ge.n.za.i/mo.tto.mo.ju-.yo-.na.ni.n.mu/wa/ka.n.ri.ta.i.se.i/o/ka.i.ze.n.su.ru.ko.to/de.su

09 我們今天應該無法討論完這整個議題。

今日(きょう)はこの議題(ぎだい)をすべて討論(とうろん)することはできないだろうと思(おも)います。

kyo-/wa/ko.no.gi.da.i/o/su.be.te.to-.ro.n.su.ru.ko.to/wa/de.ki.na.i.da.ro-.to.o.mo.i.ma.su

10 這個議題是誰提出的？

この議題(ぎだい)は誰(だれ)が提出(ていしゅつ)したのですか？

ko.no.gi.da.i/wa/da.re/ga/te.i.shu.tsu.shi.ta.no/de.su.ka

可替換字 1

* 新產品／**新製品(しんせいひん)**／shi.n.se.i.hi.n
* 公司政策／**会社(かいしゃ)の方針(ほうしん)**／ka.i.sha.no.ho-.shi.n
* 理想的管理／**マネージメントのあり方(かた)**／ma.ne-.ji.me.n.to.no.a.ri.ka.ta
* 公司的經營模式／**会社(かいしゃ)のビジネスモデル**／ka.i.sha.no.bi.ji.ne.su.mo.de.ru
* Uniqlo的企業策略的優劣／**ユニクロの事業戦略(じぎょうせんりゃく)の是非(ぜひ)**／yu.ni.ku.ro.no.ji.gyo-.se.n.rya.ku.no.ze.hi
* 產業創新／**産業創出(さんぎょうそうしゅつ)**／sa.n.gyo-.so-.shu.tsu
* 台日產業界合作／**台日産業界(たいにちさんぎょうかい)の連携(れんけい)**／ta.i.ni.chi.sa.n.gyo-.ka.i.no.re.n.ke.i
* IT市場的嶄新現況／**新(あら)たなIT市場(しじょう)の現状(げんじょう)**／a.ra.ta.na.e.i.ti-.shi.jo-.no.ge.n.jo-
* 汽車市場的現況／**自動車市場(じどうしゃしじょう)の実態(じったい)**／ji.do-.sha.shi.jo-.no.ji.tta.i

ユニット 03 工作報告

Track 041

一定能清楚聽懂！

01 我們這一組做了一個特別企劃。

われわれのグループは、特別(とくべつ)な企画(きかく)を作(つく)りました。

wa.re.wa.re.no.gu.ru-.pu/wa/to.ku.be.tsu.na.ki.ka.ku/o/tsu.ku.ri.ma.shi.ta

02 請大家看**投影片**。

スライド をご覧下(らんくだ)さい。 換1

su.ra.i.do/o/go.ra.n.ku.da.sa.i

03 杉本小姐正在做評估。

杉本(すぎもと)さんが見積(みつ)もりをしています。

su.gi.mo.to.sa.n/ga/ mi.tsu.mo.ri/o/shi.te.i.ma.su

04 到目前為止，進展還算順利。

これまでのところ、進行(しんこう)はかなりスムーズです。

ko.re.ma.de.no.to.ko.ro/shi.n.ko-/wa/ka.na.ri.su.mu-.zu/de.su

05 我們還在招標。

我々(われわれ)はまだ入札(にゅうさつ)を募集(ぼしゅう)しています。

wa.re.wa.re/wa/ma.da.nyu-.sa.tsu/o/bo.shu-.shi.te.i.ma.su

可替換字 1

* 這邊／**ここ**／ko.ko
* 影片／**動画(どうが)**／do-.ga
* 敝公司的網站／**弊社(へいしゃ)ホームページ**／he.i.sha.ho-.mu.pe-.ji
* 年行事表／**年間行事表(ねんかんぎょうじひょう)**／ne.n.ka.n.gyo-.ji.hyo-
* 下列的東西／**下記(かき)**／ka.ki
* 封底／**裏表紙(うらびょうし)**／u.ra.byo-.shi
* 背面／**裏面(うらめん)**／u.ra.me.n
* 下面的PDF檔／**下記(かき)のPDFファイル**／ka.ki.no.pi-.di-.e.fufa.i.ru
* 分發的資料／**配布資料(はいふしりょう)**／ha.i.fu.shi.ryo-
* 廣片影片／**CM映像(えいぞう)**／shi-.e.mu.e.i.zo-

06 我做了份財務分析報告。

財務分析(ざいむぶんせき)レポートを作(つく)りました。

za.i.mu.bu.n.se.ki.re.po-.to/o/tsu.ku.ri.ma.shi.ta

07 之所以這麼做是因為考量到**成本**。

このようにしたのは、**コスト**を考慮(こうりょ)したためです。 換1

ko.no.yo-.ni.shi.ta.no/wa/ko.su.to/o/ko-.ryo.shi.ta.ta.me.de.su

08 因為**資金不足**，因此無法執行。 換2

資金不足(しきんぶそく)のため、執行(しっこう)できません。

shi.ki.n.bu.so.ku.no.ta.me/shi.ko-.de.ki.ma.se.n

09 這個團隊由藤木課長帶領。

このチームは藤木課長(ふじきかちょう)が率(ひき)いているのです。

ko.no.chi-.mu/wa/fu.ji.ki.ka.cho-/ga/hi.ki.i.te.i.ru.no/de.su

10 我們先簡單說明一下。

簡単(かんたん)に説明(せつめい)しましょう。

ka.n.ta.n.ni.se.tsu.me.i.shi.ma.sho-

可替換字 1

* 交貨時間／**配達時間(はいたつじかん)**／ha.i.ta.tsu.ji.ka.n
* 財政方面（的問題）／**財政面(ざいせいめん)**／za.i.se.i.me.n
* 輿論／**世論(せろん)**／se.ro.n
* 天候不良／**悪天候(あくてんこう)**／a.ku.te.n.ko-
* 客戶的要求／**顧客(こきゃく)の要求事項(ようきゅうじこう)**／ko.kya.ku.no.yo-.kyu-.ji.ko-
* 潛在利益的可能／**潜在的(せんざいてき)な利益(りえき)の可能性(かのうせい)**／se.n.za.i.te.ki.na.ri.e.ki.no.ka.no-.se.i

可替換字 2

* 計畫不夠完善／**計画(けいかく)は完璧(かんぺき)ではない**／ke.i.ka.ku/wa/ka.n.pe.ki.de.wa.na.i
* 被上頭駁回／**上司(じょうし)に却下(きゃっか)された**／jo-.shi/ni/kya.kka.sa.re.ta
* 電腦故障／**パソコン故障(こしょう)**／pa.so.ko.n.ko.sho-
* 沒有廠商要接／**引(ひ)き受(う)けるディーラがない**／hi.ki.u.ke.ru.di-.ra.ga.na.i

一定能輕鬆開口說！

Track 042

01 你們的報告內容是什麼？

きみ　ないよう　なん

君のレポートの内容は何ですか？

ki.mi.no.re.po-.to.no.na.i.yo-/wa/na.n/de.su.ka

02 有**參考資料**嗎？ 換1

さんこう しりょう

参考資料 はありますか？

sa.n.ko-.shi.ryo-/wa/a.ri.ma.su.ka

03 我們需要**更多數據佐證**。 換2

おお　しょうこ　ひつよう

もっと多くの証拠データ が必要です。

mo.tto.o-.ku.no.sho-.ko.de-.ta/ga/hi.tsu.yo-.de.su

04 你現在手邊在進行什麼？

いま て もと　すす　なん

今手元で進んでいるのは何ですか？

i.ma.te.mo.to.de.su.su.n.de.i.ru.no/wa/na.n/de.su.ka

05 目前有什麼進展要報告嗎？

なに　ほうこく　しんてん

何か報告できる進展がありますか？

na.ni.ka.ho-.ko.ku.de.ki.ru.shi.n.te.n/ga/a.ri.ma.su.ka

可替換字 1

- ＊ 附件／**添付資料**（てんぷしりょう）／te.n.pu.shi.ryo-
- ＊ 特別注意事項／**特記事項**（とっきじこう）／to.kki.ji.ko-
- ＊ 意見／**所見**（しょけん）／sho.ke.n
- ＊ 研究結果／**研究成果**（けんきゅうせいか）／ke.n.kyu-.se.i.ka
- ＊ 部長的簽名／**部長の署名**（ぶちょう しょめい）／bu.cho-.no.sho.me.i

可替換字 2

- ＊ 更多的人材／**もっと多くの人材**（おお じんざい）／mo.tto.o-.ku.no.ji.n.za.i
- ＊ 更多派遣員工／**もっと多くの派遣**（おお はけん）／mo.tto.o-.ku.no.ha.ke.n
- ＊ 更多的情報／**もっと多くの情報**（おお じょうほう）／mo.tto.o-.ku.no.jo-.ho-
- ＊ 好好做事前調查／**事前調査をしっかりとすること**（じぜんちょうさ）／ji.ze.n.cho-.sa/o/shi.kka.ri.to.su.ru.ko.to
- ＊ 調查市場規模／**市場規模の調査**（しじょうきぼ ちょうさ）／shi.jo-.ki.bo.no.cho-.sa

06 休息 10 分鐘吧！

10分間休みましょう。（ふんかんやす）

ju-.bu.n.ka.n.ya.su.mi.ma.sho-

07 我把**目前為止的討論**做個整理。 換1

私は *今までの討論* **をまとめます。**（わたし／いま／とうろん）

wa.ta.shi/wa/i.ma.ma.de.no.to-.ro.n/o/ma.to.me.ma.su

08 你的組員有誰？

チームメンバーは誰ですか？（だれ）

chi-.mu.me.n.ba-/wa/da.re/de.su.ka

09 大家分別負責什麼內容？

皆さんはそれぞれ何を担当していますか？（みな／なに／たんとう）

mi.na.sa.n/wa/so.re.zo.re.na.ni/o/ta.n.to-.shi.te.i.ma.su.ka

10 我們必須先看過**這些檔案**。 換2

われわれは *これらの書類* **に目を通す必要があります。**（しょるい／め／とお／ひつよう）

wa.re.wa.re/wa/ko.re.ra.no.sho.ru.i/ni/me.o.to-.su.hi.tsu.yo-/ga/a.ri.ma.su

可替換字 1

* 重點／**要点**（ようてん）／yo-.te.n
* 概要／**サマリー**／sa.ma.ri-
* 至今的過程／**今までの経過**（いま／けいか）／i.ma.ma.de.no.ke.i.ka

可替換字 2

* 改善方案／**改善提案**（かいぜんていあん）／ka.i.ze.n.te.i.a.n
* 營業日報／**業務日報**（ぎょうむにっぽう）／e-.gyo-.ni.ppo-
* 業務報告／**業務報告**（ぎょうむほうこく）／gyo-.mu.ho-.ko.ku
* 營業週報／**業務週報**（ぎょうむしゅうほう）／e-.gyo-.shu-.ho-
* 問卷調查報告／**アンケート調査報告書**（ちょうさほうこくしょ）／a.n.ke-.to.cho-.sa.ho-.ko.ku.sho
* 工廠現況報告書／**工場に関する現況調査書**（こうじょう／かん／げんきょうちょうさしょ）／ko-.jo-.ni.ka.n.su.ru.ge.n.kyo-.cho-.sa.sho
* 參與技能講習之報告／**技能講習受講報告書**（ぎのうこうしゅうじゅこうほうこくしょ）／gi.no-.ko-.shu-.ju.ko-.ho-.ko.ku.sho

ユニット 04 業務検討

Track 043

一定能清楚聽懂！

01 我們最近接到太多**客訴**了。

われわれは、最近多くの**顧客からの苦情**を受け取りました。 換1

wa.re.wa.re/wa/sa.i.ki.n.o-.ku.no.ko.kya.ku.ka.ra.no.ku.jo-/o/u.ke.to.ri.ma.shi.ta

02 你們的小組上個月業績不怎麼好。

あなたのチームは先月の業績があまりよくありません。

a.na.ta.no.chi-.mu/wa/se.n.ge.tsu.no.gyo-.se.ki/ga/a.ma.ri.yo.ku.a.ri.ma.se.n

03 業績下滑百分之二十六。

業績は26%ぐらい落ちました。

gyo-.se.ki/wa/ni.ju-.ro.ku.pa-.se.n.to.gu.ra.i.o.chi.ma.shi.ta

04 你知道此次失敗的原因嗎？

今度の失敗の理由を知っていますか？

ko.n.do.no.shi.ppa.i.no.ri.yu-/o/shi.tte.i.ma.su.ka

05 我們的客戶正在流失。

我々の顧客が失われています。

wa.re.wa.re.no.ko.kya.ku/ga/u.shi.na.wa.re.te.i.ma.su

可替換字 1

- 退貨／**返品**／he.n.pi.n
- 損毀品的貨品附信／**破損品の送付状**／ha.so.n.hi.n.no.so-.fu.jo-
- 產品目錄／**カタログ**／ka.ta.ro.gu
- 訂單／**注文書**／chu-.mo.n.sho
- 空頭支票／**不渡手形**／fu.wa.ta.ri.te.ga.ta
- 收據／**受領書**／ju.ryo-.sho
- 到貨退還貨單／**着荷返送送り状**／cha.ku.ni.he.n.so-.o.ku.ri.jo-
- 出貨延遲的道歉信／**納期遅延のお詫び**／no-.ki.chi.e.n.no.o.wa.bi
- 新商品上市通知／**新製品発売のお知らせ**／shi.n.se.i.hi.n.ha.tsu.ba.i.no.o.shi.ra.se.i

06 你沒有注意到這一點嗎？

あなたはこれに気付(きづ)かなかったのですか？

a.na.ta/wa/ko.re/ni/ki.zu.ka.na.ka.tta.no/de.su.ka

07 這是一個**很嚴重的**問題。**換1**

これは ***非常(ひじょう)に深刻(しんこく)な*** 問題(もんだい)となっています。

ko.re/wa/hi.jo-.ni.shi.n.ko.ku.na.mo.n.da.i.to.na.tte.i.ma.su

08 廠商決定不跟我們合作了。

メーカーは私(わたし)たちと協力(きょうりょく)しないことを決定(けってい)しました。

me-.ka-/wa/wa.ta.shi.ta.chi/to/kyo-.ryo.ku.shi.na.i.ko.to/o/ke.tte.i.shi.ma.shi.ta

09 這件事的處理上有瑕疵。

この問題(もんだい)の取(と)り扱(あつか)いには欠点(けってん)があります。

ko.no.mo.n.da.i.no.to.ri.a.tsu.ka.i.ni/wa/ke.tte.n/ga/a.ri.ma.su

10 我們快要財政赤字了。

我々(われわれ)は、まもなく財政赤字(ざいせいあかじ)となるだろう。

wa.re.wa.re/wa/ma.mo.na.ku.za.i.se.i.a.ka.ji.to.na.ru.da.ro-

可替換字 1

* 切身的／**身近(みぢか)な**／mi.ji.ka.na
* 敏感的／**デリケートな**／de.ri.ke-.to.na
* 大的／**大(おお)きな**／o-.ki.na
* 麻煩的／**面倒(めんどう)な**／me.n.do-.na
* 技術上的／**技術的(ぎじゅつてき)な**／gi.ju.tsu.te.ki
* 嚴重的／**大変(たいへん)な**／ta.i.he.n.na
* 社會層面的／**社会的(しゃかいてき)な**／sha.ka.i.te.ki
* 複雜的／**複雑(ふくざつ)な**／fu.ku.za.tsu.na
* 令人為難的／**厄介(やっかい)な**／ya.ka.i.na
* 倫理上的／**倫理的(りんりてき)な**／ri.n.ri.te.ki.na

一定能輕鬆開口說！

Track 044

01 有任何改進的建議嗎？

何(なに)か改善提案(かいぜんていあん)がありますか？

na.ni.ka.ka.i.ze.n.te.i.a.n/ga/a.ri.ma.su.ka

02 你要怎麼解釋此次失敗的原因？

どのようにしてこの失敗(しっぱい)の理由(りゆう)を説明(せつめい)するのでしょうか？

do.no.yo-.ni.shi.te.ko.no.shi.bba.i.no.ri.yu-/o/se.tsu.me.i.su.ru.no.de.sho-.ka

03 我們應該從根本的問題來討論。

我々(われわれ)は根本的(こんぽんてき)な問題(もんだい)から議論(ぎろん)すべきです。

wa.re.wa.re/wa/ho-.n.po.n.te.ki.na.mo.n.da.i.ka.ra.gi.ro.n.su.be.ki/de.su

04 這樣是**暫時的**解決方案。 換1

これは 一時的(いちじてき)な ソリューションです。

ko.re/wa/i.chi.ji.te.ki.na.so.ryu-.sho.n/de.su

05 新商品是一個大失敗。

新製品(しんせいひん)は大失敗(だいしっぱい)です。

shi.n.se.i.hi.n/wa/da.i.shi.ppa.i/de.su

可替換字 1

* 最適合的／**最適(さいてき)な**／sa.i.te.ki.na
* 有效的／**効果的(こうかてき)な**／ko-.ka.te.ki.na
* 全面的／**完全(かんぜん)な**／ka.n.ze.n.na
* 便宜的／**チープな**／chi-.pu.na
* 便利的／**便利(べんり)な**／be.n.ri.na
* 環保的／**エコな**／e.ko.na
* 牢靠的／**堅牢(けんろう)な**／ke.n.ro-.na
* 為了實現○○統合的／**○○実現(じつげん)のための総合的(そうごうてき)な**／ma.ru.ma.ru.ji.tsu.ge.n.no.ta.me.no.so-.go-.te.ki.na
* 符合客人需求最佳的／**お客様(きゃくさま)のニーズに合(あ)わせた最適(さいてき)な**／o.kya.ku.sa.ma.no.ni-.zu.ni.a.wa.se.ta.sa.i.te.ki.na
* 以前沒有過的／**今(いま)までにない新(あら)たな**／i.ma.ma.de.ni.na.i.a.ra.ta.na.

06 現況的確是很棘手。

現在の状況は確かに非常に困難です。

ge.n.za.i.no.jo-.kyo-/wa/ta.shi.ka.ni.hi.jo-.ni.ko.n.na.n/de.su

07 我們應該要**採取更積極的措施**。

さらなるアクティブな措置をとるべきです。 換1

sa.ra.na.ru.a.ku.ti.bu.na.so.chi/o/to.ru.be.ki/de.su

08 往好處想，我們可以從中獲得經驗。

前向きに考えることで、我々は経験を積むことができます。

ma.e.mu.ki.ni.ka.n.ga.e.ru.ko.to.de/wa.re.wa.re/wa/ke.i.ke.n./o/tsu.mu.ko.to/ga/de.ki.ma.su

09 引進新技術應該有所幫助。

新たな技術を導入することが役立つはずです。

a.ra.ta.na.gi.ju.tsu/o/do-.nyu-.su.ru.ko.to/ga/ya.ku.da.tsu.ha.zu/de.su

10 你身為組長，應該負起責任。

リーダーとして、責任を取るべきです。

ri-.da-.to.shi.te/se.ki.ni.n/o/to.ru.be.ki/de.su

可替換字 1

* 採取更強硬的手段／**強硬手段に訴える**／kyo-.ko-.shu.da.n/ni/u.tta.e.ru
* 向公司取得許可／**会社に許可を取る**／ka.i.sha/ni/kyo.ka/o/to.ru
* 登錄商標／**商標登録する**／sho-.hyo-.to-.ro.ku.su.ru
* 把公司收掉／**会社をたたむ**／ka.i.sha/o/ta.ta.mu
* 把工作辭掉／**会社を辞める**／ka.i.sha/o/ya.me.ru
* 加入公司的醫療險／**会社の医療保険に加入する**／ka.i.sha.no.i.ryo-.ho.ke.n/ni/ka.nyu-.su.ru
* 考慮像這樣的地方／**そのような点に配慮する**／so.no.yo-.na.te.n/ni/ha.i.ryo.su.ru
* 仔細調查報告／**報告書を精査する**／ho-.ko.ku.sho/o/se.i.sa.su.ru
* 參加公司的活動／**会社の行事に参加する**／ka.i.sha.no.gyo-.ji/ni/sa.n.ka.su.ru
* 跟社長商量／**社長に相談する**／sha.cho-/ni/so-.da.n.su.ru

ユニット 05 市調分析

Track 045

這句話不能聽不懂！

01 市場對**價格**的反應很明顯。 換1

市場(しじょう)の **価格(かかく)** にたいする反応(はんのう)は明(あき)らかです。

shi.jo-/no/ka.ka.ku.ni.ta.i.su.ru.ha.n.no-/wa/a.ki.ra.ka/de.su

02 這種產品的市場已經飽和。

こうした製品(せいひん)は市場(しじょう)ですでに飽和(ほうわ)しています。

ko-.shi.ta.se.i.hi.n/wa/shi.jo-.de.su.de.ni.ho-.wa.shi.te.i.ma.su

03 市面上到處都是這種東西。

市場(しじょう)にはこれらのものがたくさん出回(でまわ)っています。

shi.jo-.ni/wa/ko.re.ra.no.mo.no/ga/ta.ku.sa.n/de.ma.wa.tte.i.ma.su

04 現在流行的到底是什麼？

今(いま)はやっているのはいったい何(なん)ですか？

i.ma.wa.ya.tte.i.ru.no/wa/i.tta.i.na.n/de.su.ka

05 你覺得這個東西的賣點在哪裡？

このもののセールスポイントは何(なん)ですか？

ko.no.mo.no.no.se-.ru.su.po.i.n.to/wa/na.n/de.su.ka

可替換字 1

* 新產品／**新製品(しんせいひん)**／shi.n.se.i.hi.n
* 包裝／**包装(ほうそう)**／ho-.so-
* 特價商品／**格安(かくやす)な商品(しょうひん)**／ka.ku.ya.su.na.sho-.hi.n
* 網頁／**ホームページ**／ho-.mu.pe-.ji
* 行銷活動／**マーケティング活動(かつどう)**／ma-.ke.ti.n.gu.ka.tsu.do-
* 熱賣商品／**ヒット商品(しょうひん)**／hi.tto.sho-.hi.n
* 廣告／**広告(こうこく)**／ko-.ko.ku
* 推薦商品／**おすすめ商品(しょうひん)**／o.su.su.me.sho-.hi.n
* 限定款／**限定商品(げんていしょうひん)**／ge.n.te.i.sho-.hi.n
* 新機種／**新機種(しんきしゅ)**／shi.n.ki.shu

06 **海外**市場還有開發的空間。 換1

海外(かいがい)市場(しじょう)には開発(かいはつ)の余地(よち)がまだあります。

ka.i.ga.i.shi.jo-.ni/wa/ka.i.ha.tsu.no.yo.chi/ga/ma.da.a.ri.ma.su

07 景氣還未完全恢復。

景気(けいき)は完全(かんぜん)に回復(かいふく)していません。

ke.i.ki/wa/ka.n.ze.n.ni.ka.i.fu.ku.shi.te.i.ma.se.n

08 打價格戰並不是最好的方法。

価格競争(かかくきょうそう)は最善(さいぜん)の方法(ほうほう)ではありません。

ka.ka.ku.kyo-.so-/wa/sa.i.ze.n.no.ho-.ho-.de.wa.a.ri.ma.se.n

09 為什麼他們的產品這麼便宜？

どうして、彼(かれ)らの商品(しょうひん)はそんなに安(やす)いのですか？

do-.shi.te/ka.re.ra.no.sho-.hi.n/wa/so.n.na.ni.ya.su.i.no.de.su.ka

10 年營業額成長了一倍。

年間売上高(ねんかんうりあげだか)は倍増(ばいぞう)しました。

ne.n.ka.n.u.ri.a.ge.da.ka/wa/ba.i.zo-.shi.ma.shi.ta

可替換字 1

* 歐洲／**ヨーロッパ**／yo-.ro.ppa
* 南美洲／**南(みなみ)アメリカ**／mi.na.mi.a.me.ri.ka
* 中國／**中国(ちゅうごく)**／chu-.go.ku
* 巴西／**ブラジル**／bu.ra.ji.ru
* 亞洲／**アジア**／a.ji.a
* 美加／**アメリカとカナタ**／a.me.ri.ka.to.ka.na.ta
* 俄羅斯／**ロシア**／ro.shi.a
* 印度／**インド**／i.n.do
* 南非／**南(みなみ)アフリカ**／mi.na.mi.a.fu.ri.ka
* 紐澳／**ニュージーランド、オーストラリア**／nyu-.ji-.ra.n.do/o-.su.to.ra.ri.a

一定能輕鬆開口說！

Track 046

01 這是我們的市調結果。

これは我々の市場調査の結果です。

ko.re/wa/wa.re.wa.re.no.shi.jo-.cho-.sa.no.ke.kka/de.su

02 我們利用電話抽樣和街頭訪問兩種方式調查。

我々は電話インタビューや街頭アンケートという方法で調査をします。

wa.re.wa.re/wa/de.n.wa.i.n.ta.byu-.ya.ga.i.to-.a.n.ke-.to.to.i.u.ho-.ho-.de.cho-.sa/o/shi.ma.su

03 本商品主要鎖定**女性**市場。 換1

本製品は 女性 市場を主として狙っています。

ho.n.se.i.hi.n/wa/jo.se.i.shi.jo-/o/o.mo.ni.shi.te.ne.ra.tte.i.ma.su

04 市占率下降是最大問題。

マーケットシェアの低下が最大の問題です。

ma-.ke.tto.she.a.no.te.i.ka/ga/sa.i.da.i.no.mo.n.da.i/de.su

05 各位認為主打這個年齡層可以嗎？

この年齢層を狙ってはいかがでしょうか？

ko.no.ne.n.re.i.so-/o/ne.ra.tte/wa/i.ka.ga.de.sho-.ka

可替換字 1

* 幼兒／**子供**／ko.do.mo
* 青少年／**青少年**／se.i.sho-.ne.n
* 上班族／**サラリーマン**／sa.ra.ri-.ma.n
* 男性／**メンズ**／me.n.zu
* 御宅族／**オタク**／o.ta.ku
* 老人／**高齢者**／ko-.re.i.sha
* 成人／**アダルト**／a.da.ru.to
* 十到二十多歲／**10-20代**／ju-/ni.ju-.da.i
* 外國人／**外国人**／ga.i.ko.ku.ji.n
* 工人／**労働者**／ro-.do-.sha

06 要搶進這個市場還需要更努力。

しじょう　さんにゅう　おお　どりょく　ひつよう
この市場に参入するには、多くの努力が必要です。
ko.no.shi.jo-/ni/sa.n.nyu-.su.ru.ni/wa/o-.ku.no.do.ryo.ku/ga/hi.tsu.yo-/de.su

07 我們還未全摸透市場現況。

われわれ　しじょう　じょうきょう　つか
我々は市場の状況をはっきり掴んでいません。
wa.re.wa.re/wa/shi.jo-.no.jo-.kyo-/o/ha.kki.ri.tsu.ka.n.de.i.ma.se.n

08 分析師認為利率會上升。

きんり　じょうしょう　かんが
アナリストらは、金利が上昇すると考えています。
a.na.ri.su.to.ra/wa/ki.n.ki/ga/jo-.sho-.su.ru.to.ka.n.ga.e.te.i.ma.su

09 這裡有競爭者最近的資料。

きょうそうあいて　さいしんじょうほう
競争相手の最新情報があります。
kyo-.so-.a.i.te.no.sa.i.shi.n.jo-.ho-/ga/a.ri.ma.su

10 對方的**價格**比我們低一成。**換1**

あいて　かかく　いちわりひく
相手の *価格* はわれわれより一割低いです。
a.i.te.no.ka.ka.ku/wa/wa.re.wa.re.yo.ri.i.chi.wa.ri.hi.ku.i.de.su

可替換字 1

- 進貨成本／**購入コスト**（こうにゅう）／ko-.nyu-.ko.su.to
- 人事費用／**人件費**（じんけんひ）／ji.n.ke.n.hi
- 原料費／**原材料費**（げんざいりょうひ）／ge.n.za.i.ryo-.hi
- 印刷成本價／**印刷製本費**（いんさつせいほんひ）／i.n.sa.tsu.se.i.ho.n.hi
- 雜務費／**一般管理費**（いっぱんかんりひ）／i.ppa.n.ka.n.ri.hi
- 製作成本／**生産コスト**（せいさん）／se.i.sa.n.ko.su.to
- 原價／**原価**（げんか）／ge.n.ka
- 行銷成本／**マーケティングコスト**／ma-.ke.ti.n.gu.ko.su.to
- 消耗品費用／**消耗品費**（しょうもうひんひ）／sho-.mo-.hi.n.hi
- 通訊搬運費用／**通信運搬費**（つうしんうんぱんひ）／tsu-.shi.n.u.n.ba.n.hi

Track 047

學會自然地對話互動……

主席：各位早安，希望今天的會議進行順利。
座長：皆さん、おはようございます。今日の会議がスムーズに行きたいと思います。

主席：首先，讓我們看看今天的議程。
座長：まず、今日のプログラムを見てみましょう。

主席：請大家看大綱第一頁。
座長：アウトラインの第一ページをご覧ください。

主席：這是市場佔有率的情況。大家有什麼意見嗎？
座長：市場シェアの現状ですが、ご意見をどうぞ。

與會者1：市場對價格的反應很明顯。
参加者1：市場価格に対反応は明らかですね。

與會者2：這種產品的市場已經飽和了，到處都看得到這種東西。
参加者2：このような製品は市場で飽和しており、あちこちで見えています。

主席：那麼現在流行的到底是什麼？
座長：では、今はやっているのは何ですか？

與會者1：杉本小姐正在做評估。
参加者1：杉本さん見積もっています。

與會者2：我們會利用電話抽樣和街頭訪問兩種方式進行調查。
参加者2：我々は電話訪問や面接調査という方法で調査をやいます。

主席：請盡快把結果告訴大家。
座長：結果をできるだけ早く皆さんに教えてください。

パート6

提案發表篇

* 01 提案建議
* 02 表達意見
* 03 投票表決
* 04 發展計劃
* 05 會議總結

パート 6 音檔雲端連結

因各家手機系統不同，若無法直接掃描，
仍可以至以下電腦雲端連結下載收聽。
（http://tinyurl.com/yc4mnee4）

ユニット 01 提案建議

Track 048

一定能清楚聽懂！

01 做個問卷調查怎麼樣？

アンケート調査(ちょうさ)をしてみるのはいかがでしょうか？

a.n.ke-.to.cho-.sa/o/shi.te.mi.ru.no/wa/i.ka.ga/de.sho-.ka

02 我希望這提案能通過。

この提案(ていあん)が通(とお)ることを願(ねが)っています。

ko.no.te.i.a.n/ga/to-.ru.ko.to/o/ne.ga.tte.i.ma.su

03 這項提案**好像很有趣**。 換1

この提案(ていあん)は ***面白(おもしろ)そうです*** 。

ko.no.te.i.a.n/wa/o.mo.shi.ro.so-/de.su

04 我認為你的提案**不太適合現況**。 換2

あなたの提案(ていあん)は ***現状(げんじょう)にあまり合(あ)わない*** と思(おも)います。

a.na.ta.no.te.i.a.n/wa/ge.n.jo-/ni/a.ma.ri.a.wa.na.i.to.o.mo.i.ma.su

05 這個提案不實際。

この提案(ていあん)は実際的(じっさいてき)ではありません。

ko.no.te.i.a.n/wa/ji.ssa.i.te.ki.de.wa.a.ri.ma.se.n

可替換字 1

* 很合乎期待／**期待(きたい)に合(あ)う**／ki.ta.i/ni/a.u
* 值得一試／**試(こころ)みに値(あたい)する**／ko.ko.ro.mi/ni/a.ta.i.su.ru
* 適當／**適切(てきせつ)**／te.ki.se.tsu
* 很創新／**革新的(かくしんてき)です**／ka.ku.shi.n.te.ki.de.su
* 非常好／**非常(ひじょう)に良(よ)いです**／hi.jo-.ni.yo.i.de.su

可以換字 2

* 太天真／**甘(あま)すぎる**／a.ma.su.gi.ru
* 不符合成本／**コストに合(あ)わない**／ko.su.to/ni/a.wa.na.i
* 不夠完整／**断片的(だんぺんてき)**／da.n.pe.n.te.ki
* 賺不了錢／**儲(もう)けない**／mo-.ke.na.i
* 有點過時／**流行遅(りゅうこうおく)れ**／ryu-.ko-.o.ku.re

06 請解釋得詳細一點。

もっと詳(くわ)しく説明(せつめい)してください。

mo.tto.ku.wa.shi.ku.se.tsu.me.i.shi.te.ku.da.sa.i

07 你的提案應該再有更多**創意**。 換1

あなたの提案(ていあん)はもっと ***オリジナリティー*** が必要(ひつよう)です。

a.na.ta.no.te.i.a.n/wa/mo.tto.o.ri.ji.ne.ri.ti-/ga/hi.tsu.yo-/de.su

08 也許行得通，先實行看看。

順調(じゅんちょう)に進(すす)んでいくかもしれません。一応(いちおう)やってみましょう！

ju.n.cho-.ni.su.su.n.de.i.ku.ka.mo.shi.re.ma.se.n/i.chi.o-.ya.tte.mi.ma.sho-

09 我們必須**駁回**你的提案。 換2

われわれは、あなたの提案(ていあん)を ***却下(きゃっか)し*** なければなりません。

wa.re.wa.re/wa/a.na.ta.no.te.i.a.n/o/kya.kka.shi.na.ke.re.ba.na.ri.ma.se.n

10 大家再想一想。

皆(みな)さん、もう少(すこ)し考(かんが)えてみましょう。

mi.na.sa.n/mo-.su.ko.shi.ka.n.ga.e.te.mi.ma.sho-

可替換字 1

* 新點子／**新(あたら)しいアイデア**／
a.ta.ra.shi-.a.i.de.a
* 傳統精神／**伝統的(でんとうてき)な精神(せいしん)**／
de.n.to-.te.ki.na.se.i.shi.n
* 野心／**野望(やぼう)**／ya.bo-
* 具體內容／**具体的内容(ぐたいてきないよう)**／
gu.ta.i.te.ki.na.na.i.yo-
* 資料出處／**資料(しりょう)の出典(しゅってん)**／
shi.ryo-.no.shu.tte.

可替換字 2

* 放棄／**あきらめ**／a.ki.ra.me
* 提前／**繰上(くりあ)げし**／ku.ri.a.ge.shi
* 擱置／**握(にぎ)りつぶさ**／ni.gi.ri.tsu.bu.sa
* 延後／**延期(えんき)し**／e.n.ki.shi
* 接受／**受(う)け入(い)れ**／u.ke.i.re.

一定能輕鬆開口說！

Track 049

01 我們應該進行市調，看**高價位**是否會影響銷售。 換1

我々(われわれ)は、市場調査(しじょうちょうさ)をして、高価格(こうかかく)が販売(はんばい)に影響(えいきょう)を与(あた)えるかどうかを見(み)ましょう。

wa.re.wa.re/wa/shi.jo-.cho-.sa/o/shi.te/ko-.ka.ka.ku/ga/ha.n.ba.i/ni/e.i.kyo-/o/a.ta.e.ru.ka.do-.ka/o/mi.ma.sho-

02 你認為這個提案怎樣？

この提案(ていあん)についてどう思(おも)いますか？

ko.no.te.i.a.n.ni.tsu.i.te.do-.o.mo.i.ma.su.ka

03 我對我的提案有信心。

私(わたし)は自分(じぶん)の提案(ていあん)に自信(じしん)があります。

wa.ta.shi/wa/ji.bu.n.no.te.i.a.n/ni/ji.shi.n/ga/a.ri.ma.su

04 謝謝你們聽我的提案。

私(わたし)の提案(ていあん)を聞(き)いてくださりありがとうございます。

wa.ta.shi.no.te.i.a.n/o/ki.i.te.ku.da.sa.ri.a.ri.ga.to-.go.za.i.ma.su

05 我要提議更改我們的**電腦系統**。 換2

コンピューターシステムを替(か)えるということを提案(ていあん)します。

ko.n.pyu-.ta-.shi.su.te.mu/o/ka.e.ru.to.i.u.ko.to/o/te.i.a.n.shi.ma.su

可替換字 1

- ＊ 包裝／**包装(ほうそう)**／ho-.so-
- ＊ 實用性／**実用性(じつようせい)**／ji.tsu.yo-.se.i
- ＊ 色澤／**カラー**／ka.ra-
- ＊ 通路／**通路(つうろ)**／tsu-.ro
- ＊ 陳列位置／**陳列(ちんれつ)の位置(いち)**／chi.n.re.tsu.no.i.chi

可替換字 2

- ＊ 產品名稱／**製品名(せいひんめい)**／se.i.hi.n.me.i
- ＊ 產品包裝／**製品(せいひん)の包装(ほうそう)**／se.i.hi.n.no.ho-.so-
- ＊ 公司名稱／**会社名(かいしゃめい)**／ka.i.sha.me.i
- ＊ 經銷商／**販売代理店(はんばいだいりてん)**／ha.n.ba.i.da.i.ri.te.n
- ＊ 商標／**商標(しょうひょう)**／sho-.hyo-

06 我的提案的重點在於滿足消費者的需求。

消費者(しょうひしゃ)の需要(じゅよう)を満(み)たすというのが私(わたし)の提案(ていあん)のフォーカスです。

sho-.hi.sha.no.ju.yo-/o/mi.ta.su.to.i.u.no/ga/wa.ta.shi.no.te.i.a.n.no.fo-.ka.su/de.su

07 這個提案有一些爭議。

この提案(ていあん)は、いくつかの物議(ぶつぎ)を醸(かも)します。

ko.no.te.i.a.n/wa/i.ku.tsu.ka.no.bu.tsu.gi/o/ka.mo.shi.ma.su

08 我想制定一個新計畫。

新(あたら)しい計画(けいかく)を立(た)てたいと思(おも)います。

a.ta.ra.shi.i.ke.i.ka.ku/o/ta.te.ta.i.to.o.mo.i.ma.su

09 我們**小組**需要增加人手。 換1

我々(われわれ)のグループは多(おお)くの人手(ひとで)が必要(ひつよう)になります。

wa.re.wa.re.no.gu.ru-.pu/wa/o-.ku.no.hi.to.de/ga/hi.tsu.yo-/ni/na.ri.ma.su

10 這絕對是個有前途的項目。

これは確(たし)かに将来性(しょうらいせい)がある項目(こうもく)です。

ko.re/wa/ta.shi.ka.ni.sho-.ra.i.se.i/ga/a.ru.ko-.mo.ku/de.su

可替換字 1

* 部門／**部門(ぶもん)**／bu.mo.n
* 那個計畫／**その企画(きかく)**／so.no.ki.ka.ku
* 出口部／**輸出部(ゆしゅつぶ)**／yu.shu.tsu.bu
* 分店／**支店(してん)**／shi.te.n
* 現場／**現場(げんば)**／ge.n.ba
* 技術部門／**技術部(ぎじゅつぶ)**／gi.ju.tsu.bu
* 營業推廣部／**営業推進部(えいぎょうすいしんぶ)**／e.i.gyu-.su.i.shi.n.bu
* 總公司／**本社(ほんしゃ)**／ho.n.sha
* 工廠／**工場(こうじょう)**／ko-.jo-
* 促銷部門／**販売促進部(はんばいそくしんぶ)**／ha.n.ba.i.so.ku.shi.n.bu

ユニット 02 表達意見

Track 050

一定能清楚聽懂！

01 這個建議很好，但有點離題了。

この提案(ていあん)は非常(ひじょう)に良(よ)いですが、本題(ほんだい)から逸(そ)れています。

ko.no.te.i.a.n/wa/hi.jo-.ni.yo.i.de.su.ga/ho.n.da.i.ka.ra.so.re.te.i.ma.su

02 關於你的提議，我還有些疑問。

あなたの提案(ていあん)について、私(わたし)はいくつかの質問(しつもん)があります。

a.na.ta.no.te.i.a.n.ni.tsu.i.te/wa.ta.shi/wa/i.ku.tsu.ka.no.shi.tsu.mo.n/ga/a.ri.ma.su

03 有意見的人**請舉手**。 換1

異議(いぎ)がある人(ひと)は、**手(て)を上(あ)げてください。**

i.gi/ga/a.ru.hi.to/wa/te/o/a.ge.te.ku.da.sa.i

04 大家有什麼意見可以踴躍提出。

意見(いけん)がありましたら、奮(ふる)って提出(ていしゅつ)してください。

i.ke.n/ga/a.ri.ma.shi.ta.ra/fu.ru.tte.te.i.shu.tsu.shi.te.ku.da.sa.i

05 我們很歡迎一起腦力激盪。

ブレインストーミングを大歓迎(だいかんげい)します。

bu.re.i.n.su.to-.mi.n.gu.ni/o/da.i.ka.n.ge.i.shi.ma.su

可替換字 1

* 寫下來／**書(か)いてください**／ ka.i.te.ku.da.sa.i
* 郵寄給我／**送(おく)ってください**／ o.ku.tte.ku.da.sa.i
* 請提出／**申(もう)し出(で)てください**／ mo-.shi.de.te.ku.da.sa.i
* 請說明理由／**理由(りゆう)を述(の)べてください**／ri.yu-/o/no.be.te.ku.da.sa.i
* 請現在說／**今言(いまい)ってください**／ i.ma.i.tte.ku.da.sa.i
* 以後請不要來了／**これ以上来(いじょうこ)ないでください**／ ko.re.i.jo-.ko.na.i.de.ku.da.sa.i
* 以後請不要來了／**これ以上来(いじょうこ)ないでください**／ ko.re.i.jo-.ko.na.i.de.ku.da.sa.i
* 請指出有疑問的地方／**疑問点(ぎもんてん)をご指摘(してき)ください**／ gi.mo.n.te.n/o/go.shi.te.ki.ku.da.sa.i
* （用電子郵件）寄給我／**送信(そうしん)してください**／so-.shi.n.shi.te.ku.da.sa.i

06 有沒有什麼遺漏的地方要提出的？

抜(ぬ)けているところがあったら、提出(ていしゅつ)してください。

nu.ke.te.i.ru.to.ko.ro/ga/a.tta.ra/te.i.shu.tsu.shi.te.ku.da.sa.i

07 我覺得大家的意見都很有幫助。

皆(みな)さんのご意見(いけん)は非常(ひじょう)に役(やく)に立(た)つと思(おも)います。

mi.na.sa.n.no.go.i.ke.n/wa/hi.jo-.ni.ya.ku.ni.ta.tsu.to.o.mo.i.ma.su

08 如果還有**意見**的話都可以告訴我。換1

また何(なに)か **ご意見(いけん)** があれば、私(わたし)に教(おし)えてください。

ma.ta.na.ni.ka.go.i.ke.n/ga/a.re.ba/wa.ta.shi/ni/o.shi.e.te.ku.da.sa.i

09 我在講話時請不要插話。

私(わたし)が話(はな)している時(とき)に、やたらに口(くち)を挟(はさ)まないでください。

wa.ta.shi/ga/ha.na.shi.te.i.ru.to.ki.ni/ya.ta.ra.ni.ku.chi/o/ha.sa.ma.na.i.de.ku.da.sa.i

10 在**偏離主題之前**我們討論到哪裡了？ 換2

話(はなし)が脇道(わきみち)にそれる前(まえ)に、われわれはどこまで話(はな)しましたか？

ha.na.shi/ga/wa.ki.mi.chi/ni/so.re.ru.ma.e.ni/wa.re.wa.re/wa/do.ko.ma.de.ha.na.shi.ma.shi.ta.ka

可替換字 1

* 感想／**ご感想(かんそう)**／go.ka.n.so-
* 希望／**ご希望(きぼう)**／go.ki.bo-
* 要求／**ご要望(ようぼう)**／go.yo-.bo-
* 其他的疑問／**他(ほか)のお問(と)い合(あ)わせ**／ho.ka.no.o.to.i.a.wa.se
* 抱怨／**苦情(くじょう)**／ku.jo-
* 指示／**ご指摘(してき)**／go.shi.te.ki
* 指教／**ご指導(しどう)**／go.shi.do-
* 問題／**ご質問(しつもん)**／go.shi.tsu.mo.n
* 特別有興趣的內容／**特(とく)に興味(きょうみ)を持(も)たれた内容(ないよう)**／to.ku.ni.kyo-.mi/o/mo.ta.re.ta.na.i.yo-

可替換字 2

* 休息／**休憩(きゅうけい)の前(まえ)**／kyu-.ke.i.no.ma.e

一定能輕鬆開口說！

Track 051

01 你為什麼反對我的提議？

私の提案に反対する理由は何ですか？

wa.ta.shi.no.te.i.a.n/ni/ha.n.ta.i.su.ru.ri.yu-/wa/na.n/de.su.ka

02 我認為**售後服務**比低價更重要。 換1

安価より アフターサービス のほうが重要です。

a.n.ka.yo.ri.a.fu.ta-.sa-.bi.su.no.ho-/ga/ju-.yo-/de.su

03 我想你會同意有必要採購新設備。

新しい機器を購入することに同意してくれると思います。

a.ta.ra.shi.i.ki.ki/o/ko-.nyu-.su.ru.ko.to/ni/do-.i.shi.te.ku.re.ru.to.o.mo.i.ma.su

04 你的結論裡有太多假設了。

あなたの結論には仮説が多すぎます。

a.na.ta.no.ke.tsu.ro.n.ni/wa/ka.se.tsu/ga/o-.su.gi.ma.su

05 我不能認同你的觀點。

君の意見には同意できません。

ki.mi.no.i.ke.n.ni/wa/do-.i.de.ki.ma.se.n

可替換字 1

- ＊ 品質／**品質**／hi.n.shi.tsu
- ＊ 功能／**機能**／ki.no-
- ＊ 設計／**デザイン**／de.za.i.n
- ＊ 品牌／**ブランド**／bu.ra.n.do
- ＊ 性能／**性能**／se.i.no-
- ＊ 營養／**栄養**／e.i.yo-
- ＊ 效果／**効果**／ko-.ka
- ＊ 實用性／**実用**／ji.tsu.yo-
- ＊ 外觀／**外観**／ga.i.ka.n
- ＊ 味道／**味**／a.ji

06 我覺得應該先接洽廠商。

まず、メーカーと交渉（こうしょう）すべきだと思（おも）います。

ma.zu/me-.ka-.to.ko-.sho-.su.be.ki.da.to.o.mo.i.ma.su

07 也許我們可以先派人出國考察。

人（ひと）を派遣（はけん）して外国（がいこく）を視察（しさつ）するほうがいいかもしれません。

hi.to/o/ha.i.ke.n.shi.te.ga.i.ko.ku/o/shi.sa.tsu.su.ru.ho-/ga/i-.ka.mo.shi.re.ma.se.n

08 問一下**子公司**能不能支援好了。

支援（しえん）できるかどうかを 支社（ししゃ） に聞（き）いてみましょう。 換1

shi.e.n.de.ki.ru.ka.do-.ka/o/shi.sha/ni/ki.i.te.mi.ma.sho-

09 這個提案已經很完美，我沒有意見。

この提案（ていあん）はすでに完璧（かんぺき）なので、私（わたし）は別（べつ）に意見（いけん）はありません。

ko.no.te.i.a.n/wa/su.de.ni.ka.n.pe.ki.na.no.de/wa.ta.shi/wa/be.tsu.ni.i.ke.n/wa/a.ri.ma.se.n

10 你覺得這樣可以嗎？

これでいいですか？

ko.re.de.i-/de.su.ka

可替換字 1

* 上游廠商／**上流（じょうりゅう）のベンダー**／jo-.ryu-.no.be.n.da-
* 總公司／**親会社（おやがいしゃ）**／o.ya.ga.i.sha
* 關係企業／**関連会社（かんれんがいしゃ）**／ka.n.re.n.ga.i.sha
* 營業部門／**営業部門（えいぎょうぶもん）**／e.i.gyo-.bu.mo.n
* 海外子公司／**海外子会社（かいがいこがいしゃ）**／ka.i.ga.i.ko.ga.i.sha
* 零售商／**小売り業者（こうりぎょうしゃ）**／ko.u.ri.gyo-.sha
* 分店／**支店（してん）**／shi.te.n
* 派遣公司／**派遣会社（はけんがいしゃ）**／ha.ke.n.ga.i.sha
* 集團企業／**系列会社（けいれつがいしゃ）**／ke.i.re.tsu.ga.i.sha
* 企劃室／**企画室（きかくしつ）**／ki.ka.ku.shi.tsu

ユニット 03 投票表決

Track 052

一定能清楚聽懂！

01 請所有人投票給你們認為好的提案。

良い提案に投票してください。（よ／ていあん／とうひょう）

yo.i.te.i.a.n/ni/to-.hyo-.shi.te.ku.da.sa.i

02 每個人只有**一票**。 換1

一人 一票 です。（ひとり／いっぴょう）

hi.to.ri.i.ppyo-/de.su

03 方案 A 和 B 票數**相同**。 換2

オプションAとBの票数は 同じです。（ひょうすう／おな）

o.pu.sho.n.A.to.B/no.hyo-.su-/wa/o.na.ji/de.su

04 我們需要重新表決。

再投票する必要があります。（さいとうひょう／ひつよう）

sa.i.to-.hyo-.su.ru.hi.tsu.yo-/ga/a.ri.ma.su

05 等坂本先生回座位再投票吧！

坂本さんが座席に戻った後で再投票しましょう。（さかもと／ざせき／もど／あと／さいとうひょう）

sa.ka.mo.to.sa.n/ga/za.se.ki/ni/mo.do.tta.a.to.de.sa.i.to-.hyo-.shi.ma.sho-

可替換字 1

* 兩票／**二票**（に ひょう）／ni.hyo-
* 三票／**三票**（さんぴょう）／sa.n.pyo-

可替換字 2

* 很接近／**非常に近いです**（ひじょう／ちか）／hi.jo-.ni.chi.ka.i.de.su
* 幾乎一樣／**ほぼ同じです**（おな）／ho.bo.o.na.ji.de.su
* 不太有差距／**あまり差がありません**（さ）／a.ma.ri.sa/ga/a.ri.ma.se.n
* 距離拉大／**差が開きます**（さ／あ）／sa.ga.a.ki.ma.su
* 距離減小／**差が縮まります**（さ／ちぢ）／sa.ga.chi.ji.ma.ri.ma.su
* 漸漸分出／**差がどんどんつきます**（さ）／sa.ga.do.n.do.n.tsu.ki.ma.su
* 差距懸殊／**差が大きいです**（さ／おお）／sa.ga.o-.ki.i.de.su

06 這樣票數不對，每個人都有投嗎？

票数が違います。全員投票しましたか？

hyo-.su/ga/chi.ga.i.ma.su/ze.n.i.n.to-.hyo-.shi.ma.shi.ta.ka

07 按照表決結果，就決定採用這個方案了。

投票結果によって、この方案を採択します。

to-.hyo-.ke.kka.ni.yo.tte/ko.no.ho-.a.n/o/sa.i.ta.ku.shi.ma.su

08 只要告訴我你們最**喜歡**哪個。 換1

一番 すきな のを私に教えてくれればいいです。

i.chi.ba.n.su.ki.na.no/o/wa.ta.shi/ni/o.shi.e.te.ku.re.re.ba.i-/de.su

09 我們最好表決一下。

我々は投票で決めたほうがいいです。

wa.re.wa.re/wa/to-.hyo-.de.ki.me.da.ho-/ga/i-/de.su

10 這次投票**無效**。 換2

今度の表決は 無効です。

ko.n.do.no.hyo-.ke.tsu/wa/mu.ko-/de.su

可替換字 1

- 看好／**上向きな**／u.wa.mu.ki.na
- 不看好／**下向きな**／shi.ta.mu.ki.na

可替換字 2

- 記名投票／**記名投票**／ki.me.i.to-.hyo-
- 票數很少／**票数が少ない**／hyo-.su-/ga/su.ku.na.i
- 起立表決／**起立採決**／ki.ri.tsu.sa.i.ke.tsu
- 不記名投票／**無記名投票**／mu.ki.me.i.to-.hyo-
- 公布得票數／**票数を公表されます**／hyo-.su-/o/ko-.hyo-.sa.re.ma.su
- 不該公開得票數／**票数が公表されていないこと**／hyo-.su-/ga/ko-.hyo-.sa.re.te.i.na.i.ko.to
- 拍手表決／**拍手によって採決します**／ha.ku.shu.ni.yo.tte.sa.i.ke.tsu.shi.ma.su

一定能輕鬆開口說！

Track 053

01 我投 A 一票。

私はAに一票を投じました。

wa.ta.shi.wa.A/ni/i.ppyo-/o/to-.ji.ma.shi.ta

02 你覺得選項三怎麼樣？

選択肢三についてどう思いますか？

se.n.ta.ku.shi.sa.n.ni.tsu.i.te.do-.o.mo.i.ma.su.ka

03 5 票贊成、6 票反對。

賛成は五票で、反対は六票です。

sa.n.se.i/wa/go.hyo-.de/ha.n.ta.i/wa/ro.ku.hyo-/de.su

04 大家的意見好像很**兩極**。 換1

皆の意見は ***二つに分かれたよう*** です。

mi.n.na.no.i.ke.n/wa/fu.ta.tsu.ni.wa.ka.re.ta.yo-/de.su

05 用**圈選的**就可以嗎？ 換2

丸印をつければ いいですか？

ma.ru.ji.ru.shi/o/tsu.ke.re.ba.i-/de.su.ka

可替換字 1

* 接近／**近づく**／chi.ka.zu.ku
* 矛盾／**矛盾**／mu.jun
* 猶豫／**ためらい**／ta.me.ra.i

可替換字 2

* 用拍手／**拍手すれば**／ha.ku.shu.su.re.ba
* 用投票／**投票すれば**／to-.hyo-.su.re.ba
* 用舉手／**挙手すれば**／kyo.shu.su.re.ba
* 加星號／**星印をつければ**／ho.shi.ji.ru.shi/o/tsu.ke.re.ba
* 用打勾的／**チェックをつければ**／che.kku/o/tsu.ke.re.ba
* 用螢光筆作記號／**蛍光ペンで印を付ければ**／ke.i.ko-.pe.n.de.shi.ru.shi/o/tsu.ke.re.ba

06 下面的**理由欄**一定要寫嗎？ 換1

事由の欄は記入しなければなりませんか？

ji.yu-.no.ra.n/wa/ki.nyu-.shi.na.ke.re.ba.na.ri.ma.se.n.ka

07 要不要讓**客服部**的人加入表決。 換2

顧客サービス部門に表決させますか？

ko.kya.ku.sa-.bi.su.bu.mo.n/ni/hyo-.ke.tsu.sa.se.ma.su.ka

08 我們要尊重多數才行。

我々は多数を尊重しなければなりません。

wa.re.wa.re/wa/ta.su-/o/so.n.cho-.shi.na.ke.re.ba.na.ri.ma.se.n

09 請三宅小姐負責開票。

三宅さんは開票を担当してください。

mi.ya.ke.sa.n/wa/ka.i.hyo-/o/ta.n.to-.shi.te.ku.da.sa.i

10 我認為方案 C 可以直接剔除。

方案Cは直接削除することができると考えます。

ho-.a.n.C/wa/cho.ku.se.tsu.sa.ku.jo.su.ru.ko.to/ga/de.ki.ru.to.ka.n.ga.e.ma.su

可替換字 1

- 姓名／**名前**／na.ma.e
- 每一欄／**各列**／ka.ku.re.tsu
- 聯絡方式／**お問い合わせ**／o.to.i.a.wa.se

可替換字 2

- 編輯室／**編集室**／he.n.shu-.shi.tsu
- 設計室／**デザイン室**／di.za.i.n.shi.tsu
- 製版部門／**製版室**／se.i.ha.n.shi.tsu
- 印刷部門／**印刷部**／i.n.sa.tsu.bu
- 總務部門／**総務部**／so-.mu.bu
- 企劃部門／**企画部**／ki.ka.ku.bu
- 物資部門／**調達部**／cho-.ta.tsu.bu

ユニット04 發展計劃

Track 054

一定能清楚聽懂！

01 我想花幾分鐘的時間，安排一下明年的**計畫**。換1

私（わたし）は数分（すうふん）をかけて、来年（らいねん）の***計画（けいかく）***を立（た）ててみます。

wa.ta.shi/wa/su-.fu.n/o/ka.ke.te/ra.i.ne.n.no.ke.i.ka.ku/o/ta.te.te.mi.ma.su

02 是時候加入新血和新點子了。

新人（しんじん）と新（あたら）しいアイデアを加（くわ）えるべき時（とき）です。

shi.n.ji.n.to.a.ta.ra.shi.i.a.i.di.a/o/ku.wa.e.ru.be.ki.to.ki/de.su

03 我希望大家能破除**老舊的價值觀**。換2

古臭い価値観（ふるくさいかちかん）を取（と）り除（のぞ）くことができるようと期待（きたい）しています。

fu.ru.ku.sa.i.ka.chi.ka.n/o/to.ri.no.zo.ku.ko.to/ga/de.ki.ru.yo-.to.ki.ta.i.shi.te.i.ma.su

04 希望我們能得到更高的業績。

もっと高（たか）い業績（ぎょうせき）を上（あ）げるよう望（のぞ）みます。

mo.tto.ta.ka.i.gyo-.se.ki/o/a.ge.ru.yo-.no.zo.mi.ma.su

05 我相信我們明年能取得更大的成就。

私（わたし）たちは来年（らいねん）は大（おお）きな成功（せいこう）を達成（たっせい）することができると信（しん）じています。

wa.ta.shi.ta.chi/wa/ra.i.ne.n/wa/o-.ki.na.se.i.ko-/o/ta.sse.i.su.ru.ko.to/ga/de.ki.ru.to.shi.n.ji.te.i.ma.su

可替換字 1

* 目標／**目標（もくひょう）**／mo.ku.hyo-
* 行程／**スケージュル**／su.ke-.ju.ru
* 目標營業額／**売上目標（うりあげもくひょう）**／u.ri.a.ge.mo.ku.hyo-
* 促銷企畫／**プロモーション企画（きかく）**／pu.ro.mo-.sho.n.ki.ka.ku
* 計畫／**予定（よてい）**／yo.te.i
* 預算／**予算（よさん）**／yo.sa.n
* 銷售策略／**販売戦略（はんばいせんりゃく）**／ha.n.ba.i.se.n.rya.ku
* 企業計畫／**事業計画（じぎょうけいかく）**／ji.gyo-.ke.i.ka.ku

可替換字 2

* 成見／**偏見（へんけん）**／he.n.ke.n
* 陰霾／**暗（くら）い**／ku.ra.i

06 與上游工廠密切合作是**下一季**的重要環節。

換1

上流（じょうりゅう）のメーカーと密接（みっせつ）に協力（きょうりょく）することが ***次の四半期***（つぎのしはんき） のポイントです。

jo-.ryu-.no.me-.ka-.to.mi.sse.tsu.ni.kyo-.ryo.ku.su.ru.ko.to/ga/tsu.gi.no.shi.ha.n.ki.no.po.i.n.to/de.su

07 我們要保留傳統但同時大膽開拓未來。

われわれは伝統（でんとう）を保持（ほじ）すべきですが、同時（どうじ）に大胆（だいたん）に未来（みらい）を開拓（かいたく）すべきです。

wa.re.wa.re/wa/de.n.to-/o/ho.ji.su.be.ki.de.su.ga/do-.ji.ni.da.i.ta.n.ni.mi.ra.i/o/ka.i.ta.ku.su.be.ki/de.su

08 大家對於下一季有什麼展望？

次の四半期（つぎのしはんき）に向（む）かって、どんな展望（てんぼう）がありますか？

tsu.gi.no.shi.ha.n.ki.ni.mu.ka.tte/do.n.na.te.n.bo-/ga/a.ri.ma.su.ka

09 我希望你們能成為我的**左右手**。

換2

あなたたちが私（わたし）の ***有能な助手***（ゆうのうなじょしゅ） となることを望（のぞ）みます。

a.na.ta.ta.chi/ga/wa.ta.shi.no.yu-.no-.na.jo.shu.to.na.ru.ko.to/o/no.zo.mi.ma.su

10 打開新的市場是一個不錯的目標。

新（あたら）しい市場（しじょう）を開拓（かいたく）することはいい目標（もくひょう）です。

a.ta.ra.shi.i.shi.jo-/o/ka.i.ta.ku.su.ru.ko.to/wa/i-.mo.ku.hyo-/de.su

可替換字 1

* 本季／**当四半期**（とうしはんき）／to-.shi.ha.n.ki
* 四到六月／**第1四半期**（だいしはんき）／da.i.i.chi.shi.ha.n.ki
* 七到九月／**第2四半期**（だいしはんき）／da.i.ni.shi.ha.n.ki
* 本月／**本月**（ほんげつ）／ho.n.ge.tsu
* 明年／**来年**（らいねん）／ra.i.ne.n
* 下個月／**来月**（らいげつ）／ra.i.ge.tsu
* 十到十二月／**第3四半期**（だいしはんき）／da.i.sa.n.shi.ha.n.ki
* 一到三月／**第4四半期**（だいしはんき）／da.i.yo.n.shi.ha.n.ki
* 今年／**今年**（ことし）／ko.to.shi

可替換字 2

* 最能信賴的人／**最も頼りになる人**（もっと・たよ・ひと）／mo.tto.mo.ta.yo.ri.ni.na.ru.hi.to

一定能輕鬆開口說！

Track 055

01 我們要想想接下來該做什麼。

次に何をするのかを考えなければなりません。

tsu.gi.ni.na.ni/o/su.ru.no.ka/o/ka.n.ga.e.na.ke.re.ba.na.ri.ma.se.n

02 目前我正為未來做規劃。

私は将来のために計画しています。

wa.ta.shi/wa/sho-.ra.i.no.ta.me.ni/ke.i.ka.ku.shi.te.i.ma.su

03 **這個目標**現階段要達成有點困難。 換1

現段階で この目標 を達成するのはとても難しいです。

ge.n.da.n.ka.i.de.ko.no.mo.ku.hyo-/o/ta.sse.i.su.ru.no/wa/to.te.mo.mu.zu.ka.shi.i/de.su

04 我對我的**小組**有信心。 換2

私の チーム には自信があります。

wa.ta.shi.no.chi-.mu.ni/wa/ji.shi.n/ga/a.ri.ma.su

05 看樣子來年的業績壓力會很大。

来年の業績の圧力が大きいようです。

ra.i.ne.n.no.gyo-.se.ki.no.a.tsu.ryo.ku/ga/o-.ki.i.yo-/de.su

可替換字 1

* 店內目標營業額／**店舗の売上目標**／te.n.po.no.u.ri.a.ge.mo.ku.hyo-
* 每月兩件契約／**月２件の契約**／tsu.ki.ni.ke.n.no.ke.i.ya.ku
* 營業額提升二成／**売上２０%アップ**／u.ri.a.ge.ni.ju-.pa-.se.n.to.a.ppu

可替換字 2

* 員工／**スタッフ**／su.ta.ffu
* 同事／**同僚**／do-.ryo-
* 部下／**部下**／bu.ka
* 領導人／**リーダー**／ri-.da-
* 部門／**部門**／bu.mo.n

06 你覺得明年應該要專注於**國內市場**嗎？ 換1

来年は国内市場に焦点を当てるべきだと思いますか？

ra.i.ne/wa/ko.ku.na.i.shi.jo-/ni/sho-.te.n/o/a.te.ru.be.ki.da.to.o.mo.i.ma.su.ka

07 下個月青木先生將被升為部長。

来月は青木さんが部長に昇格されます。

ra.i.ge.tsu/wa/o.ki.sa.n/ga/bu.cho-/ni/sho-.ka.ku.sa.re.ma.su

08 你會被任命為新案子的負責人。

あなたは新しいプロジェクトの担当者に任命されます。

a.na.ta/wa/a.ta.ra.shi.i.pu.ro.je.ku.to.no.ta.n.to-.sha/ni/ni.n.me.i.sa.re.ma.su

09 社長要求我們明年達到業績**兩倍**。 換2

社長は来年の業績を倍増するという要求を出しました。

sha.cho-/wa/ra.i.ne.n.no.gyo-.se.ki/o/ba.i.zo-.su.ru.to.i.u.yo-.kyu-/o/da.shi.ma.shi.ta

10 這個計畫有冒險的價值嗎？

この計画はリスクをおかす価値がありますか？

ko.no.ke.i.ka.ku/wa/ru.su.ku/o/o.ka.su.ka.chi/ga/a.ri.ma.su.ka

可替換字 1

* 亞洲股票市場／**アジア株式市場**／a.ji.a.ka.bu.shi.ki.shi.jo-
* 海外新興市場／**海外の新興市場**／ka.i.ga.i.no.shi.n.ko-.shi.jo-

可替換字 2

* 三倍／**三倍に**／sa.n.ba.i.ni
* 四倍／**四倍に**／yo.n.ba.i.ni
* 五倍／**五倍に**／go.ba.i.ni
* 六倍／**六倍に**／ro.ku.ba.i.ni
* 七倍／**七倍に**／na.na.ba.i.ni
* 八倍／**八倍に**／ha.chi.ba.i.ni
* 九倍／**九倍に**／kyu-.ba.i.ni
* 十倍／**十倍に**／ju-.ba.i.ni

ユニット05 會議總結

Track 056

一定能清楚聽懂！

01 現在我要來歸納重點。

いまわたし　ようてん
今私は要点をまとめます。
i.ma.wa.ta.shi/wa/yo-.te.n/o/ma.to.me.ma.su

02 如果有臨時動議請現在提出。

りんじ　どうぎ　ていしゅつ
臨時の動議があれば、どうぞご提出ください。
ri.n.ji.no.do-.gi/ga/a.re.ba/do-.zo.go.te.i.shu.tsu.ku.da.sa.i

03 我們把正反兩方的意見總結一下吧。

りょうほう　いけん
両方の意見をまとめましょう。
ryo-.ho-.no.i.ke.n/o/ma.to.me.ma.sho-

04 **下周的會議**是什麼時候？ 換1

らいしゅう　かいぎ
来週の会議 **はいつですか？**

ra.i.shu-.no.ka.i.gi/wa/i.tsu/de.su.ka

05 剩下的我們下次再討論。

のこ　ぶぶん　じかい　とうろん
残りの部分は次回に討論しましょう。
no.ko.ri.no.bu.bu.n/wa/ji.ka.i.ni.to-.ro.n.shi.ma.sho-

可替換字 1

＊ 下次／**次回の会議**（じかい　かいぎ）／ji.ka.i.no.ka.i.gi

＊ 股東大會／**株主総会**（かぶぬしそうかい）／ka.bu.nu.shi.so-.ka.i

＊ 新年聚會／**新年会**（しんねんかい）／shi.n.ne.n.ka.i

＊ 尾牙／**忘年会**（ぼうねんかい）／bo-.ne.n.ka.i

＊ 茶會／**お茶会**（ちゃかい）／o.cha.ka.i

＊ 下次的例會／**次の定例会**（つぎ　ていれいかい）／tsu.gi.no.te.i.re.i.ka

＊ 公司內會議／**社内会議**（しゃないかいぎ）／sha.na.i.ka.ki

＊ 協商／**打ち合わせ**（う　あ）／u.chi.a.wa.se

＊ 歡迎會／**歓迎会**（かんげいかい）／ka.n.ge.i.ka.i

＊ 新產品發表會／**新製品発表会**（しんせいひんはっぴょうかい）／shi.n.se.i.hi.n.ha.ppyo-.ka.i

06 大家對這樣的安排都可以接受嗎？

皆(みな)さんはこのような措置(そち)に対(たい)して受(う)け入(い)れることができますか？

mi.na.sa.n/wa/ko.no.yo-.na.so.chi.ni.ta.i.shi.te/u.ke.i.re.ru.ko.to/ga/de.ki.ma.su.ka

07 就整體而言，今天的會議**很有成果**。 **換1**

全体的(ぜんたいてき)に見(み)ると、今日(きょう)の会議(かいぎ)は ***豊(ゆた)かな成果(せいか)を上(あ)げました*** 。

ze.n.ta.i.te.ki.ni.mi.ru.to/kyu-.no.ka.i.gi/wa/yu.ta.ka.na.se.i.ka/o/a.ge.ma.shi.ta

08 讓我們**一同努力**！ **換2**

一緒(いっしょ)にがんばりましょう 。

i.ssho.ni.ga.n.ba.ri.ma.sho-

09 那麼今天就這樣吧！

では、今日(きょう)はこれで。

de.wa/kyo-/wa/ko.re.de

10 感謝各位的參與。

皆(みな)さんご参加(さんか)いただきありがとうございます。

mi.na.sa.n.go.sa.n.ka.i.ta.da.ki.a.ri.ga.to-.go.za.i.ma.su

可替換字 1

* 感覺很好／**いい感(かん)じでした**／
  i-.ka.n.ji/de.shi.ta
* 亂糟糟／**大荒(おおあ)れでした**／
  o-.a.re.de.shi.ta
* 糟糕透頂／**散々(さんざん)でした**／
  sa.n.za.n/de.shi.ta
* 非常有意義／**大変有意義(たいへんゆういぎ)でした**
  ／ta.i.he.n.yu-.i.gi/de.shi.ta
* 十分成功／**大成功(だいせいこう)でした**／
  da.i.se.i.ko-/de.shi.ta
* 十分順利／**順調(じゅんちょう)でした**／
  ju.n.cho-/de.shi.ta
* 有許多議題／**議題(ぎだい)が盛(さか)りだくさんでした**／
  gi.da.i/ga/sa.ka.ri.da.ku.sa.n/de.shi.ta

可替換字 2

* 打起精神／**元気(げんき)を出(だ)しましょう**／ge.n.ki/o/da.shi.ma.sho-

一定能輕鬆開口說！

Track 057

01 我可以說句話嗎？

私(わたし)は一言(ひとこと)、言(い)ってもいいですか？

wa.ta.shi/wa/hi.to.ko.to/i.tte.mo.i-/de.su.ka

02 今天會議的氣氛真**緊張**。 換1

今日(きょう)の会議(かいぎ)は **張(は)り詰(つ)めた** 空気(くうき)が漂(ただよ)っていました。

kyo.no.ka.i.gi/wa/ha.ri.tsu.me.ta.ku-.ki/ga/ta.da.yo.tte.i.ma.shi.ta

03 我好討厭開會，總是**很浪費時間**。 換2

私(わたし)は会議(かいぎ)に出席(しゅっせき)するのが嫌(きら)いで、いつも **時間(じかん)を無駄(むだ)に使(つか)う** からです 。

wa.ta.shi/wa/ka.i.gi/ni/shu.sse.ki.su.ru.no/ga/ki.ra.i.de/i.tsu.mo.ji.ka.n/o/mu.da.ni.tsu.ka.u.ka.ra/de.su

04 沒有得出結論的話就再延長。

結論(けつろん)が出(で)なければ、会議(かいぎ)を延長(えんちょう)します。

ke.tsu.ro.n/ga/de.na.ke.re.ba/ka.i.gi/o/e.n.cho-.shi.ma.su

05 有事的人可以先離開了。

用事(ようじ)がある人(ひと)は、先(さき)に席(せき)を離(はな)れてもかまいません。

yo-.ji/ga/a.ru.hi.to/wa/sa.ki.ni.se.ki/o/ha.na.re.te.mo.ka.ma.i.ma.se.n

可替換字 1

* 輕鬆／**楽(らく)な**／ra.ku.na
* 詭異／**怪(あや)しい**／a.ya.shi.i
* 愉快／**楽(たの)しい**／ta.no.shi.i
* 沉重／**ヘビーな**／he.bi-.na
* 討厭／**憎(にく)しみな**／ni.ku.shi.mi.na
* 令人尷尬的／**気(き)まずいな**／ki.ma.zu.i.na
* 沉重的／**重(おも)い**／o.mo.i

可替換字 2

* 很吵鬧／**非常(ひじょう)にうるさい**／hi.jo-.ni.u.ru.sa.i
* 很僵持／**デッドロックになる**／de.ddo.ro.kku/ni/na.ru
* 很無聊／**退屈(たいくつ)でむなしい**／ta.i.ku.tsu.de.mu.na.shi.i

06 記得將會議室恢復原狀。

会議室を元の状態に戻すのを忘れないでください。

ka.i.gi.shi.tsu/o/mo.to.no.jo-.ta.i/ni/mo.do.su.no/o/wa.su.re.na.i.de.ku.da.sa.i

07 離開前請在**這裡**簽名。 換1

行く前に、こちらにサインしてください。

i.ku.ma.e.ni/ko.chi.ra/ni/sa.i.n.shi.te.ku.da.sa.i

08 下次不能參加的人要先**請假**。 換2

次回に参加できないひとは事前に欠席の手続きを取ってください。

ji.ka.i/ni/sa.n.ka.de.ki.na.i.hi.to/wa/ji.ze.n/ni/ke.sse.ki.no.te.tsu.zu.ki/o/to.tte.ku.da.sa.i

09 會議進行得還蠻順利的。

会議が非常にスムーズに進みました。

ka.i.gi/ga/hi.jo-.ni.su.mu-.zu.ni.su.su.mi.ma.shi.ta

10 終於結束了。

やっと終わりました。

ya.tto.o.wa.ri.ma.shi.ta

可替換字 1

* 那裡／**そこ**／so.ko
* 登記表／**登録フォーム**／to-.ro.ku.fo-.mu
* 名冊／**名簿**／me.i.bo
* 這個文件／**この書面**／ko.no.sho.me.n
* 白板／**ホワイトボード**／ho.wa.i.to.bo-.do

可替換字 2

* 告知／**通知して**／tsu-.chi.shi.te
* 打電話來／**電話して**／de.n.wa.shi.te
* 聯絡／**連絡して**／re.n.ra.ku.shi.te
* 交資料／**資料を出して**／shi.ryo-/o/da.shi.te
* 寄信給我／**手紙を出して**／te.ga.mi/o/da.shi.te

Track 058

學會自然地對話互動……

主席：我們要想想接下來該做什麼。
座長(ざちょう)：続(つづ)いて何(なに)をするのかを考(かんが)えなければなりません。

與會者1：你覺得明年應該要專注於國內市場嗎？
参加者(さんかしゃ)1：来年(らいねん)は国内市場(こくないしじょう)に焦点(しょうてん)を当(あ)てるべきだと思(おも)いますか？

主席：請解釋得詳細一點。
座長(ざちょう)：もっと詳(くわ)しくご説明(せつめい)いただけますか？

與會者1：只要參閱圖表就能發現，這五年來的業績均呈現持續滑落的狀態。
参加者(さんかしゃ)1：グラフを見(み)ていただければ分(わ)かりますが、業績(ぎょうせき)は五年連続(ごねんれんぞく)で下落(げらく)しています。

主席：嗯。有什麼好建議嗎？
座長(ざちょう)：うん。何(なに)かいい提案(ていあん)はありますか？

與會者1：因此，我們是否應考慮往後更加積極經營國內市場？
参加者(さんかしゃ)1：で、これからは、もっと積極的(せっきょくてき)に国内市場(こくないしじょう)を経営(けいえい)してはどうでしょうか？

與會者2：可是我覺得我們應該要打開新市場。
参加者(さんかしゃ)2：しかし、新(あたら)しい市場(しじょう)を開(ひら)くべきだと思(おも)います。

主席：打開新的市場是一個很不錯的目標。
座長(ざちょう)：新(あたら)しい市場(しじょう)を開(ひら)くのは良(よ)い目標(もくひょう)です。

與會者1：但是，這個目標在現階段要達成有點困難。
参加者(さんかしゃ)1：そうでうが、現段階(げんだんかい)でこの目標(もくひょう)を達成(たっせい)するのはとても難(むずか)しいです。

主席：那麼，問一下子公司能不能支援好了。
座長(ざちょう)：それでは、支援(しえん)するかどうかを支社(ししゃ)に聞(き)いてみましょう。

パート 7

公司訪客篇

* 01 接待訪客
* 02 受訪者不在
* 03 帶領訪客
* 04 在會客室等候
* 05 親送訪客

パート 7 音檔雲端連結

因各家手機系統不同，若無法直接掃描，
仍可以至以下電腦雲端連結下載收聽。
（http://tinyurl.com/33nanh3p）

ユニット 01 接待訪客

Track 059

一定能清楚聽懂！

01 您好，我是赤西物產的井上。

こんにちは、私(わたし)は赤西物産(あかにしぶっさん)の井上(いのうえ)と申(もう)します。

ko.n.ni.chi/wa/wa.ta.shi/wa/a.ka.ni.shi.bu.ssa.n.no.i.no.u.e.to.mo-.shi.ma.su

02 我是**第一次**來拜訪。

初(はじ)めて お伺(うかが)いしますから。 換1

ha.ji.me.te.o.u.ka.ga.i.shi.ma.su.ka.ra

03 請問**出口部**在哪裡？

輸出部(ゆしゅつぶ) はどこですか？ 換2

yu.shu.tsu.bu/wa/do.ko/de.su.ka

04 我跟公關部的府川先生有約。

広報部(こうほうぶ)の府川(ふかわ)さんと約束(やくそく)がありますが。

ko.ho-.bu.no.fu.ka.wa.sa.n.to.ya.ku.so.ku/ga/a.ri.ma.su.ga

05 我有預約。

私(わたし)は約束(やくそく)があります。

wa.ta.shi/wa/ya.ku.so.ku/ga/a.ri.ma.su

可替換字 1

* 第二次／**二度目(にどめ)**／ni.do.me
* 依約／**約束(やくそく)どおりに**／ya.ku.so.ku.do.o.ri.ni

可替換字 2

* 營業企劃部門／**営業企画部(えいぎょうきかくぶ)**／e.i.gyo-.ki.ka.ku.bu
* 審計室／**監査室(かんさしつ)**／ka.n.sa.shi.tsu
* 物流統合部門／**物流総括部(ぶつりゅうそうかつぶ)**／bu.tsu.ryu-.so-.ka.tsu.bu
* 顧客保安部門／**お客様保安部(きゃくさまほあんぶ)**／o.kya.ku.sa.ma.ho.a.n.bu
* IT本部／**IT本部(ほんぶ)**／i-.ti-.ho.n.bu
* 商品開發部門／**商品開発部(しょうひんかいはつぶ)**／sho-.hi.n.ka.i.ha.tsu.bu
* 技術管理部門／**テクニカルマネジメント部(ぶ)**／te.ku.ni.ka.ru.ma.ne.ji me.n.to.bu

＊ 人事組織部門／**組織人事部**／so.shi.ki.ji.n.ji.bu

06 松嶋小姐現在能見我嗎？

松嶋さんは、今、私に会えますか？

ma.tsu.shi.ma.sa.n/wa/i.ma/wa.ta.shi/ni/a.e.ma.su.ka

07 能幫我通知宮崎先生我到了嗎？

到着のことを宮崎さんに連絡していただけますか？

to-.cha.ku.no.ko.to/o/mi.ya.za.ki.sa.n/ni/re.n.ra.ku.shi.te.i.ta.da.ke.ma.su.ka

08 那我在這裡等。

では、ここでお待ちします。

de.wa/ko.ko.de.o.ma.chi.shi.ma.su

09 需要**換證**嗎？ 換1

訪客のカードを交換する **必要がありますか？**

ho-.kya.ku.no.ka-.do/o/ko-.ka.n.su.ru.hi.tsu.yo-/ga/a.ri.ma.su.ka

10 我要怎麼去行銷部呢？

営業部へどう行きますか？

e.i.gyo-.bu/e/do-.i.ki.ma.su.ka

可替換字 1

＊ 脱掉外套／**コートを脱ぐ**／ko-.to/o/nu.gu

＊ 拿出名片／**名刺を渡す**／me.i.shi/o/wa.ta.su

＊ 把傘放在傘架／**傘を傘立てに入れる**／ka.sa/o/ka.sa.da.te.ni.i.re.ru

＊ 帶伴手禮去／**手土産を持って行く**／te.mi.ya.ge/o/mo.tte.i.ku

＊ 敲門／**扉をノックする**／to.bi.ra/o/ no.kku.su.ru

＊ 事前約好／**事前にアポイントを取る**／ji.ze.n.ni.a.po.i.n.to/o/to.ru

＊ 表達感謝之意／**お礼を述べる**／o.re.i/o/no.be.ru

＊ 準備筆記／**ノートを準備する**／no-.to/o/ju.n.bi.su.ru

＊ 關掉手機電源／**携帯の電源を切る**／ke.i.ta.i.no.de.n.ge.n/o/ki.ru

＊ 押證件／**身分証明書を交換する**／mi.bu.n.sho-.me.i.sho/o/ko-.ka.n.su.ru

一定能輕鬆開口說！

Track 060

01 午安！請問您是哪位？

こんにちは！どちらさまでいらっしゃいますか？

ko.n.ni.chi.wa/do.chi.ra.sa.ma.de.i.ra.ssha.i.ma.su.ka

02 請問您有預約嗎？

お約束(やくそく)はございますでしょうか？

o.ya.ku.so.ku/wa/go.za.i.ma.su/de.sho-.ka

03 請問您有什麼事嗎？

何(なに)かご用件(ようけん)でしょうか？

na.ni.ka.go.yo-.ke.n/de.sho-.ka

04 沒有預約的話可能沒辦法耶……

お約束(やくそく)ではございませんなら、できないんですが。

o.ya.ku.so.ku.de.wa.go.za.i.ma.se.n.na.ra/de.ki.na.i.n/de.su.ga

05 我**撥電話確認**，請待。 換1

電話(でんわ)でご確認(かくにん)いたします。**少々(しょうしょう)お待(ま)ちください。**

de.n.wa.de.go.ka.ku.ni.n.i.ta.shi.ma.su/sho-.sho-.o.ma.chi.ku.da.sa.i

可替換字 1

* 馬上聯絡／**すぐお取次(とりつ)ぎいたします**／su.gu.o.to.ri.tsu.gi.i.ta.shi.ma.su
* 很不巧會議拖得很久／**あいにく会議(かいぎ)が長引(ながび)いております**／a.i.ni.ku.ka.i.gi/ga/na.ga.bi.i.te.o.ri.ma.su
* 他說可能還會再花十分鐘左右／**あと１０分(ぷん)ほどかかりそうだと申(もう)しております**／a.to.ju.bbu.n.ho.do.ka.ka.ri.so-.da.to.mo-.shi.te.o.ri.ma.su
* 在您百忙之中實在非常抱歉／**お急(いそ)ぎのところ申(もう)し訳(わけ)ありませんが**／o.i.so.gi.no.to.ko.ro.mo-.shi.wa.ke.a.ri.ma.se.n.ga
* 我馬上去叫他／**すぐお呼(よ)びしますので**／su.gu.o.yo.bi.shi.ma.su.no.de
* 他很快就來了／**まもなく参(まい)りますので**／ma.mo.na.ku.ma.i.ri.ma.su.no.de
* 請在那邊的椅子稍坐／**そちらの椅子(いす)におかけになって**／so.chi.ra.no.i.su/ni/o.ka.ke/ni/na.tte

06 我能為您做什麼嗎？

なに　ご よう
何が御用でしょうか？
na.ni.ga.go.yo-/de.sho-.ka

07 我們經理正在**辦公室**等您。　**換1**

いま　じ む しつ　　ま
マネージャーはただ今 *事務室* でお待ちしております。
ma.ne-.ja-/wa/ta.da.i.ma.ji.mu-.shi.tsu.de.o.ma.chi.shi.te.o.ri.ma.su

08 我會轉告岡田先生您已經來了。

おか だ　　とり つ
いらっしゃったことを岡田さんにお取次ぎいたします。
i.ra.ssha.tta.ko.to/o/o.ka.da.sa.n/ni/o.to.ri.tsu.gi.i.ta.shi.ma.su

09 請搭電梯到八樓。

かい　　か
8階までエレベーターをお掛けください。
ha.chi.kka.i.ma.de.e.re.be-.ta-/o/o.ka.ke.ku.da.sa.i

10 右邊第一間房間就是研發部。

みぎがわ　だいいっしつ　けんきゅうかいはつ ぶ
右側の第一室は研究開発部です。
mi.gi.ga.wa.no.da.i.shi.tsu/wa/ke.n.kyu-.ka.i.ha.tsu.bu/de.su

可替換字 1

* 會客室／**応接室**（おうせつしつ）／o-.se.tsu.shi.tsu
* 會議室／**会議室**（かい ぎ しつ）／ka.i.gi.shi.tsu
* 社長室／**社長室**（しゃちょうしつ）／sha.cho-.shi.tsu
* 茶水間／**給湯室**（きゅうとうしつ）／kyu-.to-.shi.tsu
* 商品展覽室／**ショールーム**／sho-.ru-.mu
* 地下室／**地下室**（ち か しつ）／chi.ka.shi.tsu
* 大廳／**ロビー**／ro.bi-
* 倉庫／**倉庫**（そう こ）／so-.ko
* 辦公室／**オフィス**／o.fi.su
* 吸菸區／**喫煙スペース**（きつえん）／ki.tsu.e.n.su.pe-.su

ユニット 02 受訪者不在

Track 061

一定能清楚聽懂！

01 **我沒預約**，請問課長不在嗎？ 換1

お約束無しにお邪魔したのですが、 課長さんはいらっしゃいませんか？

o.ya.ku.so.ku.na.shi.ni.o.ja.ma.shi.ma.shi.ta.no.de.su.ga/ka.cho-.sa.n/wa/i.ra.ssha.i.ma.se.n.ka

02 那他大概幾點會回來呢？

では、いつ戻りますか？

de.wa/i.tsu.mo.do.ri.ma.su.ka

03 村山先生今天不會來嗎？

村山さんは、今日来ませんか？

mu.ra.ya.ma.sa.n/wa/kyo-.ki.ma.se.n.ka

04 我可以到他辦公室等嗎？

彼のオフィスでお待ちできますか？

ka.re.no.o.fi.su.de.o.ma.chi.de.ki.ma.su.ka

05 我有**急事**要找他。

急用 があって、彼と合いたいのです。 換2

kyu-.yo-/ga/a.tte/ka.re.to.a.i.ta.i.no/de.su

可替換字 1

* 突然來拜訪真的很抱歉／**突然伺って申し訳ありませんが**／
  to.tsu.ze.n.u.ka.ga.tte.mo-.shi.wa.ke.a.ri.ma.se.n.ga
* 這麼唐突真的是很失禮／**突然で、誠に失礼でございますが**／
  to.tsu.ze.n.de/ma.ko.to.ni.shi.tsu.re.i.de.go.za.i.ma.su.ga

可替換字 2

* 重要的事／**大事な用事**／
  da.i.ji.na.yo-.ji
* 對薪水不滿／**給料に不満**／
  kyu-.ryo-.ni.fu.ma.n
* 要商量的事／**相談事**／
  so-.da.n.go.to
* 困擾的事情／**困ったこと**／
  ko.ma.tta.ko.to

* 想拜託的事／**依頼事**／i.ra.i.ko.to
* 在意的事／**気になるとこ**／ki.ni.na.ru.ko.to
* 工作上的疑問／**仕事の質問**／shi.go.to.no.shi.tsu.mo.n

06 部長的代理人在嗎？

部長の代理人はいらっしゃいますか？

bu.cho-.no.da.i.ri.ni.n/wa/i.ra.ssha.i.ma.su.ka

07 那**禮拜四**可以預約嗎？ **換1**

では、*木曜日*が予約できますか？

de.wa/mo.ku.yo-.bi/ga/yo.ya.ku.de.ki.ma.su.ka

08 請幫我轉交這個**光碟片**。

***この CD*を転送してください。** **換2**

ko.no.shi-.di-/o/te.n.so-.shi.te.ku.da.sai

09 他去拜訪客戶嗎？

彼は取引先をお伺いしますか？

ka.re/wa/to.ri.hi.ki.sa.ki/o/o.u.ka.ga.i.shi.ma.su.ka

10 他真的不在嗎？我明明跟他約好了。

彼は本当にいらっしゃいませんか。私は確かに彼と会う約束をしたのです。

ka.re/wa/ho.n.to-.ni.i.ra.ssha.i.ma.se.n.ka/wa.ta.shi/wa/ta.shi.ka.ni.ka.re.to.a.u.ya.ku.so.ku/o/shi.ta.no/de.su

可替換字 1

* 禮拜一／**月曜日**／ge.tsu.yo-.bi
* 禮拜二／**火曜日**／ka.yo-.bi
* 禮拜三／**水曜日**／su.i.yo-.bi
* 禮拜五／**金曜日**／ki.n.yo-.bi

可替換字 2

* 商品目錄／**カタログ**／ka.ta.ro.gu
* 這份文件／**この書類**／ko.no.sho.ru.i
* 這份估價書／**この見積書**／ko.no.mi.tsu.mo.ri.sho
* 伴手禮／**手土産**／te.mi.ya.ge
* 這份企劃／**この企画書**／ko.no.ki.ka.ku.sho
* 調查報告／**調査報告**／cho-.sa.ho-.ko.ku

這句話一定要會說！

Track 062

01 不好意思，社長還沒到公司來。

申(もう)し訳(わけ)ありませんが、社長(しゃちょう)はまだいらっしゃいません。

mo-.shi.wa.ke.a.ri.ma.se.n.ga/sha.cho-/wa/ma.da.i.ra.ssha.i.me.se.n

02 森田小姐有急事出去了。

森田(もりた)さんは急(いそ)ぎの用(よう)があって外出(がいしゅつ)しました。

mo.ri.ta.sa.n/wa/i.so.gi.no.yo-/ga/a.tte.ga.i.shu.tsu.shi.ma.shi.ta

03 您要不要到會客室稍待呢？

応接室(おうせつしつ)でお待(ま)ちしてもいいですか？

o-.se.tsu.shi.tsu.de.o.ma.chi.shi.te.mo.i-/de.su.ka

04 小泉部長**很快會到**。

小泉部長(こいずみぶちょう)は ***すぐに到着(とうちゃく)するはずです。*** 換1

ko.i.zu.mi.bu.cho-/wa/su.gu.ni.to-.cha.ku.su.ru.ha.zu/de.su

05 可能要麻煩您三點後再來。

三時(さんじ)の後(あと)に再(ふたた)び戻(もど)ってきてください。

sa.n.ji.no.a.to.ni.fu.ta.ta.bi.mo.do.tte.ki.te.ku.da.sa.i

可替換字 1

* 沒空／**暇(ひま)がありません**／
  hi.ma./ga/a.ri.ma.se.n
* 晚點會到／**後(あと)できます**／
  a.to.de.ki.ma.su
* 外出了／**外出(がいしゅつ)しております**／
  ga.i.shu.tsu.shi.te.o.ri.ma.su
* 在開會／**会議中(かいぎちゅう)です**／
  ka.i.gi.chu-/de.su
* 正在等您／**あなたを待(ま)っています**／a.na.ta/o/ma.tte.i.ma.su
* 出差了／**出張(しゅっちょう)に行(い)っております**／shu.ccho-/ni/i.tte.o.ri.ma.su
* 在接別的電話／**ただいま他(ほか)の電話(でんわ)に出(で)ております**／
  ta.da.i.ma.ho.ka.no.de.n.wa/ni/de.te.o.ri.ma.su
* 現在不在位置上／**ただいま席(せき)を外(はず)しております**／
  ta.da.i.ma.se.ki/o/ha.zu.shi.te.o.ri.ma.su

06 需要幫你轉交任何東西嗎？

何(なに)か渡(わた)すものがありますか？

na.ni.ka.wa.ta.su.mo.no/ga/a.ri.ma.su.ka

07 您有事情要轉告他嗎？

ご伝言(でんごん)はありますか？

go.de.n.go.n/wa/a.ri.ma.su.ka

08 不巧他這禮拜**休假**。

換1

あいにく、彼(かれ)は ***今週(こんしゅう)休(きゅう)暇(か)しております。***

a.i.ni.ku/ka.re/wa/ko.n.shu-.kyu-.ka.shi.te.o.ri.ma.su

09 我給您他的手機好嗎？

彼(かれ)の携帯番号(けいたいばんごう)を教(おし)えてもいいですか？

ka.re.no.ke.i.ta.i.ba.n.go-/o/o.shi.e.te.mo.i-/de.su.ka

10 您要不要改預約別天呢？

別(べつ)の日(ひ)に予約(よやく)しませんか？

be.tsu.no.hi/ni/yo.ya.ku.shi.ma.se.n.ka

可替換字 1

* 已經下班了／**退席致(たいせきいた)しました**／
  ta.i.se.ki.i.ta.shi.ma.shi.ta
* 回家了／**帰宅(きたく)いたしました**／
  ki.ta.ku.i.ta.shi.ma.shi.ta
* 去中國出差／**中国(ちゅうごく)へ出張(しゅっちょう)しております**／
  chu-.go.ku/e/shu.ccho-.shi.te.o.ri.ma.su
* 家中有事／**うちでは用事(ようじ)があります**／u.chi.de.wa.yo-.ji/ga/a.ri.ma.su
* 不巧正在忙碌／**あいにく手(て)が放(はな)せないようです**／
  a.i.ni.ku.te/ga/ha.na.se.na.i.yo-/de.su
* 正好不在／**あいにく不在(ふざい)でございます**／a.i.ni.ku.fu.za.i.de.go.za.i.ma.su
* 今天好像會晚點來／**本日遅(ほんじつおそ)くなるようでございます**／
  ho.n.ji.tsu.o.so.ku.na.ru.yo-.de.go.za.i.ma.su
* 正在會議當中／**会議中(かいぎちゅう)でございます**／ka.i.gi.chu-.de.go.za.i.ma.su

ユニット03 帶領訪客

Track 063

一定能清楚聽懂！

01 你可以帶我去他的辦公室嗎？

彼（かれ）のオフィスに連（つ）れて行（い）ってもらえますか？

ka.re.no.o.fi.su/ni/tsu.re.te.i.tte.mo.ra.e.ma.su.ka

02 他的辦公室在**三樓**對嗎？ 換1

彼（かれ）の事務室（じむしつ）は**3階（かい）**でしょうか？

ka.re.no.ji.mu.shi.tsu/wa/sa.n.ka.i/de.sho-.ka

03 我的東西可以寄放在這裡嗎？

私（わたし）のものがここに預（あず）けられますか？

wa.ta.shi.no.mo.no/ga/ko.ko/ni/a.zu.ke.ra.re.ma.su.ka

04 請問洗手間在哪裡？

トイレはどこですか？

to.i.re/wa/do.ko/de.su.ka

05 我敲了門，但是裡面沒人。

ドアをノックしたが、誰（だれ）もいないようです。

do.a/o/no.kku.shi.ta.ga/da.re.mo.i.na.i.yo-/de.su

可替換字 1

* 一樓／**一階（いっかい）**／i.kka.i
* 二樓／**二階（にかい）**／ni.ka.i
* 四樓／**四階（よんかい）**／yo.n.ka.i
* 五樓／**五階（ごかい）**／go.ka.i
* 六樓／**六階（ろっかい）**／ro.kka.i
* 七樓／**七階（ななかい）**／na.na.ka.i
* 八樓／**八階（はちかい）**／ha.kka.i
* 九樓／**九階（きゅうかい）**／kyu-.ka.i
* 十樓／**十階（じゅっかい）**／ju.kka.i
* 頂樓／**ルーフ**／ru-.fu

06 不好意思，我找不到他的辦公室。

すみませんが、彼(かれ)のオフィスを見(み)つけられません。

su.mi.ma.se.n.ga/ka.re.no.o.fi.su/o/mi.tsu.ke.ra.re.ma.se.n

07 我先進去沒關係嗎？

お先(さき)に入(はい)っても大丈夫(だいじょうぶ)ですか？

o.sa.ki.ni.ha.i.tte.mo.da.i.jo-.bu/de.su.ka

08 上樓後的**第三間**沒錯吧？ **換1**

上(あ)がった後(あと)の*三軒目(さんげんめ)*ですか？

a.ga.tta.a.to.no.sa.n.ge.n.me/de.su.ka

09 沒關係，我知道在哪裡。

大丈夫(だいじょうぶ)です。どこにあるのかを知(し)っています。

da.i.jo-.bu/de.su/do.ko.ni.a.ru.no.ka/o/shi.tte.i.ma.su

10 謝謝你帶我過來。

連(つ)れてきてありがとう。

tsu.re.te.ki.te.a.ri.ga.to-

可替換字 1

* 第一間／**一軒目(いっけんめ)**／i.kke.n.me
* 第二間／**二軒目(にけんめ)**／ni.ke.n.me
* 第三間／**三軒目(さんげんめ)**／sa.n.ge.n.me
* 第四間／**四軒目(よんけんめ)**／yo.n.ke.n.me
* 第五間／**五軒目(ごけんめ)**／go.ke.n.me
* 第六間／**六軒目(ろっけんめ)**／ro.kke.n.me
* 第七間／**七軒目(ななけんめ)**／na.na.ke.n.me
* 第八間／**八軒目(はっけんめ)**／ha.kke.n.me
* 第九間／**九軒目(きゅうけんめ)**／kyu-.ke.n.me
* 最後一間／**ラスト軒(けん)**／ra.su.to.ke.n

Track 064

01 我們**經理**請您進去。

マネージャーは君を呼びます。換1

ma.ne-.ja-/wa/ki.mi/o/yo.bi.ma.su

02 向前走到底再右轉，就在**轉角**。

まっすぐ行って、そして、右に曲がって、そのコーナーです。換2

ma.ssu.gu.i.tte/so.shi.te/mi.gi/ni/ma.ga.tte/so.no.ko-.na-/de.su

03 你要喝杯茶或咖啡嗎？

お茶かコーヒーかを飲みますか？

o.cha.ka.ko-.hi-.ka/o/no.mi.ma.su.ka

04 橫山先生，請這邊走。

横山さん、こちらへどうぞ。

yo.ko.ya.ma.sa.n/ko.chi.ra/e/do-.zo

05 您可以先上樓。

お先に上がってください。

o.sa.ki.ni.a.ga.tte.ku.da.sa.i

可替換字 1

* 會長／**会長**／ka.i.cho-
* 社長秘書／**社長付き秘書**／sha.cho-.tsu.ki.hi.sho
* 常務理事／**常務取締役**／jo-.mu.to.ri.shi.ma.ri.ya.ku
* 分店長／**支店長**／shi.te.n.cho-
* 總經理／**頭取**／to-.do.ri
* 部長代理人／**部長代理**／bu.cho-.da.i.ri
* 董事會會長／**取締役会長**／to.ri.shi.ma.ri.ya.ku.ka.i.cho

可替換字 2

* 右手邊／**右側**／mi.gi.ga.wa
* 左手邊／**左側**／hi.da.ri.ga.wa
* 正中間／**真ん中**／ma.n.na.ka

06 這是您的**訪客證**。 換1

これは君(きみ)の **訪問証(ほうもんしょう)** です。

ko.re/wa/ki.mi.no.ho-.mo.n.sho-/de.su

07 他會下來接您。

彼(かれ)は降(お)りて君(きみ)を出迎(でむか)えします。

ka.re/wa/o.ri.te.ki.mi/o/de.mu.ka.e.shi.ma.su

08 我已經通知他的祕書了。

既(すで)に彼(かれ)の秘書(ひしょ)にお知(し)らせしました。

su.de.ni.ka.re.no.hi.sho/ni/o.shi.ra.se.shi.ma.shi.ta

09 您可以**直接進去**。 換2

直接(ちょくせつ)に入(はい)って もいいです。

cho.ku.se.tsu.ni.ha.i.tte.mo.i-/de.su

10 就是這一間辦公室。

このオフィスでございます。

ko.no.o.fi.su/de.go.za.i.ma.su

可替換字 1

* 識別證／**識別(しきべつ)カード**／shi.ki.be.tsu.ka-.do
* 停車券／**駐車券(ちゅうしゃけん)**／chu-.sha.ke.n
* 鑰匙卡／**キーカード**／ki-.ka-.do
* 禮券／**商品券(しょうひんけん)**／sho-.hi.n.ke.n

可替換字 2

* 吃茶點／**お菓子(かし)を召(め)し上(あ)がって**／o.ka.shi/o/me.shi.a.ga.tte
* 在這裡吃午餐／**ここで昼食(ちゅうしょく)をとって**／ko.ko.de.chu-.sho.ku/o/to.tte
* 看他的藏書／**彼(かれ)の蔵書(ぞうしょ)を読(よ)んで**／ka.re.no.zo-.sho/o/yo.n.de
* 抽菸／**タバコを吸(す)って**／ta.ba.ko/o/su.tte
* 在這裡稍待／**ここで少々(しょうしょう)お待(ま)ちになって**／ko.ko.de.sho-.sho-.o.ma.chi.ni.na.tte
* 敲社長室的門／**社長室(しゃちょうしつ)のドアをナックして**／sha.cho-.shi.tsu.no.do.a/o/na.kku.shi.te

ユニット04 在會客室等候

Track 065

一定能清楚聽懂！

01 沒關係。我等他。

大丈夫(だいじょうぶ)です。彼(かれ)を待(ま)ちます。

da.i.jo-.bu/de.su/ka.re/o/ma.chi.ma.su

02 您先去忙吧。

ご遠慮(えんりょ)なく、どうぞ。

go.e.n.ryo.na.ku/do-.zo

03 這裡的**雜誌**可以看嗎？ 換1

このへんの**雑誌(ざっし)**を読(よ)んでもいいですか？

ko.no.he.n.no.za.sshi/o/yo.n.de.mo.i-/de.su.ka

04 能幫我開冷氣嗎？

クーラーを入(い)れていただけますか？

ku-.ra-/o/i.re.te.i.ta.da.ke.ma.su.ka

05 需要換鞋子嗎？

靴(くつ)を替(か)える必要(ひつよう)がありますか？

ku.tsu/o/ka.e.ru.hi.tsu.yo-/ga/a.ri.ma.su.ka

可替換字 1

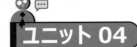

- 報紙／**新聞(しんぶん)**／shi.n.bu.n
- 小冊子／**パンフレット**／pa.n.fu.re.tto
- 日經商業週刊／**日経(にっけい)ビジネス**／ni.kke.i.bi.ji.ne.su
- 文藝春秋週刊／**週刊文春(しゅうかんぶんしゅん)**／shu-.ka.n.bu.n.shu.n
- 讀賣週報／**読売(よみうり)ウィークリー**／yo.mi.u.ri.wi-.ku.ri-
- 周刊雜誌／**週刊誌(しゅうかんし)**／shu-.ka.n.shi
- Newsweek／**ニューズウィーク**／nyu-.zu.wi-.ku
- 東洋經濟週刊／**東洋経済(とうようけいざい)**／to-.yo-.ke.i.za.i
- 經濟學人週刊／**エコノミスト**／e.ko.no.mi.su.to
- Diamond經濟週刊／**ダイヤモンド**／da.i.ya.mo.n.do

06 這裡收訊不太好耶。

信号(しんごう)があまりよくないですね。

shi.n.go-/ga/a.ma.ri.yo.ku.na.i/de.su.ne

07 這**插座**可以用嗎？ 換1

この 差(さ)し込(こ)み口(くち) は使(つか)えますか？

ko.no.sa.shi.ko.mi.ku.chi/wa/tsu.ka.e.ma.su.ka

08 請給我一杯水。

水(みず)をください。

mi.zu/o/ku.da.sa.i

09 我先在這裡填表格好了。

お先(さき)にここでフォームを記入(きにゅう)いたします。

o.sa.ki.ni.ko.ko.de.fo-.mu/o/ki.nyu-.i.ta.shi.ma.su

10 我想要看看貴公司的**傳單**。 換2

貴社(きしゃ)の チラシ を見(み)たいと思(おも)っています。

ki.sha.no.chi.ra.shi/o/mi.ta.i.to.o.mo.tte.i.ma.su

可替換字 1

* 插頭／**プラグ**／pu.ra.gu
* 充電器／**充電器(じゅうでんき)**／ju-.de.n.ki
* 電話／**電話(でんわ)**／de.n.wa
* 手機／**携帯電話(けいたいでんわ)**／ke.i.ta.i.de.n.wa
* 電腦／**コンピューター**／ko.n.pu-.ta-

可替換字 2

* 介紹文／**紹介文(しょうかいぶん)**／sho-.ka.i.bu.n
* 簡介／**概要資料(がいようしりょう)**／ga.i.yo-.shi.ryo-
* 產品樣本／**製品(せいひん)サンプル**／se.i.hi.n.sa.n.pu.ru
* 產品宣傳冊／**製品(せいひん)パンフレット**／se.i.hi.n.pa.n.fu.re.tto
* 產品綜合導覽／**製品総合案内(せいひんそうごうあんない)**／se.i.hi.n.so-.go-.a.n.na.i

一定能輕鬆開口說！

Track 066

01 會客室在這邊。

応接室（おうせつしつ）はこちらです。

o-.se.tsu.shi.tsu/wa/ko.chi.ra/de.su

02 請稍坐一下。

少々（しょうしょう）御掛（おか）けください。

sho-.sho-.o.ka.ke.ku.da.sa.i

03 您可以看這邊的報紙和雜誌。

こちらの新聞（しんぶん）や雑誌（ざっし）でも読（よ）みませんか？

ko.chi.ra.no.shi.n.bu.n.ya.za.sshi.de.mo.yo.mi.ma.se.n.ka

04 我幫您倒杯**茶**。換1

お茶（ちゃ）を注（そそ）ぎます。

o.cha/o/so.so.gi.ma.su

05 請問咖啡要加糖嗎？

コーヒーに砂糖（さとう）を入（い）りますか？

ko-.hi-/ni/sa.to-/o/i.ri.ma.su.ka

可替換字 1

* 飲料／**飲（の）み物（もの）**／no.mi.mo.no
* 烘焙茶／**ほうじ茶（ちゃ）**／ho-.ji.cha
* 茉莉花茶／**ジャスミン茶（ちゃ）**／ja.su.mi.n.cha
* 煎茶／**煎茶（せんちゃ）**／se.n.cha
* 咖啡／**コーヒー**／ko-.hi-
* 麥茶／**麦茶（むぎちゃ）**／mu.gi.cha
* 山人參茶／**山人参茶（やまにんじんちゃ）**／ya.ma.ni.n.ji.n.cha
* 烏龍茶／**ウーロン茶（ちゃ）**／u-.ro.n.cha
* 鐵觀音／**鉄観音茶（てっかんのんちゃ）**／te.kka.n.no.n.cha
* 高級茶葉綠茶／**玉露入（ぎょくろはい）り緑茶（りょくちゃ）**／gyo.ku.ro.ha.i.ri.ryo.ku.cha

06 我馬上去請經理過來。

すぐにマネージャーを呼びますから。

su.gu.ni.me.ne-.ja-/o/yo.bi.ma.su.ka.ra

07 洗手間就在會客室裡面。

トイレは応接室にあります。

to.i.rw/wa/o-.se.tsu.shi.tsu.ni.a.ri.ma.su

08 需不需要吃些點心呢？

お菓子を食べたいですか？

o.ka.shi/o/ta.be.ta.i/de.su.ka

09 我幫您**把外套掛起來**吧。 換1

コートを掛け ましょうか。

ko-.to/o/ka.ke.ma.sho.ka

10 不好意思讓您久等。

すみませんが、大変お待たせしました。

su.mi.ma.se.n.ga/ta.i.he.n.o.ma.ta.se.shi.ma.shi.ta

可替換字 1

* 拿行李／**荷物を取り**／
  ni.mo.tsu/o/to.ri
* 保管行李／**荷物を預け**／
  ni.mo.tsu/o/a.zu.ke
* 寄商品型錄／**カタログをご送付し**／ka.ta.ro.gu/o/go.so-.fu.shi
* 簡單做個導覽／**簡単にご案内し**／ka.n.ta.n.ni.go.a.n.na.i.shi
* 説明關於那件案子的事／**その件に関してご説明し**／
  so.no.ke.n.ni.ka.n.shi.te.go.se.tsu.me.i.shi
* 寄送貨款／**商品代金をお送り**／sho-.hi.n.da.i.ki.n/o/o-.ku.ri.
* 寄送您選擇的商品／**ご選択の商品をご送付し**／
  go.se.n.ta.ku.no.sho-.hi.n/o/go.so-.fu.shi

ユニット 05 親送訪客

Track 067

一定能清楚聽懂！

01 很抱歉，我必須告辭了。

申し訳(もう わけ)ありません。これで失礼(しつれい)いたします。

mo-.shi.wa.ke.a.ri.ma.se.n/ko.re.de.shi.tsu.re.i.i.ta.shi.ma.su

02 保重了。

くれぐれもお大事(だいじ)に。

ku.re.gu.re.mo.o.da.i.ji.ni

03 以後還請多多幫忙。

今後(こんご)ともよろしく。

ko.n.go.to.mo.yo.ro.shi.ku

04 請接受這個**紀念品**。 換1

この 記念品(きねんひん) を受(う)け取(と)ってください。

ko.no.ki.ne.n.hi.n/o/u.ke.to.tte.ku.da.sa.i

05 感謝你們熱情的款待。

あなたの温(あたた)かいおもてなしをいただき、ありがとうございます。

a.na.ta.no.a.ta.ta.ka.i.o.mo.te.na.shi/o/i.ta.da.ki/a.ri.ga.to-.go.za.i.ma.su

可替換字 1

* 土產／**お土産(みやげ)**／o.mi.ya.ge
* 感謝的心意／**感謝(かんしゃ)の気持(きも)ち**／ka.n.sha.no.ki.mo.chi
* 收據／**領収書(りょうしゅうしょ)**／ryo-.shu-.sho
* 特別的禮物／**特別(とくべつ)なプレゼント**／to.ku.be.tsu.na.pu.re.ze.n.to
* 付款證明／**お支払(しはら)い確認書(かくにんしょ)**／o.shi.ha.ra.i.ka.ku.ni.n.sho
* 禮物／**ギフト**／gi.fu.to
* 一點小意思／**ほんの気持(きも)ち**／ho.n.no.ki.mo.chi
* 報酬／**報酬(ほうしゅう)**／ho-.shu-
* 我的名片／**私(わたし)の名刺(めいし)**／wa.ta.shi.no.me.i.shi
* 餐券／**食券(しょっけん)**／sho.kke.n

06 請記得將**樣品**寄給我。

サンプルを郵送してもらうことを覚えてください。 換1

sa.n.pu.ru/o/yu-.so-.shi.te.mo.ra.u.ko.to/o/o.bo.e.te.ku.da.sa.i

07 我改天再來拜訪。

別の日にお伺いします。

be.tsu.no.hi/ni/o.u.ka.ga.i.shi.ma.su

08 不用送了，我自己下樓就好。

送るな。自分で階下へ降りますから。

o.ku.ru.na/ji.bu.n.de.ka.i.ka/e/o.ri.ma.su.ka.ra

09 我的傘忘在會客室裡了。

傘を応接間に忘れてしまいました。

ka.sa/o/o-.se.tsu.ma/ni/wa.su.re.te.shi.ma.i.ma.shi.ta

10 謝謝您**送我到車站**。 換2

駅まで見送りに行ってくれてありがとう。

e.ki.ma.de.mi.o.ku.ri.ni.i.tte.ku.re.te.a.ri.ga.to-

可替換字 1

* 合約影本／**契約のコピー**／ke.i.ya.ku.no.ko.pi-
* 租賃契約／**賃貸借契約**／chi.n.ta.i.sha.ku.ke.i.ya.ku
* 商品目錄／**カタログ**／ka.ta.ro.gu
* 產品相關資料／**製品関連資料**／se.i.hi.n.ka.n.re.n.shi.ryo-
* 身分證明文件影本／**身分証明書のコピー**／mi.bu.n.sho-.me.i.sho.no.ko.pi-

可替換字 2

* 告訴我怎麼走／**道を教えて**／mi.chi/o/o.shi.e.te
* 帶我參觀公司／**社内を案内して**／sha.na.i/o/a.n.na.i.shi.te
* 幫忙協助／**ご協力して**／go.kyo-.ryo.ku.shi.te
* 親切地對待我／**親切に対応して**／shi.n.se.tsu.ni.ta.i.o-.shi.te
* 幫我叫計程車／**私にタクシーを呼んで**／ wa.ta.shi/ni/ta.ku.shi-/o/yo.n.de.

一定能輕鬆開口說！

Track 068

01 歡迎您到訪我們公司。

ご来社(らいしゃ)を歓迎(かんげい)いたします。

go.ra.i.sha/o/ka.n.ge.i.i.ta.shi.ma.su

02 謝謝您抽空前來。

時間(じかん)を割(さ)いてこられてありがとうございます。

ji.ka.n/o/sa.i.te.ko.ra.re.te.a.ri.ga.to-.go.za.i.ma.su

03 有任何**問題**還請跟我聯絡。換1

何(なに)か **質問(しつもん)** があれば、ご連絡(れんらく)ください。

na.ni.ka.shi.tsu.mo.n/ga/a.re.ba/go.re.n.ra.ku.ku.da.sa.i

04 您的蒞臨對我們來説意義重大。

私(わたし)たちにとって、あなたのご光臨(こうりん)は意義(いぎ)があります。

wa.ta.shi.ta.chi.ni.to.tte/a.na.ta.no.go.ko-.ri.n/wa/i.gi/ga/a.ri.ma.su

05 非常感謝您的參與。

ご参与(さんよ)ありがとうございます。

go.sa.n.yo-.a.ri.ga.to-.go.za.i.ma.su

可替換字 1

- ＊ 變動／**変更(へんこう)**／he.n.ko-
- ＊ 意見／**ご意見(いけん)**／go.i.ke.n
- ＊ 推薦商品／**お薦(すす)めの商品(しょうひん)**／o.su.su.me.no.sho-.hi.n
- ＊ 其他情報／**別(べつ)の情報(じょうほう)**／be.tsu.no.jo-.ho-
- ＊ 徵人的消息／**求人(きゅうじん)の情報(じょうほう)**／kyu-.ji.n.no.jo-.ho-
- ＊ 要求／**ご要望(ようぼう)**／go.yo-.bo-
- ＊ 好的提案／**良(よ)い案(あん)**／yo.i.a.n
- ＊ 喜歡的產品／**お気(き)に入(い)った製品(せいひん)**／o.ki.ni.i.tta.se.i.hi.n
- ＊ 我可以做的事／**出来(でき)ること**／de.ki.ru.ko.to
- ＊ 內部情報／**裏(うら)の情報(じょうほう)**／u.ra.no.jo-.ho-
- ＊ 好的建議／**いいアドバイス**／i-.a.do.ba.i.su

06 您能來真是幫了大忙。

あなたはこられて本当に助かりました。

a.na.ta/wa/ko.ra.re.te.ho.n.to-.ni.ta.su.ka.ri.ma.shi.ta

07 我會將今天會議的結果寄給您。

今日の会議の結果をメールいたします。

kyo-.no.ka.i.gi.no.ke.kka/o/me-.ru.i.ta.shi.ma.su

08 不多等一會嗎？

もう少し待ちませんか？

mo-.su.ko.shi.ma.chi.ma.se.n.ka

09 待會**喝一杯**吧！ 換1

後は *飲みに* 行こう！

a.to.wa.no.mi.ni.i.ko-

10 祝您一路順風。

良い旅を！

yo.i.ta.bi.o

可替換字 1

* 吃飯／**食事に**／sho.ku.ji.ni
* 去打撞球／**ビリヤードに**／bi.ri.ya-.do/ni
* 去咖啡店／**喫茶店に**／ki.ssa.te.n/ni
* 去吃路邊攤／**屋台に**／ya.ta.i/ni
* 去夜市／**夜市へ**／yu.i.chi/e
* 打保齡球／**ボーリングに**／bo-.ri.n.gu/ni
* 去唱卡拉OK／**カラオケに**／ka.ra.o.ke/ni
* 去祭典／**お祭りへ**／o.ma.tsu.ri/e
* 一起吃晚餐／**一緒に夕食を食べに**／i.ssho.ni.yo-.sho.ku/o/ta.be.ni

Track 069

學會自然地對話互動……

櫃台：午安！請問您是哪位？

フロントデスク：こんにちは！どちらさまでしょうか？

井上：您好，我是赤西物產的井上。

井上：こんにちは。赤西物産の井上です。

櫃台：請問您有預約嗎？

フロントデスク：お約束はございますでしょうか？

井上：我跟廣告部的府川先生有約。

井上： 広告部の府川さんと約束がありますが。

櫃台：您是預約三點嗎？

フロントデスク：ご予約は三時ですか？

井上：是，能幫我通知府川先生我到了嗎？

井上：はい、到着のことをご連絡いただけますか？

櫃台：好的。請稍後。

フロントデスク：かしこまりました。少々お待ちください。

櫃台：讓您久等了。他正在辦公室等您。

フロントデスク：お待たせしました。彼は、ただ今事務室でお待ちしております。

井上：可以帶我到他的辦公室嗎？

井上：彼の事務室に連れて行ってもらえますか？

櫃台：好的。這邊請。

フロントデスク：はい。こちらへどうぞ。

井上：謝謝。

井上：ありがとうございます。

パート8

介紹公司篇

* 01 交換名片
* 02 介紹主管
* 03 介紹同事
* 04 公司產品簡介

パート 8 音檔雲端連結

因各家手機系統不同，若無法直接掃描，
仍可以至以下電腦雲端連結下載收聽。
（http://tinyurl.com/bddtnsv4）

ユニット 01 交換名片

Track 070

一定能清楚聽懂！

01 幸會！敝姓山崎，請多指教。

初めまして！山崎と申します。どうぞよろしくお願いいたします。

ha.ji.me.ma.shi.te/ya.ma.za.ki.to.mo-.shi.ma.su/do-.zo.yo.ro.shi.ku.o.ne.ga.i.i.ta.shi.ma.su

02 這是**我的名片**。 換1

これは **私の名刺** です。

ko.re/wa/wa.ta.shi.no.me.i.shi/de.su

03 很高興認識你。

お会いできてうれしいです。

o.a.i.de.ki.te.u.re.shi.i/de.su

04 上面有我的電話號碼。

私の電話番号が載せています。

wa.ta.shi.no.de.n.wa.ba.n.go/ga/no.se.te.i.ma.su

05 我的名片上有公司**地址**。 換2

名刺上に **本社の住所** を載せています。

me.i.shi.jo-.ni.ho.n.sha.no.ju-.sho/o/no.se.te.i.ma.su

可替換字 1

* 一點心意／**心のこもったもの**／ko.ko.ro.no.ko.mo.tta.mo.no
* 我家鄉的特產／**故郷の特産品**／ko.kyo-.no.to.ku.sa.n.hi.n
* 我們公司的商品／**当社の製品**／to-.sha.no.se.i.hi.n

可替換字 2

* 傳真號碼／**FAX番号**／fa.kku.su.ba.n.go-
* 網址／**ホームページ**／ho-.mu.pe-.ji
* 統一編號／**識別番号**／shi.ki.be.tsu.ba.n.go-
* 業務內容／**勤務内容**／ki.n.mu.na.i.yo-

＊ 電子郵件／**電子(でんし)メール**／de.n.shi.me-.ru

＊ 社徽／**社章(しゃしょう)**／sha.sho-

06 可以給我你的名片嗎？

名刺(めいし)をいただけますか？

me.i.shi/o/i.ta.da.ke.ma.su.ka

07 請問這個是傳真號碼嗎？

これはファックス番号(ばんごう)ですか？

ko.re/wa/fo.kku.su.ba.n.go-/de.su.ka

08 您較常使用哪個**信箱**呢？ 換1

よく使用(しよう)されている メール はどちらですか？

yo.ku.shi.yo-.sa.re.te.i.ru.me-.ru/wa/do.chi.ra/de.su.ka

09 名片上沒有**分機號碼**，能告訴我嗎？ 換2

名刺上(めいしじょう)で 内線番号(ないせんばんごう) が載(の)せていないから、教(おし)えていただけますか？

me.i.shi.jo-.de.na.i.se.n.ba.n.go-/ga/no.se.te.i.na.i.ka.ra/o.shi.e.te.i.ta.da.ke.ma.su.ka

10 我的名片不巧用完了。

あいにく、私(わたし)の名刺(めいし)は切(き)らしておりました。

a.i.ni.ku/wa.ta.shi.no.me.i.shi/wa/ki.ra.shi.te.o.ri.ma.shi.ta

可替換字 1

＊ 手機號碼／**携帯番号(けいたいばんごう)**／ke.i.ta.i.ba.n.go-

可替換字 2

＊ 血型／**血液型(けつえきがた)**／ke.tsu.e.ki.ga.ta

＊ 興趣／**趣味(しゅみ)**／shu.mi

＊ 郵遞區號／**郵便番号(ゆうびんばんごう)**／yu-.bi.n.ba.n.go-

＊ Twitter／**ツイッターアカウント**／tsu.i.tta-.a.ka.u.n.to

＊ 星座／**星座(せいざ)**／se.i.za

＊ 出生年月／**生年月日(せいねんがっぴ)**／se.i.ne.n.ga.ppi

＊ Skype線上電話號碼／**オンライン番号(ばんごう)**／o.n.ra.i.n.ba.n.go-

＊ Ameba部落格／**アメーバアカウント**／a.me-.ba.a.ka.u.n.to

＊ 即時通訊軟體的ID／**メッセンジャーのID**／me.sse.n.ja-.no.a.i.di-

一定能輕鬆開口說！

Track 071

01 謝謝，這是我的名片。

どうも、これは私(わたし)の名刺(めいし)です。

do-.mo/ko.re/wa/wa.ta.shi.no.me.i.shi/de.su

02 我也很高興認識你。

こちらこそ、お会(あ)いできてうれしいです。

ko.chi.ra.ko.so/o.a.i.de.ki.te.u.re.shi.i/de.su

03 見到您很**榮幸**。 換1

お目(め)にかかれて**光栄(こうえい)**です。

o.me.ni.ka.ka.re.te.ko-.e.i/de.su

04 久仰**大名**。 換2

ご高名(こうめい)はかねがね伺(うかが)っております。

go.ko-.me.i/wa/ka.ne.ga.ne.u.ka.ga.tte.o.ri.ma.su

05 不好意思，我忘記帶**名片**了。 換3

申(もう)し訳(わけ)ありませんが、**名刺(めいし)**を持(も)ってくるのを忘(わす)れました。

mo-.shi.wa.ke.a.ri.ma.se.n.ga/me.i.shi/o/mo.tte.ku.ru.no/o/wa.su.re.ma.shi.ta

可替換字 1

* 很lucky／**ラッキー**／ra.kki
* 很滿足／**満足(まんぞく)**／ma.n.zo.ku
* 很幸運／**幸(さいわ)い**／sa.i.wa.i
* 很開心／**嬉(うれ)しい**／u.re.shi.i
* 很幸福／**幸(しあわ)せ**／shi.a.wa.se

可替換字 2

* 關於你的事／**ご噂(うわさ)**／go.u.wa.sa
* 您的尊名／**ご尊名(そんめい)**／go.so.n.me.i
* 您的活躍／**○○さんのご活躍(かつやく)**／ma.ru.ma.ru.sa.n.no.go.ka.tsu.ya.ku

可替換字 3

* 履歷／**履歴書(りれきしょ)**／ri.re.ki.sho
* 筆記用具／**筆記用具(ひっきようぐ)**／hi.kki.yo-.gu

06 我寫**在紙上**給您。 換1

紙の上で書いてさしあげます。

ka.mi.no.u.e.de.ka.i.te.sa.shi.a.ge.ma.su

07 這分別是我的手機號碼和公司電話。

それぞれ私の携帯番号および会社の電話番号です。

so.re.zo.re.wa.ta.shi.no.ke.i.ta.i.ba.n.go.o.yo.bi.ka.i.sha.no.de.n.wa.ba.n.go/de.su

08 寄到**這個 E-mail**就可以了。 換2

このメールに送信したら受け取れます。

ko.no.me-.ru/ni/so-.shi.n.shi.ta.ra.u.ke.to.re.ma.su

09 我們兩家公司離得很近呢！

両社は距離がかなり近いですね！

ryo-.sha/wa/kyo.ri/ga/ka.na.ri.chi.ka.i/de.su.ne

10 再給您一張，請幫我轉交給**戶田小姐**。 換3

もう一枚を**戸田さん**に渡してください。

mo-.i.chi.ma.i/o/to.da.sa.n/ni/wa.ta.shi.te.ku.da.sa.i

可替換字 1

* 海報上／**ポスターに**／po.su.ta-.ni
* 這裡／**こちらで**／ko.chi.ra.de
* 自己的名字／**自分の名前を**／ji.bu.n.no.ma.na.e.o

可替換字 2

* 那個地址／**その住所**／so.no.ju-.sho
* 郵政信箱／**私書箱**／shi.sho.ba.ko
* 這個地方／**この場所**／ko.no.ba.sho
* 我的公司郵件信箱／**私の社内メール宛**／wa.ta.shi.no.sha.na.i.me-.ru.a.te

可替換字 3

* 我們公司的戶田課長（與對方不同家公司的情況）／**うちの社の課長の戸田**／u.chi.no.sha.no.ka.cho-.no.to.da
* 貴公司的戶田課長（戶田課長是對方公司的情況）／**貴社の戸田課長**／ki.sha.no.to.da.ka.cho-

ユニット 02 介紹主管

Track 072

一定能清楚聽懂！

01 部長，這是玉山貿易公司的溝端先生和今井先生。

部長（ぶちょう）、こちらは玉山貿易会社（たまやまぼうえきがいしゃ）の溝端（みぞばた）さんと今井（いまい）さんです。

bu.cho-/ko.chi.ra/wa/ta.ma.ya.ma.bo-.e.ki.ga.i.sha.no.mi.zo.ba.ta.sa.n.to.i.ma.i.sa.n/de.su

02 這是我們的部長，新垣先生。

こちらが私（わたし）どもの部長（ぶちょう）の新垣（あらがき）でございます。

ko.chi.ra/ga/wa.ta.shi.do.mo.no.bu.cho-.no.a.ra.ga.ki.de.go.za.i.ma.su

03 希望兩位在本公司停留時能夠很愉快。

お二人（ふたり）は当社（とうしゃ）に滞在（たいざい）する時（とき）に、楽（たの）しく過（す）ごすように。

o.fu.ta.ri/wa/to-.sha/ni/ta.i.za.i.su.ru.to.ki.ni/ta.no.shi.ku.su.go.su.yo-.ni

04 我要向你們介紹我的老闆。

上司（じょうし）をご紹介（しょうかい）したいと思（おも）います。

jo-.shi/o/go.sho-.ka.i.shi.ta.i.to.o.mo.i.ma.su

05 她是我們**新的**創意總監。 換1

彼女（かのじょ）は私（わたし）ども 新（あたら）しい クリエイティブディレクターでございます。

ka.no.jo/wa/wa.ta.shi.do.mo.no.a.ta.ra.shi.i/ku.ri.e.i.ti.bu.di.re.ku.ta-/de.go.za.i.ma.su

可替換字 1

- 元老級的／**元老（げんろう）な**／ge.n.ro-.na
- 唯一的／**唯一（ゆういつ）の**／yu-.i.tsu.no
- 有才能的／**有能（ゆうのう）な**／yo-.no-.na
- 才華洋溢的／**才能豊（さいのうゆた）かな**／sa.i.no-.yu.ta.ka.na
- 認真踏實的／**真面目（まじめ）な**／ma.ji.me.na
- 善長設計的／**設計（せっけい）の上手（じょうず）な**／se.kke.i.no.jo-.zu.na
- 優秀的／**優秀（ゆうしゅう）な**／yu-.shu-.na
- 忙碌的／**多忙（たぼう）な**／ta.bo-.na
- 熱情積極的／**意欲的（いよくてき）な**／i.yo.ku.te.ki.na
- 經驗豐富的／**経験豊富（けいけんほうふ）な**／ke.i.ke.n.ho-.fu.na

06 天澤先生是我見過最棒的行銷經理。

天沢（あまざわ）さんは私（わたし）が知（し）っている最（もっと）もよいマーケティングマネージャーです。

a.ma.za.wa.sa.n/wa/wa.ta.shi/ga/shi.tte.i.ru.mo.tto.mo.yo.i.ma-.ke.ti.n.gu.ma.ne-.ja-/de.su

07 葉月部長在公司負責**人事的管理**。 換1

葉月部長（はづきぶちょう）は **人事管理（じんじかんり）** を担当（たんとう）しています。

ha.zu.ki.bu.cho-/wa/ji.n.ji.ka.n.ri/o/ta.n.to-.shi.te.i.ma.su

08 清水專務能給你很多**建議**。 換2

清水専務（しみずせんむ）は多（おお）くの **アドバイス** を提供（ていきょう）できます。

shi.mi.zu.se.n.mu/wa/o-.ku.no.a.do.ba.i.su/o/te.i.kyo-.de.ki.ma.su

09 以後敝公司的提案還請您多多支持。

これから、当社（とうしゃ）の提案（ていあん）をご支持（しじ）願（ねが）いたいと思（おも）います。

ko.re.ka.ra/to-.sha.no.te.i.a.n/o/go.shi.ji.ne.ga.i.ta.i.to.o.mo.i.ma.su

10 我們公司的進出口都由山口小姐負責。

当社（とうしゃ）のインポートおよびエクスポートのことは山口（やまぐち）さんが担当（たんとう）しています。

to-.sha.no.i.n.po-.to.o.yo.bi.e.ku.su.po-.to.no.ko.to/wa/ya.ma.gu.chi.sa.n/ga/ta.n.to-.shi.te.i.ma.su

可替換字 1

* 電腦輸入／**PC入力（にゅうりょく）**／PC.nyu-.ryo.ku
* 文件整理／**書類整理（しょるいせいり）**／sho.ru.i.se.i.ri
* 庫存管理／**在庫管理（ざいこかんり）**／za.i.ko.ka.n.ri
* 網路銷售／**ネット販売（はんばい）**／ne.tto.ha.n.ba.i
* 商品開發／**商品（しょうひん）の開発（かいはつ）**／sho-.hi.n.no.ka.i.ha.tsu
* 出貨業務／**出荷業務（しゅっかぎょうむ）**／shu.kka.gyo-.mu
* 網頁製作／**Web制作（せいさく）**／we.bu.se.i.sa.bu
* 櫃臺業務／**受付事務（うけつけじむ）**／u.ke.tsu.ke.ji.mu
* 生產管理／**生産管理（せいさんかんり）**／se.i.sa.n.ka.n.ri

可替換字 2

* 幫助／**ヘルプ**／he.ru.pu

一定能輕鬆開口說！

Track 073

01 部長您好，久仰大名。

こんにちは、ご高名は伺っております。

ko.n.ni.chi/wa/go.ko-.me.i/wa/u.ka.ga.tte.o.ri.ma.su

02 敝公司受您照顧了。

いつもお世話になりました。

i.tsu.mo.o.se.wa/ni/na.ri.ma.shi.ta

03 我一直很期待跟您見面。

いつもお知り合いになられて楽しみにしています。

i.tsu.mo.o.shi.ri.a.i/ni/na.ra.re.te.ta.no.shi.mi.ni.shi.te.i.ma.su

04 我還沒見過你們的主任。

あなたたちの主任に会ったことはありません。

a.na.ta.ta.chi.no.shu.ni.n/ni/a.tta.ko.to.wa.a.ri.ma.se.n

05 次長真是**容光煥發**呢！ 換1

次長は本当に *元気はつらつとしています* ね。

ji.cho-/wa/ho.n.to-.ni.ge.n.ki.ha.tsu.ra.tsu/to/shi.te.i.ma.su.ne

可替換字 1

* 年輕有為／**若くて有望です**／wa.ka.ku.te.yu-.bo-/de.su
* 好有威嚴／**貫禄があります**／kan.ro.ku./ga/a.ri.ma.su
* 什麼都知道／**何でも知っています**／na.n.de.mo.shi.tte.i.ma.su
* 什麼都會／**何でもやれます**／na.n.de.mo.ya.re.ma.su
* 好懂禮貌／**礼儀をわきまえています**／re.i.gi/o/wa.ki.ma.e.te.i.ma.su
* 很勤奮的人／**勤勉な人です**／ki.n.be.n.na.hi.to/de.su
* 很有判斷力／**決断力があります**／ke.tsu.da.n.ryo.ku/ga/a.ri.ma.su
* 好壯／**筋肉質です**／ki.n.ni.ku.shi.tsu/de.su
* 氣色很好／**血色が良いです**／ke.ssho.ku/ga/yo.i/desui
* 又謙虛又漂亮／**謙虚で素敵です**／ke.n.kyo.de.su.te.ki/desu

06 這位就是三浦小姐嗎？

このかたは三浦(みうら)さんですか？

ko.no.ka.ta/wa/mi.u.ra.sa.n/de.su.ka

07 這是敝公司**新來的業務**高橋。 換1

こちらは、私(わたし)どもの ***新人(しんじん)の営業員(えいぎょういん)*** の高橋(たかはし)です。

ko.chi.ra.wa/wa.ta.shi.do.mo.no.shi.n.ji.n.no.e.i.gyo-.i.n.no.ta.ka.ha.shi/de.su

08 過去和您合作過幾次，您還記得嗎？

過去(かこ)、協力(きょうりょく)で何度(なんど)もありましたことを覚(おぼ)えていますか？

ka.ko/kyo-.ryo.ku.de.na.n.do.mo.a.ri.ma.shi.ta.ko.to/o/o.bo.e.te.i.ma.su.ka

09 下次請務必到敝公司來拜訪。

今度(こんど)必(かなら)ず弊社(へいしゃ)にご訪問(ほうもん)ください。

ko.n.do.ka.na.ra.zu.he.i.sha/ni/go.ho-.mo.n.ku.da.sa.i

10 很榮幸與您見面。

お会(あ)いできて光栄(こうえい)です。

o.a.i.de.ki.te.ko-.e.i/de.su

可替換字 1

* 派遣人員／**派遣社員(はけんしゃいん)**／ha.ke.n.sha.i.n
* 出納員／**出納員(すいとういん)**／su.i.to-.i.n
* 一般事務人員／**一般事務員(いっぱんじむいん)**／i.ppa.n.ji.mu.i.n
* 訪問銷售員／**訪問販売員(ほうもんはんばいいん)**／ho-.mo.n.ha.n.ba.i.i.n
* 總務事務人員／**経理事務員(けいりじむいん)**／ke.i.ri.ji.mu.i.n
* 顧問／**相談役(そうだんやく)**／so-.da.n.ya.ku
* 通關技術人員／**通関士(つうかんし)**／tsu-.ka.n.shi
* 系統工程師／**システムエンジニア**／shi.su.te.mu.e.n.ji.ni.a
* 商品企畫人員／**商品企画事務員(しょうひんきかくじむいん)**／sho-.hi.n.ki.ka.ku.ji.mu.i.n
* 市場調查人員／**マーケティングリサーチャー**／ma-.ke.ti.n.gu/ri.sa-.cha-

ユニット03 介紹同事

Track 074

一定能清楚聽懂！

01 這位是未來要與你共事的國仲小姐。

こちらは将来一緒に働く国仲さんです。
ko.chi.ra/wa/sho-.ra.i.i.ssho.ni.ha.ta.ra.ku.ku.ni.na.ka.sa.n/de.su

02 有任何問題都可以問她。

何かの質問があったら彼女に伺います。
na.ni.ka.no.shi.tsu.mo.n/ga/a.tta.ra.ka.no.jo/ni/u.ka.ga.i.ma.su

03 王先生也是**台灣人**，跟你是同鄉。

王さんも **台湾人** で、君と同じ出身です。 換1
o-.sa.n.mo.ta.i.wa.n.ji.n.de/ki.mi.to.o.na.ji/shu.sshi.n/de.su

04 這位是長谷川小姐，我們公司的會計。

こちらは長谷川さんで、当社の経理です。
ko.chi.ra/wa/ha.se.ga.wa.sa.n.de/to-.sha.no.ke.i.ri/de.su

05 以往跟您聯絡的就是這位生田先生。

今まで連絡していたのは生田さんです。
i.ma.ma.de.re.n.ra.ku.shi.te.i.ta.no/wa/i.ku.ta.sa.n/de.su

可替換字 1

- 台北人／**台北人**／ta.i.pe.i.ji.n
- 高雄人／**高雄人**／ta.ka.o.ji.n
- 台中人／**台中人**／ta.i.chu-.ji.n
- 花蓮人／**花蓮人**／ka.re.n.ji.n
- 台南人／**台南人**／ta.i.na.n.ji.n
- 彰化人／**彰化人**／sho-.ka.ji.n
- 屏東人／**屏東人**／he-.to-.ji.n
- 桃園人／**桃園人**／to-.e.n.ji.n
- 基隆人／**基隆人**／ki-.ru.n.ji.n
- 移民／**移民**／i.mi.n

06 這間辦公室裡的都是**企劃部的同仁**。 換1

このオフィスの同僚(どうりょう)は、すべて ***計画部(けいかくぶ)のスタッフ*** です。

ko.no.o.fi.su.no.do-.ryo-/wa/su.be.te.ke.i.ka.ku.bu.no.su.ta.ffu/de.su

07 坐在那裡的是經理的秘書。

そちらに座(すわ)っているのはマネージャーの秘書(ひしょ)です。

so.chi.ra/ni/su.wa.tte.i.ru.no/wa/ma.ne-.ja-.no.hi.sho/de.su

08 石川小姐是從**你們部門**調過來的。 換2

石川(いしかわ)さんは ***君(きみ)の部門(ぶもん)*** から転任(てんにん)したものです。

i.shi.ka.wa.sa.n/wa/ki.mi.no.bu.mo.n.ka.ra.te.n.ni.n.shi.ta.mo.no/de.su

09 這些都是我的組員。

これらは私(わたし)のチームメンバーです。

ko.re.ra/wa/wa.ta.shi.no.chi-.mu.me.n.ba-/de.su/

10 好久不見，我們上個案子合作過。

ご無沙汰(ぶさた)しておりました。前回(ぜんかい)の企画(きかく)で協力(きょうりょく)したことがあります。

go.bu.sa.ta.shi.te.o.ri.ma.shi.ta/ze.n.ka.i.no.ki.ka.ku/de/kyo-.ryo.ku.shi.ta.ko.to/ga/a.ri.ma.su

可替換字 1

* 我重要的伙伴／**私(わたし)の大切(たいせつ)な仲間(なかま)**／wa.ta.shi.no.ta.i.se.tsu.na.na.ka.ma
* 我很重視的人／**私(わたし)の生涯(しょうがい)の宝(たから)**／wa.ta.shi.no.sho-.ga.i.no.ta.ka.ra
* 我的驕傲／**私(わたし)の自慢(じまん)**／wa.ta.shi.no.ji.ma.n
* 我崇拜的人／**私(わたし)の憧(あこが)れ**／wa.ta.shi.no.a.ko.ga.re
* 比我厲害能幹的人／**私(わたし)よりずっと凄腕(すごうで)の方々(かたがた)**／wa.ta.shi.yo.ri.zu.tto.su.go.u.de.no.ka.ta.ga.ta
* 比我資深的人／**私(わたし)より大先輩(だいせんぱい)の方々(かたがた)**／wa.ta.shi.yo.ri.da.i.se.n.pa.i.no.ka.ta.ga.ta

可替換字 2

* 總公司／**親会社(おやがいしゃ)**／o.ya.ga.i.sha
* 分公司／**子会社(こがいしゃ)**／ko.ga.i.sha
* 營業處／**営業所(えいぎょうしょ)**／e.i.gyo-.sho

一定能輕鬆開口說！

Track 075

01 初次見面，請多指教。

はじめまして、どうぞよろしくお願(ねが)いします。
ha.ji.me.ma.shi.te/do-.zo.yo.ro.shi.ku.o.ne.ga.i.shi.ma.su

02 那接下來就由我接下**這個案子**。 換1

次(つ)いで、私(わたし)に **この件(けん)** を引(ひ)き続(つづ)きます。

tsu.i.de/wa.ta.shi.ni.ko.no.ke.n/o/hi.ki.tsu.zu.ki.ma.su

03 這位是您的助理伊藤小姐。

こちらは君(きみ)のアシスタントの伊藤(いとう)さんです。
ko.chi.ra/wa/ki.mi.no.a.shi.su.ta.n.to.no.i.to-.sa.n/de.su

04 我**隔壁**的這位是總務青田先生。 換2

私(わたし)の **隣(となり)の方(かた)** は庶務部(しょむぶ)の青田(あおた)さんです。

wa.ta.shi.no.to.na.ri.no.ka.ta/wa/sho.mu.bu.no.a.o.ta.sa.n/de.su

05 你們見過嗎？

お会(あ)いしたことがありますか？
o.a.i.shi.ta.ko.to/ga/a.ri.ma.su.ka

可替換字 1

* 人才招募活動／**人材(じんざい)の招聘活動(しょうへいかつどう)**／ji.n.za.i.no.sho-.he.i.ka.tsu.do-
* 在中國的銷售／**中国(ちゅうごく)での販売(はんばい)**／chu-.go.ku.de.no.ha.n.ba.i
* 文件的翻譯／**書類(しょるい)の翻訳(ほんやく)**／sho.ru.i.no.ho.n.ya.ku
* 這個活動／**このイベント**／ko.no.i.be.n.to
* 改裝企畫／**改装計画(かいそうけいかく)**／ka.i.so-.ke.i.ka.ku
* 情人節特別企畫／**バレンタインデ特別企画(とくべつきかく)**／ba.re.n.ta.i.de.to.ku.be.tsu.ki.ka.ku
* 創社十周年紀念活動／**会社設立十周年記念(かいしゃせつりつじゅうしゅうねんきねん)のイベント**／ka.i.sha.se.tsu.ri.tsu.ju-.shu-.ne.n.ki.ne.n.no.i.be.n.to

可替換字 2

* 左邊／**左(ひだり)**／hi.da.ri
* 右邊／**右(みぎ)**／mi.gi
* 對面／**向(む)こう**／mu.ko-

06 我覺得那位店長看起來確實很**面熟**。 **換1**

あの店長(てんちょう)さんは確(たし)かに 見覚(みおぼ)えがある顔(かお) です。

a.no.te.n.cho-.sa.n/wa/ta.shi.ka.ni.mi.o.bo.e/ga/a.ru.ka.o/de.su

07 我以前也跟您負責同樣業務。

昔(むかし)は、君(きみ)と同(おな)じ業務(ぎょうむ)を取(と)り仕切(しき)りました。

mu.ka.shi/wa/ki.mi.to.o.na.ji.gyo-.mu/o/to.ri.shi.ki.ri.ma.shi.ta

08 你接替齋藤先生的工作嗎？

あなたは斎藤(さいとう)さんの業務(ぎょうむ)を引(ひ)き続(つづ)きますか？

a.na.ta/wa/sa.i.to-.sa.n.no.gyo-.mu/o/hi.ki.tsu.zu.ki.ma.su.ka

09 新到職的就是你嗎？

新(あたら)しく着任(ちゃくにん)したのは君(きみ)ですか？

a.ta.ra.shi.ku.cha.ku.ni.n.shi.ta.no/wa/ki.mi/de.su.ka

10 我很看好你，想把你調到我們部門。

君(きみ)を高(たか)く評価(ひょうか)しますから、われわれの部門(ぶもん)に転勤(てんきん)しようと思(おも)います。

ki.mi/o/ta.ka.ku.hyo-.ka.shi.ma.su.ka.ra/wa.re.wa.re.no.bu.mo.n/ni/te.n.ki.n.shi.yo-.to.o.mo.i.ma.su

可替換字 1

* 親切／**親切(しんせつ)**／shi.n.se.tsu
* 不友善／**友好的(ゆうこうてき)ではない**／yu-.ko-.te.ki.de.wa.na.i
* 怪怪的／**変(か)わった人(ひと)**／ka.wa.tta.hi.to
* 似乎很有趣／**面白(おもしろ)そうな人(ひと)**／o.mo.shi.ro.so-.na.hi.to
* 很開朗／**明(あか)るい人(ひと)**／a.ka.ru.i.hi.to
* 有點像猴子／**ちょっと猿顔(さるがお)**／cho.tto.sa.ru.ga.o
* 勤奮的人／**努力家(どりょくか)**／do.ryo.ku.ka
* 很有紳士風度／**紳士的(しんしてき)な人(ひと)**／shi.n.shi.te.ki.na.hi.to
* 難相處的臉／**取(と)っ付(つ)きづらい顔(かお)**／to.ri.ttsu.ki.zu.ra.i.ka.o
* 很大男人主義的型／**亭主関白(ていしゅかんぱく)タイプ**／te.i.shu.ka.n.pa.ku.ta.i.pu

ユニット 04 公司產品簡介

Track 076

一定能清楚聽懂！

01 能提供我一些貴公司的產品資訊嗎？

貴社の製品情報を提供することはできますか？
ki.sha.no.se.i.hi.n.jo-.ho-/o/te.i.kyo-.su.ru.ko.to/wa/de.ki.ma.su.ka

02 能詳細介紹一下**您的產品**嗎？

貴社の製品について詳しく説明できますか？ 換1
ki.sha.no.se.i.hi.n.ni.tsu.i.te.ku.wa.shi.ku.se.tsu.me.i.de.ki.ma.su.ka

03 這是商業機密嗎？

これは、商業秘密ですか？
ko.re/wa/sho-.gyo-.hi.mi.tsu/de.su.ka

04 這是貴公司最**出名**的產品。 換2

これは貴社の最も**有名な**製品です。
ko.re/wa/ki.sha.no.mo.tto.mo.yu-.me.i.na.se.i.hi.n/de.su

05 有樣品可以看嗎？

サンプルはありますか？
se.n.pu.ru/wa/a.ri.ma.su.ka

可替換字 1

* 新機能／**新機能**／shi.n.ki.no-
* 產品的得獎紀錄／**製品の授賞記録**／se.i.hi.n.no.ju.sho-.ki.ro.ku
* 暢銷品／**ベストセラー**／be.su.to.se.ra-
* 產品構造／**製品の仕組み**／se.i.hi.n.no.shi.ku.mi
* 產品特徵／**製品の特徴**／se.i.hi.n.no.to.ku.cho-
* 新型號／**新モデル**／shi.n.mo.de.ru
* 貴公司產品的特殊長處／**貴社製品の特長**／ki.sha.se.i.hi.n.no.to.ku.cho-
* 新型號和舊型號的差別／**新モデルと旧モデルの違い**／shi.n.mo.de.ru/to/kyu-.mo.de.ru.no.chi.ga.i

可替換字 2

- ＊ 暢銷／**売れている**／u.re.te.i.ru
- ＊ 基本／**根本的な**／ko.n.po.n.te.ki.na.

06 我想到工廠參觀。

工場を見学にいきたいと思います。

ko-.jo-/o/ke.n.ga.ku/ni/i.ki.ta.i.to.o.mo.i.ma.su

07 我們對你們的**商品**很有興趣。 換1

我々は貴社の *商品* に興味を持っています。

wa.re.wa.re/wa/ki.sha.no.sho-.hi.n/ni/kyo-.mi/o/mo.tte.i.ma.su

08 你們明年的計畫為何？

来年の計画は何ですか？

ra.i.ne.n.no.ke.i.ka.ku/wa/na.n/de.su.ka

09 您最推薦的是哪一款呢？

最もお勧めなのはどちらですか？

mo.tto.mo.o.su.su.me.na.no/wa/do.chi.ra/de.su.ka

10 我有先讀過說明了，但還有些問題。

説明書をお先に読んだが、いくつかの問題があります。

se.tsu.me.i.sho/o/o.sa.ki.ni.yo.n.da.ga/i.ku.tsu.ka.no.mo.n.da.i/ga/a.ri.ma.su

可替換字 1

- ＊ 行銷方式／**販売方式**／ha.n.ba.i.ho-.shi.ki
- ＊ 社會貢獻／**社会貢献**／sha.ka.i.ko-.ke.n
- ＊ 銷售情況／**販売状況**／ha.n.ba.i.jo-.kyo-
- ＊ 人才培育／**人材育成**／ji.n.za.i.i.ku.se.i
- ＊ 經營方針／**ビジネスポリシー**／bi.ji.ne.su.po.ri.shi-
- ＊ 從業員報酬／**役員報酬**／ya.ku.i.n.ho-.shu-
- ＊ 經營型態／**経営形態**／ke.i.e.i.ke.i.ta.i
- ＊ 新生產方式／**新たな生産方式**／a.ra.ta.na.se.i.sa.n.ho-.shi.ki
- ＊ 節省能源政策／**省エネルギー対策**／sho-.e.ne.ru.gi-.ta.i.sa.ku
- ＊ 個人情報保護政策／**個人情報保護の対策**／ko.ji.n.jo-.ho-.ho.go.no.ta.i.sa.ku

一定能輕鬆開口說！

Track 077

01 現在由我向各位介紹一下本公司的產品。

当社(とうしゃ)の製品(せいひん)をご紹介(しょうかい)させていただきます。

to-.sha.no.se.i.hi.n/o/go.sho-.ka.i.sa.se.te.i.ta.da.ki.ma.su

02 我們全部有三種類型的晶片。

我々(われわれ)のチップは3つのタイプがあります。

wa.re.wa.re.no.chi.ppu/wa/mi.ttsu.no.ta.i.pu/ga/a.ri.ma.su

03 現在是全球**第二大**製造廠。

当社(とうしゃ)は世界(せかい)**第二位(だいにい)**の製造元(せいぞうもと)です。 換1

to-.sha/wa/se.ka.i.da.i.ni.i.no.se.i.zo-.mo.to/de.su

04 目前正在計畫第四種規格。

今(いま)のところ、四番目(よんばんめ)の仕様(しよう)を計画(けいかく)しています。

i.ma.no.to.ko.ro/yo.n.ba.n.me.no.shi.yo-/o/ke.i.ka.ku.shi.te.i.ma.su

05 我們還有銷售支援的**電腦系統**。

我々(われわれ)は販売(はんばい)を支援(しえん)する**コンピュータシステム**もあります。 換2

wa.re.wa.re/wa/ha.n.ba.i/o/shi.e.n.su.ru.ko.n.pyu-.ta.shi.su.te.mu.mo.a.ri.ma.su

可替換字 1

* 最大的／**トップ**／to.ppu
* 第三大／**第三位(だいさんい)**／da.i.sa.n.i
* 第四大／**第四位(だいよんい)**／da.i.yo.n.i
* 第五大／**第五位(だいごい)**／da.i.go.i

可替換字 2

* 軟體／**ソフトウェア**／su.fu.to.we.a
* 工作人員／**スタッフ**／su.ta.ffu
* 配件／**アクセサリー**／a.ku.se.sa.ri-
* 專門小組／**専門部隊(せんもんぶたい)**／se.n.mo.n.bu.ta.i

06 您對我們的產品有興趣嗎？

私たちの製品に興味がありますか？

wa.ta.shi.ta.chi.no.se.i.hi.n/ni/kyo-.mi/ga/a.ri.ma.su.ka

07 這是最新產品的雛形。

これは製品の最新のプロトタイプです。

ko.re/wa/se.i.hi.n.no.sa.i.shi.n/no/pu.ro.to.ta.i.pu/de.su

08 請到**簡報室**來看投影片。 換1

どうぞ **ブリーフィングルーム** に移動して、スライドを御覧ください。

do-.zo.pu.ri-.fi.n.gu.ru-.mu/ni/i.do-.shi.te/su.ra.i.do/o/go.ra.n.ku.da.sa.i

09 您手上拿的是去年的**熱賣商品**。 換2

手に持っているのは、昨年の **ヒット商品** です。

te.ni.mo.tte.i.ru.no/wa/sa.ku.ne.n.no.hi.tto.sho-.hi.n/de.su

10 抱歉，新設計還不能給您看。

申し訳ありませんが、新しいデザインはまだ見せられません。

mo-.shi.wa.ke.a.ri.ma.se.n.ga/a.ta.ra.shi-.de.za.i.n/wa/ma.da.mi.se.ra.re.ma.se.n

可替換字 1

* 這裡／**ここ**／ko.ko
* 樓上／**階上**／ka.i.jo-
* 樓下／**階下**／ka.i.ka
* 工廠裡／**工場内**／ko-.jo-.na.i

可替換字 2

* 實品／**本物**／ho.n.mo.no
* 產品的圖像／**製品の画像**／se.i.hi.n.no.ga.zo-
* 生產過程／**生産過程**／se.i.sa.n.ka.te.i
* 動畫報告／**動画リポート**／do-.ga.ri.po-.to
* 令人注目的新作品／**注目の新作**／chu-.mo.ku.no.shi.n.sa.ku
* 新電視廣告／**新作のテレビCM**／shi.n.sa.ku.no.te.re.bi.shi.e.mu

Track 078

學會自然地對話互動……

山崎：幸會！敝姓山崎，請多指教。
山崎：始めまして！山崎と申します。どうぞよろしくお願いいたします。

山崎：這是我的名片，很高興認識您。
山崎：これは私の名刺です。お目にかかれてうれしいです。

張明奈：我是張明奈。請多多指教。
張明奈：張明奈と申します。どうぞよろしくお願いいたします。

山崎：這位是敝公司新來的業務高橋。
山崎：こちらは私どもの新人の営業員の高橋です。

高橋：我是高橋，請多多指教。
高橋：高橋と申します。どうぞよろしくお願いいたします。

張明奈：我覺得您很面熟。您接替齊藤先生的工作嗎？
張明奈：確かに見覚えがある顔ですね。斉藤さんの業務を引き続きますか？

高橋：是的，我接替齊藤先生的工作。接下來請把計畫交給我。
高橋：そうです。斉藤さんの業務を引き続きますから。今度の計画は任せてください。

張明奈：能提供給我一些貴公司的產品資訊嗎？
張明奈：**貴社**の製品情報を提供することができますか？

高橋：這是我們公司最有名的產品之一。
高橋：これは当社の最も有名な製品です。

張明奈：您最推薦的是哪一款呢？
張明奈：一番お勧めなのは何ですか？

山崎：我覺得這款非常適合貴公司。
山崎：これは貴社に似合うだろうと思います。

パート9

日本客戶篇

* 01 迎賓接機
* 02 參觀工廠
* 03 招待美食
* 04 旅遊參觀
* 05 送機

パート 9 音檔雲端連結

因各家手機系統不同，若無法直接掃描，
仍可以至以下電腦雲端連結下載收聽。
（http://tinyurl.com/4uhb4vp2）

ユニット 01 迎賓接機

Track 079

一定能清楚聽懂！

01 你好，我是總公司派來的佐藤。

わたし　おやがいしゃ　はけん　さとう　もう
私は親会社から派遣された佐藤と申します。
wa.ta.shi/wa/o.ya.ga.i.sha.ka.ra.ha.ke.n.sa.re.ta.sa.to-.to.mo-.shi.ma.su

02 飛機遇到亂流，我暈機。

らんりゅう　そうぐう　わたし　ひこうき
乱流に遭遇したから、私は飛行機によってしまった。
ra.n.ryu-/ni/so-.gu-.shi.ta.ka.ra/wa.ta.shi/wa/hi.ko-.ki.ni.yo.tte.shi.ma.tta

03 我想先回飯店放行李。

わたし　にもつ　ほうち
私は荷物をホテルに放置しておきたいです。
wa.ta.shi/wa/ni.mo.tsu/o/ho.te.ru/ni/ho-.chi.shi.te.o.ki.ta.i/de.su

04 我們直接到公司去吧！

かいしゃ　ちょくせつ　い
会社に直接行きましょう。
ka.sha/ni/cho.ku.se.tsu.i.ki.ma.sho-

05 這些**樣品**先幫我送到工廠。 換1

こうじょう　さき　はっそう
これらの サンプル を工場にお先に発送してください。

ko.re.ra.no.sa.n.pu.ru/o/ko-.jo-/ni/o.sa.ki.ni.ha.sso-.shi.te.ku.da.sa.i

可替換字 1

- 資料／**情報**（じょうほう）／jo-.ho-
- 測試細項／**テスト仕様書**（しようしょ）／te.su.to.shi.yo-.sho
- 技術明細書／**技術仕様書**（ぎじゅつしようしょ）／gi.ju.tsu.shi.yo-.sho
- 要求明細書／**要求仕様書**（ようきゅうしようしょ）／yo-.kyu-.shi.yo-.sho
- 產品明細設計書／**製品仕様書**（せいひんしようしょ）／se.i.hi.n.shi.yo-.sho
- 程序書／**手順書**（てじゅんしょ）／te.ju.n.sho
- 作業指示／**作業指示書**（さぎょうしじしょ）／sa.gyo-.shi.ji.sho
- 出貨指示／**出荷指示書**（しゅっかしじしょ）／shu.kka.shi.ji.sho
- 測驗結果／**試験成績表**（しけんせいせきひょう）／shi.ke.n.se.i.se.ki.hyo-
- 明細／**内訳書**（うちわけしょ）／u.chi.wa.ke.sho
- 設計圖／**設計図**（せっけいず）／se.kke.i.zu

06 接下來有得忙了。

これから忙(いそが)しくなります。

ko.re.ka.ra.i.so.ga.shi.ku.na.ri.ma.su

07 可以幫我請個翻譯嗎？

翻訳者(ほんやくしゃ)を雇(やと)っていただけますか？

ho.n.ya.ku.sha/o/ya.to.tte.i.ta.da.ke.ma.su.ka

08 我的**助理**真田也一起來了。 **換1**

私(わたし)の アシスタント の真田(さなだ)さんも一緒(いっしょ)に来(き)ました。

wa.ta.shi.no.a.shi.su.ta.n.to.no.sa.na.da.sa.n.mo.i.ssho.ni.ki.ma.shi.ta

09 台灣比日本**熱**呢。 **換2**

台湾(たいわん)は日本(にほん)より 熱(あつ)いです ね。

ta.i.wa.n/wa/ni.ho.n.yo.ri.a.tsu.i/de.su.ne

10 這幾天要麻煩你了。

ここ数日(すうじつ)お願(ねが)いいたします。

ko.ko.su-.ji.tsu.o.ne.ga.i.i.ta.shi.ma.su

可替換字 1

* 秘書／**秘書(ひしょ)**／hi.sho
* 下屬／**部下(ぶか)**／ bu.ka

可替換字 2

* 物價便宜／**物価(ぶっか)が安(やす)いです**／
bu.kka/ga/ya.su.i/de.su
* 人口少／**人口(じんこう)が少(すく)ないです**／
ji.n.ko-/ga/su.ku.na.i/de.su
* 國際化／**国際的(こくさいてき)です**／
ko.ku.sa.i.te.ki/desu
* 更南邊／**南(みなみ)にあります**／
mi.na.mi.ni.a.ri.ma.su
* 注重學歷／**学歴(がくれき)を重視(じゅうし)します**／
ga.ku.re.ki/o/jyu-.shi.shi.ma.su
* 治安良好／**治安(ちあん)が良(よ)いです**／
chi.a.n/ga/yo.i/desu
* 貧富差距小／**貧富(ひんぷ)の差(さ)が少(すく)ないです**／hi.n.pu.no.sa/ga/su.ku.na.i/desu
* 更早進入梅雨季／**早(はや)く梅雨入(つゆい)りです**／ha.ya.ku.tsu.yu.i.ri/desu
* 更優閒／**のんびりした雰囲気(ふんいき)があります**／
no.n.bi.ri.shi.ta.fu.n.i.ki/ga/a.ri.ma.su

一定能輕鬆開口說！

Track 080

01 請問是松山電器的渡邊先生嗎？

松山電気の渡辺さんですか？

ma.tsu.ya.ma.de.n.ki.no.wa.ta.na.ba.sa.n/de.su.ka

02 我是來接您的鈴木自動車的何光一。

私は出迎えに来た鈴木自動車の何光一と申します。

wa.ta.shi.wa.de.mu.ka.e.ni.ki.ta.su.zu.ki.ji.do-.sha.no.ka.ko-.i.chi.to.mo-.shi.ma.su

03 我幫您拿行李吧。

君の荷物を持って差し上げましょう。

ki.mi.no.ni.mo.tsu/o/mo.tte.sa.shi.a.ge.ma.sho-

04 您要直接到**公司**去嗎？

君が直接に **会社** へ行きますか？ 換1

ki.mi/ga/cho.ku.se.tsu.ni.ka.i.sha/e/i.ki.ma.su.ka

05 還是要先回飯店休息呢？

それとも、ホテルに戻って休みますか？

so.re.to.mo/ho.te.ru/ni/mo.do.tte.ya.su.mi.ma.su.ka

可替換字1

* 工廠／**工場**／ko-.jo-
* 總部／**本社**／ho.n.sha
* 直營店／**直営店**／cho.ku.e.i.te.n
* 客戶的公司／**取引先の会社**／to.ri.hi.ki.sa.ki.no.ka.i.sha
* 老主顧那邊／**得意先のところ**／to.ku.i.sa.ki.no.to.ko.ro
* 旗艦店／**旗艦店**／ki.ka.n.te.n
* 工地／**工事現場**／ko-.ji.ge.n.ba
* 門市／**店頭**／te.n.to-
* 加盟店／**フランチャイズ店舗**／fu.ra.n.cha.i.zu.te.n.po
* 倉庫／**倉庫**／so-.ko

06 飛這麼久你一定累了。

長く飛んでいて、必ず疲れてしまいました。

na.ga.ku.to.n.de.i.te/ka.na.ra.zu.tsu.ka.re.te.shi.ma.i.ma.shi.ta

07 您的旅途順利嗎？

お旅は順調ですか？

o.ta.bi/wa/ju.n.cho-/de.su.ka

08 我去把車開過來。

私は車をこちらに運転してきます。

wa.ta.shi/wa/ku.ru.ma/o/ko.chi.ra/ni/u.n.te.n.shi.te.ki.ma.su

09 後天才開會，明天我帶您去逛逛。

会議は明後日なので、あしたは君を連れてあちこちで遊びましょう。

ka.i.gi/wa/a.sa.tte.na.no.de/a.shi.ta/wa/ki.mi/o/tsu.re.te.a.chi.ko.chi.de.a.so.bi.ma.sho-

10 不好意思，**高速公路塞車**所以遲到了。 **換1**

恐れ入りますが、 高速道路の渋滞 で遅刻しました。

o.so.re.i.ri.ma.su.ga/ko-.so.ku.do-.ro.no.ju-.ta.i.de.chi.ko.ku.shi.ma.shi.ta

可替換字 1

* 塞車／**交通渋滞**／ko-.tsu-.ju-.ta.i
* 睡過頭／**寝過ごし**／ne.su.go.shi
* 宿醉／**二日酔い**／fu.tsu.ka.yo.i
* 工作上的事情／**仕事の都合**／shi.go.to.no.tsu.go-
* 私事／**私事**／shi.ji
* 賴床／**朝寝坊**／a.sa.ne.bo-
* 火車延誤／**列車の遅れ**／re.ssha.no.o.ku.re
* JR列車誤點／**JR遅延**／je-.a-.ru.chi.e.n
* 碰巧家裡有事／**たまたま家庭の事情**／ta.ma.ta.ma.ka.te.i.no.ji.jo-
* 忘記時間的關係／**時間を忘れたせい**／ji.ka.n/o/wa.su.re.ta.se.i

ユニット 02 参観工廠

Track 081

一定能清楚聽懂！

01 能請你帶我們去參觀一下嗎？

見学(けんがく)させていただけますか？

ke.n.gaku.sa.se.te.i.ta.da.ke.ma.su.ka

02 你們的工廠總共幾班制？

あなたの工場(こうじょう)は交代(こうたい)がいくつですか？

a.na.ta.no.ko-.jo-/wa/ko-.ta.i/ga/i.ku.tsu/de.su.ka

03 貴公司在**品質管理**上如何？ 換1

貴社(きしゃ)は **品質管理(ひんしつかんり)** のほうがいかがですか？

ki.sha/wa/hi.n.shi.tsu.ka.n.ri.no.ho-/ga/i.ka.ga/de.su.ka

04 廠房占地多大呢？

工場(こうじょう)の建物(たてもの)の面積(めんせき)はどのぐらいですか？

ko-.jo-.no.ta.te.mo.no.no.me.n.se.ki/wa/do.no.gu.ra.i/de.su.ka

05 有多少員工在這裡工作？

ここで働(はたら)いている従業員(じゅうぎょういん)は何人(なんにん)ですか？

ko.ko.de.ha.ta.ra.i.te.i.ru.ju-.gyo-.i.n/wa/na.n.ni.n/de.su.ka

可替換字 1

* 專業分工／**専門分業(せんもんぶんぎょう)**／se.n.mo.n.bu.n.gyo-
* 福利制度／**福利厚生制度(ふくりこうせいせいど)**／fu.ku.ri.ko-.se.i.se.i.do
* 人事制度／**人事制度(じんじせいど)**／ji.n.ji.se.i.do
* 人事考核／**人事考課(じんじこうか)**／ji.n.ji.ko-.ka
* 培育制度／**育成制度(いくせいせいど)**／i.ku.se.i.se.i.do
* 事業戰略／**事業戦略(じぎょうせんりゃく)**／ji.gyo-.se.n.rya.ku
* 國際戰略／**国際戦略(こくさいせんりゃく)**／ko.ku.sa.i.se.n.rya.ku
* 評價制度／**評価 制度(ひょうかせいど)**／hyo-.ka.se.i.do
* 管理制度／**管理制度(かんりせいど)**／ka.n.ri.se.i.do
* 新商務提案制度／**新規事業提案制度(しんきじぎょうていあんせいど)**／shi.n.ki.ji.gyo-.te.i.a.n.se.i.do

06 你們的**品管處**在哪裡？ 換1

品質管理部はどこですか？

hi.n.shi.tsu.ka.n.ri.bu/wa/do.ko/de.su.ka

07 工廠看起來很乾淨。

工場は非常にきれいにみえます。

ko-.jo-/wa/hi.jo-.ni.ki.re.i.ni.mi.e.ma.su

08 這裡噪音有點大。

ここではノイズが少し大きいです。

ko.ko.de/wa/no.i.zu/ga/su.ko.shi.o-.ki.i/de.su

09 我還想去其他廠區看看。

他の工場を見てみたいです。'

ta.no.ko-.jo-/o/mi.te.mi.ta.i/de.su

10 設備平均多久保養維修一次？

設備のメンテナンスや修理時間はどうですか？

se.tsu.bi.no.me.n.te.na.n.su/ya/shu-.ri.ji.ka.n/wa/do-/de.su.ka

可替換字 1

- ＊ 製造部／**製造部**／se.i.zo-.bu
- ＊ 物流部／**物流部**／bu.tsu.ryu-.bu
- ＊ 技術課／**技術課**／gi.ju.tsu.ka
- ＊ 開發課／**開発課**／ka.i.ha.tsu.ka
- ＊ 置物間／**物置**／mo.no.o.ki
- ＊ 大門／**ドア**／do.a
- ＊ 電梯／**エレベーター**／e.re.be-.ta-
- ＊ 倉庫／**倉庫**／so-.ko
- ＊ 停車場／**駐車場**／chu-.sha.jo-
- ＊ 生產管理部／**生産管理部**／se.i.sa.n.ka.n.ri.bu

一定能輕鬆開口說！

Track 082

01 這裡是我們的**主要**廠區。 換1

ここは当社(とうしゃ)の **メイン** 工場(こうじょう)のエリアです。

ko.ko.wa.to-.sha.no.me.i.n.ko-.jo-.no.e.ri.a/de.su

02 我來帶路吧！

私(わたし)がご案内(あんない)いたします。

wa.ta.shi.ga.go.a.n.na.i.i.ta.shi.ma.su

03 請小心旁邊的機械溫度較高。

横(よこ)にある高温(こうおん)のマシンにご注意(ちゅうい)ください。

yo.ko.ni.a.ru.ko-.o.n.no.ma.shi.n.ni.go.chu-.i.ku.da.sa.i

04 工廠**總共三班制**。 換2

工場(こうじょう)は **合計三交代(ごうけいさんこうたい)** となります。

ko-.jo-/wa/go-.ke.i.sa.n.ko-.ta.i.to.na.ri.ma.su

05 我們是同業之中最先獲得認證的工廠。

当社(とうしゃ)は業界(ぎょうかい)で一番認証(いちばんにんしょう)を獲得(かくとく)する工場(こうじょう)です

to-.sha/wa/gyo-.ka.i.de.i.chi.ba.n.ni.n.sho-/o/ka.ku.to.ku.su.ru.ko-.jo-/de.su

可替換字 1

* 次要／**副次的(ふくじてき)な**／fu.ku.ji.te.ki.na
* 新的／**新(あら)たな**／a.ra.ta.na
* 環保的／**エコな**／e.ko.na

可替換字 2

* 一貫作業／**一貫作業(いっかんさぎょう)**／i.kka.n.sa.gyo-
* 手工作業／**手作業(てさぎょう)**／te.sa.gyo-
* 兩班制／**二交代制(にこうたいせい)**／ni.ko-.ta.i.se.i
* 流水作業／**流(なが)れ作業(さぎょう)**／na.ga.re.sa.gyo-
* 輪班制／**シフト制(せい)**／shi.fu.to.se.i
* 週休二日制／**週休二日制(しゅうきゅうふつかせい)**／shu-.kyu-.fu.tsu.ka.se.i
* 二十四小時制／**２４時間体制(じかんたいせい)**／ni.ju-.yo.n.ji.ka.n.ta.i.se.i

06 請跟我來。

一緒(いっしょ)に来(き)てください。

i.ssho.ni.ki.te.ku.da.sa.i

07 我們雇用了**三百**名工人。換1

我々(われわれ)は **三百(さんびゃく)** 名(めい)の作業員(さぎょういん)を雇(やと)っています。

wa.re.wa.re/wa/sa.n.bya.ku.me.i.no.sa.gyo-.i.n/o/ya.to.tte.i.ma.su

08 這個房間是監控室。

この部屋(へや)は、コントロールルームです。

ko.no.he.ya/wa/ko.n.to.ro-.ru.ru-.mu/de.su

09 員工宿舍在三樓。

社員寮(しゃいんりょう)は三階(さんかい)にあります。

sha.i.n.ryo-/wa/sa.n.ka.i/ni/a.ri.ma.su

10 帶您參觀是我的榮幸。

君(きみ)を連(つ)れて見学(けんがく)するのは光栄(こうえい)です。

ki.mi/o/tsu.re.te.ke.n.ga.ku.su.ru.no/wa/ko-.e.i/de.su

可替換字 1

* 一百／**百(ひゃく)**／hya.ku
* 二百／**二百(にひゃく)**／ni.hya.ku
* 四百／**四百(よんひゃく)**／yo.n.hya.ku
* 五百／**五百(ごひゃく)**／go.hya.ku
* 六百／**六百(ろっぴゃく)**／ro.ppya.ku
* 七百／**七百(ななひゃく)**／na.na.hya.ku
* 八百／**八百(はっぴゃく)**／ha.ppya.ku
* 九百／**九百(きゅうひゃく)**／kyu-.hya.ku
* 一千／**一千(いっせん)**／i.sse.n
* 一萬／**一万(いちまん)**／i.chi.ma.n

ユニット 03 招待美食

Track 083

一定能清楚聽懂！

01 我想要吃川菜。
私(わたし)は四川料理(しせんりょうり)を食(た)べたいです。
wa.ta.shi/wa/shi.se.n.ryo-.ri/o/ta.be.ta.i/de.su

02 台灣的**珍珠奶茶**很有名。 換1
台湾(たいわん)の **タピオカミルクティー** がかなり有名(ゆうめい)です。
ta.i.wa.n.no.ta.pi.o.ka.mi.ru.ku.ti-/ga/ka.na.ri.yu-.me.i/de.su

03 這些**鳳梨酥**可以帶上飛機嗎？
この **パイナップルケーキ** は飛行機(ひこうき)に持(も)っていけますか？ 換2
ko.no.pa.i.na.ppu.ru.ke-.ki/wa/hi.ko-.ki.ni.mo.tte.i.ke.ma.su.ka

04 上次來時吃過的宮保雞丁非常好吃。
今度(こんど)食(た)べたカンパオチキンはとてもおいしかったです。
ko.n.do.ta.be.ta.ka.n.pa.o.chi.ki.n/wa/to.te.mo.o.i.shi.ka.tta/de.su

05 乾杯！
乾杯(かんぱい)！
ka.n.pa.i

可替換字 1

* 台灣啤酒／**台湾(たいわん)ビール**／ta.i.wa.n.bi-.ru
* 烏龍茶／**ウーロン茶(ちゃ)**／u-.ro.n.cha
* 魯肉飯／**ルーロウファン**／ru-.ro.u.fa.n
* 肉粽／**肉粽(にくちまき)**／ni.ku.chi.ma.ki
* 小籠包／**ショウロンポー**／sho-.ro.n.po-
* 蚵仔煎／**オアチェン(牡蠣(かき)の卵(たまご)とじ)**／o.a.che.n/ka.ki.no.ta.ma.go.to.ji
* 茶葉蛋／**チャーイェーダン（ウーロン茶(ちゃ)の味付(あじつ)け卵(たまご)）**／cha-.ye-.da.n/u-.ro.n.cha.no.a.ji.tsu.ke.ta.ma.go

可替換字 2

* 太陽餅／**太陽餅(たいようもち)**／ta.i.yo-.mo.chi
* 茶葉／**お茶(ちゃ)**／o.cha
* 烏魚子／**からすみ**／ka.ra.su.mi

06 台灣最有特色的料理是什麼呢？

台湾(たいわん)で最(もっと)もユニークな料理(りょうり)がなんですか？

ta.i.wa.n.de.mo.tto.mo.yu.ni-.ku.na.ryo-.ri/ga/na.n/de.su.ka

07 我不敢吃**臭豆腐**。 **換1**

私(わたし)は 臭(くさ)い豆腐(とうふ) を食(た)べられません。

wa.ta.shi/wa/ku.sa.i.to-.fu/o/ta.be.ra.re.ma.se.n

08 這個是台灣的**麻糬**嗎？跟日本的不太一樣。 **換2**

これは台湾(たいわん)の 大福(だいふく) ですか？日本(にほん)のとはあまり同(おな)じではありません。

ko.re/wa/ta.i.wa.n.no.da.i.fu.ku/de.su.ka/ni.ho.n.no.to/wa/a.ma.ri.o.na.ji.de.wa.a.ri.ma.se.n

09 台灣料理非常美味。

台湾(たいわん)の料理(りょうり)はとても美味(おい)しいです。

ta.i.wa.n.no.ryo-.ri/wa/to.te.mo.o.i.shi.i/de.su

10 謝謝招待。

あなたのおもてなしをいただきありがとうございます。

a.na.ta.no.o.mo.te.na.shi/o/i.ta.da.ki.a.ri.ga.to-.go.za.i.ma.su

可替換字 1

- * 豬血糕／**豚(ぶた)の血(ち)のケーキ**／bu.ta.no.chi.no.ke-.ki
- * 雞心／**鳥(とり)のハート**／to.ri.no.ha-.to
- * 米腸／**餅米(もちべい)の腸詰(ちょうづ)め**／mo.chi.be.i.no.cho-.zu.me
- * 豬肝／**豚(ぶた)の肝(きも)**／bu.ta.no.ki.mo
- * 蚵仔煎／**オイスターオムレツ**／o.i.su.ta-.o.mu.re.tsu

可替換字 2

- * 天婦羅／**天(てん)ぷら**／te.n.pu.ra
- * 銅鑼燒／**どら焼(や)き**／do.ra.ya.ki
- * 炒麵／**焼(や)きそば**／ya.ki.so.ba
- * 拉麵／**ラーメン**／ra-.me.n
- * 咖哩／**カレー**／ka.re-

一定能輕鬆開口說！

Track 084

01 今天晚餐請讓敝公司招待。

今日(きょう)の晩餐(ばんさん)は当社(とうしゃ)におごらせてください。

kyo.no.ba.n.sa.n/wa/to-.sha.ni.o.go.ra.se.te.ku.da.sa.i

02 吃點正宗**台灣**料理吧！ 換1

本格的(ほんかくてき)な *台湾(たいわん)* 料理(りょうり)を食(た)べましょう。

ho.n.ka.ku.te.ki.na.ta.i.wa.n.ryo-.ri/o/ta.be.ma.sho-

03 請給我們菜單好嗎？

メニューをいただけますか？

me.nyu-/o/i.ta.da.ke.ma.su.ka

04 這是台灣最有名的日本料理。

これは台湾(たいわん)で最(もっと)も有名(ゆうめい)な日本料理(にほんりょうり)です。

ko.re/wa/ta.i.wa.n/de/mo.tto.mo.yu-.me.i.na.ni.ho.n.ryo-.ri/de.su

05 您要嘗試看看**豬血糕**嗎？ 換2

あなたは *豚(ぶた)の血(ち)のケーキ* を試(ため)してみたいですか？

a.na.ta/wa/bu.ta.no.chi.no.ke-.ki/o/ta.me.shi.te.mi.ta.i/de.su.ka

可替換字 1

* 中華／**中華(ちゅうか)**／chu-.ka
* 廣東／**広東(かんとん)**／ka.n.to.n
* 上海／**上海(しゃんはい)**／sha.n.ha.i

可替換字 2

* 肉包／**ローパオ（肉(にく)まん）**／ro-.pa.o/ni.ku.ma.n
* 茶葉蛋／**茶葉卵(ちゃばたまご)**／cha.ba.ta.ma.go
* 牛肉麵／**ニュウロウメン**／nyu-.ro-.me.n
* 擔仔麵／**タンツーメン**／ta.n.tsu-.me.n
* 刨冰／**台湾(たいわん)パオピン(台湾(たいわん)のカキ氷(ごおり))**／ta.i.wa.n.pa.o.pi.n/ta.i.wa.n.no.ka.ki.go.o.ri
* 饅頭／**マントウ（中華蒸(ちゅうかむ)しパン）**／ma.n.to-/chu-.ka.mu.shi.pa.n
* 鹹酥雞／**シェースーチー（台湾風鳥(たいわんふうとり)の唐揚(からあ)げ）**／she-.su-.chi/ta.i.wa.n.fu.to.ri.no.ka.ra.a.ge

06 敝公司預約了鼎泰豐。

当社は鼎泰豊を予約されました。

to-.sha/wa/di.n.ta.i.fo.n/o/yo.ya.ku.sa.re.ma.shi.ta

07 還要不要加點呢？

何か追加しないでしょうか？

na.ni.ka.tsu.i.ka.shi.na.i.de.sho-.ka

08 很高興您喜歡這些**料理**。 換1

これらの**料理**が好きで、とてもうれしいです。

ko.re.ra.no.ryo-.ri/ga/su.ki.de/to.te.mo.u.re.shi.i/de.su

09 您還滿意餐點嗎？

お食事に満足しますか？

o.sho.ku.ji/ni/ma.n.zo.ku.shi.ma.su.ka

10 我來付帳。

私がお金を支払います。

wa.ta.shi/ga/o.ka.ne/o/shi.ha.ra.i.ma.su

可替換字 1

- 點心／**スナック**／su.na.kku
- 飲料／**飲み物**／no.mi.mo.no
- 小菜／**お通し**／o.to-.shi
- 洋酒／**ワイン**／wa.i.n
- 湯品／**スープ**／su-.pu
- 主菜／**主菜**／shu.sa.i
- 飯食／**ご飯物**／go.ha.n.mo.no
- 茶點／**点心**／te.n.shi.n
- 鹹菜；醬菜／**漬物**／tsu.ke.mo.no
- 醋拌涼菜／**酢の物**／su.no.mo.no

ユニット 04 旅遊参観

Track 085

一定能清楚聽懂！

01 我蠻想去**墾丁**的。 換1

私はかなり**墾丁**（こんてい）へいきたいです。

wa.ta.shi/wa/ka.na.ri.ko.n.te.i-/e/i.ki.ta.i/de.su

02 上次參訪時有去過北投。

前回（ぜんかい）の訪問（ほうもん）は北投（ぺいとう）へいったことがあります。

ze.n.ka.i.no.ho-.mo.n/wa/pe.i.to-/e/i.tta.ko.to/ga/a.ri.ma.su

03 這附近是不是有**海灘**？ 換2

この近（ちか）くは**ビーチ**がありませんか？

ko.no.chi.ka.ku/wa/bi-.chi/ga/a.ri.ma.se.n.ka

04 我們不想去太遠的地方。

我々（われわれ）は遠（とお）くには行（い）きたくないです。

wa.re.wa.re/wa/to.o.ku.ni/wa/i.ki.ta.ku.na.i/de.su

05 工廠附近的風景很漂亮。

工場（こうじょう）の近（ちか）くの風景（ふうけい）は美（うつく）しいです。

ko-.jo-.no.chi.ka.ku.no.fu-.ke.i/wa/u.tsu.ku.shi.i/de.su

可替換字 1

* 烏來／**烏来**（うらい）／u.ra.i
* 花蓮／**花蓮**（かれん）／ka.re.n
* 玉山／**玉山**（ぎょくざん）／gyo.ku.za.n
* 台南／**台南**（たいなん）／ta.i.na.n
* 綠島／**緑島**（みどりしま）／mi.do.ri.shi.ma

可替換字 2

* 酒吧／**バー**／ba-
* 夜店／**ナイトクラブ**／na.i.to.ku.ra.bu
* 百貨公司／**デパート**／de.pa-.to
* 居酒屋／**居酒屋**（いざかや）／i.za.ka.ya
* 夜市／**ナイトマーケット**／na.i.to.ma-.ke.tto

06 台灣哪裡的**溫泉**最有名？ 換1

台湾（たいわん）ではどの**温泉**（おんせん）が最（もっと）も有名（ゆうめい）ですか？

ta.i.wa.n.de.wa.do.no.o.n.se.n/ga/mo.tto.mo.yu-.me.i.de.su.ka

07 您推薦什麼名產？

お勧（すす）めのお土産（みやげ）は何（なん）ですか？

o.su.su.me.no.o.mi.ya.ge/wa/na.n.de.su.ka

08 我家人説來台灣一定要去**日月潭**。 換2

私（わたし）の家族（かぞく）は台湾（たいわん）へ行（い）く時（とき）に、必（かなら）ず**日月潭**（にちげつたん）へ行（い）くと言（い）いました。

wa.ta.shi.no.ka.zo.ku/wa/ta.i.wa.n/e/i.ku.to.ki.ni/ka.na.ra.zu.ni.chi.ge.tsu.ta.n/e/i.ku.to.i.i.ma.shi.ta

09 我想搭高鐵去台中買太陽餅。

私（わたし）は高速鉄道（こうそくてつどう）を利用（りよう）して台中（たいちゅう）の太陽餅（たいようもち）を買（か）いにいきたいと思（おも）います。

wa.ta.shi/wa/ko-.so.ku.te.tsu.do-/o/ri.yo-.shi.te.ta.i.chu-.no.ta.i.yo-.mo.chi/o/ka.i.ni.i.ki.ta.i.to.o.mo.i.ma.su

10 非常感謝您的陪伴。

ご随行（ずいこう）ありがとうございます。

go.zu.i.ko-.a.ri.ga.to-.go.za.i.ma.su

可替換字 1

- * 夜景／**夜景**（やけい）／ya.ke.i
- * 夕陽／**夕日**（ゆうひ）／yu-.hi
- * 日出／**日の出**（ひので）／hi.no.de

可替換字 2

- * 阿里山／**アリ山**（さん）／a.ri.sa.n
- * 台北101／**台北101**（たいぺい）／ta.i.pe.i.i.chi.ma.ru.i.chi
- * 陽明山／**陽明山**（ようめいさん）／yo-.me.i.sa.n
- * 故宮／**故宮博物館**（こきゅうはくぶつかん）／ko.kyu-.ha.ku.bu.tsu.ka.n
- * 九份／**九フン**（きゅう）／kyu-.fu.n
- * 中正紀念堂／**中正記念館**（ちゅうせいきねんかん）／chu-.se.i.ki.ne.n.ka.n
- * 龍山寺／**龍山寺**（りゅうざんじ）／ryu-.za.n.ji

這句話一定要會說！

Track 086

01 這個周末我想帶你們去宜蘭玩。

今週の週末にあなたたちを連れて宜蘭に遊びに行きたいと思います。

ko.n.shu-.no.shu-.ma.tsu.ni.a.na.ta.ta.chi/o/tsu.re.te.gi.ra.n/ni/a.so.bi.ni.i.ki.ta.i.to.o.mo.i.ma.su

02 還是各位想去泡溫泉呢？

それとも、温泉へいきたいですか。

so.re.to.mo/o.n.se.n/e/i.ki.ta.i/de.su.ka

03 台灣有許多名產可以買。

台湾ではたくさんのお土産を買えます。

ta.i.wa.n.de.wa.ta.ku.sa.n.no.o.mi.ya.ge/o/ka.e.ma.su

04 你想去參觀一些有名的景點嗎？

君は有名な観光スポットに訪問したいですか。

ki.mi/wa/yu-.me.i.na.ka.n.ko-.su.po.tto/ni/ho-.mo.n.shi.ta.i/de.su.ka

05 我們幫您預約了**五星級飯店的總統套房**。 換1

5つ星ランクの大統領の部屋 を予約して差し上げました。

i.tsu.tsu.ho.shi.ra.n.ku.no.da.i.to-.ryo-.no.he.ya/o/yo.ya.ku.shi.te.sa.shi.a.ge.ma.shi.ta

可替換字 1

- 小木屋／**キャビン**／kya.bi.n
- 三溫暖／**サウナ**／sa.u.na
- 高級美容SPA／**高級スパ**／ko-.kyu-.su.pa
- 單人房／**シングル部屋**／shi.n.gu.ru.be.ya
- 宴席料理／**会席料理**／ka.i.se.ki.ryo-.ri
- 湯屋／**お湯**／o.yu
- 腳底按摩／**足裏マッサージ**／a.shi.u.ra.ma.ssa-.ji
- 雙人房／**ツイン部屋**／tsu.i.n.be.ya
- 一流酒店／**一流ホテル**／i.chi.ryu-.ho.te.ru
- 台鐵太魯閣號／**タロコ号**／ta.ro.ko.go-

06 夏天來的話，景色更美。

夏に来れば、景色は更に美しいです。(なつ／く／けしき／さら／うつく)

na.tsu.ni.ku.re.ba/ke.shi.ki/wa/sa.ra.ni.u.tsu.ku.shi.i/de.su

07 我們公司附近的**大安森林公園**很有名。 換1

当社の近くの大安森林公園はかなり有名です。(とうしゃ／ちか／だいあんしんりんこうえん／ゆうめい)

to-.sha.no.chi.ka.ku.no.da.i.a.n.shi.n.ri.n.ko-.e.n/wa/ka.na.ri.yu-.me.i/de.su

08 那我五點再來接您。

それから私は5時にあなたを迎えに来ます。(わたし／じ／むか／き)

so.re.ka.ra.wa.ta.shi/wa/go.ji.ni.a.na.ta/o/mu.ka.e.ni.ki.ma.su

09 中國跟韓國訪客也很喜歡來這裡。

中国と韓国の観光客はここに来るのが好きです。(ちゅうごく／かんこく／かんこうきゃく／く／す)

chu-.go.ku/to/ka.n.ko.ku.no.ka.n.ko-.kya.ku/wa/ko.ko.ni.ku.ru.no/ga/su.ki/de.su

10 您有沒有想去的地方呢？

君は行きたいところがありますか？(きみ／い)

ki.mi/wa/i.ki.ta.i.to.ko.ro/ga/a.ri.ma.su.ka

可替換字 1

* 忠烈祠／**忠烈祠**(ちゅうれつし)／chu-.re.tsu.shi
* 保安宮／**保安宮**(ほうあんぐう)／ho-.a.n.gu-
* 鐵板燒／**鉄板焼き**(てっぱんや)／te.ppa.n.ya.ki
* 榮星花園／**栄星ガーデン**(えいほし)／e.i.ho.shi.ga-.de.n
* 士林夜市／**士林夜市**(しりんよいち)／shi.ri.n.yo.i.chi
* 愛河／**愛河**(あいが)／a.i.ga
* 行天宮／**行天宮**(ぎょうてんぐう)／gyo-.te.n.gu-
* 茶藝館／**茶芸館**(ちゃげいかん)／cha.ge.i.ka.n
* 永康十五（冰館）／**永康１５**(えいこう)／e.i.ko-.ju-.go
* 占卜街／**占い横丁**(うらな／よこちょう)／u.ra.na.i.yo.ko.cho-

ユニット 05 送機

Track 087

一定能清楚聽懂！

01 請你把我送到機場好嗎？

空港(くうこう)まで送(おく)っていただけますか？

ku-.ko-/ma.de/o.ku.tte.i.ta.da.ke.ma.su.ka

02 我自己搭計程車到機場就好了。

私自身(わたしじしん)はタクシーを掛(か)けて空港(くうこう)に行(い)きます。

wa.ta.shi.ji.shi.n/wa/ta.ku.shi-/o/ka.ke.te.ku-.ko-/ni/i.ki.ma.su

03 我們在此告辭了，這幾天謝謝招待。

ここで失礼(しつれい)いたします。過去数日間(かこすうじつかん)のご招待(しょうたい)ありがとうございます。

ko.ko.de.shi.tsu.re.i.i.ta.shi.ma.su/ka.ko.su-.ji.tsu.ka.n.no.go.sho-.ta.i.a.ri.ga.to-.go.za.i.ma.su

04 回公司後再聯絡。

会社(かいしゃ)に戻(もど)った後(あと)、又連絡(またれんらく)いたします。

ka.i.sha.ni.mo.do.tta.a.to/ma.ta.re.n.ra.ku.i.ta.shi.ma.su

05 請記得寄**合約**過來。 換1

契約(けいやく) を送(おく)るのを忘(わす)れないでください。

ke.i.ya.ku/o/o.ku.ru.no/o/wa.su.re.na.i.de.ku.da.sa.i

可替換字 1

* 機器／**マシン**／ma.shi.n
* 我的行李／**私(わたし)の荷物(にもつ)**／wa.ta.shi.no.ni.mo.tsu
* 估價單（由賣方發出）／**見積書(みつもりしょ)**／mi.tsu.mo.ri.sho
* 接受訂貨確認書（由賣方發出）／**注文請書(ちゅうもんうけしょ)**／chu-.mo.n.u.ke.sho
* 零件／**部品(ぶひん)**／bu.hi.n
* 估價請求（由買方發出）／**見積(みつも)り依頼**／mi.tsu.mo.ri.i.ra.i
* 訂單（由買方發出）／**注文書(ちゅうもんしょ)**／chu-.mo.n.sho
* 商業發票（由賣方發出）／**商業(しょうぎょう)送(おく)り状(じょう)**／sho-.gyo-.o.ku.ri.jo-
* 交易確認書（由賣方發出）／**取引確認書(とりひきかくにんしょ)**／to.ri.hi.ki.ka.ku.ni.n.sho
* 交易內容說明書（由賣方發出）／**取引内容説明書(とりひきないようせつめいしょ)**／to.ri.hi.ki.na.i.yo-.se.tsu.me.i.sho

06 我們的樣品就留給你們做參考了。

我々のサンプルを残してご参照ください。

wa.re.wa.re.no.sa.n.pu.ru/o/no.ko.shi.te.go.sa.n.sho-.ku.da.sa.i

07 下個月我們會再來拜訪。

来月私達がまた訪問に戻ってきます。

ra.i.ge.tsu.wa.ta.shi.ta.chi/ga/ma.ta.ho-.mo.n/ni/mo.do.tte.ki.ma.su

08 我該去辦理**登機**手續了。 換1

私は **搭乗** 手続きを取り扱うべきです。

wa.ta.shi/wa/to-.jo-.te.tsu.zu.ki/o/to.ri.a.tsu.ka.u.be.ki/de.su

09 下次見！

又、今度お会いしましょう！

ma.ta/ko.n.do.o.a.i.shi.ma.sho-

10 謝謝二位把送我們來機場。

空港まで送っていただいて、本当に感謝いたします。

ku-.ko-.ma.de.o.ku.tte.i.ta.da.i.te/ho.n.to-.ni.ka.n.sha.i.ta.shi.ma.su

可替換字 1

* 轉機／**乗り継ぎ**／no.ri.tsu.gi
* 候補機位／**候補**／ko-.ho
* 變更日期／**期日変更**／ki.ji.tsu.he.n.ko-
* 出境／**出発**／shu.ppa.tsu
* 入境／**到着**／to-.cha.ku
* 歸國／**帰国**／ki.ko.ku
* 免稅／**免税**／me.n.ze.i
* 通關／**通関**／tsu-.ka.n
* 關稅／**税関**／ze.i.ka.n
* 檢疫／**検疫**／ke.n.e.ki

這句話一定要會說！

Track 088

01 讓我送您到機場吧。

私(わたし)は、空港(くうこう)まで見送(みおく)らせていただきます。

wa.ta.shi/wa/ku-.ko-.ma.de.mi.o.ku.ra.se.te.i.ta.da.ki.ma.su

02 我會讓您在**第一航廈**下車。

君(きみ)に **第一(だいいち)ターミナル** で下車(げしゃ)させます。 換1

ki.mi/ni/da.i.i.chi.ta-.mi.na.ru/de/ge.sha.sa.se.ma.su

03 停好車再與您於**櫃檯**處碰面。 換2

駐車(ちゅうしゃ)してから、 **カウンター** でお会(あ)いしましょう。

chu-.sha.shi.te.ka.ra/ka.u.n.ta-/de/o.a.i.shi.ma.sho-

04 時間還蠻充裕的，要不要逛免税店？

時間(じかん)はかなり十分(じゅうぶん)ですので、免税店(めんぜいてん)でもいきませんか？

ji.ka.n/wa/ka.na.ri.ju-.bu.n/de.su/no.de/me.n.ze.i.de.n.de.mo.i.ki.ma.se.n.ka

05 安檢可能會蠻花時間的。

セキュリティはかなりの時間(じかん)がかかるかもしれません。

se.kyu.ri.ti/wa/ka.na.ri.no.ji.ka.n/ga/ka.ka.ru.ka.mo.shi.re.ma.se.n

可替換字 1

- 第二航廈／**第2(だい)ターミナル**／da.i.ni.ta-.mi.na.ru
- 入口／**入口(いりぐち)**／i.ri.gu.chi
- 捷運松山機場站／**松山空港駅(まつやまくうこうえき)**／ma.tsu.ya.ma.ku-.ko-.e.ki
- 桃園國際機場／**桃園国際空港(とうえんこくさいくうこう)**／to-.e.n.ko.ku.sa.i.ku-.ko-
- 捷運高雄國際機場站／**高雄国際空港駅(たかおこくさいくうこうえき)**／ta.ka.o.ko.ku.sa.i.ku-.ko-.e.ki

可替換字 2

- 出境大廳／**出発(しゅっぱつ)ロビー**／shu.ppa.tsu.ro.bi-
- 休息室／**待合室(まちあいしつ)**／ma.chi.a.i.shi.tsu
- 吸煙室／**喫煙室(きつえんしつ)**／ki.tsu.e.n.shi.tsu
- 外幣兑換處／**両替所(りょうがえじょ)**／ryo-.ga.e.sho
- 綜合詢問臺／**総合案内所(そうごうあんないしょ)**／so-.go-.a.n.na.i.sho

06 **行李**帶了嗎？ **換1**

お荷物をお持ちしましたか？

o.ni.mo.tsu/o/o.mo.chi.shi.ma.shi.ta.ka

07 田中先生的班機是這班嗎？

田中さんの航空便はこれですか？

ta.na.ka.sa.n.no.ko-.ku-.bi.n/wa/ko.re/de.su.ka

08 我幫您買了一杯咖啡。

あなたにコーヒーを買って差し上げました。

a.na.ta/ni/ko-.hi-/o/ka.tte.sa.shi.a.ge.ma.shi.ta

09 我們會盡快將商品送上。

我々はできるだけ早く商品をお送りいたします。

wa.re.wa.re/wa/de.ki.ru.da.ke.ha.ya.ku.sho-.hi.n/o/o-.ku.ri.i.ta.shi.ma.su

10 希望能很快再見面，祝您旅途平安。

もうすぐ会えるように望みます。安全なお旅をお祈りいたします。

mo-.su.gu.a.e.ru.yo-.ni.no.zo.mi.ma.su/a.n.ze.n.na.o.ta.bi/o/o.i.no.ri.i.ta.shi.ma.su

可替換字 1

* 登機證／**搭乗券**／to-.jo-.ke.n
* 托運行李卡／**荷物引換証**／ni.mo.tsu.hi.ki.a.e.sho-
* 折傘／**折りたたみ傘**／o.ri.ta.ta.mi.ga.sa
* 醃梅／**梅干**／u.me.bo.shi
* 藥／**薬**／ku.su.ri
* 護照／**パスポート**／pa.su.po-.to
* 濕紙巾／**ウエットティッシュ**／we.tto.ti.sshu
* 口香糖／**ガム**／ga.mu
* 刮鬍刀／**ヒゲソリ**／hi.ge.so.ri
* 急救箱／**救急箱**／kyu-.kyu-.ba.ko

Track 089

學會自然地對話互動……

佐藤：您好，我是總公司派來的佐藤。
佐藤：こんにちは、親会社の佐藤と申しますが。

佐藤：請問您是松山電器的渡邊先生嗎？
佐藤：松山電気の渡辺さんですか？

渡邊：是的，我是渡邊。
渡辺：はい、渡辺です。

佐藤：我幫您拿行李吧？
佐藤：お荷物をお持ちしましょうか？

渡邊：謝謝你。
渡辺：ありがとうございます。

佐藤：我去把車開過來。請稍後一下。
佐藤：車を運転してきます。少々お待ちください。

佐藤：飛這麼久您一定累了吧。
佐藤：ロングフライトで、必ず疲れましたでしょう。

渡邊：途中遇到亂流，我有點暈機。
渡辺：途中で乱気流に遭遇したから、私は飛行機に酔ってしまいました。

佐藤：現在還好嗎？
佐藤：今は、大丈夫ですか？

渡邊：沒事了，謝謝您的關心。
渡辺：もういいです。ご心配ありがとうございます。

佐藤：後天才開會，明天先四處去逛逛吧。
佐藤：会議は明後日からですので、明日はあちこちで遊びましょう。

パート10

商務互動篇

* 01 事項詢問
* 02 推銷商品
* 03 報價及議價
* 04 索取商品資料
* 05 約定拜訪時間
* 06 約會遲到通知
* 07 變更約定

パート 10 音檔雲端連結

因各家手機系統不同，若無法直接掃描，仍可以至以下電腦雲端連結下載收聽。

（http://tinyurl.com/24bvvy7m）

ユニット 01 事項詢問

Track 090

一定能清楚聽懂！

01 我們對貴公司的**產品**非常感興趣。 換1

我々(われわれ)は貴社(きしゃ)の製品(せいひん)に非常(ひじょう)に興味(きょうみ)を持(も)っています。

wa.re.wa.re/wa/ki.sha.no.se.i.hi.n.ni.hi.jo-.ni.kyo-.mi/o/mo.tte.i.ma.su

02 你能不能在明天我離開之前再給我**一個樣品**？ 換2

あした離(はな)れる前(まえ)に、サンプルをもうひとつくれませんか？

a.shi.ta.ha.na.re.ru.ma.e.ni/sa.n.pu.ru/o/mo-.hi.to.tsu.ku.re.ma.se.n.ka

03 我想要知道產品**含稅**的價格。 換3

製品(せいひん)の税込(ぜいこ)みの価格(かかく)を知(し)ってほしいですが。

se.i.hi.n.no.ze.i.ko.mi.no.ka.ka.ku/o/shi.tte.ho.shi.i/de.su.ga

04 我想要知道貴公司零件的最低報價。

最低(さいてい)の入札価格(にゅうさつかかく)を知(し)ってほしいですが。

sa.i.te.i.no.nyu-.sa.tsu.ka.ka.ku/o/shi.tte.ho.shi.i/de.su.ga

05 你們還生產其他東西嗎？

また、他(ほか)のものを生産(せいさん)しますか？

ma.ta/ho.ka.no.mo.no/o/se.i.sa.n.shi.ma.su.ka

可替換字 1

* 經營理念／**ビジネスポリシー**／bi.ji.ne.su.po.ri.shi-
* 提案／**提案(ていあん)**／te.i.a.n
* 新設計／**新設計(しんせっけい)**／shi.n.se.kke.i
* 商標／**商標(しょうひょう)**／sho-.hyo-

可替換字 2

* 一份影本／**コピー**／ko.pi-
* 一個贈品／**贈(おく)り物(もの)**／o.ku.ri.mo.no
* 一本目錄／**目録(もくろく)**／mo.ku.ro.ku
* 備用零件／**予備部品(よびぶひん)**／yo.bi.bu.hi.n
* 一張藍光DVD／**ブルーレイDVD**／bu.ru-.re.i.di.bi.di.

可替換字 3

* 不含稅／**税別(ぜいべつ)**／ze.i.be.tsu

06 這個產品何時會上市？

本製品はいつ市場に出回りますか？

ho.n.se.i.hi.n/wa/i.tsu.shi.jo-.ni.de.ma.wa.ri.ma.su.ka

07 下決定之前，我必須先詢問**主管**。 換1

意思決定の前に、上司に求める必要があります。

i.shi.ke.tte.no.ma.e.ni/jo-.shi.ni.mo.to.me.ru.hi.tsu.yo-/ga/a.ri.ma.su

08 你們的**代工**都是委託哪間公司？ 換2

あなたのOEMはどの会社に委託するのですか？

a.na.ta.no.O.E.M/wa/do.no.ka.i.sha/ni/i.ta.ku.su.ru.no/de.su.ka

09 我下星期五前會告訴你我們的決定。

来週の金曜日の前に、我々の決定を教えてあげます。

ra.i.shu-.no.ki.n.yo-.bi.no.ma.e.ni/wa.re.wa.re.no.ke.tte.i/o/o.shi.e.te.a.ge.ma.su

10 感謝您提供資料。

あなたの情報をいただき、ありがとうございます。

a.na.ta.no.jo-.ho/o/i.ta.da.ki/a.ri.ga.to-.go.za.i.ma.su

可替換字 1

* 廠商／**メーカー**／me-.ka-
* 前輩／**先輩**／se.n.pa.i
* 負責人／**責任者**／se.ki.ni.n.sha
* 會計／**会計員**／ka.i.ke.i.i.n

可替換字 2

* 組裝／**組み立て**／ku.mi.ta.te
* 出貨／**出荷**／shu.kka
* 進出口／**輸出入**／yu.shu.tsu.nyu-
* 包裝／**パッキング**／pa.kki.n.gu
* 物流／**物流**／bu.tsu.ryu-
* 估價／**見積もり**／mi.tsu.mo.ri

一定能輕鬆開口說！

Track 091

01 您是製造商還是**代理商**呢？ 換1

製造元(せいぞうもと)または **代理商(だいりしょう)** ですか？

se.i.zo-.mo.to.ma.ta/wa/da.i.ri.sho-/de.su.ka

02 很高興您喜歡我們的商品。

当社(とうしゃ)の製品(せいひん)を気(き)にいってくれてうれしい。

to-.sha.no.se.i.hi.n/o/ki.ni.i.tte.ku.re.te.u.re.shi.i

03 這個產品很有**發展潛力**。 換2

本製品(ほんせいひん)は **将来性(しょうらいせい)** がかなりあります。

ho.n.se.i.hi.n/wa/sho-.ra.i.se.i/ga/ka.na.ri.a.ri.ma.su

04 我明天早上就帶**訂購單**來給你。 換3

あしたの朝(あさ)、 **発注書(はっちゅうしょ)** を持(も)ってきます。

a.shi.ta.no.a.sa/ha.chu-.sho/o/mo.tte.ki.ma.su

05 什麼時候能得到你的答覆？

あなたの答(こた)えをいついただけますか？

a.na.ta.no.ko.ta.e/o/i.tsu.i.ta.da.ke.ma.su.ka

可替換字 1

* 經銷商／**ディーラー**／di-.ra-
* 店家／**販売業者(はんばいぎょうしゃ)**／ha.n.ba.i.gyo-.sha

可替換字 2

* 人氣／**人気(にんき)**／ni.n.ki
* 魅力／**魅力(みりょく)**／mi.ryo.ku
* 詢問度／**訴求力(そきゅうりょく)**／so.kyu-.ryo.ku
* 競爭力／**競争力(きょうそうりょく)**／kyo-.so-.ryo.ku
* 吸引力／**集客力(しゅうきゃくりょく)**／shu-.kya.ku.ryo.ku

可替換字 3

* 收據／**領収書(りょうしゅうしょ)**／ryo-.shu-.sho
* 合約／**契約(けいやく)**／ke.i.ya.k
* 參考資料／**参考材料(さんこうざいりょう)**／sa.n.ko-.za.i.ryo-

06 我很樂意回答您的問題。

ご質問に答えて喜んでいます。

go.shi.tsu.mo.n/ni/ko.ta.e.te.yo.ro.ko.n.de.i.ma.su

07 關於**外銷**我需要一些時間考慮。

エクスポートについて考える時間が必要です。 換1

e.ku.su.po-.to.ni.tsu.i.te.ka.n.ga.e.ru.ji.ka.n/ga/hi.tsu.yo-/de.su

08 您對產品還有什麼疑慮呢？

この製品に対して、又何かご心配がありますか？

ko.no.se.i.hi.n.ni.ta.i.shi.te/ma.ta.na.ni.ka.go.shi.n.pa.i/ga/a.ri.ma.su.ka

09 我們的**優惠**只到本月底。 換2

月末までに優遇条件を提供しています。

ge.tsu.ma.tsu.ma.de.ni.yu-.gu-.jo-.ke.n/o/te.i.kyo-.shi.te.i.ma.su

10 我們想要取得貴公司在南美的代理權。

我々は貴社の南米での代理権を取得したいです。

wa.re.wa.re/wa/ki.sha.no.na.n.be.i.de.no.da.i.ri.ke.n/o/shu.to.ku.shi.ta.i/de.su

可替換字 1

- 發包工程／**請負工事**／u.ke.o.i.ko-.ji
- 你的建議／**あなたの提案**／a.na.ta.no.te.i.a.n
- 訂購數量／**注文量**／chu-.mo.n.ryo-
- 降價／**値引き**／ne.bi.ki
- 換經銷商／**ディーラーの変更**／di-.ra-.no.he.n.ko-
- 這個提案／**この提議**／ko.no.te.i.gi
- 商展／**トレードショー**／to.re-.do.sho-
- 進口／**輸入**／yu.nyu-

可替換字 2

- 特價／**特価**／to.kka
- 預購／**予約**／yo.ya.ku

ユニット 02 推銷商品

Track 092

一定能清楚聽懂！

01 看起來不錯，報價多少？

それはよさそうだけれども、値段(ねだん)を知(し)らせますか？

so.re/wa/yo.sa.so-.da.ke.re.do.mo/na.da.n/o/shi.ra.se.ma.su.ka

02 你們的產品有何**特別**之處？ 換1

貴社(きしゃ)の製品(せいひん)の *特別(とくべつ)な* ところは何(なん)ですか？

ki.sha.no.se.i.hi.n.no.to.ku.be.tsu.na.to.ko.ro/wa/na.n.de.su.ka

03 可以示範一下怎麼使用嗎？

使用方法(しようほうほう)について手本(てほん)を示(しめ)されますか？

shi.yo-.ho-.ho-.ni.tsu.i.te.te.ho.n/o/shi.me.sa.re.ma.su.ka

04 您會給我**折扣**嗎？ 換2

***割(わ)り引(び)き価格(かかく)* をいただきますか？**

wa.ri.bi.ki.ka.ka.ku/o/i.ta.da.ki.ma.su.ka

05 它的關鍵賣點是什麼？

セールスポイントは何(なん)ですか？

se-ru.su.po.i.n.to/wa/na.n/de.su.ka

可替換字 1

* 有趣／**面白(おもしろ)い**／o.mo.shi.ro.i
* 新奇／**珍(めずら)しい**／me.zu.ra.shi.i
* 奇妙／**妙(みょう)な**／myo-.na
* 物超所值／**得(とく)な**／to.ku.na

可替換字 2

* 贈品／**贈(おく)り物(もの)**／o.ku.ri.mo.no
* 禮物／**ギフト**／gi.fu.to
* 紙袋／**紙袋(かみぶくろ)**／ka.mi.bu.ku.ro
* 塑膠袋／**ビニール袋(ぶくろ)**／bi.ni-.ru.bu.ku.ro
* 包裝紙／**包装紙(ほうそうし)**／ho-.so-.shi
* 紙箱／**段(だん)ボール**／da.n.bo-.ru

06 你們提供什麼**售後服務**？ 換1

どのような **アフターサービス** を提供(ていきょう)していますか？

do.no.yo-.na.a.fu.ta-.sa-.bi.su/o/te.i.kyo-.shi.te.i.ma.su.ka

07 這產品跟 B 公司的很像，你們有何不同？

この製品(せいひん)はB社(しゃ)の製品(せいひん)に似(に)ているが、異(こと)なることは何(なん)ですか。

ko.no.se.i.hi.n/wa/B.sha.no.se.i.hi.n.ni.ni.te.i.ru.ga/ko.to.na.ru.ko.to/wa/na.n/de.su.ka

08 跟去年相比，哪裡改善了呢？

昨年(さくねん)と比較(ひかく)すると、どの方面(ほうめん)が改善(かいぜん)されますか？

sa.ku.ne.n/to/hi.ka.ku.su.ru.to/do.no.ho-.me.n/ga/ka.i.ze.n.sa.re.ma.su.ka

09 這些**零件**是日本原裝進口的嗎？ 換2

これらの **部品(ぶひん)** は、日本(にほん)から原包装(げんほうそう)のままで輸入(ゆにゅう)されたのですか？

ko.re.ra.no.bu.hi.n/wa/ni.ho.n.ka.ra.ge.n.ho-.so-.no.ma.ma.de.yu.nyu-.sa.re.ta.no/de.su.ka

10 我會儘快給你答覆。

できるだけ早(はや)く君(くん)にお答(こた)えします。

de.ki.ru.da.ke.ha.ya.ku.ki.mi.ni.o.ko.ta.e.ma.su

可替換字 1

* 選擇／**選択(せんたく)**／se.n.ta.ku
* 贈品／**景品(けいひん)**／ke.i.hi.n
* 優惠／**特典(とくてん)**／to.ku.te.n
* 保證書／**保証書(ほしょうしょ)**／ho.sho-.sho

可替換字 2

* 引擎／**エンジン**／e.n.ji.n
* 晶片／**チップ**／chi.ppu
* 外殼／**外装(がいそう)**／ga.i.so-
* 食材／**食材(しょくざい)**／sho.ku.za.i
* 電線／**電線(でんせん)**／de.n.se.n
* 開關／**スイッチ**／su.i.cch

一定能輕鬆開口說！

Track 093

01 它只有**一公斤**重，是目前市售最輕的。 換1

それは**一キロ**（いち）だけが、市販（しはん）の中（なか）で最軽量（さいけいりょう）です。

so.re/wa/i.chi.ki.ro.da.ke.ga/shi.ha.n.no.na.ka.de.sa.i.ke.i.ryo-/de.su

02 市價大約新台幣四萬，但我可以給你優惠。

市場価格（しじょうかかく）は大体（だいたい）4万（まん）ですが、割引（わりびき）を与（あた）えることができます。

shi.jo-.ka.ka.ku/wa/da.i.ta.i.yo.n.ma.n/de.su.ga/wa.ri.bi.ki/o/a.ta.e.ru.ko.to/ga/de.ki.ma.su

03 我們有特殊的**進貨管道**。 換2

我々（われわれ）は特別（とくべつ）な**購入通路**（こうにゅうつうろ）がありますから。

wa.re.wa.re/wa/to.ku.be.tsu.na.ko-.nyu-.tsu-.ro/ga/a.ri.ma.su.ka.ra

04 貴公司對這一系列的產品是否有興趣？

貴社（きしゃ）はこのシリーズに興味（きょうみ）がありますか？

ki.sha/wa/ko.no.shi.ri-.zu/ni/kyo-.mi/ga/a.ri.ma.su.ka

05 顧客對我們的產品評價非常高。

お客様（きゃくさま）が当社（とうしゃ）の製品（せいひん）を評価（ひょうか）するのは非常（ひじょう）に高（たか）いです。

o.kya.ku.sa.ma/ga/to-.sha.no.se.i.hi.n/o/hyo-.ka.su.ru.no/wa/hi.jo-.ni.ta.ka.i/de.su

可替換字 1

* 五百公克／**五百グラム**（ごひゃく）／go.hya.gu.ra.mu
* 十英磅／**十ポンド**（じゅう）／ju-.po.n.do
* 一噸／**一メートルトン**（いっ）／i.mme-.to.ru.to.n

可替換字 2

* 進口管道／**輸入通路**（ゆにゅうつうろ）／yu.nyu-.tsu-.ro
* 配方／**調合方法**（ちょうごうほうほう）／cho-.go-.ho-.ho-
* 材料／**材料**（ざいりょう）／za.i.ryo-
* 顏色／**色**（いろ）／i.ro
* 保存方式／**保存方法**（ほぞんほうほう）／ho.zo.n.ho-.ho-
* 成果／**成果**（せいか）／se.i.ka
* 口味／**味**（あじ）／a.ji

06 在**同價位**中，我們品質最高。換1

同じ価格のランキングでは、我々の品質が最高です。

o.na.ji.ka.ka.ku.no.ra.n.ki.n.gu/de.wa/wa.re.wa.re.no.hi.n.shi.tsu/ga/sa.i.ko-/de.su

07 我們總是賣最好的東西！

我々はいつも最高のものをご提供しています。

wa.re.wa.re/wa/i.tsu.mo.sa.i.ko-.no.mo.no/o/go.te.i.kyo-.shi.ma.su

08 我們提供**十二個月的**保固。換2

我々は、**十二月の**保証期間をご提供いたします。

wa.re.wa.re/wa/ju-.ni.ga.tsu.no.ho.sho-.ki.ka.n/o/go.te.i.kyo-.i.ta.shi.ma.su

09 這個產品是本公司下季的推銷重點。

この製品は当社の次の四半期の売りさばく焦点となっています。

ko.no.se.i.hi.n/wa/to-.sha.no.tsu.gi.no.shi.ha.n.ki.no.u.ri.sa.ba.ku.sho-.te.n.to.na.tte.i.ma.su

10 您現在購買的話我再送您**替換零件**。換3

あなたは今購入すれば、**交換部品**をお送りいたします。

a.na.ta/wa/i.ma.ko-.nyu-.su.re.ba/ko-.ka.n.bu.hi.n/o/o-.ku.ri.i.ta.shi.ma.su

可替換字 1

* 同系列／**同じシリーズ**／o.na.ji.shi.ri-.zu
* 同規格／**同規格**／do-.ki.ka.ku
* 同期商品／**同期の商品**／do-.ki.no.sho-.ni.n

可替換字 2

* 一周／**一週間の**／i.sshu-.ka.n
* 兩年／**二年の**／ni.ne.n.no
* 一年半／**一年半の**／i.chi.ne.n.ha.n.no
* 終身／**生涯**／sho-.ga.i

可替換字 3

* 試用品／**試用サンプル**／shi.yo-.sa.n.pu.ru
* 新產品／**新製品**／shi.n.se.i.hi.n
* 試吃品／**試供品**／shi.kyo-.hi.

ユニット 03 報價與議價

Track 094

一定能清楚聽懂！

01 請報個價給我吧。

見積(みつ)もりをお願(ねが)いします。

mi.tsu.mo.ri/o/o.ne.ga.i.shi.ma.su

02 訂購**一千台**以上可以降價多少？

一千台(いっせんだい) 以上(いじょう)を発注(はっちゅう)すれば、どのくらい下(さ)げられますか？ 換1

i.sse.n.da.i.i.jo-/o/ha.cchu-.su.re.ba/do.no.ku.ra.i.sa.ge.ra.re.ma.su.ka

03 有另一家提供給我的價格比你們低。

別(べつ)のオーファーが貴社(きしゃ)より低(ひく)い価格(かかく)をしています。

be.tsu.no.o-.fa-/ga/ki.sha.yo.ri.hi.ku.i.ka.ka.ku/o/shi.te.i.ma.su

04 難道不能**多打點折扣**嗎？ 換2

もう少(すこ)し価格(かかく)を割(わ)り引(び)けませんか？

mo-.su.ko.shi.ka.ka.ku/o/wa.ri.bi.ke.ma.se.n.ka

05 比我預期的**高太多了**。 換3

予想以上(よそういじょう) ***高過(たかす)ぎます。***

yo.so-.i.jo-.ta.ka.su.gi.ma.su

可替換字 1

* 一萬組／**一万(いちまん)セット**／i.chi.ma.n.se.tto
* 一億台／**一億台(いちおくだい)**／i.chi.o.ku.da.i
* 一百萬組／**百万(ひゃくまん)セット**／hya.ku.ma.n.se.tto
* 一兆台／**一兆台(いっちょうだい)**／i.ccho-.da.i

可替換字 2

* 給些贈品／**景品(けいひん)をもらえ**／ke.i.hi.n/o/ma.ra.e
* 再便宜點／**もう少(すこ)し安(やす)くなれ**／mo-/su/ko/shi.ya.su.ku.na.re

可替換字 3

* 還貴／**高(たか)いです**／ta.ka.i/de.su
* 便宜很多／**ずっと安(やす)いです**／zu.tto.ya.su.i/de.su
* 還便宜／**安(やす)いです**／ya.su.i/de.su
* 划算／**得(とく)です**／to.ku/de.su

06 如果我訂更多，您會給我折扣嗎？

私はもっと注文すれば、割引を与えますか？

wa.ta.shi/wa/mo.tto.chu-.mo.n.su.re.ba/wa.ri.bi.ki/o/a.ta.e.ma.su.ka

07 我覺得這個產品不值這個價格。

この製品は、この値段に値するとは思いません。

ko.no.se.i.hi.n/wa/ko.no.ne.da.n/ni/a.ta.i.su.ru.to/wa/o.mo.i.ma.se.n

08 如果你不能**降價**，我們就得重新考慮。

値下げができない場合は、我々は再考する必要があります。

換1

ne.sa.ge/ga/de.ki.na.i.ba.a.i/wa/wa.re.wa.re/wa/sa.i.ko-.su.ru.hi.tsu.yo-/ga.a.ri.ma.su

09 價格這麼高，不合乎我們的**成本**。

換2

価格がそんなに高くなんで、我々の**コスト**に合いません。

ka.ka.ku/ga/so.n.na.ni.ta.ka.ku.na.n.de/wa.re.wa.re.no.ko.su.to/ni/a.i.ma.se.n

10 很高興我們在價格問題上取得了一致意見。

価格協定に達成してうれしくぞんじます。

ka.ka.ku.kyo-.te.i.ni.ta.sse.i.shi.te.u.re.shi.ku.zo.n.ji.ma.su

可替換字 1

- 準時出貨／**時間どおりに出荷**／ji.ka.n.do.o.ri.ni.shu.kka
- 提早出貨／**予定より早く出荷**／yo.te.i.yo.ri.ha.ya.ku.shu.kka
- 延後出貨／**予定より遅く出荷**／yo.te.i.yo.ri.o.so.ku.shu.kka
- 支援商展／**見本市への出展支援**／mi.ho.n.i.chi/e/no.shu.tte.n.shi.e.n

可替換字 2

- 計畫／**企画**／ki.ka.ku
- 設計／**設計**／se.kke.i
- 售價／**売価**／ba.i.ka
- 要求／**要望**／yo-.bo-
- 理念／**理念**／ri.ne.n
- 預期／**予想**／yo.so-

一定能輕鬆開口說！

Track 095

01 價格要依**數量**決定。 換1

価格(かかく)は **数量(すうりょう)** に依存(いぞん)します。

ka.ka.ku/wa/su-.ryo-.ni.i.zo.n.shi.ma.su

02 這次我一定給你最好的價錢。

今度(こんど)は必(かなら)ず最良(さいりょう)の価格(かかく)をあげます。

ko.n.do/wa/ka.na.ra.zu.sa.i.ryo-.no.ka.ka.ku/o/a.ge.ma.su

03 我會盡量幫你壓低價格。

できるだけ価格(かかく)を引(ひ)き下(さ)げようとします。

de.ki.ru.da.ke.ka.ka.ku/o/hi.ki.sa.ge.yo-.to.shi.ma.su

04 給你特別優惠價再打**九折**。 換2

特別(とくべつ)な価格(かかく)を提供(ていきょう)する上(うえ)に、 **一割引(いちわりびき)** にします。

to.ku.be.tsu.na.ka.ka.ku/o/te.i.kyo-.su.ru.u.e.ni/i.chi.wa.ri.bi.ki.ni.shi.ma.su

05 我相信這個價格很合理。

この価格(かかく)が合理的(ごうりてき)であると信(しん)じています。

ko.no.ka.ka.ku/ga/go-.ri.te.ki.de.a.ru.to.shi.n.ji.te.i.ma.su

可替換字 1

* 原料物價／**原材料価格(げんざいりょうかかく)**／ge.n.za.i.ryo-.ka.ka.ku
* 油價／**原油価格(げんゆかかく)**／ge.n.yu.ka.ka.ku
* 老闆心情／**ボスの機嫌(きげん)**／bo.su.no.ki.ge.n

可替換字 2

* 八折／**二割引(にわりびき)**／ni.wa.ri.bi.ki
* 七折／**三割引(さんわりびき)**／sa.n.wa.ri.bi.ki
* 六折／**四割引(よんわりびき)**／yo.n.wa.ri.bi.ki
* 五折／**五割引(ごわりびき)**／go.wa.ri.bi.ki
* 四折／**六割引(ろくわりびき)**／ro.ku.wa.ri.bi.ki
* 三折／**七割引(ななわりびき)**／na.na.wa.ri.bi.ki
* 一折／**九割引(きゅうわりびき)**／kyu-.wa.ri.bi.ki

06 恐怕這是我們能提供的最低價格。

これは我々が一番低い価格だと思います。

ko.re/wa/wa.re.wa.re/ga/i.chi.ba.n.hi.ku.i.ka.ka.ku.da.to.o.mo.i.ma.su

07 一次付清款項的話，可以降價出售給您。

一回払いでしたら、値段を下げます。

i.kka.i.ba.ra.i/de.shi.ta.ra/ne.da.n/o/sa.ge.ma.su

08 看在您是**老主顧**的份上，算您人情價。

換1 ***お得意様***に免じて、特別な価格を差し上げます。

o.to.ku.i.sa.ma/ni/me.n.ji.te/to.ku.be.tsu.na.ka.ka.ku/o/sa.shi.a.ge.ma.su

09 已經不能再降低**售價**了。 換2

もう***価格***を下げられないようになりました。

mo-.ka.ka.ku/o/sa.ge.ra.re.na.i.yo-.ni.na.ri.ma.shi.ta

10 我們的利潤非常**微薄**。 換3

われわれの利益は非常に***薄い***です。

wa.re.wa.re.no.ri.e.ki/wa/hi.jo-.ni.u.su.i/de.su

可替換字 1

* 新客戶／**新規顧客**／shi.n.ki.ko.kya.ku
* 大客戶／**上得意先**／jo-.to.ku.i.sa.ki
* 忠實客戶／**忠実な顧客**／chu-.ji.tsi.na.ko.kya.ku
* 大買家／**上客**／jo-.kya.ku

可替換字 2

* 成本費用／**原価**／ge.n.ka
* 生產成本／**生産コスト**／se.i.sa.n.ko.su.to
* 單位產品成本／**製品単位あたり原価**／se.i.hi.n.ta.n.i.a.ta.ri.ge.n.ka

可替換字 3

* 少／**少ない**／su.ku.na.i
* 有限／**有限**／yu-.ge.n
* 少額／**小額**／sho-.ga.ku

ユニット 04 索取商品資料 Track 096

一定能清楚聽懂！

01 可以要一份你們的目錄嗎？

カタログをいただけますか？
ka.ta.ro.gu/o/i.ta.da.ke.ma.su.ka

02 我們想找你們網站上的那個產品。

われわれはウェブサイトで紹介(しょうかい)された製品(せいひん)を探(さが)したいです。
wa.re.wa.re/wa/we.bu.sa.i.to.de.sho-.ka.i.sa.re.ta.se.i.hi.n/o/sa.ga.shi.ta.i/de.su

03 請寄給我們產品介紹以及其他相關資訊。

製品(せいひん)のカタログとその他(た)の関連情報(かんれんじょうほう)をお送(おく)りください。
se.i.hi.n.no.ka.ta.ro.gu.to.so.no.ta.no.ka.n.re.n.jo-.ho-/o/o-.ku.ri.ku.da.sa.i

04 貴公司的 S 系列是我們本季的**重點促銷品**。 換1

貴社(きしゃ)のSシリーズは、本(ほん)シーズンの ***主力販促品(しゅりょくはんそくひん)*** となっています。
ki.sha.no.S.shi.ri-.zu/wa/ho.n.shi-.zu.n.no.shu.ryo.ku.ha.n.so.ku.hi.n.to.na.tte.i.ma.su

05 我們需要相關文案來製作**宣傳品**。 換2

我々(われわれ)は関連(かんれん)の文案(ぶんあん)を貰(もら)って、 ***宣伝物(せんでんもの)*** を作(つく)ります。

wa.re.wa.re/wa/ka.n.re.n.no.bu.n.a.n/o/mo.ra.tte/se.n.de.n.mo.no/o/tsu.ku.ri.ma.su

可替換字 1

* 改良產品／**改良品(かいりょうひん)**／ka.i.ryo-.hi.n

可替換字 2

* 傳單／**チラシ**／chi.ra.shi
* 宣傳資料／**宣伝資料(せんでんしりょう)**／se.n.de.n.shi.ryo-
* 廣告／**広告(こうこく)**／ko-.ko.ku
* 產品指南／**取(と)り扱(あつか)い説明書(せつめいしょ)**／to.ri.a.tsu.ka.i.se.tsu.me.i.sho
* 旗幟／**旗(はた)**／ha.ta
* 宣傳手冊／**パンフレット**／pa.n.fu.re.tto
* 海報／**ポスター**／po.su.ta-
* 吉祥物／**キャラクター**／kya.ra.ku.ta-

＊ 店鋪展示(櫥窗、商內展示等)／**店頭(てんとう)ディスプレイ**／de.n.to-.di.supu.re.i

06 能寄一些**宣傳冊**給我們嗎？ **換1**

私(わたし)たちに パンフレット を郵送(ゆうそう)していただけますか？

wa.ta.shi.ta.chi/ni/pa.n.fu.re.tto/o/yu-.so-.shi.te.i.ta.da.ke.ma.su.ka

07 秋季商品型錄已經發行了嗎？

秋(あき)のカタログはリリースされていますか？

a.ki.no.ka.ta.ro.gu/wa/ri.ri-.su.sa.re.te.i.ma.su.ka

08 可不可以給我一份貴公司的年度報告呢？

貴社(きしゃ)の年度報告書(ねんどほうこくしょ)を一部(いちぶ)いただけますでしょうか？

ki.sha.no.ne.n.do.ho-.ko.ku.sho/o/i.chi.bu.i.ta.da.ke.ma.su.de.sho-.ka

09 我需要兩份報價單，分別是購買三千份和一千份的報價。

二(ふた)つの見積書(みつもりしょ)をください。三千枚(さんぜんまい)と一千枚(いっせんまい)のをそれぞれオーファーしてください。

fu.ta.tsu.no.mi.tsu.mo.ri.sho/o/ku.da.sa.i/sa.n.ze.n.ma.i/to/i.sse.n.ma.i.no/o/so.re.zo.re.o-.fa-.shi.te.ku.da.sa.i

10 如果需要更詳細的資訊應該跟誰聯絡呢？

もっと詳細(しょうさい)な情報(じょうほう)を貰(もら)いたいなら、誰(だれ)と連絡(れんらく)を取(と)ればいいですか？

mo.tto.sho-.sa.i.na.jo-.ho/o/mo.ra.i.ta.i.na.ra/da.re/to.re.n.ra.ku/o/to.re.ba.i-.de.su.ka

可替換字 1

＊ 光碟片／**CD**／si-.di-

＊ 樣品／**見本(みほん)**／mi.ho.n

＊ 參考資料／**参考資料(さんこうしりょう)**／sa.n.ko-.shi.ryo-

＊ 成品／**完成品(かんせいひん)**／ka.n.se.i.hi.n

＊ 宣傳單／**チラシ**／chi.ra.shi

＊ 產品目錄／**カタログ**／ka.ta.ro.gu

＊ 新到貨情報／**新着商品(しんちゃくしょうひん)の情報(じょうほう)**／shi.n.cha.ku.sho-.hi.n.no.jo-.ho-

＊ 產品實物照／**実物(じつぶつ)の写真(しゃしん)**／ji.tsu.bu.tsu.no.sha.shi.n

＊ 新品目錄／**新製品(しんせいひん)カタログ**／shi.n.se.i.hi.n.ka.ta.ro.gu

＊ 免費附件／**無料(むりょう)の付属品(ふぞくひん)**／mu.ryo-.no.fu.zo.ku.hi.n

一定能輕鬆開口說！

Track 097

01 **宣傳冊**是免費發送的。

換1 **パンフレット**は無料で送るものです。

pa.n.fu.re.tto/wa/mu.ryo-.de.o.ku.ru.mo.no/de.su

02 索取樣品的話需要付保證金。

サンプルを要請すれば、保証金を支払ってください。

sa.n.pu.ru/o/yo-.se.i.su.re.ba/ho.sho-.ki.n/o/shi.ha.ra.tte.ku.da.sa.i

03 請上網填寫資料，我們會寄送給您。

WEBにご資料を記入して、郵送いたします。

we.bu.ni.go.shi.ryo-/o/ki.nyu-.shi.te/yu-.so-.i.ta.shi.ma.su

04 很抱歉，下一季的型錄尚未出爐。

恐れ入りますが、次のシーズンのカタログはまだできません。

o.so.re.i.ri.ma.su.ga/tsu.gi.no.shi-.zu.n.no.ka.ta.to.gu/wa/ma.da.de.ki.ma.se.n

05 **數據**都包含在這個表格裡了。

換2 **データ**はすでにこのフォームに含まれています。

de-.ta/wa/su.de.ni.ko.no.fo-.mu.ni.fu.ku.ma.re.te.i.ma.su

可替換字 1

* 回函／**返信**／he.n.shi.n
* 樣品／**サンプル**／sa.n.pu.ru
* 小禮品／**景品**／ke.i.hi.n
* 宣傳單／**チラシ**／chi.ra.shi
* 產品目錄／**製品カタログ**／se.i.hi.n.ka.ta.ro.gu

可替換字 2

* 產品資訊／**製品情報**／se.i.hi.n.jo-.ho-
* 出貨信息／**配送情報**／ha.i.so-.jo-.ho-
* 產品價格／**製品の値段**／se.i.hi.n.no.ne.da.n
* 客戶資訊／**お客様個人情報**／o.kya.ku.sa.ma.ko.ji.n.jo-.ho-
* 訂單資訊／**ご注文内容の詳細**／go.chu-.mo.n.na.i.yo-.no.sho-.sa.i

06 您可以到我的公司的網站**下載區**去下載。 換1

当社(とうしゃ)のＵＲＬの ダウンロードエリア でダウンロードすることができます。

to-.sha.no.yu-.a-.ru.e.ru.no.da-.u.n.ro-.do.e.ri.a.de.da-.u.n.ro-.do.su.ru.ko.to/ga/de.ki.ma.su

07 您需要的**資料**我已經傳真過去了。 換2

あなたが請求(せいきゅう)の 資料(しりょう) をすでにファックスしました。

a.na.ta/ga/se.i.kyu-.no.shi.ryo-/o/su.de.ni.fa.kku.su.shi.ma.shi.ta

08 這些資料屬於商業機密，不能透漏給您。

これらの情報(じょうほう)は商業的機密情報(しょうぎょうてききみつじょうほう)ですから、君(きみ)に漏(も)らせません。

ko.re.ra.no.jo-.ho-/wa/sho-.gyo-.te.ki.ki.mi.tsu.jo-.ho-/de.su.ka.ra/ki.mi.ni.mo.ra.se.ma.se.n

09 您要的文件都在這個文件夾裡。

ご請求(せいきゅう)のファイルをすべてこのフォルダに置(お)いてあります。

go.se.i.kyu-.no.fa.i.ru/o/su.be.te.ko.no.fo.ru.da/ni/o.i.te.a.ri.ma.su

10 如果您想要其他資料請聯繫我們。

追加情報(ついかじょうほう)が必要(ひつよう)な場合(ばあい)は、お問(と)い合(あ)わせください。

tsu.i.ka.jo-.ho-/ga/hi.tsu.yo-.na.ba.a.i/wa/o.to.i.a.wa.se.ku.da.sa.i

可替換字 1

* 首頁／**ホームページ**／ho.mu.pe-.ji

可替換字 2

* 冊子／**小冊子(しょうさっし)**／sho-.sa.sshi
* 結算單／**勘定書(かんじょうしょ)**／ka.n.jo-.sho
* 票據／**受取書(うけとりしょ)**／u.ke.to.ri.sho
* 賣據／**売買証書(ばいばいしょうしょ)**／ba.i.ba.i.sho-.sho
* 報關單／**税関申告書(ぜいかんしんこくしょ)**／ze.i.ka.n.shi.n.ko.ku.sho
* 提單／**船荷証券(ふなにしょうけん)**／fu.na.ni.sho-.ke.n
* 影本／**コピー**／ko.pi-
* 合約／**契約(けいやく)**／ke.i.ya.ku
* 相關憑證／**関連文書(かんれんぶんしょ)**／ka.n.re.n.bu.n.sho
* 出貨清單／**出荷(しゅっか)リスト**／shu.kka.ri.su.to

ユニット 05 約定拜訪時間

Track 098

一定能清楚聽懂！

01 不如我們一起吃個午餐吧！

一緒に昼食を食べましょうか。

i.ssho.ni.chu-.sho.ku/o/ta.be.ma.sho-.ka

02 抱歉，明天不行，**有個很重要的會議**。

換1

申し訳ありませんが、明日は *非常に重要な会議があって、* だめです。

mo-.shi.wa.ke.a.ri.ma.se.n.ga/a.shi.ta/wa/hi.jo-.ni.ju-.yo-.na.ka.i.gi/ga/a.tte/da.me/de.su

03 我拜訪完客戶直接到您公司可以嗎？

取引先へ伺った後に、直接に貴社に行ってもよろしいでしょうか？

to.ri.hi.ki.sa.ki/e/u.ka.ga.tta.a.to.ni/cho.ku.se.tsu.ni.ki.sha.ni.i.tte.mo.yo.ro.shi.i/de.sho-.ka

04 安倍工事的足立先生和我會到貴公司拜訪。

安倍工事の足立さんと私は貴社にお伺いします。

a.be.ko-.ji.no.a.da.chi.sa.n/to/a.ta.shi/wa/ki.sha.ni.u.ka.ga.i.ma.su

05 明天下午四點左右將**合約**送給您好嗎？ 換2

明日の午後４時ほど、*契約書* を送ってもいいですか？

a.shi.ta.no.go.go.yo.ji.ho.do/ke.i.ya.ku.sho/o/o.ku.tte.mo.i-/de.su.ka

可替換字 1

* 有急事／**急用があって**／kyu-.yo-/ga/a.tte
* 怎麼樣都無法從工作中脫身／**どうしても仕事を抜け出せなくて**／to-.shi.te.mo.shi.go.to/o/nu.ke.da.se.na.ku.te
* 有重要約見／**重要な約束があって**／ju-.yo.na.ya.ku.so.ku/ga/a.tte

可替換字 2

* 產品／**製品**／se.i.hi.n
* 協議書／**合意書**／go-.i.sho
* 形式發票／**仮送り状**／ka.ri.o.ku.ri.jo-
* 訂貨單／**発注書**／ha.cchu-.sho
* 信用狀／**信用状**／shi.n.yo-.jo-
* （銀行）保證書／**保証書**／ho.sho-.jo-

＊ 產地證明書／**原産地証明書**／ge.n.sa.n.chi.sho-.me.i.sho

06 您五點能出來一趟嗎？工廠負責人說想跟您談談。

5時に出られますか。工場の責任者は君と話したいと言いました。

go.ji.ni.de.ra.re.ma.su.ka/ko-.jo-.no.se.ki.ni.n.sha/wa/ki.mi.to/ha.na.shi.ta.i.to.i-.ma.shi.ta

07 我有些新**提案**想請您給我些建議。 換1

いくつかの新しい 提案 について、君のアドバイスをいただきたいと思います。

i.ku.tsu.ka.no.a.ta.ra.shi.i.te.i.a.n/ni.tsu.i.te/ki.mi.no.a.do.ba.i.su/o/i.ta.da.ki.ta.i.to.o.mo.i.ma.su

08 下班後一起去喝一杯再聊吧！

仕事帰りの一杯をして、その時に話しましょう。

shi.go.to.ga.e.ri.no.i.ppa.i/o/shi.te/so.no.to.ki.ni.ha.na.shi.ma.sho-

09 如果您不方便，我就請**秘書**轉交給您吧。 換2

不便だったら、 秘書 に渡させましょう。

fu.be.n.da.tta.ra/hi.sho/ni/wa.ta.sa.se.ma.sho-

10 那就恭候您的到來了。

それでは、お待ちしております。

so.re.de.wa/o.ma.chi.shi.te.o.ri.ma.su

可替換字 1

＊ 想法／**アイディア**／a.i.di.a

＊ 方法／**方法**／ho-.ho-.

＊ 構思／**思いつき**／o.mo.i.tsu.ki

＊ 企畫／**企画**／ki.ka.ku

可替換字 2

＊ 助理／**アシスタント**／a.shi.su.ta.n.to

＊ 我的下屬／**私の部下**／wa.ta.shi.no.bu.ka

＊ 我的委託人／**私の代理人**／wa.ta.shi.no.da.i.ri.ni.n

＊ 我的助手／**私の助手**／wa.ta.shi.no.jo.shu

＊ 項目負責人／**プロジェクトの担当者**／pu.ro.je.kku.to.no.ta.n.to-.sha

一定能輕鬆開口說！

Track 099

01 請問明天您有空嗎？我想跟您見面談談。

明日（あした）は暇（ひま）ですか。あなたと面談（めんだん）したいですが。

a.shi.ta/wa/hi.ma/de.su.ka/a.na.ta/to/me.n.da.n.shi.ta.i/de.su.ga

02 我要為您做**產品解說**。換1

製品（せいひん）を解説（かいせつ）させて いただきたいと思（おも）います。

se.i.hi.n/o/ka.i.se.tsu.sa.se.te.i.ta.da.ki.ta.i.to.o.mo.i.ma.su

03 您最近很忙嗎？

君（きみ）は最近（さいきん）非常（ひじょう）に忙（いそが）しいですか？

ki.mi/wa/sa.i.ki.n.hi.jo-.ni.i.so.ga.shi.i/de.su.ka

04 我想見你們的經理。

あなたたちのマネージャーを会（あ）いたいと思（おも）っています。

a.na.ta.ta.chi.no.ma.ne-.ja-/o/a.i.ta.i.to.o.mo.tte.i.ma.su

05 我想給你看新的**設計圖**。換2

新（あたら）しい **デザイン** を見（み）せたいですが。

a.ta.ra.shi.i.de.za.i.n/o/mi.se.ta.i/de.su.ga

可替換字 1

* 產品演示／**製品（せいひん）を実演（じつえん）させて**／se.i.hi.n/o/ji.tsu.e.n.sa.se.te
* 幻燈片展示／**スライドを映（うつ）させて**／su.ra.i.do/o/u.tsu.sa.se.te
* 新品介紹／**新製品（しんせいひん）を紹介（しょうかい）させて**／shi. n.se.i.hi.n/o/sho-.ka.i.sa.se.te
* 功能介紹／**機能（きのう）を紹介（しょうかい）させて**／ki.no-/o/sho-.ka.i.sa.se.te
* 設備操作演示／**設備（せつび）の操作（そうさ）を実演（じつえん）させて**／se.tsu.bi.no.so-.sa/o/ji.tsu.e.n.sa.se.te

可替換字 2

* 計劃表／**スケジュール**／su.ke.ju-.ru
* 產品／**生産品（せいさんひん）**／se.i.sa.n.hi.n
* 草案／**草案（そうあん）**／so-.a.n
* 計畫方案／**企画提案（きかくていあん）**／ki.ka.ku.te.i.a.n
* 構想圖／**構想図（こうそうず）**／ko-.so-.zu

06 下午兩點左右方便嗎？

午後二時ほど、ご都合はよろしいでしょうか？

go.go.ni.ji.ho.do/go.tsu.go/wa/yo.ro.shi.i/de.sho-.ka

07 明天上午可以**見面**嗎？ 換1

明日の朝、**会えますか**？

a.shi.ta.no.a.sa/a.e.ma.su.ka

08 在公司的**會議室**應該就可以了。 換2

会社の**会議室**でしたらいいです。

ka.i.sha.no.ka.i.gi.shi.tsu.de.shi.ta.ra.i-/de.su

09 您下禮拜有**時間**嗎？ 換3

君は来週**時間**がありますか？

ki.mi/wa/ra.i.shu-.ji.ka.n/ga/a.ri.ma.su.ka

10 我可以帶合約過去您的辦公室給你。

君のオフィスに契約を持っていきます。

ki.mi.no.o.fi.su/ni/ke.i.ya.ku/o/mo.tte.i.ki.ma.su

可替換字 1

* 洽談／**話し合ってもらえませんか**／ha.na.shi.a.tte.mo.ra.e.ma.se.n.ka
* 簽約／**契約を結ぶことができますか**／ke.i.ya.ku/o/mu.su.bu.ko.to/ga/de.ki.ma.su.ka
* 一起就餐／**食事でもいかがですか**／sho.ku.ji.de.mo.i.ka.ga.de.su.ka
* 參觀工廠／**工場見学へ行きませんか**／ko-.jo-.ke.n.ga.ku/e/i.ki.ma.se.n.ka

可替換字 2

* 會客室／**応接室**／o-.se.tsu.shi.tsu
* 公司食堂／**社食**／sha.sho.ku

可替換字 3

* 安排／**予定**／yo.te.i
* 計畫／**計画**／ke.i.ka.ku
* 預約／**約束**／ya.ku.so.ku
* 事情／**何か用事**／na.ni.ka.yo-.ji

ユニット 06 約會遲到通知

Track 100

一定能清楚聽懂！

01 我想確認一下，我們是約九點半沒錯吧？

約束は9時半にしていることを確認したいですが。

ya.ku.so.ku/wa/ku.ji.ha.n.ni.shi.te.i.ru.ko.to/o/ka.ku.ni.n.shi.ta.i/de.su.ga

02 發生什麼事了呢？

それに何が起こったのですか？

so.re.ni.na.ni/ga/o.ko.tta.no/de.su.ka

03 我等下還有事，請你務必要準時。

後はまた用事があるから、必ず時間を厳守してください。

a.to/wa/ma.ta.yo-.ji/ga/a.ru.ka.ra/ka.na.ra.zu.ji.ka.n/o/ge.n.shu.shi.te.ku.da.sa.i

04 如果你到時我已經出門了，請轉交給**櫃台**。 換1

到着した時に私はいなかったら、カウンターに渡してください。

to-.cha.ku.shi.ta.to.ki.ni.wa.ta.shi.wa.i.na.ka.tta.ra/ka.u.n.ta-/ni/wa.ta.shi.te.ku.da.sa.i

05 沒關係，我可以**等你**。 換2

大丈夫です。待ってますから。

da.i.jo-.bu/de.su/ma.tte.ma.su.ka.ra

可替換字 1

* 業務部的人／**業務部の人々**／gyo-.mu.bu.no.hi.to.bi.to
* 我同事／**私の同僚**／wa.ta.shi.no.do-.ryo-
* 我的秘書／**私の秘書**／wa.ta.shi.no.hi.sho
* 我的助理／**私の補佐**／wa.ta.shi.no.ho.sa
* 部門經理／**部門の主任**／bu.mo.n.no.shu.ni.n

可替換字 2

* 再預約／**また予約をします**／ma.ta.yo.ya.ku/o/shi.ma.su
* 備份資料／**資料をコピーすることができます**／shi.ryo-/o/ko.pi-.su.ru.ko.to/ga/de.ki.ma.su

* 保留影本／**コピーを預かっています**／ko.pi-/o/a.zu.ka.tte.i.ma.su
* 傳真過去／**ファックスを送信します**／fa.kku.su/o/so-.shi.n.shi.ma.su
* 先提交方案／**提案を先に出します**／te.i.a.n/o/sa.ki.ni.da.shi.ma.su

06 我先出發到**經銷商**那裡，我們在那裡會合。 換1

ディーラーのところへまずいって、そちらにお会いしましょう。

di-.ra-.no.to.ko.ro/e/ma.zu.i.tte/so.chi.ra.ni.o.a.i.shi.ma.sho-

07 如果來不及的話，不如明天再來吧。

間に合わないなら、明日に来たほうがいいです。

ma.ni.a.wa.na.i.na.ra/a.shi.ta.ni.ki.ta.ho-/ga/i-/de.su

08 你遲到會給我們造成很大困擾的。

遅れれば、私たちに大きな悩みをもたらします。

o.ku.re.re.ba/wa.ta.shi.ta.chi.ni.o-.ki.na.na.ya.mi/o/mo.ta.ra.shi.ma.su

09 既然遇上**車禍**，遲到也是無可奈何的。 換2

交通事故があって、遅刻するのはどうにも仕方がないです。

ko-.tsu-.ji.ko/ga/a.tte/chi.ko.ku.su.ru.no/wa/do-.ni.mo.shi.ka.ta/ga/na.i/de.su

10 我會幫你向課長說明遲到的原因。

あなたの遅刻した原因を課長に説明してあげます。

a.na.ta.no.chi.ko.ku.shi.ta.ge.n.i.n/o/ka.cho-.ni.se.tsu.me.i.shi.te.a.ge.ma.su

可替換字 1

* 客戶／**取引先**／to.ri.hi.ki.sa.ki
* 供應廠商／**供給業者**／kyo-.kyu-.gyo-.sha
* 貿易商／**貿易商**／bo-.e.ki.sho-
* 物流廠商／**物流業者**／bu.tsu.ryu-.gyo-.sha
* 合夥人／**共同経営者**／kyo-.do-.ke.i.e.i.sha

可替換字 2

* 颱風／**台風**／ta.i.fu-
* 暴雪／**吹雪**／fu.bu.ki
* 沙塵暴／**砂嵐**／su.na.a.ra.shi
* 堵車／**交通渋滞**／ko-.tsu-.ju-.ta.i
* 地鐵故障／**地下鉄の故障**／chi.ka.te.tsu.no.ko.sho

一定能輕鬆開口說！

Track 101

01 請幫我轉告馬場先生，今天的會面**我可能會遲到**。換1

今日(きょう)の面会(めんかい)は 私(わたし)が遅(おく)れるかもしれません と馬場(ばば)さんにお伝(つた)えください。

kyo-.no.me.n.ka.i/wa/wa.ta.shi/ga/o.ku.re.ru.ka.mo.shi.re.ma.se.n.to.ba.ba.sa.n/ni/o.tsu.ta.e.ku.da.sa.i

02 不好意思，我們的約會能延到五點半嗎？

申(もう)し訳(わけ)ありませんが、われわれの約束(やくそく)は五時半(ごじはん)に延期(えんき)できないでしょうか？

mo-.shi.wa.ke.a.ri.ma.se.n.ga/wa.re.wa.re.no.ya.ku.so.ku/wa/go.ji.ha.n.ni.e.n.ki.de.ki.na.i/de.sho-.ka

03 我遇上了交通事故，被困住了。

交通事故(こうつうじこ)に巻(ま)き込(こ)まれまして、動(うご)きませんから。

ko-.tsu-.ji.ko.ni.ma.ki.ko.ma.re.ma.shi.te/u.go.ki.ma.se.n.ka.ra

04 我們可能會遲到十分鐘左右。

我々(われわれ)は10分(ぷん)ほど遅(おく)れるかもしれません。

wa.re.wa.re/wa/ju-.bu.n.ho.do.o.ku.re.ru.ka.mo.shi.re.ma.se.n

05 請先到**咖啡館**等我好嗎？ 換2

コーヒーショップ でしばらくお待(ま)ちくださいますか？

ko-.hi-.sho.ppu.de.shi.ba.ra.ku.o.ma.chi.ku.da.sa.i.ma.su.ka

可替換字 1

* 延期／**延期(えんき)されました**／e.n.ki.sa.re.ma.shi.ta
* 取消／**キャンサルしました**／kya.n.sa.ru.shi.ma.shi.ta
* 提前／**繰(く)り上(あ)げられました**／ku.ri.a.ge.ra.re.ma.shi.ta
* 我無法趕到／**私(わたし)が間(ま)に合(あ)いません**／wa.ta.shi/ga/ma.ni.a.i.ma.se.n
* 我去不了／**私(わたし)が行(い)くことができません**／wa.ta.shi/ga/i.ku.ko.to/ga/de.ki.ma.se.n

可替換字 2

* 食堂／**食堂(しょくどう)**／sho.ku.do-
* 辦公室／**オフィス**／o.fi.su
* 會議室／**会議室(かいぎしつ)**／ka.i.gi.shi.tsu
* 休息室／**控(ひか)え室(しつ)**／hi.ka.e.shi.tsu
* 樓下餐廳／**階下(かいか)の食堂(しょくどう)**／ka.i.ka.no.sho.ku.do-

06 我剛剛折回公司拿**資料**。 換1

私は先ほど会社へ戻して ***資料*** を取りました。

wa.ta.shi/wa/sa.ki.ho.do.ka.i.sha/e/mo.do.shi.te.shi.ryo-/o/to.ri.ma.shi.ta

07 如果趕不上會議的話，你們就先開始吧。

私が会議に間に合わないなら、君たちがお先に始まりましょう。

wa.ta.shi/ga/ka.i.gi.ni.ma.ni.a.wa.na.i.na.ra/ki.mi.ta.chi/ga/o.sa.ki.ni.ha.ji.ma.ri.ma.sho-

08 廠商臨時要求想到**工地現場**去。 換2

取引先は臨時的に ***工事現場*** へ見に行きたいと言いました。

to.ri.hi.ki.sa.ki/wa/ri.n.ji.te.ki.ni.ko-.ji.ge.n.ba/e/mi.ni.i.ki.ta.i.to.i-.ma.shi.ta

09 日本的客戶的班機提早到了，我必須先去接機。

日本の顧客は飛行機が早くなったから、私はピックアップしなければなりません。

ni.ho.n.no.ko.kya.ku/wa/hi.ko-.ki/ga/ha.ya.ku.na.tta.ka.ra/wa.ta.shi/wa/pi.kku.a.ppu.shi.na.ke.re.ba.na.ri.ma.se.n

10 非常抱歉，我遲到了！

私が遅くなってごめんなさい！

wa.ta.shi/ga/o.so.ku.na.tte.go.me.n.na.sa.i

可替換字 1

* 新產品／**新製品**／shi.n.se.i.hi.n
* 財務報表／**財務諸表**／za.i.mu.sho.hyo-
* 計畫書／**企画書**／ki.ka.ku.sho
* 合約／**契約**／ke.i.ya.ku
* 投標書／**入札書類**／nyu-.sa.tsu.sho.ru.i
* 招標書／**入札案内**／nyu-.sa.tsu.a.n.na.i
* 專案計畫書／**プロジェクト企画書**／pu.ro.je.kku.to.ki.ka.ku.sho

可替換字 2

* 生產線／**流れ作業**／na.ga.re.sa.gyo-
* 施工現場／**工事現場**／ko-.ji.ge.n.ba
* 工作車間／**仕事場**／shi.go.to.ba

ユニット07 變更約定

Track 102

一定能清楚聽懂！

01 這次的**勘查**絕對不能改期。換1

今度の***探査***を延期してはいけません。

ko.n.do.no.ta.n.sa/o/e.n.ki.shi.te.wa.i.ke.ma.se.n

02 再延期就會趕不上交貨日了。

再延期すれば、納品に間に合わないです。

sa.i.e.n.ki.su.re.ba/no-.hi.n/ni/ma.ni.a.wa.na.i/de.su

03 如果您不方便來開會，我到公司去找您吧。

会議に出られないなら、貴社にお伺いします。

ka.i.gi.ni.de.ra.re.na.i.na.ra/ki.sha.ni.u.ka.ga.i.shi.ma.su

04 內藤先生已經通知過**地點**變更的事了。換2

内藤さんは***場所***変更のことを知らせしました。

na.i.to-.sa.n/wa/ba.sho.he.n.ko-.no.ko.to/o/shi.ra.se.shi.ma.shi.ta

05 確定是下周二，不會再改期了吧？

来週の火曜日に決まって、再び期日を変更しないでしょう。

ra.i.shu-.no.ka.yo-.bi.ni.ki.ma.tte/fu.ta.ta.bi.ki.ji.tsu/o/he.n.ko-.shi.na.i/de.sho-

可替換字 1

* 面談／**インタビュー**／i.n.ta.byu-
* 約會／**約束**／ya.ku.so.ku
* 會議／**会議**／ka.i.gi
* 交貨／**出荷**／shu.kka
* 工程項目／**建設計画**／ke.n.se.tsu.ke.i.ka.ku

可替換字 2

* 日期／**日取り**／hi.do.ri
* 聯絡方式／**お問い合わせ**／o.to.i.a.wa.se
* 交貨時間／**納品**／no-.hi.n
* 交貨方式／**配送方法**／ha.i.so-.ho-.ho-
* 付款方式／**支払い方法**／shi.ha.ra.i.ho-.ho-

06 如果要改時間，我只有後天有空。

期日（きじつ）を変更（へんこう）したら、私（わたし）は明後日（あさって）のみ暇（ひま）があります。

ki.ji.tsu/o/he.n.ko-.shi.ta.ra/wa.ta.shi/wa/a.sa.tte.no.mi.hi.ma/ga/a.ri.ma.su

07 我想延後一周沒什麼問題。

一週間（いっしゅうかん）を延期（えんき）してもかまわないと思（おも）います。

i.sshu-.ka.n/o/e.n.ki.shi.te.mo.ka.ma.wa.na.i.to.o.mo.i.ma.su

08 那麼**延期**事宜就麻煩您幫忙聯絡了。 換1

では、*延期（えんき）*のお知（し）らせをお願（ねが）いします。

de.wa/e.n.ki.no.o.shi.ra.se/o/o.ne.ga.i.shi.ma.su

09 **邀請函**都已經發出去了，宴會不可能改期。

換2 *招待状（しょうたいじょう）* はすでに発送（はっそう）されているので、パーティーの期日（きじつ）を変更（へんこう）できません。

sho-.ta.i.jo-/wa/su.de.ni.ha.sso-.sa.re.te.i.ru.no.de/pa-.ti-.no.ki.ji.tsu/o/he.n.ko-/de.ki.ma.se.n

10 如果需要改時間，那傳單要重新設計。

時間（じかん）を変更（へんこう）したら、そのチラシを再設計（さいせっけい）しなければなりません。

ji.ka.n/o/he.n.ko-.shi.ta.ra/so.no.chi.ra.shi/o/sa.i.se.kke.i.shi.na.ke.re.ba.na.ri.ma.se.n

可替換字 1

* 宴會／**宴会（えんかい）**／e.n.ka.i
* 活動／**イベント**／i.be.n.to
* 酒宴／**酒盛（さかも）り**／sa.ka.mo.ri
* 立食派對／**立食（りっしょく）パーティー**／ri.ssho.ku.pa-.ti-
* 賞花酒會／**お花見（はなみ）の酒盛（さかも）り**／o.ha.na.mi.no.sa.ka.mo.ri
* BBQ烤肉派對／**バーベキューパーティー**／ba-be.kyu-.pa-.ti-

可替換字 2

* 信件／**レター**／re.ta-
* 傳真／**ファックス**／fa.kku.su
* 請帖／**案内状**／a.n.na.i.jo-
* 通知／**お知らせ**／o.shi.ra.se

一定能輕鬆開口說！

Track 103

01 公司有**緊急事件**，今天的約會必須取消。

会社（かいしゃ）**は** **急用**（きゅうよう） **があるから、今日**（きょう）**の約束**（やくそく）**をキャンセルします。** 換1

ka.i.sha/wa/kyu-.yo-/ga/a.ru.ka.ra/kyu-.no.ya.ku.so.ku/o/kya.n.se.ru.shi.ma.su

02 我們可以把**會議**延期嗎？

会議（かいぎ） **の時間**（じかん）**を延期**（えんき）**できますか？** 換2

ka.i.gi.no.ji.ka.n/o/e.n.ki.de.ki.ma.su.ka

03 協商可以改天嗎？

協議（きょうぎ）**は別**（べつ）**の日**（ひ）**に変更**（へんこう）**できますか？**

kyo-.gi/wa/be.tsu.no.hi.ni.he.n.ko-.de.ki.ma.su.ka

04 今天無法和你見面了，很抱歉。

今日（きょう）**はお会**（あ）**いすることはできないで、申**（もう）**し訳**（わけ）**ございません。**

kyo-/wa/o.a.i.su.ru.ko.to/wa/de.ki.na.i.de/mo-.shi.wa.ke.go.za.i.ma.se.n

05 我們將開會地點改到員工食堂好嗎？

議場（ぎじょう）**を社員**（しゃいん）**の食堂**（しょくどう）**に変更**（へんこう）**してもよろしいですか？**

gi.jo-/o/sha.i.n.no.sho.ku.do-.ni.he.n.ko-.shi.te.mo.yo.ro.shi.i/de.su.ka

可替換字 1

* 臨時訪客／**臨時**（りんじ）**の訪問者**（ほうもんしゃ）／ri.n.ji.no.ho-.mo.n.sha
* 重要會議／**大切**（たいせつ）**な会議**（かいぎ）／ta.i.se.tsu.na.ka.i.gi
* 臨時任務／**突然**（とつぜん）**の任務**（にんむ）／to.tsu.ze.n.no.ni.n.mu
* 重要安排／**重要**（じゅうよう）**な予定**（よてい）／ju-.yo-.na.yo.te.i

可替換字 2

* 約會／**約束**（やくそく）／ya.ku.so.ku
* 計畫／**計画**（けいかく）／ke.i.ka.ku
* 晚餐聚會／**晩餐会**（ばんさんかい）／ba.n.sa.n.ka.i
* 支付／**支払**（しはら）**い**／shi.ha.ra.i
* 商談／**打**（う）**ち合**（あわ）**せ**／u.chi.a.wa.se

06 我會安排另一位**業務人員**跟您聯絡。 換1

別の**業務員**を按排してご連絡いたします。

be.tsu.no.gyo-.mu.i.n/o/a.n.ba.i.shi.te.go.re.n.ra.ku.i.ta.shi.ma.su

07 您的**行程表**還能更動嗎？

スケジュールはまた変更できますか？ 換2

su.ke.ju-.ru/wa/ma.ta.he.n.ko-.de.ki.ma.su.ka

08 赤西部長打電話來說要將會面地點改到車站。

赤西部長が電話してきて、面会の場所を駅に変えるといいました。

a.ka.ni.shi.bu.cho-/ga/de.n.wa.shi.te.ki.te/me.n.ka.i.no.ba.sho/o/e.ki.ni.ka.e.ru.to.i-.ma.shi.ta

09 我們的資料來不及備妥，可能要下周才會好。

われわれの資料の準備はたぶん間に合わないでしょう。たぶん、来週までできます。

wa.re.wa.re.no.shi.ryo-.no.ju.n.bi/wa/ta.bu.n.ma.ni.a.wa.na.i/de.sho-/ta.bu.n/ra.i.shu-.ma.de.de.ki.ma.su

10 客戶要求參加會議，因此會議時間需要更動。

お客様は、その会議に参加することを望みますから、会議の時間を変更する必要があります。

o.kya.ku.sa.ma/wa/so.no.ka.i.gi.ni.sa.n.ka.su.ru.ko.to/o/no.zo.mi.ma.su.ka.ra/ka.i.gi.no.ji.ka.n/o/he.n.ko-.su.ru.hi.tsu.yo-/ga/a.ri.ma.su

可替換字 1

* 銷售代表／**販売代理人**／ha.n.ba.i.da.i.ri.ni.n
* 策劃人員／**企画の人員**／ki.ka.ku.no.ji.n.i.n
* 專案負責人／**企画担当者**／ki.ka.ku.ta.n.to-.sha
* 業務經理／**営業部長**／e.i.gyo-.bu.cho-
* 研發人員／**研究開発員**／ke.n.kyu-.ka.i.ha.tsu.i.n
* 客服人員／**カスタマーサービスの担当**／ka.su.ta.ma-.sa-.bi.su.no.ta.n.to-

可替換字 2

* 日程表／**日程**／ni.tte.i
* 計畫／**計画**／ke.i.ka.ku
* 訪問安排／**訪問の予定**／ho-.mo.n.no.yo.te.i
* 合約／**契約**／ke.i.ya.ku

Track 104

學會自然地對話互動……

客戶：我們對貴公司的產品非常感興趣。
お客：私たちは貴社の製品に興味があります。

業務員：很高興您喜歡我們的商品。
営業員：当社の製品を気に入ってくれてうれしいです。

客戶：可以示範一下怎麼使用嗎？
お客：使用の手本を示していただけますか？

業務員：沒問題。我很樂意為您示範。
営業員：いいですよ。手本を示してあげて喜んでいます。

客戶：看起來不錯，報價多少？
お客：それはよさそうだけれども、値段を知らせますか？

業務員：價格要依數量決定。
営業員：価格は数量によって違います。

客戶：訂購一千台以上可以降價多少？
お客：一千台以上を発注すれば、どのくらい下げられますか？

業務員：回覆之前，我必須先詢問主管。
営業員：お答えする前に、上司に求める必要があります。

客戶：我需要兩份報價單。三千台和一千台的報價。
お客：二つの見積書をください。三千台と一千台のです。

業務員：好的。我明天早上就把估價單給您。
営業員：かしこまりました。明日の朝、見積書を差し上げます。

客戶：請寄到這個信箱。
お客：このメールに送信してください。

パート 11

訂單處理篇

パート 11 音檔雲端連結

因各家手機系統不同，若無法直接掃描，
仍可以至以下電腦雲端連結下載收聽。
（http://tinyurl.com/3nz3958r）

ユニット01 接訂單

Track 105

一定能清楚聽懂！

01 我想訂**一貨櫃**蘋果汁。

換1

私はリンゴジュウスを**一コンテナ**注文したいですが。

wa.ta.shi/wa/ri.n.go.ju-.su/o/i.chi.ko.n.te.na.chu-.mo.n.shi.ta.i/de.su.ga

02 交貨日希望是一月二十日。

納期は1月20日の希望です。

no-.ki/wa/i.chi.ga.tsu.ha.tsu.ka.no.ki.bo-/de.su

03 我的客戶編號是 11123。

私のクライアントナンバーは11123です。

wa.ta.shi.no.ku.ra.i.a.n.to.na.n.ba-/wa/i.chi.i.chi.i.chi.ni.sa.n/de.su

04 用**電話訂購**就可以了嗎？

換2

電話で注文するだけでいいですか？

de.n.wa/de/shu-.mo.n.su.ru.da.ke.de.i-/de.su.ka

05 有需要傳制式的書面訂單過去嗎？

標準の注文書をファックスする必要がありますか？

hyo-.ju.n.no.chu-.mo.n.sho/o/fa.kku.su.su.ru.hi.tsu.yo-/ga/a.ri.ma.su.ka

可替換字 1

* 一箱／**一箱**／hi.to.ha.ko
* 一打／**一ダース**／i.chi.da-.su
* 半打／**半ダース**／ha.n.da-.su
* 一瓶／**一本**／i.bbo.n

可替換字 2

* 網路訂購／**ネットで注文する**／ne.tto.de.chu-.mo.n.su.ru
* 告知客服人員／**スタッフに言いつける**／su.ta.ffu/ni/i-.tsu.ke.ru
* 回傳訂購單／**注文書を返信する**／chu-.mo.n.sho/o/he.n.shi.n.su.ru
* 傳真訂購／**FAX注文する**／fa.kku.su.de.chu-.mo.n.su.ru
* 填寫訂購單／**注文書を記入する**／chu-.mo.n.sho/o/ki.nyu-.su.ru
* 線上支付／**ネットで代金を支払う**／ne.tto.de.da.i.ki.n/o/shi.ha.ra.u

06 **最早**能在什麼時候交貨呢？ 換1

一番早く（いちばんはやく）出荷（しゅっか）できるのはいつですか？

i.chi.ba.n.ha.ya.ku.shu.kka.de.ki.ru.no/wa/i.tsu/de.su.ka

07 這個很急，能幫我們優先處理嗎？

これは非常（ひじょう）に急（いそ）ぎですので、優先（ゆうせん）して取（と）り扱（あつか）えますか？

ko.re/wa/hi.jo-.ni.i.so.gi/de.su/no.de/yu-.se.n.shi.te.to.ri.a.tsu.ka.e.ma.su.ka

08 需要先付訂金嗎？

予約金（よやくきん）を支払（しはら）うことが必要（ひつよう）ですか？

yo.ya.ku.ki.n/o/shi.ha.ra.u.ko.to/ga/hi.tsu.yo-/de.su.ka

09 可以用**支票**付款嗎？ 換2

小切手（こぎって）でお支払（しはら）いできますか？

ko.gi.tte.de.o.shi.ha.ra.i.de.ki.ma.su.ka

10 請給我**付款帳號**。 換3

私（わたし）に**決済口座**（けっさいこうざ）を教（おし）えてください。

wa.ta.shi.ni.ke.ssa.i.ko-.za/o/o.shi.e.te.ku.da.sa.i

可替換字 1

＊ 最晚／**一番遅く**（いちばんおそく）／i.chi.ba.n.o.so.ku

＊ 最快／**最も速く**（もっともはやく）／mo.tto.mo.ha.ya.ku

可替換字 2

＊ 現金／**現金**（げんきん）／ge.n.ki.n

＊ 信用卡／**クレジットカード**／ku.re.ji.tto.ka-.to

＊ 轉帳／**口座振替**（こうざふりかえ）／ko-.za.fu.ri.ka.e

＊ 信用貸款／**クレジットローン**／ku.re.ji.tto/ro-.n

可替換字 3

＊ 訂單編號／**注文書番号**（ちゅうもんしょばんごう）／chu-.mo.n.sho.ba.n.go-

＊ 收據影本／**領収書のコピー**（りょうしゅうしょ）／ryo-.shu-.sho.no.ko.pi-

＊ 付款憑證／**支払伝票**（しはらいでんぴょう）／shi.ha.ra.i.de.n.pyo-

＊ 客服電話／**お客様窓口**（きゃくさままどぐち）／o.kya.ku.sa.ma.ma.do.gu.chi

一定能輕鬆開口說！

Track 106

01 請問您的**客戶編號**是多少？ 換1

あなたの**顧客番号**（こきゃくばんごう）は何番（なんばん）ですか？

a.na.ta.no.ko.kya.ku.ba.n.go-/wa/na.n.ba.n.de.su.ka

02 您是首次訂購的新客戶嗎？

あなたは初（はじ）めて注文（ちゅうもん）する新規顧客（しんきこきゃく）ですか？

a.na.ta/wa/ha.ji.me.te.chu-.mo.n.su.ru.shi.n.ki.ko.kya.ku/de.su.ka

03 我馬上傳真給您訂購表格。

注文書（ちゅうもんしょ）をすぐにファックスして差（さ）し上（あ）げます。

chu-.mo.n.sho/o/su.gu.ni.fa.kku.su.shi.te.sa.shi.a.ge.ma.su

04 您是**三井食品**的井上先生嗎？ 換2

三井食品（みついしょくひん）の井上（いのうえ）さんですか？

mi.tsu.i.sho.ku.hi.n.no.i.no.u.e.sa.n/de.su.ka

05 您的訂單編號是 AD567。

ご注文番号（ちゅうもんばんごう）はAD567です。

go.chu-.mo.n.ba.n.go-/wa/e-.di-.go.ro.ku.na.na/de.su

可替換字 1

* 訂單編號／**注文番号**（ちゅうもんばんごう）／ chu-.mo.n.ba.n.go-
* 手機號碼／**携帯番号**（けいたいばんごう）／ ke.i.ta.i.ba.n.go-
* 商品編號／**品物番号**（しなものばんごう）／ shi.na.mo.no.ba.n.go-
* 會員編號／**会員番号**（かいいんばんごう）／ ka.i-.n.ba.n.go-
* 發貨單編號／**送り状番号**（おくりじょうばんごう）／ o.ku.ri.jo-.ba.n.go-
* 門牌號碼／**家屋番号**（かおくばんごう）／ ka.o.ku.ba.n.go-

可替換字 2

* 本田企業／**本田技研**（ほんだぎけん）／ ho.n.da.gi.ke.n
* UNIQLO／**ユニクロ**／yu.ni.ku.ro
* 松下電器／**松下電器**（まつしたでんき）／ ma.tsu.shi.ta.de.n.ki
* 佳能公司／**キャノン**／kya.no.n

06 只要進入系統，輸入編號，就可以查詢出貨進度。

システムへアクセスして番号を入力すれば、出荷の進度を確認できます。

shi.su.te.mu/e/a.ku.se.su.shi.te.ba.n.go-/o/nyu-.ryo.ku.su.re.ba/shu.kka.no.shi.n.do/o/ka.ku.ni.n.de.ki.ma.su

07 我們都是今天訂，**後天**到。換1

今日注文すれば、***明後日***には着荷します。

kyo-.chu-.mo.n.su.re.ba/a.sa.tte.ni.wa.cha.ku.ni.shi.ma.su

08 您要用貨到付款嗎？需要多繳交一些手續費。

代金着荷払いにしますか？手数料を支払う必要があります。

da.i.ki.n.cha.ku.ni.ba.ra.i.ni.shi.ma.su.ka/te.su-.ryo-/o/shi.ha.ra.u.hi.tsu.yo-/ga/a.ri.ma.su

09 很抱歉，**我們明天開始放假**，不能在指定時間內到貨。換2

恐れ入りますが、***私たちは明日からやすみますから***、指定時間内にお届けできません。

o.so.re.i.ri.ma.su.ga/wa.ta.shi.ta.chi/wa/a.shi.ta.ka.ra.ya.su.mi.ma.su.ka.ra/shi.te.i.ji.ka.n.na.i.ni.o.to.do.ke.de.ki.ma.se.n

10 需要請您先付一成的訂金。

一割の予約金を支払わなければなりません。

i.chi.wa.ri.no.yo.ya.ku.ji.n/o/shi.ha.ra.wa.na.ke.re.ba.na.ri.ma.se.n

可替換字 1

- 隔天／**翌日**／yo.ku.ji.tsu
- 下周／**来週**／ra.i.shu-
- 下週／**来週**／ra.i.shu-.
- 下個月／**来月**／ra.i.ge.tsu
- 希望的時間／**希望した日時**／ki.bo-.shi.ta.ni.chi.ji

可替換字 2

- 因為製造上的問題／**製造上のトラブルから**／se.i.zo.jo-.no.to.ra.bu.ru.ka.ra
- 因為天候不良的關係／**悪天候のため**／a.ku.te.n.ko-.no.ta.me
- 因為貨運公司的原因／**配送会社の事情により**／ha.i.so-.ka.i.sha.no.ji.jo-.ni.yo.ri
- 因為年末交通狀況的影響／**年末の交通事情により**／ne.n.ma.tsu.no.ko-.tsu.ji.jo-.ni.yo.ri

ユニット02 告知缺貨

Track 107

一定能清楚聽懂！

01 很抱歉通知您，您所訂購的產品目前缺貨。

残念ですが、ご注文の商品はただ今在庫切れです。

za.n.ne.n/de.su.ga/go.chu-.mo.n.no.sho-.hi.n/wa/ta.da.i.ma.za.i.ko.gi.re/de.su

02 我們預計將延遲一個禮拜。

我々は1週間遅れると思います。

wa.re.wa.re/wa/i.sshu-.ka.n.o.ku.re.ru.to.o.mo.i.ma.su

03 只要我們收到**原料**，就會馬上安排生產。

換1 我々は**原料**をもらったら、すぐに生産を手配します。

wa.re.wa.re/wa/ge.n.ryo-/o/mo.ra.tta.ra/su.gu.ni.se.i.sa.n/o/te.ha.i.shi.ma.su

04 這種**零件**已經缺貨很久了。

換2 こうした**部品**は長く品切れになっています。

ko-.shi.ta.bu.hi.n/wa/na.ga.ku.shi.na.gi.re.ni.na.tte.i.ma.su

05 我會先將部份現貨給您。

まずは現物を供給します。

ma.zu/wa/ge.n.bu.tsu/o/kyo-.kyu-.shi.ma.su

可替換字 1

* 包材／**パッキング材料**／pa.kki.n.gu.za.i.ryo-
* 訂單／**注文書**／chu-.mo.n.sho
* 訂金／**前払い金**／ma.e.ba.ra.i.ki.n
* 頭期款／**手付金**／te.tsu.ke.ki.n

可替換字 2

* 機器／**機器**／ki.ki
* 配件／**パーツ**／pa-.tsu
* 型號的產品／**型の製品**／ka.ta.no.se.i.hi.n
* 設備／**設備**／se.tsu.bi
* 手機／**携帯**／ke.i.ta.i
* 個人電腦／**パソコン**／pa.so.ko.n

06 因為**颱風**的關係，交貨延遲了。換1

台風のため、**荷渡**しは**遅**れました。

ta.i.fu-.no.ta.me/ni.wa.ta.shi/wa/o.ku.re.ma.shi.ta

07 A 系列全部到貨了，但 B 系列目前缺貨中。

Aシリーズはすべて着荷しましたが、Bシリーズは現在在庫切れです。

A.shi.ri-.zu/wa/su.be.te.cha.ku.ni.shi.ma.shi.ta.ga/B.shi.ri-.zu/wa/ge.n.za.i.za.i.ko.gi.re/de.su

08 我們願意**打折**以賠償您的損失。換2

我々は、損失を補償するために割り引いて差し上げます。

wa.re.wa.re/wa/so.n.shi.tsu/o/ho.sho-.su.ru.ta.me.ni.wa.ri.bi.i.te.sa.shi.a.ge.ma.su

09 您要不要改訂 C 系列的呢？

Cシリーズに改定しませんか？

C.shi.ri-.zu.ni.ka.i.te.i.shi.ma.se.n.ka

10 我們為造成您的不便誠心道歉。

我々は誠意をこめてご迷惑をおかけしましたことをお詫び申し上げます。

wa.re.wa.re/wa/se.i/o/ko.me.te.go.me.i.wa.ku/o/o.ka.ke.shi.ma.shi.ta.ko.to/o/o.wa.bu.mo-.shi.a.ge.ma.su

可替換字 1

* 大雪／**大雪**／o-.yu.ki
* 天然災害／**天災**／te.n.sa.i
* 商品售完／**商品が売り切れ**／shu-.hi.n/ga/u.ri.ki.re
* 壞天氣／**悪天候**／a.ku.te.n.ko-
* 訂單蜂擁而至／**ご注文殺到**／go.chu-.mo.n.sa.tto-
* 交通癱瘓／**交通ストライキ**／ko-.tsu.su.to.ra.i.ki
* 無法預見的情況／**予見できない事情**／yo.ke.n.de.ki.na.i.ji.jo-
* 製造商的突發狀況／**メーカー側の不測の事態**／me-.ka-.ga.wa.no.fu.so.ku.no.ji.ta.i
* 製造商休假／**各メーカーの休業**／ka.ku.me-.ka-.no.kyu-.gyo-

可替換字 2

* 降價／**安売ります**／ya.su.u.ri.ma.su

一定能輕鬆開口說！

Track 108

01 你昨天才確認我的訂單，現在居然又說產品缺貨。

昨日、私の注文が確認されましたが、なぜ現在在庫切れとなっているのですか。

ki.no-/wa.ta.shi.no.chu-.mo.n/ga/ka.ku.ni.n.sa.re.ma.shi.ta.ga/na.ze.ge.n.za.i.za.i.ko.gi.re.to.na.tte.i.ru.no/de.su.ka

02 **不能準時交貨**，我要取消訂單。換1

期間内に出荷できなかったら、 **注文をキャンセルします。**

ki.ka.n.na.i.ni.shu.kka.de.ki.na.ka.tta.ra/chu-.mo.n/o/kya.n.se.ru.shi.ma.su

03 你們什麼時候會再進貨？

再び商品を仕入れるのはいつですか？

fu.ta.ta.bi.sho-.hi.n/o/shi.i.re.ru.no/wa/i.tsu/de.su.ka

04 可以幫我調貨嗎？

商品を転送していただけますか？

sho-.hi.n/o/te.n.so-.shi.te.i.ta.da.ke.ma.su.ka

05 有沒有**規格**相同的商品可以代替呢？換2

交替できる同じ*規格*の商品がありますか？

ko-.ta.i.de.ki.ru.o.na.ji.ki.ka.ku.no.sho-.hi.n/ga/a.ri.ma.su.ka

可替換字 1

* 沒得到優惠／**割引をもらえなっかたら**／wa.ri.bi.ki/o/mo.ra.e.na.kka.ta.ra
* 沒提前交貨／**予定より早く出荷できなっかたら**／yo.te.i.yo.ri.ha.ya.ku.shu.kka.de.ki.na.kka.ta.ra
* 不及時處理問題／**遅れずに問題を扱うことができなっかたら**／o.ku.re.zu.ni.mo.n.da.i/o/a.tsu.ka.u.ko.to/ga/de.ki.na.kka.ta.ra

可替換字 2

* 功能／**機能**／ki.no-
* 產地／**生産地**／se.i.sa.n.chi
* 大小／**大きさ**／o-.ki.sa
* 製造商／**メーカー**／me-.ka-
* 價格／**値段**／ne.da.n
* 品牌／**ブランド**／bu.ra.n.do
* 花色／**柄**／ga.ra

06 我們急需這個零件，請盡快送來。

我々はこの部品を要りますから、できるだけ早く配達してください。

wa.re.wa.re/wa/ko.no.bu.hi.n/o/i.ri.ma.su.ka.ra/de.ki.ru.da.ke.ha.ya.ku.ha.i.ta.tsu.shi.te.ku.da.sa.i

07 下周請將不足的部份補給我們。

来週までに、不足のパーツを出してください。

ra.i.shu-.ma.de.ni/fu.so.ku.no.pa-.tsu/o/da.shi.te.ku.da.sa.i

08 那不足的**五百個**我們不要了。 換1

欠如の 五百個 が我々は要りません。

ke.tsu.jo.no.go.hya.kko/ga/wa.re.wa.re/wa/i.ri.ma.se.n

09 本商品目前是採**預購制**嗎？ 換2

この製品は今 予約注文 で販売されていますか？

ko.no.se.i.hi.n/wa/i.ma.yo.ya.ku.chu-.mo.n.de.ha.n.ba.i.sa.re.te.i.ma.su.ka

10 追加至少要 14 天嗎？有可能提早到貨嗎？

追加する場合は、最少十四日間ですか？早めの着荷があるかもしれませんか？

tsu.i.ka.su.ru.ba.a.i/wa/sa.i.sho-.ju-.yo..kka.ka.n/de.su.ka/ha.ya.me.no.cha.ku.ni/ga/a.ru.ka.mo.shi.re.ma.se.n.ka

可替換字 1

* 一百個／**百個**／hya.ku.ko
* 兩百個／**二百個**／ni.hya.ku.ko
* 三百個／**三百個**／sa.n.bya.ku.ko
* 四百個／**四百個**／yo.n.hya.ku.ko
* 六百個／**六百個**／ro.ppya.ku.ko
* 七百個／**七百個**／na.na.hya.ku.ko
* 八百個／**八百個**／ha.ppya.ku.ko
* 九百個／**九百個**／kyu-.hya.ko
* 一千個／**一千個**／i.sse.n.ko

可替換字 2

* 線上訂購／**オンライン注文**／o.n.ra.i.n.chu-.mo.n

ユニット 03 商品損壞

Track 109

一定能清楚聽懂！

01 我昨天所收到的產品有損壞。

昨日、受け取った商品は傷つけているところがあります。

ki.no-/u.ke.to.tta.sho-.hi.n/wa/ki.zu.tsu.ke.te.i.ru.to.ko.ro/ga/a.ri.ma.su

02 倉庫人員卸櫃的時候，發現產品的**紙箱**破掉了。換1

倉庫人員がはこを下ろすときに、製品箱が破れていることを見つかりました。

so-.ko.ji.n.i.n/ga/ha.ko/o/o.ro.su.to.ki.ni/se.i.hi.n.ba.ko/ga/ya.bu.re.te.i.ru.ko.to/o/mi.tsu.ka.ri.ma.shi.ta

03 請換新品給我。

新品を交わしてください。

shi.n.pi.n/o/ka.wa.shi.te.ku.da.sa.i

04 對於毀損的產品我要求退費。

損傷の製品について費用を払い戻すことを求めます。

so.n.sho-.no.se.i.hi.n.ni.tsu.i.te.hi.yo-/o/ha.ra.i.mo.do.su.ko.to/o/mo.to.me.ma.su

05 我們抽驗的結果，發現**故障率很高**。換2

テストの結果に従って、高い故障率を発見しました。

te.su.to.no.ke.kka.ni.shi.ta.ga.tte/ta.ka.i.ko.sho-.ri.tsu/o/ha.kke.n.shi.ma.shi.ta

可替換字 1

* 外殼／**外殻**／ga.i.ka.ku
* 包裝紙／**包装紙**／ho-.so-.shi
* 包裝盒／**荷箱**／ni.ba.ko
* 底座／**台座**／da.i.za
* 玻璃部分／**ガラスの部分**／ga.ra.su.no.bu.bu.n

可替換字 2

* 破損嚴重／**ひどく破損したところ**／hi.do.ku.ha.so.n.shi.ta.to.ko.ro
* 性能很差／**性能の悪いところ**／se.i.no-.no.wa.ru.i.to.ko.ro
* 破損率很高／**破損率が高いところ**／ha.so.n.ri.tsu/ga/ta.ka.i.to.ko.ro

* 部分功能失效／**機能不全のところ**／ki.no-.fu.ze.n.no.to.ko.ro

06 這樣的品質我們無法接受。

このような品質に対して我々が受け入れません。

ko.no.yo-.na.hi.n.shi.tsu.ni.ta.i.shi.te.wa.re.wa.re/ga/u.ke.i.re.ma.se.n

07 你的**包裝**有問題。換1

あなたの包装は問題があります。

a.na.ta.no.ho-.so-/wa/mo.n.da.i/ga/a.ri.ma.su

08 我把損壞的商品寄回去給你看。

破損した商品を返送してあげます。

ha.so.n.shi.ta.sho-.hi.n/o/he.n.so-.shi.te.a.ge.ma.su

09 這不是小瑕疵，而是很大的問題。

これは小さな欠陥ではなくて、大きな問題です。

ko.re/wa/chi.i.sa.na.ke.kka.n.de.wa.na.ku.te/o-.ki.na.mo.n.da.i/de.su

10 你們打算怎麼處理？

どういうつもりですか？

do-.i.u.tsu.mo.ri/de.su.ka

可替換字 1

* 發貨／**出荷**／shu.kka
* 發票／**送り状**／o.ku.ri.jo-
* 品管／**品質管理**／hi.n.shi.tsu.ka.n.ri
* 合約／**契約**／ke.i.ya.ku
* 貨物品質／**品物の品質**／shi.na.mo.no.no.hi.n.shi.tsu
* 配送／**配送**／ha.i.so-
* 收據／**領収書**／ryo-.shu-.sho
* 軟體／**ソフトウェア**／su.fu.to.we.a
* 技術支援／**技術支援**／gi.ju.tsu.shi.e.n
* 售後服務／**アフターサービス**／a.fu.ta-.sa-.bi.su

一定能輕鬆開口說！

Track 110

01 給我您的訂單號碼以便處理。

取り扱うためには、注文番号を教えていただけますか。

to.ri.a.tsu.ka.u.ta.me.ni/chu-.mo.n.ba.n.go-/o/o.shi.e.te.i.ta.da.ke.ma.su.ka

02 請告訴我詳細的損壞情形好嗎？

詳細の損害状況を教えていただけますか？

sho-.sa.i.no.so.n.ga.i.jo-.kyo-/o/o.shi.e.te.i.ta.da.ke.ma.su.ka

03 **運輸**造成的毀損我們不予賠償。

運送で発生した損害は賠償されません。

換1

u.n.so-.de.ha.sse.i.shi.ta.so.n.ga.i.wa.ba.i.sho-.sa.re.ma.se.n

04 可以更換新品，但是無法退款。

新品を替えますが、払い戻しはできません。

shi.n.pi.n/o/ka.e.ma.su.ga/ha.ra.i.mo.do.shi/wa/de.ki.ma.se.n

05 請將裂痕的部分用相機拍下來。

亀裂のところを写真で撮ってください。

ki.re.tsu.no.to.ko.ro/o/sha.shi.n.de.to.tte.ku.da.sa.i

可替換字 1

* 人為過失／**ミス**／mi.su
* 地震／**地震**／ji.shi.n
* 水災／**水害**／su.i.ga.i
* 送貨過程／**配送過程**／ha.i.so-.ka.te.i
* 落雷／**落雷**／ra.ku.ra.i
* 強風／**強風**／kyo-.fu-
* 使用不當／**不正使用**／fu.se.i.shi.yo-
* 違反契約／**契約違反**／ke.i.ya.ku.i.ha.n
* 沒有保險的情況／**保険がない場合**／ho.ke.n/ga/na.i.ba.a.i
* 因為客戶端的關係無法運送／**お客様側のご都合によりお受取ができないこと**／o.kya.ku.sa.ma.ga.wa.no.go.tsu.go-.ni.yo.ri.o.u.ke.to.ri/ga/de.ki.na.i.ko.to

06 我現在馬上派專員過去瞭解狀況。
今すぐ人を派遣して状況を理解します。
i.ma.su.gu.hi.to/o/ha.ke.n.shi.te.jo-.kyo-/o/ri.ka.i.shi.ma.su

07 能告訴我損壞的商品總共有幾件嗎？
損害の商品は合計何点かを教えてもらえますか？
so.n.ga.i.no.sho-.hi.n/wa/go-.ke.i.na.n.te.n.ka/o/o.shi.e.te.mo.ra.e.ma.su.ka

08 我先將**新品**寄給您，毀損品我請人去回收。換1
まず、**新品**を郵送します。破損品なら、人に派遣して取り戻します。
ma.zu/shi.n.pi.n/o/yu-.so-.shi.ma.su/ha.so.n.hi.n.na.ra/hi.to/ni/ha.ke.n.shi.te.to.ri.mo.do.shi.ma.su

09 很抱歉我們**品管不周**。換2
品質管理の過失で、申し訳ございません。
hi.n.shi.tsu.ka.n.ri.no.ka.shi.tsu.de/mo-.shi.wa.ke.go.za.i.ma.se.n

10 請相信我們是很有誠意要處理的。
我々は誠意をもって取り扱うことを信じてください。
wa.re.wa.re/wa/se.i/o/mo.tte.to.ri.a.tsu.ka.u.ko.to/o/shi.n.ji.te.ku.da.sa.i

可替換字 1

* 替代品／**代用品**／da.i.yo-.hi.n
* 備用品／**予備品**／yo.bi.hi.n
* 退款／**払戻金**／ha.ra.i.mo.do.shi.ki.n

可替換字 2

* 出現了差錯／**こちらのミスで**／ko.chi.ra.no.mi.su.de
* 服務不周／**行き届いたサービスができず**／yu.ki.to.do.i.ta.sa-.bi.su/ga/de.ki.zu
* 未能事先通知／**事前にお知らせができず**／ji.ze.n.ni.o.shi.ra.se/ga/de.ki.zu
* 不能幫上什麼忙／**あまりお役に立つことができず**／a.ma.ri.o.ya.ku.ni.ta.tsu.ko.to/ga/de.ki.zu
* 因為忙碌沒有回應／**多忙につきお返事ができず**／ta.bo-.ni.tsu.ki.o.he.n.ji/ga/de.ki.zu
* 給您帶來了不便／**ご不便をお掛けて**／go.fu.be.n/o/o.ka.ke.te
* 造成您的困擾／**ご迷惑をお掛けて**／go.me.i.wa.ku/o/o.ka.ke.te

ユニット04 帳款催收

Track 111

這句話不能聽不懂！

01 **兩星期**前收到貴公司的訂單，但是到今天都還沒收到貨款。

二週間前にご注文を受け取りましたが、今までは商品代金はまだ届けていないようです。

換1

ni.shu-.ka.n.ma.e.ni.go.chu-.mo.n/o/u.ke.to.ri.ma.shi.ta.ga/i.ma.ma.de.wa.sho-.hi.n.da.i.ki.n/wa/ma.da.to.do.ke.te.i.na.i.yo-/de.su

02 因為款項不足，因此無法出貨。

金額が足りないため、出荷できません。

ki.n.ga.ku/ga/ta.ri.na.i.ta.me/shu.kka.de.ki.ma.se.n

03 我們已經將收費明細寄給貴公司了。

料金の明細票を貴社に送信しました。

ryo-.ki.n.no.me.i.sa.i.hyo-/o/ki.sha/ni/so-.shi.n.shi.ma.shi.ta

04 請問何時可以付清呢？

いつ決済できますか？

u.tsu.ke.ssa.i.de.ki.ma.su.ka

05 目前不足的金額是二十萬。

足りない金額は二十万となっています。

ta.ri.na.i.ki.n.ga.ku/wa/ni.ju-.ma.n.to.na.tte.i.ma.su

可替換字 1

* 一星期／**一週間**／i.sshu-.ka.n
* 二天／**二日**／fu.tsu.ka
* 三天／**三日**／mi.kka
* 四天／**四日**／yo.kka
* 五天／**五日**／i.tsu.ka
* 六天／**六日**／mu.i.ka
* 七天／**七日**／na.no.ka
* 八天／**八日**／yo-.ka
* 九天／**九日**／ko.ko.no.ka
* 十天／**十日**／to-.ka

06 請在**三日內**付款，否則將採取法律行動。換1

三日間以内（みっかかんいない）でお支払（しはら）いください。そうでないと、法律（ほうりつ）に訴（うった）えるようになります。

me.kka.ka.n.i.na.i.de.o.shi.ha.ra.i.ku.da.sa.i/so-.de.na.i.to/ho-.ri.tsu.ni.u.tta.e.ru.yo-.ni.na.ri.ma.su

07 您的支票跳票了。

あなたの小切手（こぎって）が不渡（ふわた）りになりました。

a.na.ta.no.ko.gi.tte/ga/fu.wa.ta.ri.ni.na.ri.ma.shi.ta

08 可以將匯款明細傳真過來嗎？

お支払（しはら）いの明細書（めいさいしょ）をファックスしていただけますか？

o.shi.ha.ra.i.no.me.i.sa.i.sho/o/fa.kku.su.shi.te.i.ta.de.ke.ma.su.ka

09 您是匯款到訂單上標示的帳戶嗎？

注文書（ちゅうもんしょ）で指定（してい）される口座（こうざ）に送金（そうきん）したのですか？

chu-.mo.n.sho.de.shi.te.i.sa.re.ru.ko-.za/ni/so-.ki.n.shi.ta.no/de.su.ka

10 **匯款**後請通知我們。換2

送金した（そうきん）後（あと）、私（わたし）たちに知（し）らせてください。

so-.ki.n.shi.ta.a.to/wa.ta.shi.ta.chi/ni/shi.ra.se.te.ku.da.sa.i

可替換字 1

- * 七天／**七日**（なのか）／na.no.ka
- * 後天／**明後日**（あさって）／a.sa.tte
- * 今天／**今日**（きょう）／kyo-

可替換字 2

- * 條款商議好／**話**（はな）**し合**（あ）**った**／ha.na.shi.a.tta
- * 決定好／**決**（き）**めた**／ki.me.ta
- * 簽好合約／**契約**（けいやく）**を結**（むす）**んだ**／ke.i.ya.ku/o/mu.su.n.da
- * 下單／**注文**（ちゅうもん）**をいれた**／chu-.mo.n/o/i.re.ta
- * 到貨／**品物**（しなもの）**が届**（とど）**いた**／shi.na.mo.no./ga/to.do.i.ta
- * 收到文件／**書類**（しょるい）**が届**（とど）**いた**／sho.ru.i/ga/to.do.i.ta
- * 收到傳真／**ファックスが届**（とど）**いた**／fa.kku.su/ga/to.do.i.ta

一定能輕鬆開口說！

Track 112

01 我們上星期就已經轉帳了。

我々(われわれ)は先週(せんしゅう)もう送金(そうきん)しました。

wa.re.wa.re/wa/se.n.shu-.mo-.so-.ki.n.shi.ma.shi.ta

02 詳細情形要請您詢問**會計部**。換1

詳細(しょうさい)については、*経理部(けいりぶ)*にご連絡(れんらく)ください。

sho-.sa.i.ni.tsu.i.te/wa/ke.i.ri.bu.ni.go.re.n.ra.ku.ku.da.sa.i

03 我們很愛護信用，不可能延遲**付款**。換2

私(わたし)たちはいつも信用(しんよう)が愛護(あいご)するから、*お支払(しはら)い*を遅延(ちえん)することは不可能(ふかのう)です。

wa.ta.shi.ta.chi/wa/i.tsu.mo.shi.n.yo-/ga/a.i.go.su.ru.ka.ra/o.shi.ha.ra.i/o/chi.e.n.su.ru.ko.to/wa/fu.ka.no-.de.su

04 能否再寬限幾天呢？

何日(なんにち)かの期限(きげん)を延(の)ばせますか？

na.n.ni.chi.ka.no.ki.ge.n/o/no.ba.se.ma.su.ka

05 我們是禮拜五付款的，應該下週一會收到。

我々(われわれ)は金曜日(きんようび)でお支払(しはら)いですので、次(つぎ)の月曜日(げつようび)に受信(じゅしん)するはずです。

wa.re.wa.re/wa/ki.n.yo-.bi.de.o.shi.ha.ra.i/de.su/no.de/tsu.gi.no.ge.tsu.yo-.bi.ni.ju.shi.n.su.ru.ha.zu/de.su

可替換字 1

- ＊ 相關人員／**関係者(かんけいしゃ)**／ka.n.ke.i.sha
- ＊ 銷售部／**販売部(はんばいぶ)**／ha.n.ba.i.bu
- ＊ 負責人／**その件(けん)の担当者(たんとうしゃ)**／so.no.ke.n.no.ta.n.to-.sha
- ＊ 客服部／**お客様(きゃくさま)サービス部(ぶ)**／o.kya.ku.sa.ma.sa-.bi.su.bu
- ＊ 售後服務部／**アフターサービス部(ぶ)**／a.fu.ta-.sa-.bi.su.bu

可替換字 2

- ＊ 送貨／**配送(はいそう)**／ha.i.so-
- ＊ 出貨／**出荷(しゅっか)**／shu.kka
- ＊ 配貨／**仕分(しわ)け**／shi.wa.ke
- ＊ 發貨／**発送(はっそう)**／ha.sso-
- ＊ 訂單處理／**注文処理(ちゅうもんしょり)**／chu-.mo.n.sho.ri

06 我們原來説好的金額就是五十萬，為何現在説不足呢？

もとの約束(やくそく)は、５０万円(まんえん)です。どうして今(いま)は足(た)りないといっていますか？

mo.to.no.ya.ku.so.ku/wa/go.ju-.ma.n.e.n/de.su/do-.shi.te.i.ma/wa/ta.ri.na.i.to.i.tte.i.ma.su.ka

07 **合約上載明的期限**是到明天。 換1

指定(してい)された契約期間(けいやくきかん) は明日(あした)までです。

shi.te.i.sa.re.ta.ke.i.ya.ku.ki.ka.n/wa/a.shi.ta.ma.de/de.su

08 我現在馬上付，請三十分鐘後再確認一次。

今(いま)すぐ支払(しはら)いますから、三十分後(さんじゅっぷんご)にそれを確認(かくにん)してください。

i.ma.su.gu.shi.ha.ra.i.ma.su.ka.ra/sa.n.ju.ppu.n.n.go.ni.so.re/o/ka.ku.ni.n.shi.te.ku.da.sa.i

09 因為最近**業務繁忙**，漏掉了您的帳款。 換2

最近(さいきん)、***忙(いそが)しいビジネスです*** ので、あなたの費用(ひよう)を漏(も)らしました。

sa.i.ki.n/i.so.ga.shi.bi.ji.ne.su/de.su.no.de/a.na.ta.no.hi.yo-/o/mo.ra.shi.ma.shi.ta

10 不好意思，還讓您打電話來催收。

恐(おそ)れ入(い)りますが、催促(さいそく)しに電話(でんわ)してくれて申(もう)し訳(わけ)ございません。

o.so.re.i.ri.ma.su.ga/sa.i.so.ku.shi.ni.de.n.wa.shi.te.ku.re.te.mo-.shi.wa.ke.go.za.i.ma.se.n

可替換字 1

* 交貨期限／**納期(のうき)**／no-.ki
* 支付期限／**支払猶予時期(しはらいゆうよじき)**／shi.ha.ra.i.yu-.yo.ji.ki
* 預定寄達時間／**届(とど)け予定(よてい)**／to.do.ke.i.yo.te.i
* 配送時間／**配送期間(はいそうきかん)**／ha.i.so-.ki.ka.n
* 下單期限／**ご注文(ちゅうもん)の受付時期(うけつけじき)**／go.chu-.mo.n.no.u.ke.tsu.ke.ji.ki
* 付款最後期限／**最終払(さいしゅうばら)い期限(きげん)**／sa.i.shu-.ba.ra.i.ki.ge.n

可替換字 2

* 會計人員離職／**会計員(かいけいいん)が辞(や)めた**／ka.i.ke.i.i.n/ga/ya.me.ta
* 人員緊缺／**人手(ひとで)が足(た)りない**／hi.to.de/ga/ta.ri.na.i
* 業務調整／**業務調整(ぎょうむちょうせい)です**／gyo-.mu.cho-.se.i.de.su
* 視力變差／**目(め)が悪(わる)くなった**／me/ga/wa.ru.ku.na.tta

ユニット 05 更改訂單

Track 113

一定能清楚聽懂！

01 請問我的訂單已經開始製作了嗎？

私の注文はもう生産を開始しましたか？（わたし・ちゅうもん・せいさん・かいし）

wa.ta.shi.no.chu-.mo.n/wa/mo-.se.i.sa.n/o/ka.i.shi.shi.ma.shi.ta.ka

02 現在還能**更改**嗎？ 換1

今のところ、また変更できますか？（いま・へんこう）

i.ma.no.to.ko.ro/ma.ta.he.n.ko-.de.ki.ma.su.ka

03 我**想**將數量**減少**。 換2

数量を削減したいです。（すうりょう・さくげん）

su-.ryo-/o/sa.ku.ge.n.shi.ta.i/de.su

04 我希望出貨日能提前。

出荷日は繰り上げたいと思います。（しゅっかび・く・あ・おも）

shu.kka.bi/wa/ku.ri.a.ge.ta.i.to.o.mo.i.ma.su

05 更改訂單的程式是怎麼樣的呢？

注文書の変更の手続きはなんですか？（ちゅうもんしょ・へんこう・てつづ）

chu-.mo.n.sho.no.he.n.ko-.no.te.tsu.zu.ki/wa/na.n.de.su.ka

可替換字 1

* 取消／**取り消し**（と・け）／to.ri.ke.shi
* 追加貨物／**追加**（ついか）／tsu.i.ka
* 變更日期／**期日を変更することが**（きじつ・へんこう）／ki.ji.tsu/o/he.n.ko-.su.ru.ko.to/ga
* 修改訂單／**注文書を直すことが**（ちゅうもんしょ・なお）／chu-.mo.n.sho/o/na.o.su.ko.to/ga

可替換字 2

* 想增加／**増やしたい**（ふ）／fu.ya.shi.ta.i
* 想增加一倍／**二倍に増やしたい**（にばい・ふ）／ni.ba.i.ni.fu.ya.shi.ta.i
* 想增加二倍／**三倍に増やしたい**（さんばい・ふ）／sa.n.ba.i.ni.fu.ya.shi.ta.i
* 想增加四倍／**四倍に増やしたい**（よんばい・ふ）／yo.n.ba.i.ni.fu.ya.shi.ta.i
* 想減少一倍／**五割に減らしたい**（ごわり・へ）／go.wa.ri.ni.he.ra.shi.ta.i

＊ 想追加到五百箱／**五百箱まで追加したい**／
go.hya.ku.ha.ko.ma.de.tsu.i.ka.shi.ta.i

06 取消訂單的話，能**全額退費**嗎？

換1

注文をキャンセルしたら、全額返金できますか？

chu-.mo.n/o/kya.n.se.ru.shi.ta.ra/za.n.ga.ku.he.n.ki.n.de.ki.ma.su.ka

07 若將 X 商品全部改成 Y 商品，需要付多少差額？

X商品を全部Y商品に変更する場合はいくらの差額を支払う必要がありますか？

X.sho-.hi.n/o/ze.n.bu.Y.sho-.hi.n.ni.he.n.ko-.su.ru.ba.a.i/wa/i.ku.ra.no.sa.ga.ku/o/shi.ha.ra.u.hi.tsu.yo-/ga/a.ri.ma.su.ka

08 我能將**兩張**訂單合併成一張嗎？

換2

二枚の注文書を一枚に合併できますか？

ni.ma.i.no.chu-.mo.n.sho/o/i.chi.ma.i.ni.ga.ppe.i.de.ki.ma.su.ka

09 我不想等候集貨，請幫我先將現貨出貨。

私は商品の集まりを待たせたくないです。現物を出荷しておいてください。

wa.ta.shi/wa/sho-.hi.n.no.a.tsu.ma.ri/o/ma.ta.se.ta.ku.na.i/de.su/ge.n.bu.tsu/o/shu.kka.shi.te.o.i.te.ku.da.sa.i

10 這張訂單金額太高會被課稅，能幫我分開出貨嗎？

この注文書は金額が高すぎるため、課税されます。出荷は分かれだせますか？

ko.no.chu-.mo.n.sho/wa/ki.n.ga.ku/ga/ta.ka.su.gi.ru.ta.me/ka.ze.i.sa.re.ma.su/shu.kka/wa/wa.ka.re.da.se.ma.su.ka

可替換字 1

＊ 能退回訂金／**手付金の返還が**／te.tsu.ke.ki.n.no.he.n.ka.n/ga

＊ 退貨／**商品の返品**／sho-.hi.n.no.he.n.pi.n

可替換字 2

＊ 三張／**三枚**／sa.n.ma.i

＊ 四張／**四枚**／yo.n.ma.i

＊ 五張／**五枚**／go.ma.i

＊ 六張／**六枚**／ro.ku.ma.i

＊ 七張／**七枚**／na.na.ma.i

＊ 八張／**八枚**／ha.chi.ma.i

＊ 九張／**九枚**／kyu-.ma.i

＊ 十張／**十枚**／ju-.ma.i

一定能輕鬆開口說！

Track 114

01 若需要更改訂單，需**付手續費**。　換1

注文を変更する場合は、手数料を支払う必要があります。

chu-.mo.n/o/he.n.ko-.su.ru.ba.a.i/wa/te.su-.ryo-/o/shi.ha.ra.u.hi.tsu.yo-/ga/a.ri.ma.su

02 很抱歉，訂單送出後就無法更改了。

申し訳ありませんが、注文したあと、変更することはできません。

mo-.shi.wa.ke.a.ri.ma.se.n.ga/chu-.mo.n.shi.ta.a.to/he.n.to-.su.ru.ko.to/wa/de.ki.ma.se.n

03 解約金是訂購總額的 **15%**。　換2

解約金は注文の総額の15%となります。

ka.i.ya.ku.ki.n/wa/chu-.mo.n.no.so-.ga.ku.no.ju-.go.pa-.se.n.to.to.na.ri.ma.su

04 商品已經出貨了，若想取消，可以在七日內退貨。

もう出荷しました。商品をキャンセルする場合には、7日以内に返すことができます。

mo-.shu.kka.shi.ma.shi.ta/sho-.hi.n/o/kya.n.se.ru.su.ru.ba.a.i.ni/wa/shi.chi.ni.chi.i.na.i.ni.ka.e.su.ko.to/ga/de.ki.ma.su

05 我幫您取消整筆訂單，請您重新訂購。

全体の注文をキャンセルして差し上げます。再注文をしてください。

ze.n.ta.i.no.chu-.mo.n/o/kya.n.se.ru.shi.te.sa.shi.a.ge.ma.su/sa.i.chu-.mo.n/o/shi.te.ku.da.sa.i

可替換字 1

* 重新下單／**再び注文する**／fu.ta.ta.bi.chu-.mo.n.su.ru
* 提前説明／**事前に説明する**／ji.ze.n.ni.se.tsu.me.i.su.ru
* 在網上進行操作／**ネットで作業する**／ne.tto.de.sa.gyo-.su.ru
* 先通知工作人員／**スッタフに知らせる**／su.tta.fu.ni.shi.ra.se.ru
* 告知切實理由／**具体的な理由を述べる**／gu.ta.i.te.ki.na.ri.yu-/o/no.be.ru
* 先徵得我方同意／**こちらの同意を得る**／ko.chi.ra.no.do-.i/o/e.ru

可替換字 2

* 5%／**5%**／go.pa-.se.n.to
* 10%／**10%**／ju-.pa-.se.n.to

06 這是最低訂購量，因此數量無法再減少。

これは最少注文量ですから、数量は更に減少することができません。

ko.re/wa/sa.i.sho-.chu-.mo.n.ryo-/de.su/ka.ra/su-.ryo-/wa/sa.ra.ni.ge.n.sho-.su.ru.ko.to/ga/de.ki.ma.se.n

07 不建議合併訂單，這樣**運費**會增加很多。 換1

複合注文は勧めません。*運賃*はかなり増やします。

fu.ku.go-.chu-.mo.n/wa/su.su.me.ma.se.n/u.n.chi.n/wa/ka.na.ri.fu.ya.shi.ma.su

08 因為遇到長假的關係，**出貨日**不能提前。 換2

長期の休暇ですので、*出荷日*は繰り上げられません。

cho-.ki.no.kyu-.ka/de.su.no.de/shu.kka.bi/wa/ku.ri.a.ge.ra.re.ma.se.n

09 若需更換商品，需要補**三萬五千元的差價**。 換3

商品を変更する場合は、*三万五千元の差額*を支払う必要があります。

sho-.hi.n/o/he.n.ko-.su.ru.ba.a.i/wa/sa.n.ma.n.go.se.n.ge.n.no.sa.ga.ku/o/shi.ha.ra.u.hi.tsu.yo-/ga/a.ri.ma.su

10 我們出貨時會分開裝箱，因此不用擔心稅金問題。

税金の問題をご心配しないでください。出荷する時に別々に積載しますから。

ze.i.ki.n.no.mo.n.da.i/o/go.shi.n.pa.i.shi.na.i.de.ku.da.sa.i/shu.kka.su.ru.to.ki.ni.be.tsu.be.tsu.ni.se.ki.sa.i.shi.ma.su.ka.ra

可替換字 1

* 手續／**手続き**／te.tsu.zu.ki
* 處理費用／**取扱手数料**／to.ri.a.tsu.ka.i.te.su-.ryo-
* 配貨時間／**配送時間**／ha.i.so-.ji.ka.n
* 處理時間／**処理時間**／sho.ri.ji.ka.n
* 處理流程／**処理の流れ**／sho.ri.no.na.ga.re

可替換字 2

* 送貨日／**発送日**／ha.sso-.bi
* 交貨日／**納期**／no-.ki
* 到貨日／**配送日**／ha.i.so-.bi

可替換字 3

* 手續費／**手数料**／te.su-.ryo-
* 違約金／**違約金**／i.ya.ku.ki.n

Track 115

學會自然地對話互動……

客戶：我想訂一貨櫃的蘋果汁。
お客：りんごジュウスを一コンテナ注文したいですが。

業務員：請問您的客戶編號是多少？
営業員：顧客番号は何番ですか？

客戶：我的客戶編號是11123。
お客：私の顧客番号は11123です。

業務員：很抱歉通知您，您所訂購的產品目前缺貨。
営業員：残念ですが、ご注文の商品はただ今在庫切れです。

客戶：你們什麼時候會再進貨呢？
お客：再び商品を仕入れるのはいつですか？

業務員：大概三天後。
営業員：たぶん三日後です。

客戶：這樣啊！可以幫我調貨嗎？
お客：そうですか。商品を転送していただけますか？

業務員：下周才能出貨喔，可以嗎？。
営業員：出荷は来週からですが、いいですか？

客戶：好的。
お客：分かりました。

業務員：那您要用貨到付款嗎？需要多繳交一些手續費。
営業員：代金着荷払いにしますか？手数料を支払う必要がありますが。

客戶：了解。就這樣做吧。
お客：分かりました。そうします。

パート12

採購篇

パート 12 音檔雲端連結

因各家手機系統不同，若無法直接掃描，仍可以至以下電腦雲端連結下載收聽。

（http://tinyurl.com/4sjm2tmp）

ユニット 01 索取樣品

Track 116

一定能清楚聽懂！

01 我們有提供免費樣品。

我々は無料サンプルを提供しています。

wa.re.wa.re/wa/mu.ryo-.sa.n.pu.ru/o/te.i.kyu-.shi.te.i.ma.su

02 只要您自行負擔**運費**，我們可以提供樣品。

換1 自分が ***運賃*** を払ったら、私たちは見本を提供します。

ji.bu.n/ga/u.n.chi.n/o/ha.ra.tta.ra/wa.ta.shi.ta.chi/wa/mi.ho.n/o/te.i.kyo-.shi.ma.su

03 這是我們的樣品和**產品目錄**。

換2

これは我々のサンプルと ***カタログ*** です。

ko.re/wa/wa.re.wa.re.no.sa.n.pu.ru.to.ka.ta.ro.gu/de.su

04 請在這裡留下住址，我們會將樣品寄給您。

ここに住所を書いてください。見本を送りいたします。

ko.ko.ni.ju-.sho/o/ka.i.te.ku.da.sa.i/mi.ho.n/o/o.ku.ri.i.ta.shi.ma.su.

05 這個箱子裡都是樣品，請自行拿取。

この箱にはすべて見本です。どうぞお取りください。

ko.no.ha.ko/wa/su.be.te.mi.ho.n/de.su/do-.zo.o.to.ri.ku.da.sa.i

可替換字 1

- ＊ 部分費用／**部分の費用**／bu.bu.n.no.hi.yo-
- ＊ 保證金／**保証金**／ho.sho-.ki.n
- ＊ 郵寄費／**郵便料金**／yu-.bi.n.ryo-.ki.n
- ＊ 手續費／**手数料**／te.su-.ryo-

可替換字 2

- ＊ 名片／**名刺**／me.i.shi
- ＊ 説明書／**説明書**／se.tsu.me.i.sho
- ＊ 訂購單／**注文書**／chu-.mo.n.sho
- ＊ 價目表／**価格表**／ka.ka.ku.hyo-
- ＊ 新品介紹書／**新製品パンフレット**／shi.n.se.i.hi.n.pa.n.fu.re.tto
- ＊ 使用説明書／**取扱説明書**／to.ri.a.tsu.ka.i.se.tsu.me.i.sho

06 不好意思，我們目前只有舊款樣品。

すみませんが、我々（われわれ）は現在（げんざい）古（ふる）いサンプルだけがあります。
su.mi.ma.se.n.ga/wa.re.wa.re/wa/ge.n.za.i.fu.ru.i.sa.n.pu.ru.da.ke/ga/a.ri.ma.su

07 這組樣品裡有**三種**商品，每種各兩個。 換1

このサンプルセットの中（なか）で、**三種類**（さんしゅるい）の商品（しょうひん）があり、一種類（いっしゅるい）ずつ二個（にこ）があります。

ko.no.sa.n.pu.ru.se.tto.no.na.ka.de/sa.n.shu.ru.i.no.sho-.hi.n/ga/a.ri/i.sshu.ru.i.zu.tsu.ni.ko/ga/a.ri.ma.su

08 很抱歉，**樣品**已經發完了。 換2

申（もう）し訳（わけ）ございません。**サンプル**は送（おく）り済（ず）みです。

mo-.shi.wa.ke.go.za.i.ma.se.n/sa.n.pu.ru/wa/o.ku.ri.zu.mi/de.su

09 我們明天會帶更多樣品來，您可以再來看看。

明日（あした）はもっと多（おお）くのサンプルを持（も）ってきます。また、お越（こ）しくださいませ。
a.shi.ta/wa/mo.tto.o-.ku.no.sa.n.pu.ru/o/mo.tte.ki.ma.su/ma.ta/o.ko.shi.ku.da.sa.i.ma.se

10 您需要哪些品項呢？請在這裡勾選。

どんな項目（こうもく）が必要（ひつよう）ですか？こちらで選（えら）びなさい。
do.n.na.ko-.mo.ku/ga/hi.tsu.yo-/de.su.ka/ko.chi.ra.de.e.ra.bu.na.sa.i

可替換字 1

* 兩種／**二種類**（にしゅるい）／ni.shu.ru.i
* 四種／**四種類**（よんしゅるい）／yo.n.shu.ru.i
* 五種／**五種類**（ごしゅるい）／go.shu.ru.i
* 六種／**六種類**（ろくしゅるい）／ro.ku.shu.ru.i
* 七種／**七種類**（ななしゅるい）／na.na.shu.ru.i
* 八種／**八種類**（はちしゅるい）／ha.chi.shu.ru.i
* 九種／**九種類**（きゅうしゅるい）／kyu.shu.ru.i
* 十種／**十種類**（じゅうしゅるい）／ju-.shu.ru.i

可替換字 2

* 贈品／**おまけ**／o.ma.ke
* 免費試用品／**試供品**（しきょうひん）／shi.kyo-.hi.n

一定能輕鬆開口說！

Track 117

01 每一種口味都能給我一包嗎？

味（あじ）ごとにひとついただけますか？

a.ji.go.to.ni.hi.to.tsu.i.ta.da.ke.ma.su.ka

02 可以給我一個樣品嗎？

サンプルをひとつくださいますか？

sa.n.pu.ru/o/hi.to.tsu.ku.da.sa.i.ma.su.ka

03 請問**樣品**是免費索取的嗎？

サンプルは無料（むりょう）ですか？ 換1

sa.n.pu.ru/wa/mu.ryo-/de.su.ka

04 我想拿樣品回去給**經銷商**看看。 換2

サンプルを持（も）ってきてディーラーに見（み）せたいと思（おも）います。

sa.n.pu.ru/o/mo.tte.ki.te.di-.ra-.ni.mi.se.ta.i.to.o.mo.i.ma.su

05 樣品跟實際購買的會有什麼差別？

サンプルは購入（こうにゅう）のものと差異（さい）がありますか？

sa.n.pu.ru/wa/ko-.nyu-.no.mo.no.to.sa.i/ga/a.ri.ma.su.ka

可替換字 1

* 資料／**資料（しりょう）**／shi.ryo-
* 優惠卡／**ポイントカード**／po.i.n.to.ka-.do
* 週年紀念品／**周年記念品（しゅうねんきねんひん）**／shu-.ne.n.ki.ne.n.hi.n
* 說明書／**説明書（せつめいしょ）**／se.tsu.me.i.sho
* 包裝袋／**お持（も）ち帰（かえ）り用袋（ようぶくろ）**／o.mo.chi.ka.e.ri.yo-.bu.ku.ro
* 賓果卡／**ビンゴカード**／bi.n.go.ka-.do
* 面紙／**ポケットティッシュ**／po.ke.tto.ti.sshu

可替換字 2

* 同事／**同僚（どうりょう）**／do-.ryo-
* 經理／**部長（ぶちょう）**／bu.cho-
* 主管／**上司（じょうし）**／jo-.shi

06 索取樣品需要負擔任何費用嗎？

見本を請求して費用を負担する必要がありますか？

mi.ho.n/o/se.i.kyu-.shi.te.hi.yo-/o/fu.ta.n.su.ru.hi.tsu.yo-/ga/a.ri.ma.su.ka

07 型錄裡的所有商品都有樣品可以索取嗎？

カタログでの商品はすべてサンプルを求められますか？

ka.ta.ro.gu.de.no.sho-.hi.n/wa/su.be.te.sa.n.pu.ru/o/mo.to.me.ra.re.ma.su.ka

08 我需要很多樣品，可以直接到您公司索取嗎？

多くのサンプルがもらいたいから、貴社に行って請求できますか？

o-.ku.no.sa.n.pu.ru/ga/mo.ra.i.ta.i.ka.ra/ki.sha.ni.i.tte.se.i.kyu-.de.ki.ma.su.ka

09 請問我要求的**樣品**何時會送到？ 換1

請求される サンプル はいつ配達できますか？

se.i.kyu-.sa.re.ru.sa.n.pu.ru/wa/i.tsu.ha.i.ta.tsu.de.ki.ma.su.ka

10 您送來的樣品**型號**不對。 換2

送ってもらったサンプルの 様式 は違っています。

o.ku.tte.mo.ra.tta.sa.n.pu.ru.no.yo-.shi.ki/wa/chi.ga.tte.i.ma.su

可替換字 1

* 貨物／**品物**／shi.na.mo.no
* 資料／**資料**／shi.ryo-
* 零件／**部品**／bu.hi.n
* 活動促銷商品／**販促品**／ha.n.so.ku.hi.n
* 商品／**商品**／sho-.hi.n
* 合約／**契約**／ke.i.ya.ku
* 充電式電池／**充電池**／ju-.de.n.chi

可替換字 2

* 數量／**数量**／su-.ryo-
* 規格／**規格**／ki.ka.ku
* 顏色／**色**／i.ro

ユニット 02 詢問庫存與調貨

Track 118

一定能清楚聽懂！

01 有一千台 AC201 嗎？

AC201は一千台（いっせんだい）がありますか？

AC201/wa/i.sse.n.da.i/ga/a.ri.ma.su.ka

02 如果我們立刻訂購，能拿到新價格打九折的優惠嗎？

私（わたし）たちはすぐに注文（ちゅうもん）すれば、１０パーセント割引（わりび）きできますか。

wa.ta.shi.ta.chi/wa/su.gu.ni.chu-.mo.n.su.re.ba/ju-.pa-.se.n.to.wa.ri.bi.ki.de.ki.ma.su.ka

03 目前台北的倉庫有多少現貨？

今（いま）、台北（たいぺい）の倉庫（そうこ）にはどれほど在庫（ざいこ）がありますか？

i.ma/ta.i.pe.i.no.so-.ko.ni.wa.do.re.ho.do.za.i.ko/ga/a.ri.ma.su.ka

04 我這個訂單很急，你所有的庫存有多少？

この注文（ちゅうもん）は急（いそ）ぎですので、在庫（ざいこ）が全部（ぜんぶ）どのくらいですか？

ko.no.chu-.mo.n/wa/i/.so.gi.de.su.no.de/za.i.ko/ga/ze.n.bu.do.no.ku.ra.i/de.su.ka

05 從**中國**的倉庫調貨要多久？

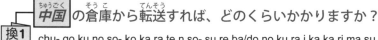

換1 **中国（ちゅうごく）の倉庫（そうこ）から転送（てんそう）すれば、どのくらいかかりますか？**

chu-.go.ku.no.so-.ko.ka.ra.te.n.so-.su.re.ba/do.no.ku.ra.i.ka.ka.ri.ma.su.ka

可替換字 1

* 廣州／**広州（こうしゅう）**／ko-.shu-
* 深圳／**深（しん）セン**／shi.n.se.n
* 廈門／**厦門（あもい）**／a.mo.i
* 大連／**大連（だいれん）**／da.i.re.n
* 香港／**香港（ほんこん）**／ho.n.ko.n
* 澳門／**マカオ**／ma.ka.o
* 台中／**台中（たいちゅう）**／ta.i.chu-
* 花蓮／**花蓮（かれん）**／ka.re.n
* 基隆／**キイロン**／ki-.ro.n
* 高雄／**高雄（たかお）**／ta.ka.o

06 全部的集貨費用要多少？

全ての集貨費用はいくらですか？

su.be.te.no.shu-.ka.hi.yo-/wa/i.ku.ra/de.su.ka

07 要送到日本的話，從哪個倉庫出貨最快？

日本に発送する場合は、どの倉庫からの出荷は一番早いですか？

ni.ho.n.ni.ha.sso-.su.ru.ba.a.i/wa/do.no.so-.ko.ka.ra.no.shu.kka/wa/i.chi.ba.n.ha.ya.i/de.su.ka

08 我們的庫存不足，無法應付**商展**的需求。換1

在庫不足ですので、*商品展*に対応することはできません。

za.i.ko.bu.so.ku/de.su/no.de/sho-.hi.n.te.n/ni/ta.i.o-.su.ru.ko.to/wa/de.ki.ma.se.n

09 年底前可以幫我調到一萬台機器嗎？

年末の前に一万台のマシンを転送できますか？

ne.n.ma.tsu.no.ma.e.ni.i.chi.ma.n.da.i.no.ma.shi.n/o/te.n.so-.de.ki.ma.su.ka

10 分公司要向我們調貨，我們的庫存夠嗎？

支社は私たちに商品の転送を要求しました。当社の在庫は十分ですか？

shi.sha/wa/wa.ta.shi.ta.chi.ni.sho-.hi.n.no.te.n.so-/o/yo-.kyu-.shi.ma.shi.ta/to-.sha.no.za.i.ko/wa/ju-.bu.n/de.su.ka

可替換字 1

- 這筆訂單／**この注文**／ko.no.chu-.mo.n
- 旺季／**書き入れ時**／ka.ki.i.re.do.ki
- 促銷活動／**販促活動**／ha.n.so.ku.ka.tsu.do-
- 目前市場／**今の市場**／i.ma.no.shi.jo-
- 亞太地區／**アジア太平洋地域**／a.ji.a.ta.i.he.i.yo-.chi.i.ki
- 歐美市場／**欧米市場**／o-.be.i.shi.jo-
- 貴公司／**貴社**／ki.sha
- 各大買家／**各購入者**／ka.ku.ko-.nyu-.sha
- 經銷商／**ディーラー**／di-.ra-
- 合作商／**ビジネスパートナ**／bi.ji.ne.su/pa-.to.na

一定能輕鬆開口說！

Track 119

01 這些商品供不應求，目前沒有庫存。

これらの商品(しょうひん)は供給不足(きょうきゅうぶそく)で在庫(ざいこ)がありません。

ko.re.ra.no.sho-.hi.n/wa/kyo-.kyu-.bu.so.ku.de.za.i.ko/ga/a.ri.ma.se.n

02 我們目前尚不足十部機器。

我々(われわれ)はまだ10台(だい)のマシンには足(た)りません。

wa.re.wa.re/wa/ma.da.ju-.da.i.no.ma.shi.n.ni.wa.ta.ri.ma.se.n

03 全台庫存數量要向**倉儲部門**詢問。換1

全台湾(ぜんたいわん)の在庫数(ざいこすう)は*倉庫部門(そうこぶもん)*にお聞(き)きしなければなりません。

ze.n.ta.i.wa.n.no.za.i.ko.su-/wa/so-.ko.bu.mo.n.ni.o.ki.ki.shi.na.ke.re.ba.na.ri.ma.se.n

04 現在訂購的話，**可以幫你調貨**。換2

今(いま)すぐに注文(ちゅうもん)すれば、*貨物(かもつ)を転送(てんそう)できます。*

i.ma.su.gu.ni.chu-.mo.n.su.re.ba/ka.mo.tsu/o/te.n.so-.de.ki.ma.su

05 高雄倉庫還有庫存，我請他們直接出貨。

高雄(たかお)の倉庫(そうこ)が在庫(ざいこ)があり、彼(かれ)らに直接出荷(ちょくせつしゅっか)していただきます。

ta.ka.o.no.so-.ko/ga/za.i.ko/ga/a.ri/ka.re.ra.ni.cho.ku.se.tsu.shu.kka.shi.te.i.ta.da.ki.ma.su

可替換字 1

* 總公司／**本社(ほんしゃ)**／ho.n.sha
* 總經理／**総支配人(そうしはいにん)**／so-.shi.ha.i.ni.n
* 倉庫管理人／**倉庫担当者(そうこたんとうしゃ)**／so-.ko.ta.n.to-.sha
* 在庫管理負責人／**在庫管理責任者(ざいこかんりせきにんしゃ)**／za.i.ko.ka.n.ri.se.ki.ni.n.sha

可替換字 2

* 給你一個優惠價／**割引(わりびき)します**／wa.ri.bi.ki.shi.ma.su
* 給你便宜一些／**安(やす)くなります**／ya.su.ku.na.ri.ma.su
* 給你打八折／**二割引(にわりび)きにします**／ni.wa.bi.ki.ni.shi.ma.su
* 多給你一個／**一個(いっこ)お負(ま)けしておきます**／i.kko.o.ma.ke.shi.te.o.ki.ma.su
* 附贈CD／**おまけにCDを差(さ)し上(あ)げます**／o.ma.ke.ni.si-.di-/o/sa.shi.a.ge.ma.su
* 贈送禮物給你／**景品(けいひん)を差(さ)し上(あ)げます**／ke.i.hi.n/o/sa.shi.a.ge.ma.su

06 從中國訂貨大概要兩周才會到。

中国から注文すれば、約二週間もかかるでしょう。

chu-.go.ku.ka.ra.chu-.mo.n.su.re.ba/ya.ku.ni.shu-.ka.n.mo.ka.ka.ru.de.sho-

07 從每個倉庫調貨的**費用**都不同。 換1

いずれの倉庫からの *転送料* は異なっています。

i.zu.re.no.so-.ko.ka.ra.no.te.n.so-.ryo-/wa/ko.to.na.tte.i.ma.su

08 我先將所有現貨都送去支援你。

今もっている現物を全て送ってあなたをサポートします。

i.ma.mo.tte.i.ru.ge.n.bu.tsu/o/su.be.te.o.ku.tte.a.na.ta/o/sa.po-.to.shi.ma.su

09 這份清單是我們目前所有商品的庫存。

このリストは今までのすべての商品の在庫状態です。

ko.no.ri.su.to/wa/i.ma.ma.de.no.su.be.te.no.sho-.hi.n.no.za.i.ko.jo-.ta.i/de.su

10 你要的商品目前庫存很充裕。

あなたが求める商品は在庫が十分です。

a.na.ta.ga.mo.to.me.ru.sho-.hi.n/wa/za.i.ko/ga/ju-.bu.n/de.su

可替換字 1

- 時間／**時間**／ji.ka.n
- 速度／**速さ**／ha.ya.sa
- 手續／**手続き**／te.tsu.zu.ki
- 產品品質／**製品の質**／se.i.hi.n.no.shi.tsu
- 產品附件／**製品の付属品**／se.i.hi.n.no.fu.zo.ku.hi.n
- 流程／**流れ**／na.ga.re
- 系統／**システム**／shi.su.te.mu
- 成本／**原価**／ge.n.ka
- 產品數量／**製品の数量**／se.i.hi.n.no.su-.ryo-
- 產品規格／**製品の規格**／se.i.hi.n.no.ki.ka.ku

ユニット 03 運費／運送事宜 Track 120

一定能清楚聽懂！

01 貴公司的產品出口標準包裝是什麼呢？

貴社(きしゃ)の製品(せいひん)に対(たい)して、標準(ひょうじゅん)な輸出梱包(ゆしゅつこんぽう)とは何(なん)ですか？

ki.sha.no.se.i.hi.n.ni.ta.i.shi.te/hyo-.ju.n.na.yu.shu.tsu.ko.n.po-.to.wa.na.n/de.su.ka

02 能不能幫我們多包個**氣泡袋**？ 換1

気泡緩衝材(きほうかんしょうざい)を包(つつ)んでいただけますか。

ki.ho-.ka.n.sho-.za.i/o/tsu.tsu.n.de.i.ta.da.ke.ma.su.ka

03 我們想訂**兩萬枚標籤貼紙**，寄過來要多少錢？

我々(われわれ)は、***二万枚(にまんまい)のラベル***を発注(はっちゅう)したいですが、郵送(ゆうそう)してもらったらおいくらですか？ 換2

wa.re.wa.re/wa/ni.ma.n.ma.i.no.ra.be.ru/o/ha.cchu-.shi.ta.i/de.su.ga/yu-.so-.shi.te.mo.ra.tta.ra.o.i.ku.ra/de.su.ka

04 你們都是用快遞送貨還是郵寄？

あなたは宅配便(たくはいびん)で出荷(しゅっか)しますか。それとも、郵送(ゆうそう)で出荷(しゅっか)しますか？

a.na.ta/wa/ta.ku.ha.i.bi.n.de.shu.kka.shi.ma.su.ka/so.re.to.mo/yu-.so-.de.shu.kka.shi.ma.su.ka

05 如果我們加買一些其他商品也能免運費嗎？

他(た)の商品(しょうひん)を購入(こうにゅう)したら、送料無料(そうりょうむりょう)となりますか。

ta.no.sho-.hi.n/o/ko-.nyu-.shi.ta.ra/so-.ryo-.mu.ryo-.to.na.ri.ma.su.ka

可替換字 1

- 紙板／**厚紙(あつがみ)**／a.tsu.ga.mi
- 氣泡紙／**プチプチ**／pu.chi.pu.chi
- 紙袋／**紙袋(かみぶくろ)**／ka.mi.bu.ku.ro
- 包裝模／**包装(ほうそう)フィルム**／ho-.so-.fi.ru.mu
- 瓦楞紙／**段(だん)ボール**／da.n.po-.ru
- 拉鍊／**ジッパー**／ji.ppa-
- 塑膠袋／**ポリ袋(ぶくろ)**／po.ri.bu.ku.ro
- 防潮袋／**密封(みっぷう)バック**／mi.ppu-.ba.kku
- 保麗龍／**発泡(はっぽう)ポリスチレン**／ha.ppo.po.ri.su.chi.re.n

可替換字 2

* 二百個手提袋／**二百枚の手提げ袋**／ni.hya.ku.ma.i.no.te.sa.ge.bu.ku.ro

06 **海運**跟空運的包裝有什麼差別嗎？

船便と航空便の包装は差がありますか？ 換1

fu.na.bi.n.to.ko-.ku-.bi.n.no.ho-.so-/wa/sa/ga/a.ri.ma.su.ka

07 總金額要到達多少才能免運費呢？

総額はどのくらいに達せば、送料無料となりますか？

so-.ga.ku/wa/do.no.ku.ra.i.ni.ta.sse.ba/so-.ryo-.mu.ryo-.to.na.ri.ma.su.ka

08 合約上沒有註明運費及運送方式，請修改一下。

契約上は、運賃と運輸方法がはっきり注記されません。どうぞご訂正しなさい。

ke.i.ya.ku.jo-/wa/u.n.chi.n.to.u.n.yu.ho-.ho-/ga/ha.kki.ri.chu-.ki.sa.re.ma.se.n/do-.zo.go.te.i.se.i.shi.na.sa.i

09 我覺得這種包裝不夠**穩固**。換2

このような包装は丈夫ではないと思います。

ko.no.yo-.na.ho-.so-/wa/jo-.bu.de.wa.na.i.to.o.mo.i.ma.su

10 我們直接派車去取貨的話會比較快嗎？

我々は車で荷物を取りに行けば、もっと早いですか？

wa.re.wa.re/wa/ku.ru.ma.de.ni.mo.tsu/o/to.ri.ni.i.ke.ba/mo.tto.ha.ya.i/de.su.ka

可替換字 1

* 陸運／**陸上便**／ri.ku.jo-.bi.n

可替換字 2

* 環保／**エコ**／e.ko
* 完善／**完全**／ka.n.ze.n
* 專業／**プロ**／pu.ro
* 原創／**オリジナル**／o.ri.ji.na.ru
* 節約／**節約**／se.tsu.ya.ku
* 密封／**密封**／mi.ppu-
* 潮流／**おしゃれ**／o.sha.re
* 美觀／**綺麗**／ki.re.i
* 清爽／**爽やか**／sa.wa.ya.ka

一定能輕鬆開口說！

Track 121

01 我們會使用**厚紙板**分開各層產品。

我々は【***段ボール***】を使って、各層の商品を分かれます。 換1

wa.re.wa.re/wa/da.n.bo-.ru/o/tsu.ka.tte/ka.ku.so-.no.sho-.hi.n/o/wa.ka.re.ma.su

02 每個商品都有用**塑膠袋**分別包裝。換2

各製品は【***プラスチックの袋***】を使用して包装されます。

ka.ku.se.i.hi.n/wa/pu.ra.su.chi.kku.no.fu.ku.ro/o/shi.yo-.shi.te.ho-.so-.sa.re.ma.su

03 這都是環保包材。

これらは全部環境に優しい包装材料です。

ko.re.ra/wa/ze.n.bu.ka.n.kyo-.ni.ya.sa.shi.i.ho-.so-.za.i.ryo-/de.su

04 我們也可以按照你們的要求**改變包裝**。換3

ご要望に応じて【***包装を変更できます。***】

go.yo-.bo-.ni.o-.ji.te.ho-.so-/o/he.n.ko-.de.ki.ma.su

05 若覺得空運太貴，我們可以改用海運。

航空便で高すぎると思う場合は、それを変えて船便で郵送できます。

ko-.ku-.bi.n.de.ta.ka.su.gi.ru.to.o.mo.u.ba.a.i/wa/so.re/o/ka.e.te.fu.na.bi.n.de.yu-.so-.de.ki.ma.su

可替換字 1

* 木板／**木の板**／ki.no.i.ta

可替換字 2

* 紙袋／**紙袋**／ka.mi.bu.ku.ro
* 紙箱／**段ボール**／da.n.bo-.ru
* 禮物盒／**ギフトボックス**／gi.fu.to.bo.kku.su

可替換字 3

* 設計／**デザインします**／di.za.i.n.shi.ma.su
* 組裝／**組み立てます**／ku.mi.ta.te.ma.su
* 運送／**運送します**／u.n.so-.shi.ma.s
* 製作／**作ります**／tsu.ku.ri.ma.su
* 裝貨／**荷を積みます**／ni/o/tsu.mi.ma.su
* 選材／**材料を選択します**／za.i.ryo-/o/se.n.ta.ku.shi.ma.su

06 購買五十組**以下**是**買方**負擔運費。

五十セット以下（換1）を購入する場合、買い方（換2）は輸送コストを負担します。

go.ju-.se.tto.i.ka/o/ko-.nyu-.su.ru.ba.a.i/ka.i.ka.ta/wa/yu.so-.ko.su.to/o/fu.ta.n.shi.ma.su

07 海運較容易被課税，您可以接受嗎？

船便でより簡単に課税されますので、それを受け入れることができますか？

fu.na.bi.n.de.yo.ri.ka.n.ta.n.ni.ka.ze.i.sa.re.ma.su.no.de/so.re/o/u.ke.i.re.ru.ko.to/ga/de.ki.ma.su.ka

08 所有商品的**運費**都包含在總費用裡了。

すべての商品の運賃（換3）は出荷の総費用に含まれています。

su.be.te.no.sho-.hi.n.no.u.n.chi.n/wa/shu.kka.no.so-.hi.yo-.ni.fu.ku.ma.re.te.i.ma.su

09 運費是採多退少補的方式。

運賃は多退少補という方式で徴収されます。

u.n.chi.n/wa/ta.ta.i.sho-.ho.to.i.u.ho-.shi.ki.de.cho-.shu-.sa.re.ma.su

10 您若很趕時間，我建議採取自行取貨的方式。

時間に追われている場合は、自分で引き取ったほうがいいです。

ji.ka.n.ni.o.wa.re.te.i.ru.ba.a.i/wa/ji.bu.n.de.hi.ki.to.tta.ho-/ga/i-/de.su

可替換字 1

* 以上／**以上**／i.jo-

可替換字 2

* 賣方／**売り手**／u.ri.te

可替換字 3

* 包裝費／**包装費**／ho-.so-.hi.
* 裝箱費／**梱包費**／ko.n.po-.hi
* 預付運費／**元払い運賃**／mo.to.ba.ra.i.u.n.chi.n
* 火災保險費用／**火災保険料**／ka.sa.i.ho.ke.n.ryo-
* 港務費／**投錨料**／to-.byo-.ryo-
* 港口倉庫費／**保管料**／ho.ka.n.ryo-
* 貨運人事費／**荷造人夫賃**／ni.zu.ku.ri.ni.n.pu.chi.n
* 船運費／**船の運賃**／fu.ne.no.u.n.chi.n

ユニット 04 產品試用操作

Track 122

一定能清楚聽懂！

01 説明書我看不懂，你可以示範一下使用方法嗎？

説明書を理解していないため、使用方法を示していただけますか？

se.tsu.me.i.sho/o/ri.ka.i.shi.te.i.na.i.ta.me/shi.yo-.ho-.ho-/o/shi.me.shi.te.i.ta.da.ke.ma.su.ka

02 怎麼換**墨水匣**呢？ 換1

***インクのカートリッジ*はどう替えますか？**

i.n.ku.no.ka-.to.ri.jji/wa/do-.ka.e.ma.su.ka

03 看起來好像蠻容易的，我也想試試看。

見た目は非常に簡単ですから、私も試してみたいと思います。

mi.ta.me/wa/hi.jo-.ni.ka.n.ta.n/de.su.ka.ra/wa.ta.shi.mo.ta.me.shi.te.mi.ta.i.to.o.mo.i.ma.su

04 你可以操作一下**這些附屬功能**嗎？

***これらの補助機能*を操作していただけますか？** 換2

ko.re.ra.no.ho.jo.ki.no-/o/so-.sa.shi.te.i.ta.da.ke.ma.su.ka

05 新一代機器的操作方式跟舊款有什麼不同？

新型の機器の操作方法は古いのとどう異なっていますか？

shi.n.ga.ta.no.ki.ki.no.so-.sa.ho-.ho-/wa/fu.ru.i.no.to.do-.ko.to.na.tte.i.ma.su.ka

可替換字 1

* 補充包／**詰め替え品**／tsu.me.ka.e.hi.n

可替換字 2

* 列印／**プリントの機能**／pu.ri.n.to.no.ki.no.u
* 刪除／**キャンセルの機能**／kya.n..se.ru.no.ki.no.u
* 掃描／**スキャナー**／su.kya.na-
* 重設／**リセットの機能**／ri.se.tto.no.ki.no.u
* 動畫製作／**動画作成の機能**／do-.ga.sa.ku.se.i.no.ki.no.u
* 傳真／**ファックス**／fa.kku.su
* 幻燈片／**スライドショーの機能**／su.ra.i.do.sho-.no.ki.no.u

* 音樂自動撥放／**音楽自動再生の機能**／o.n.ga.ku.ji.do-.sa.i.se.i.no.ki.no.u
* 紅外線傳輸／**赤外線通信の機能**／se.ki.ga.i.se.n.tsu-.shi.n.no.ki.no.u

06 這些按鈕有什麼作用呢？

これらのボタンの役割は何ですか？

ko.re.wa.no.bo.ta.n.no.ya.ku.wa.ri/wa/na.n/de.su.ka

07 你可以在我們公司開一堂課，教新進員工使用機器。

君は当社にクラスを開くことができ、新入社員にマシンの使用方法を教えます。

ki.ni/wa/to-.sha.ni.ku.ra.su/o/hi.ra.ku.ko.to/ga/de.ki/shi.n.nyu-.sha.i.n.ni.ma.shi.i.no.shi.yo-.ho-.ho-/o/o.shi.e.ma.su

08 使用方法有點複雜，請你寫下來好嗎？

使用方法は少し複雑なので、書いていただけますか？

shi.yo-.ho-.ho-/wa/su.ko.shi.fu.ku.za.tsu.na.no.de/ka.i.te.i.ta.da.ke.ma.su.ka

09 這機器有**緊急斷電系統**嗎？ 換1

このマシンは*非常用電源システム*を持っていますか？

ko.no.ma.shi.n/wa/hi.jo-.yo-.de.n.ge.n.shi.su.te.mu/o/mo.tte.i.ma.su.ka

10 你可以幫我們把基本設定都設定好嗎？

基本的な設定をしていただけますか？

ki.ho.n.te.ki.na.se.tte.i/o/shi.te.i.ta.da.ke.ma.su.ka

可替換字 1

* 備用零件／**予備部品**／yo.bi.bu.hi.n
* 保證書／**保証書**／ho.sho-.sho
* 防盜系統／**盗難防止システム**／to-.na.n.bo-.shi.shi.su.te.mu
* 自動偵測器／**自動感知センサー**／ji.do-.ka.n.chi.se.n.sa-
* 防盜鈴／**盗難防止アラーム**／to-.na.n.bo-.shi.a.ra-.mu
* 自動調節系統／**自動調節システム**／ji.do-.cho-.se.tsu.shi.su.te.mu
* 自動提示功能／**自動催促機能**／ji.do-.sa.i.so.ku.ki.no-
* 無人操作模式／**自動操作システム**／ji.do-.so-.sa.shi.su.te.mu
* 自動生產功能／**自動生産機能**／ji.do-.se.i.sa.n.ki.no-
* 自動檢測功能／**自動検出機能**／ji.do-.ke.n.shu.ttsu.ki.no
* 使用說明書／**取扱説明書**／to.ri.a.tsu.ka.i.se.tsu.me.i.sho

一定能輕鬆開口說！

Track 123

01 只要插入隨身碟，就可以直接列印。

USBフラッシュメモリを差し込むだけで、直接に印刷できるようになります。

USB.fu.ra.sshu.me.mo.ri/o/sa.shi.ko.mu.da.ke.de/cho.ku.se.tsu.ni.i.n.sa.tsu.de.ki.ru.yo-.ni.na.ri.ma.su

02 機殼外都有使用說明，忘記的時候可以隨時確認。

マシン本体では使用指示が書いてあるから、忘れる場合はいつでも確認できます。

ma.shi.n.ho.n.ta.i.de.wa.shi.yo-.shi.ji/ga/ka.i.te.a.ru.ka.ra/wa.su.re.ru.ba.a.i/wa/i.tsu.de.mo.ka.ku.ni.n.de.ki.ma.su

03 他只有三個步驟，很好上手。

3つのステップしかないから、容易に始めます。

mi.ttsu.no.su.te.ppu.shi.ka.na.i.ka.ra/yo-.i.ni.ha.ji.me.ma.su

04 這款新機型在**印刷方式**上改良了許多。換1

この新型のマシンは*印刷方式*で大分改良されています。

ko.no.shi.n.ga.ta.no.ma.shi.n/wa/i.n.sa.tsu.ho-.shi.ki.de.da.i.bu.ka.i.ryo-.sa.re.te.i.ma.su

05 我們用不同顏色的按鈕來代表風扇的風力強度。

我々は違う色のボタンを使って、風力の強さを表します。

wa.re.wa.re/wa/chi.ga.u.i.ro.no.bo.ta.n/o/tsu.ka.tte/fu-.ryo.ku.no.tsu.yo.sa/o/a.ra.wa.shi.ma.su

可替換字 1

* 靜音／**弱音**／ja.ku.o.n
* 機能／**機能**／ki.no-
* 可用性／**使い勝手**／tsu.ka.i.ka.tte
* 軟體部分／**ソフト部分**／so.fu.to.bu.bu.n
* 讀取速度／**ローディング速度**／ro-.di.n.gu.so.ku.do
* 規格／**仕様**／shi.yo-
* 性能／**性能**／se.i.no-
* 外觀／**外観**／ga.i.ka.n
* 傳輸速度／**通信速度**／tsu-.shi.n.so.ku.do
* 輕巧度／**重さ**／o.mo.sa

06 如果貴公司有需要的話，我們可以派人員去示範使用方法。

必要があれば、我々は使用方法を示すために人員を送ることができます。

hi.tsu.yo-/ga/a.re.ba/wa.re.wa.re/wa/shi.yo-.ho-.ho-/o/shi.me.su.ta.me.ni.ji.n.i.n/o/o.ku.ru.ko.to/ga/de.ki.ma.su

07 有任何使用上的問題，都可以與我聯絡。

使用上に不明な点がある場合、私に連絡することができます。

shi.yo-.jyo-.ni.fu.me.i.na.te.n/ga/a.ru.ba.a.i/wa.ta.shi.ni.re.n.ra.ku.su.ru.ko.to/ga/de.ki.ma.su

08 機器若是過熱就會自動斷電，所以很安全。

過熱の場合は、自動的に電源をオフにするから、安全的です。

ka.ne.tsu.no.ba.a.i/wa/ji.do-.te.ki.ni.de.n.ge.n/o/o.fu.ni.su.ru.ka.ra/a.n.ze.n.te.ki/de.su

09 你可以設定一些快速鍵，縮短作業時間。

動作時間を短縮するために、スピーディーボタンを設定できます。

do-.sa.ji.ka.n/o/ta.n.sho.ku.su.ru.ta.me.ni/su.pi-.di-.bo.ta.n/o/se.tte.i.de.ki.ma.su

10 **動作完成後的提示聲**可以自己更改。 換1

***動作終了後のアラーム* は自分でも変更できます。**

do-.sa.shu-.ryo-.go.no.a.ra-.mu/wa/ji.bu.n.de.mo.he.n.ko-.de.ki.ma.su

可替換字 1

* 開機音效／**起動音**／ki.do-.o.n
* 關機音效／**終了音**／shu-.ryo-.o.n
* 訊息音效／**メッセージ音**／me.sse-.ji.o.n
* 報時音效／**時報音**／ji.ho-.o.n
* 警告音／**警告音**／ke.i.ko.ku.o.n
* 登出音效／**ログオフの効果音**／ro.gu.o.fu.no.ko-.ka.o.n
* 錯誤音效／**エラー音**／e.ra-.o.n
* 登入音效／**ログオンの効果音**／ro.gu.o.n.no.ko-.ka.o.n
* 新郵件提示／**新着メールの通知音**／shi.n.cha.ku.me-.ru.no.tsu-.chi.o.n
* 電源不足提示／**バッテリ低下アラーム**／ba.tte.ri.te.i.ka.a.ra-.mu

ユニット 05 索取收據／發票

Track 124

一定能清楚聽懂！

01 **收據**會附在貨品裡。 換1

領収書は商品箱のなかに付かれます。

ryo-.shu-.sho/wa/sho-.hi.n.ba.ko.no.na.ka.ni.tsu.ka.re.ma.su

02 如果需要**收據**，請特別註明。

領収書が必要な場合は明記してください。

換2 ryo-.shu-.sho/ga/hi.tsu.yo-.na.ba.a.i/wa/me.i.ki.shi.te.ku.da.sa.i

03 我們沒有開發票。

我々は領収書を発行しません。

wa.re.wa.re/wa/ryo-.shu-.sho/o/ha.kko-.shi.ma.se.n

04 請給我貴公司的統一編號。

貴社の識別番号を教えてください。

ki.sha.no.shi.ki.be.tsu.ba.n.go-/o/o.shi.e.te.ku.da.sa.i

05 請款單上的金額是不含稅的。

請求書での金額は税抜きです。

se.i.kyu-.sho.de.no.ki.n.ga.ku/wa/ze.i.nu.ki/de.su

可替換字 1

* 發票／**送り状**／o.ku.ri.jo-
* 產品説明書／**取扱説明書**／to.ri.a.tsu.ka.i.se.tsu.me.i.sho
* 保修單／**保証書**／ho.sho-.sho
* 使用手冊／**操作マニュアル**／so-.sa.ma.nyu.a.ru

可替換字 2

* 快遞送貨／**速達便**／so.ku.ta.tsu.bi.n
* 空運／**航空便**／ko-.ku-.bi.n
* 相關憑證／**関連文書**／ka.n.re.n.bu.n.sho
* 分批運送／**分割積み出し**／bu.n.ka.tsu.tsu.mi.da.shi
* 賣據／**販売証書**／ha.n.ba.i.sho-.sho
* 帳單影本／**勘定書のコピー**／ka.n.jo-.sho.no.ko.pi-

06 忘了給您**收據**嗎？現在馬上補寄給您。

領収書（りょうしゅうしょ）を発行（はっこう）するのを忘（わす）れましたか？今（いま）すぐ郵送（ゆうそう）いたします。

換1 ryo-.shu-.sho/o/ha.kko.su.ru.no/o/wa.su.re.ma.shi.ta.ka/i.ma.su.gu.yu-.so-.i.ta.shi.ma.su

07 發票的金額若有誤，請寄回本公司。

請求書（せいきゅうしょ）の金額（きんがく）は間違（まちが）ったら、当社（とうしゃ）に返送（へんそう）してください。

se.i.kyu-.sho.no.ki.n.ga.ku/wa/ma.chi.ga.tta.ra/to-.sha.ni.he.n.so-.shi.te.ku.da.sa.i

08 您的收據上每一筆款項都要註明嗎？

あなたの領収書（りょうしゅうしょ）は一々（いちいち）の費用（ひよう）を明記（めいき）すべきですか？

a.na.ta.no.ryo-.shu-.sho/wa/i.chi.i.chi.no.hi.yo-/o/me.i.ki.su.be.ki/de.su.ka

09 我們的收據都是**付款完成**後才會開。換2

われわれはいつも決済（けっさい）した後（あと）で、領収書（りょうしゅうしょ）を発行（はっこう）します。

wa.re.wa.re/wa/i.tsu.mo.ke.ssa.i.shi.ta.a.to.de/ryo-.shu-.sho/o/ha.kko-.shi.ma.su

10 為了保險起見，本公司會留存一份收據。

念（ねん）のために、当社（とうしゃ）は領収書（りょうしゅうしょ）を一部（いちぶ）保存（ほぞん）します。

ne.n.no.ta.me.ni/to-.sha/wa/ryo-.shu-.sho/o/i.chi.bu.ho.zo.n.shi.ma.su

可替換字 1

* 退款／**返金**（へんきん）／he.n.ki.n
* 價目表／**価格表**（かかくひょう）／ka.ka.ku.hyo-
* 樣品／**サンプル**／sa.n.pu.ru
* 帳單／**勘定書**（かんじょうしょ）／ka.n.jo-.sho
* (店裡開出的)發票／**レシート**／re.shi-.to
* 貨物明細／**貨物明細書**（かもつめいさいしょ）／ka.mo.tsu.me.i.sa.i.sho

可替換字 2

* 一周後／**一週間**（いちしゅうかん）／i.chi.sshu-.ka.n
* 月底／**月末**（げつまつ）／ge.tsu.ma.tsu
* 到貨後／**製品（せいひん）を届（とど）けた**／se.i.hi.n/o/to.do.ke.ta
* 配貨後／**品物（しなもの）を送達（そうたつ）した**／shi.na.mo.no/o/so-.ta.tsu.shi.ta

一定能輕鬆開口說！

Track 125

01 我需要收據才能向公司報帳。

会社から返済の手続きをいただけるため、領収書を貰う必要があります。

ka.i.sha.ka.ra.he.n.sa.i.no.te.tsu.zu.ki/o/i.ta.da.ke.ru.ta.me/ryo-.shu-.sho/o/mo.ra.u.hi.tsu.yo-/ga/a.ri.ma.su

02 我只有拿到**信用卡簽單**。 換1

私は ***クレジットカードの覚書*** を貰っただけです。

wa.ta.shi/wa/ku.re.ji.tto.ka-.do.no.o.bo.e.ga.ki/o/mo.ra.tta.da.ke/de.su

03 收據上的**品項**註明不清。換2

領収書での ***項目*** ははっきり明記していないです。

ryo-.shu-.sho.de.no.ko-.mo.ku/wa/ha.kki.ri.me.i.ki.shi.te.i.na.i/de.su

04 統一編號打錯了，請幫我重開。

統一番号が間違っているため、再発行してください。

to-.i.tsu.ba.n.go-/ga/ma.chi.ga.tte.i.ru.ta.me/sa.i.ha.kko.shi.te.ku.da.sa.i

05 我找不到收據，您有附在箱子裡嗎？

領収書が見つかりません。箱においたのですか。

ryo-.shu-.sho/ga/mi.tsu.ka.ri.ma.se.n/ha.ko.ni.o.i.ta.no.de.su.ka

可替換字 1

* 帳單／**勘定書き**／ka.n.jo-.ga.ki
* 提單／**船荷証券**／fu.na.ni.sho-.ke.n
* 出貨明細／**出荷リスト**／shu.kka.ri.su.to

可替換字 2

* 日期／**日付**／hi.zu.ke
* 金額／**金額**／ki.n.ga.ku
* 收貨人名稱／**受取人**／u.ke.to.ri.ni.n
* 產品規格／**製品の仕様**／se.i.hi.n.no.shi.yo-
* 地址／**住所**／ju-.sho
* 部門名稱／**部署名**／bu.sho.me.i
* 交貨方式／**配送方法**／ha.i.so-.ho-.ho-

06 發票上的金額不太對，跟我**核對**一下好嗎？ 換1

請求書(せいきゅうしょ)の金額(きんがく)はちょっと問題(もんだい)があるから、私(わたし)と **チェックして** いただけますか？

se.i.kyu-.sho.no.ki.n.ga.ku/wa/cho.tto.mo.n.da.i/ga/a.ru.ka.ra/wa.ta.shi.to.che.kku.shi.te.i.ta.da.ke.ma.su.ka

07 請在下周一前將收據補寄給我。

次(つぎ)の月曜日(げつようび)までに領収書(りょうしゅうしょ)を送(おく)ってください。

tsu.gi.no.ge.tsu.yo-.bi.ma.de.ni.ryo-.shu-.sho/o/o.ku.tte.ku.da.sa.i

08 你們會開發票嗎？還是只有收據呢？

請求書(せいきゅうしょ)を発行(はっこう)しますか？それとも領収書(りょうしゅうしょ)しか発行(はっこう)しませんか？

se.i.kyu-.sho/o/ha.kko.shi.ma.su.ka/so.re.to.mo.ryo-.shu-.sho.shi.ka.ha.kko.shi.ma.se.n.ka

09 請幫我蓋上**店章**。 換2

店印(みせじるし) を押(お)してください。

me.se.ji.ru.shi/o/o.shi.te.ku.da.sa.i

10 發票上的日期會是**訂購日**嗎？ 換3

請求書(せいきゅうしょ)の日付(ひづけ)は **注文日(ちゅうもんび)** と同(おな)じですか？

se.i.kyu-.sho.no.hi.zu.ke/wa/chu-.mo.n.bi.to.o.na.ji/de.su.ka

可替換字 1

* 解釋／**弁明(べんめい)して**／be.n.me.i.shi.te
* 說明／**説明(せつめい)して**／se.tsu.me.i.shi.te
* 詢問／**聞(き)いて**／ki.i.te
* 更改／**直(なお)して**／na.o.shi.te

可替換字 2

* 邊章(蓋在文件欄外)／**捨(す)て印(いん)**／su.te.i.n
* 日期章／**日付印(ひづけいん)**／hi.zu.ke.i.n
* 簽收章／**受領印(じゅりょういん)**／ju.ryo-.i.n
* 名章／**ネーム印(いん)**／ne-.mu.i.n

可替換字 3

* 付款日／**納期(のうき)**／no-.ki
* 到貨日／**配達日(はいたつび)**／ha.i.ta.tsu.bi

Track 126

學會自然地對話互動……

客人：請問型錄裡的所有商品都有樣品可以索取嗎？
お客：カタログでの全ての商品は見本を請求できますか？

業務員：是的。只要您自行負擔運費，我們可以提供樣品。
営業員：そうです。自分が運賃を払ったら、私たちは見本を提供します。

客人：樣品本身是免費的嗎？
お客：サンプル自体は無料ですか？

業務員：是的。您需要哪些品項呢？請在這裡勾選。
営業員：そうです。どんな項目が必要ですか？こちらで選んでください。

客人：另外，有一千台 AC201 嗎？
お客：ところで、AC201は一千台ありますか？

業務員：這個商品供不應求，目前沒有庫存。
営業員：この商品は供給不足で、在庫がありません。

客人：年底前可以幫我調到嗎？
お客：年末の前に、転送していただけますか？

業務員：高雄倉庫還有庫存，我請他們直接出貨。
営業員：高雄の倉庫が在庫がありますから、彼らに直接に出荷していただけます。

客人：能不能幫我們多包一層氣泡袋？
お客：気泡緩衝材を包んでいただけますか？

業務員：沒有問題，氣泡袋也是免費的。
営業員：いいですよ、気泡緩衝材も無料です。

客人：那麻煩您了。
お客：じゃ、お願いいたします。

パート 13

合約篇

* 01 簽合約
* 02 違約事項
* 03 終止合約
* 04 履行合約

パート 13 音檔雲端連結

因各家手機系統不同，若無法直接掃描，
仍可以至以下電腦雲端連結下載收聽。
（http://tinyurl.com/mu638e8h）

ユニット 01 簽合約

Track 127

一定能清楚聽懂！

01 很高興我們有了共識，我們馬上擬定合約。

共通認識を達成してうれしいですね。すぐに契約の草案を作ります。

kyu-.tsu-.ni.n.shi.ki/o/ta.sse.i.shi.te.u.re.shi.i/de.su.ne/su.gu.ni.ke.i.ya.ku.no.so-.a.n/o/tsu.ku.ri.ma.su

02 擬定合約的**草稿**後我會馬上傳真給您。

換1 **契約の 草案 を作った直後にあなたにファックスいたします。**

ke.i.ya.ku.no.so-.a.n/o/tsu.ku.tta.cho.ku.go.ni.a.na.ta.ni.fa.kku.su.i.ta.shi.ma.su

03 若您覺得合約的**內容**有問題，請跟我聯絡。

換2 **契約の 内容 は問題があれば、私に連絡してください。**

ke.i.ya.ku.no.na.i.yo-/wa/mo.n.da.i/ga/a.re.ba/wa.ta.shi.ni.re.n.ra.ku.shi.te.ku.da.sa.i

04 如果您覺得合約沒問題，請在這裡簽名。

契約が問題ないと思うなら、ここにサインしてください。

ke.i.ya.ku/ga/mo.n.da.i.na.i.to.o.mo.u.na.ra/ko.ko.ni.sa.i.n.shi.te.ku.da.sa.i

05 我想我們現在可以簽訂合約了。

私たちは今では調印することができると思います。

wa.ta.shi.ta.chi/wa/i.ma.de/wa/cho-.i.n.su.ru.ko.to/ga/de.ki.ru.to.o.mo.i.ma.su

可替換字 1

* 完整版／**完成版**／ka.n.se.i.ba.n
* 條款／**条項**／jo-.ko-
* 特約事項／**特約事項**／to.ku.ya.ku.ji.ko-
* 第一頁／**第1ページ**／da.i.i.chi.pe-.ji
* 最新版／**最新版**／sa.i.shi.n.ba.n
* 附錄／**付属書類**／fu.zo.ku.sho.ru.i
* 注意事項／**注意事項**／chu-.i.ji.ko-

可替換字 2

* 條文／**条文**／jo-.bu.n
* 細節／**詳細**／sho-.sa.i
* 總價錢／**総価格**／so-.ka.ka.ku

06 您的**律師**看過這份合約了嗎？ **換1**

あなたの***弁護士***(べんごし)はこの契約(けいやく)を読(よ)みましたか？

a.na.ta.no.be.n.go.shi/wa/ko.no.ke.i.ya.ku/o/yo.mi.ma.shi.ta.ka

07 在合約內您有任何**要強調的事**嗎？ **換2**

契約(けいやく)の中(なか)に何(なに)か***強調(きょうちょう)したいところ***はありますか？

ke.i.ya.ku.no.na.ka.ni.na.ni.ka.kyo-.cho-.shi.ta.i.to.ko.ro/wa/a.ri.ma.su.ka

08 我會按照您的要求擬定一份新合約。

あなたの要求(ようきゅう)に従(したが)って、新(あたら)しい契約書(けいやくしょ)を作成(さくせい)します。

a.na.ta.no.yo-.kyu-.ni.shi.ta.ga.tte/a.ta.ra.shi.i.ke.i.ya.ku.sho/o/sa.ku.se.i.shi.ma.su

09 除了簽名外，還需要蓋章。

署名(しょめい)に加(くわ)えて、印(いん)を押(お)すことも必要(ひつよう)です。

sho.me.i.ni.ku.wa.e.te/i.n/o/o.su.ko.to.mo.hi.tsu.yo-/de.su

10 我認為這是一個雙贏的協議。

これは、両方(りょうほう)勝(が)ちの協議(きょうぎ)だと思(おも)います。

ko.re/wa/ryo-.ho-.ga.chi.no.kyo-.gi.da.to.o.mo.i.ma.su

可替換字 1

- 老闆／**ボス**／bo.su
- 總監／**総監**(そうかん)／so-.ke.n
- 主管／**主任**(しゅにん)／shu.ni.n
- 上司／**上司**(じょうし)／jo-.shi
- 經理／**支配人**(しはいにん)／shi.ha.i.ni.n
- 股東／**株主**(かぶぬし)／ka.bu.nu.shi
- 合夥人／**ビジネスパートナー**／bi.ji.ne.su.pa-.to.na-
- 董事／**取締役**(とりしまりやく)／to.ri.shi.ma.ri.ya.ku

可替換字 2

- 其他事項／**他**(た)**の事項**(じこう)／ta.no.ji.ko-
- 備註事項／**注意書**(ちゅういが)**き**／chu-.i.ga.ki

一定能輕鬆開口說！

Track 128

01 可否請你給我一份合約草稿？

契約(けいやく)の草案(そうあん)をいただけますか？

ke.i.ya.ku.no.so-.a.n/o/i.ta.da.ke.ma.su.ka

02 我們想仔細研究一下合約。

我々(われわれ)は慎重(しんちょう)に契約(けいやく)を勉強(べんきょう)したいと思(おも)います。

wa.re.wa.re/wa/shi.n.cho-.ni.ke.i.ya.ku/o/be.n.kyo-.shi.ta.i.to.o.mo.i.ma.su

03 請特別註明我們為貴公司在台灣的獨家代理。

貴社(きしゃ)の台湾(たいわん)での唯一(ゆいいつ)のエージェントということを特(とく)に明記(めいき)してください。

ki.sha.no.ta.i.wa.n.de.no.yu.i.tsu.no.e-.je.n.to.to.i.u.ko.to/o/to.ku.ni.me.i.ki.shi.te.ku.da.sa.i

04 我還沒有從頭到尾看過合約。

私(わたし)は未(いま)だその契約(けいやく)を最初(さいしょ)から最後(さいご)まで読(よ)みません。

wa.ta.shi/wa/i.ma.da.so.no.ke.i.ya.ku/o/sa.i.sho.ka.ra.sa.i.go.ma.de.yo.mi.ma.se.n

05 **第三項**似乎有點不合理。

第三項(だいさんこう) **はちょっと合理(ごうり)ではないと思(おも)います。**

換1 da.i.sa.n.ko-/wa/cho.tto.go-.ri.de.wa.na.i.to.o.mo.i.ma.su

可替換字 1

- 第一項／**第一項(だいいちこう)**／da.i.i.chi.ko-
- 第二項／**第二項(だいにこう)**／da.i.ni.ko-
- 第四項／**第四項(だいよんこう)**／da.yo.n.ko-
- 第五項／**第五項(だいごこう)**／da.i.go.ko-
- 第六項／**第六項(だいろくこう)**／da.i.ro.ku.ko-
- 第七項／**第七項(だいななこう)**／da.i.na.na.ko-
- 第八項／**第八項(だいはちこう)**／da.i.ha.chi.ko-
- 第九項／**第九項(だいきゅうこう)**／da.i.kyu-.ko-
- 第十項／**第十項(だいじゅうこう)**／da.i.ju-.ko-
- 這裡／**こちら**／ko.chi.ra

06 請儘快修改合約。

できるだけ早く契約を改正してください。

de.ki.ru.da.ke.ha.ya.ku.ke.i.ya.ku/o/ka.i.se.i.shi.te.ku.da.sa.i

07 您已經將**錯誤**修正了嗎？ **換1**

あなたは **誤り** を正しましたか？

a.na.ta/wa/a.ya.ma.ri/o/ta.da.shi.ma.shi.ta.ka

08 如果您能接受這個價格，我們現在就能簽約。

この価格を受け入れるなら、今すぐに調印できます。

ko.no.ka.ka.ku/o/u.ke.i.re.ru.na.ra/i.ma.su.gu.ni.cho-.i.n.de.ki.ma.su

09 我已經將合約呈給**上級**了。 **換2**

この契約をもう **上司** に差し出しました。

ko.no.ke.i.ya.ku/o/mo-.jo-.shi.ni.sa.shi.da.shi.ma.shi.ta

10 第五項不取消的話我們不能簽約。

第五を取り消さないと、我々は調印できません。

da.i.go/o/to.ri.ke.sa.na.i.to/wa.re.wa.re/wa/cho-.i.n.de.ki.ma.se.n

可替換字 1

* 金額／**金額**／ki.n.ga.ku
* 日期／**日付**／hi.zu.ke
* 附加條件／**追加条件**／tsu.i.ka.jo-.ke.n
* 各項條款／**各条項**／ka.ku.jo-.ko-
* 署名／**署名**／sho.me.i
* 備註／**備考**／bi.ko-
* 相關條款／**関連条項**／ka.n.re.n.jo-.ko-
* 交易數量／**取引数量**／to.ri.hi.ki.su-.ryo-
* 合約編號／**契約番号**／ke.i.ya.ku.ba.n.go-

可替換字 2

* 貴公司／**貴社**／ki.sha

ユニット 02 違約事項

Track 129

一定能清楚聽懂！

01 我想提前解約。

私は解約を繰り上げようと思います。

wa.ta.shi/wa/ka.i.ya.ku/o/ku.ri.a.ge.yo-.to.o.mo.i.ma.su

02 我知道提前解約會被扣除保證金。

解約を繰り上げれば、保証金を差し引きすることを知っています。

ka.i.ya.ku/o/ku.ri.a.ge.re.ba/ho.sho-.ki.n/o/sa.shi.hi.ki.su.ru.ko.to/o/shi.tte.i.ma.su

03 繼續遵守合約對本公司已經沒有意義了。

契約を守り続くのは当社にとって意味がなくなりました。

ke.i.ya.ku/o/ma.mo.ri.tsu.zu.ku.no/wa/to-.sha.ni.to.tte.i.mi/ga/na.ku.na.ri.ma.shi.ta

04 這種情況會有什麼**處罰條款**？ 換1

この状況ではどんな ***罰則*** があるのでしょうか？

ko.no.jo-.kyo-.de.wa.do.n.na.ba.sso.ku/ga/a.ru.no.de.sho-.ka

05 有什麼方法可以**取消罰金**呢？

罰金を取り消す 方法はありませんか？ 換2

ba.kki.n/o/to.ri.ke.su.ho-.ho-/wa/a.ri.ma.se.n.ka

可替換字 1

* 後果／**結果**／ke.kka
* 協調措施／**協調措置**／kyo-.cho-.so.chi
* 賠償措施／**賠償措置**／ba.i.sho-.so.chi
* 補償措施／**補償措置**／ho.sho-.so.chi
* 潛在問題／**潜在的な問題**／se.n.za.i.te.ki.na.mo.n.da.i
* 彌補措施／**埋め合わせ措置**／u.me.a.wa.se.so.chi

可替換字 2

* 獲得賠償／**賠償を取る**／ba.i.sho-/o/to.ru
* 保住保證金／**保証金を保つ**／ho.sho-.ki.n/o/ta.mo.tsu
* 要回訂金／**前金の返還を求める**／ma.e.ki.n.no.he.n.ka.n/o/mo.to.me.ru

06 恐怕我們不得不取消這份合約。

我々は恐らくこの契約を解除しなければなりません。

wa.re.wa.re/wa/o.so.ra.ku.ko.no.ke.i.ya.ku/o/ka.i.jo.shi.na.ke.re.ba.na.ri.ma.se.n

07 我想解約完全是因為你們的**服務**令我很不滿。 **換1**

あなたたちの *サービス* にかなり不満なので、解約しようと思います。

a.na.ta.ta.chi.no.sa-.bi.su.ni.ka.na.ri.fu.ma.n.na.no.de/ka.i.ya.ku.shi.yo-.to.o.mo.i.ma.su

08 我覺得我不需要付違約金。

違約金を支払う必要はないと思います。

i.ya.ku.ki.n/o/shi.ha.ra.u.hi.tsu.yo-/wa/na.i.to.o.mo.i.ma.su

09 你們的合約條件**太嚴苛**了。 **換2**

あなたたちの契約条件は *厳しすぎる* と思います。

a.na.ta.ta.chi.no.ke.i.ya.ku.jo-.ke.n/wa/ki.bi.shi.su.gi.ru.to.o.mo.i.ma.su

10 這是不可抗力因素，我不需要付違約金。

これは不可抗力ですから、違約金を支払う必要はありません。

ko.re/wa/fu.ka.ko-.ryo.ku.de.su.ka.ra/i.ya.ku.ki.n/o/shi.ha.ra.u.hi.tsu.yo-/wa/a.ri.ma.se.n

可替換字 1

- 態度／**態度**／ta.i.do
- 職員／**従業員**／ju-.gyo-.i.n
- 效率／**効率**／ko-.ri.tsu
- 商品品質／**商品の質**／sho-.hi.n.no.shi.tsu

可替換字 2

- 不合理／**不合理だ**／fu.go-.ri.ta
- 不詳細／**詳しくない**／ku.wa.shi.ku.na.i
- 不清楚／**はっきりしない**／ha.kki.ri.shi.na.i
- 不正常／**異常だ**／i.jo-.ta
- 很含糊／**曖昧だ**／a.i.ma.i.da
- 很多／**多すぎる**／o-.su.gi.ru

一定能輕鬆開口說！

Track 130

01 我想知道你為什麼違約。

あなたの契約違反の理由を知りたいですが。

a.na.ta.no.ke.i.ya.ku.i.ha.n.no.ri.yu-/o/shi.ri.ta.i/de.su.ga

02 嚴格來説，我方可以**向你求償**。

厳密に言えば、我が方は ***君に損害賠償を求められます。*** 換1

ge.n.mi.tsu.ni.i.e.ba/wa.ga.ho-/wa/ki.mi.ni.so.n.ga.i.ba.i.sho-/o/mo.to.me.ra.re.ma.su

03 恐怕您必須支付違約金。

君は恐らく違約金を支払わなければなりません。

ki.mi/wa/o.so.ra.ku.i.ya.ku.ki.n/o/shi.ha.ra.wa.na.ke.re.ba.na.ri.ma.se.n

04 你們要對我們的損失負責。

あなたたちは私たちの損失を補償すべきです。

a.na.ta.ta.chi./wa./wa.ta.shi.ta.chi.no.so.n.shi.tsu.wo.ho.sho-.su.be.ki.de.su

05 如果沒有什麼**正當理由**，你們不應毀約。

正当な理由を持ってい **なかったら、契約を違反すべきではありません。** 換2

se.i.to-.na.ri.yu-/o/mo.tte.i.na.ka.tta.ra/ke.i.ya.ku/o/i.ha.n.su.be.ki.de.wa.a.ri.ma.se.n

可替換字 1

* 起訴你們／**貴方達を告訴することができます**／
  a.na.ta.ta.chi/o/ko.ku.so-.su.ru.ko.to/ga/de.ki.ma.su
* 拒絕賠償／**賠償を断ることができます**／
  ba.i.sho-/o/ko.to.wa.ru.ko.to/ga/de.ki.ma.su
* 單方終止合約／**一方的に契約を中止できる**／
  i.ppo-.te.ki.ni.ke.i.ya.ku/o/chu-.shi.de.ki.ru
* 違反口頭協定／**口約束を破ることができます**／
  ku.chi.ya.ku.so.ku/o.ya.bu.ru.ko.to/ga/de.ki.ma.su

可替換字 2

* 緊急情況／**緊急事態では**／ki.n.kyu-.ji.ta.i.de.wa
* 不可抗力因素／**予想できないことでは**／yo.so-.de.ki.na.i.ko.to.de.wa

* 突發事件／**突発事故では**／to.ppa.tsu.ji.ko.de.wa
* 緊急事項／**急用を持ってい**／kyu-.yo-/o/mo.tte.i

06 我們會對你採取法律行動。

我々は君に法律の行動を取ります。

wa.re.wa.re/wa/ki.mi.ni.ho-.ri.tsu.no.ko-.do-/o/to.ri.ma.su

07 你違反了合約載明的**保密義務**。 換1

あなたが契約に明記された*秘密を保つ義務*を違反しました。

a.na.ta/ga/ke.i.ya.ku.ni.me.i.ki.sa.re.ta.hi.mi.tsu/o/ta.mo.tsu.gi.mu/o/i.ha.n.shi.ma.shi.ta

08 這些條款已經討論過，為何現在又不同意？

これらの内容はもう議論したが、なぜ今は同意しませんか？

ko.re.ra.no.na.i.yo-/wa/mo-.gi.ro.n.shi.ta.ga/na.ze.i.ma/wa/do-.i.shi.ma.se.n.ka

09 您違約的理由很牽強。

違反の理由はかなり無理です。

i.ha.n.no.ri.yu-/wa/ka.na.ri.mu.ri/de.su

10 我會請本公司的律師跟你聯絡。

私は当社の弁護士に君を連絡させます。

wa.ta.shi/wa/to-.sha.no.be.n.go.shi.ni.ki.mi/o/re.n.ra.ku.sa.se.ma.su

可替換字 1

* 禁止事項／**禁止事項**／ki.n.shi.ji.ko-
* 收費時間／**支払い時間**／shi.ha.ra.i.ji.ka.n
* 交貨時間／**納期**／no-.ki
* 運送期限／**運送期限**／u.n.so-.ki.ge.n
* 說明義務／**説明の義務**／se.tsu.me.i.no.gi.mu
* 匯款時間／**送金時間**／so-.ki.n.ji.ka.n
* 發貨時間／**発送時間**／ha.sso-.ji.ka.n
* 運貨規定／**配送規約**／ha.i.so-.ki.ya.ku
* 優惠條款／**優遇条項**／yu-.gu-.jo-.ko-
* 對信用證的相關規定／**信用状に関する規定**／shi.n.yo-.jo-.ni.ka.n.su.ru.ki.te.i

ユニット 03 終止合約

Track 131

一定能清楚聽懂！

01 現在是試用期，客人可以**無條件**終止合約。換1

今は試用期間なので、お客様は**無条件で**契約を停止することができます。

i.ma/wa/shi.yo-.ki.ka.n.na.no.de/o.kya.ku.sa.ma/wa/mu.jo-.ke.n.de.ke.i.ya.ku/o/te.i.shi.su.ru.ko.to/ga/de.ki.ma.su

02 合約到今日就屆滿了。

契約は今日までです。

ke.i.ya.ku/wa/kyo-.ma.de/de.su

03 我們不打算跟你們續約。

私達はあなたと契約を更新するつもりはありません。

wa.ta.shi.ta.chi/wa/a.na.ta.to.ke.i.ya.ku/o/ko-.shi.n.su.ru.tsu.mo.ri/wa/a.ri.ma.se.n

04 我考慮一下，再決定要不要續約。

私は考えみて、そして、契約を更新するかどうかを決定します。

wa.ta.shi/wa/ka.n.ga.e.mi.te/so.shi.te/ke.i.ya.ku/o/ko-.shi.n.su.ru.ka.do-.ka/o/ke.tte.i.shi.ma.su

05 我們明年不能沿用**今年的**條款。換2

来年は**今年の**条項に従うことはできません。

ra.i.ne.n/wa/ko.to.shi.no.jo-.ko-.ni.shi.ta.ga.u.ko.to/wa/de.ki.ma.se.n

可替換字 1

* 隨時／**今すぐにも**／i.ma.su.gu.ni.mo
* 單方面／**一方的に**／i.ppo-.te.ki.ni
* 沒有事先通告／**事前の通告なしに**／ji.ze.n.no.tsu-.ko.ku.na.shi.ni
* 在期間內／**途中で**／to.chu-.de
* 開始後一個月內／**開始後一ヶ月以内に**／ka.i.shi.go.i.kka.ge.tsu.i.na.i.ni

可替換字 2

* 一樣的／**同じ**／o.na.ji
* 舊的／**古い**／fu.ru.i
* 全部的／**全部の**／ze.n.bu.no
* 新的／**新しい**／a.ta.ra.shi.i

＊ 不合理的／**不合理な**／fu.go-.ri.na

06 續約能得到任何優惠嗎？

契約を更新すれば、何か優遇条件をいただけますか？

ke.i.ya.ku/o/ko-.shi.n.su.re.ba/na.ni.ka.yu-.gu-.jo-.ke.n/o/i.ta.da.ke.ma.su.ka

07 本公司**財務困難**，必須先終止合約。**換1**

当社*の財政が困難です*から、契約を停止すべきです。

to-.sha.no.za.i.se.i/ga/ko.n.na.n/de.su/ka.ra/ke.i.ya.ku/o/te.i.shi.su.be.ki/de.su

08 我已經將終止合約書寄給貴公司了。

私はもう停止契約書を貴社に送りました。

wa.ta.shi/wa/mo-.te.i.shi.ke.i.ya.ku.sho/o/ki.sha/ni/o.ku.ri.shi.ma.shi.ta

09 我是循正常管道終止合約，不算違約。

私は正当な手段で契約を停止するから、違約とは言えません。

wa.ta.shi/wa/se.i.to-.na.shu.da.n.de.ke.i.ya.ku/o/te.i.shi.su.ru.ka.ra/i.ya.ku.to.wa.i.e.ma.se.n

10 終止合約的程序為何需要**這麼多天**？**換2**

契約を停止するにはなぜ*何日*もかかりますか？

ke.i.ya.ku/o/te.i.shi.su.ru.ni/wa/na.ze.na.n.ni.chi.mo.ka.ka.ri.ma.su.ka

可替換字 1

＊ 被併購／**は買収された**／wa.ba.i.shu-.sa.re.ta

＊ 被跳票／**は不渡りを出された**／wa.fu.wa.ta.ri/o/da.sa.re.ta

＊ 面臨倒閉／**は廃業する恐れがある**／wa.ha.i.gyo-.su.ru.o.so.re/ga/a.ru

＊ 要暫停營業／**は営業を中止します**／wa.e.i.gyo-/o/chu-.shi.shi.ma.su

＊ 會計捲款潛逃／**は会計員に金を持ち逃げされた**／wa.ka.i.ke.i.i.n.ni.ka.ne/o/mo.chi.ni.ge.sa.re.ta

可替換字 2

＊ 花一萬元／**一万円**／i.chi.ma.n.e.n

＊ 兩個月／**二ヶ月**／ni.ka.ge.tsu

＊ 半年／**半年**／ha.n.to.shi

＊ 一個月／**一ヶ月**／i.ka.ge.tsu

＊ 三個月／**三ヶ月**／sa.n.ka.ge.tsu

一定能輕鬆開口說！

Track 132

01 很抱歉，你沒有權力終止合約。

すみませんが、あなたは契約を停止する権力を持っていません。

su.mi.ma.se.n.ga/a.na.ta/wa/ke.i.ya.ku/o/te.i.shi.su.ru.ke.n.ryo.ku/o/mo.tte.i.ma.se.n

02 能告訴我不續約的理由嗎？

契約を更新しない理由を教えていただけますか？

ke.i.ya.ku/o/ko-.shi.n.shi.na.i.ri.yu-/o/o.shi.e.te.i.ta.da.ke.ma.su.ka

03 如果我們**降價**，您能改變主意嗎？ 換1

もし私たちは ***値段を下げれば*** 、気が変わることはできますか？

mo.shi.wa.ta.shi.ta.chi/wa/ne.da.n/o/sa.ge.re.ba/ki/ga/ka.wa.ru.ko.to/wa/de.ki.ma.su.ka

04 月底前續約的話有**特別折扣**。 換2

今月の末に契約を更新すれば、 ***特別な割引*** があります。

ko.n.ge.tsu.no.su.e.ni.ke.i.ya.ku/o/ko-.shi.n.su.re.ba/to.ku.be.tsu.na.wa.ri.bi.ki/ga/a.ri.ma.su

05 本季的費用付清後，我們就終止合作關係。

今シーズンの費用を払った後、私たちの提携関係も中止します。

ko.n.shi-.zu.n.no.hi.yo-/o/ha.ra.tta.a.to/wa.ta.shi.ta.chi.no.te.i.ke.i.ka.n.ke.i.mo.chu-.shi.shi.ma.su

可替換字 1

* 給點折扣／**割引すれば**／wa.ri.bi.ki.su.re.ba
* 送你贈品／**景品をあげれば**／ke.i.hi.n./o/a.ge.re.ba
* 請你吃飯／**飯をおごれば**／me.shi/o/o.go.re.ba
* 給你回扣／**リベートをあげれば**／ri.be-.to/o/a.ge.re.ba
* 提早付款／**予定より早く払えば**／yo.te.i.yo.ri.ha.ya.ku.ha.ra.e.ba

可替換字 2

* 入會禮／**ご入会プレゼント**／go.nyu-.ka.i.pu.re.ze.n.to
* 豪華禮物／**豪華なプレゼント**／go-.ka.na.pu.re.ze.n.to
* 抽獎機會／**くじ引きのチャンス**／ku.ji.bi.ki.no.cha.n.su
* 免費便當／**無料弁当**／mu.ryo-.be.n.to-
* 好喝的飲料／**美味しいドリンク**／o.i.shi.i.do.ri.n.ku

06 我們雙方都同意現在終止合約最好。

今(いま)の時点(じてん)で契約(けいやく)を解除(かいじょ)すれば一番(いちばん)いいと、私両方(わたしりょうほう)とも思(おも)います。

i.ma.no.ji.te.n.de.ke.i.ya.ku/o/ka.i.jo.su.re.ba.i.chi.ba.n.i-.to/wa.ta.shi.ryo-.ho-.to.mo.o.mo.i.ma.su

07 **口頭**表示終止合約是無效的。

口頭で(こうとう) 契約(けいやく)の停止(ていし)を示(しめ)すのは無効(むこう)です。

換1 ko-.to-.de.ke.i.ya.ku.no.te.i.shi/o/shi.me.su.no/wa/mu.ko-/de.su

08 我已經收到你傳真過來的**終止聲明**了。 換2

私(わたし)は君(きみ)がファックスしてくれた **解約の声明**(かいやく せいめい) を受(う)け取(と)りました。

wa.ta.shi/wa/ki.mi/ga/fa.kku.su.shi.te.ku.re.ta.ka.i.ya.ku.no.se.i.me.i/o/u.ke.to.ri.ma.shi.ta

09 我可以將合約終止日期**延後**一些嗎？ 換3

契約(けいやく)の終了日(しゅうりょうび)を少(すこ)し **延期する**(えんき) ことができますか？

ke.i.ya.ku.no.shu-.ryo-.bi/o/su.ko.shi.e.n.ki.su.ru.ko.to/ga/de.ki.ma.su.ka

10 這段期間很感謝您的支持。

この間(あいだ)、ご支持(しじ)に感謝(かんしゃ)いたします。

ko.no.a.i.da/go.shi.ji/ni/ka.n.sha.i.ta.shi.ma.su

可替換字 1

* 書面／**書面で**(しょめん)／sho.me.n.de
* 單方面／**一方的に**(いっぽうてき)／i.ppo-.te.ki.ni

可替換字 2

* 照片／**写真**(しゃしん)／sha.shi.n
* 行事曆／**カレンダー**／ka.re.n.da-
* 說明書／**説明書**(せつめいしょ)／se.tsu.me.i.sho
* 請假單／**欠席許可**(けっせききょか)／ke.sse.ki.kyo.ka
* 表格／**書式**(しょしき)／sho.shi.ki
* 計畫表／**予定表**(よていひょう)／yo.te.i.hyo-
* 回覆／**返信**(へんしん)／he.n.shi.n

可替換字 3

* 提前／**繰り上げる**(く あ)／ku.ri.a.ge.ru

ユニット 04 履行合約

Track 133

一定能清楚聽懂！

01 我們已經依約**付款**。

我々（われわれ）は契約（けいやく）によって**支払**（しはら）**いしました。** 換1

wa.re.wa.re/wa/ke.i.ya.ku.ni.yo.tte.shi.ha.ra.i.shi.ma.shi.ta

02 合約有註明貨到再付款即可。

契約（けいやく）**では料金着払**（りょうきんちゃくばら）**いということが明記**（めいき）**されています。**

ke.i.ya.ku.de/wa/ryo-.ki.n.cha.ku.ba.ra.i.to.i.u.ko.to/ga/me.i.ki.sa.re.te.i.ma.su

03 這些條件我們都已經做到了。

これらの条件（じょうけん）**は我々**（われわれ）**はすでに行**（おこな）**っています。**

ko.re.ra.no.jo-.ke.n/wa/wa.re.wa.re/wa/su.de.ni.o.ko.na.tte.i.ma.su

04 我們可以為下次合作擬定新合約。

我々（われわれ）**は次**（つぎ）**の協力**（きょうりょく）**に新**（あら）**たな契約**（けいやく）**を考**（かんが）**えることができます。**

wa.re.wa.re/wa/tsu.gi.no.kyo-.ryo.ku.ni.a.ra.ta.na.ke.i.ya.ku/o/ka.n.ga.e.ru.ko.to/ga/de.ki.ma.su

05 因為你們已經完成**建築**，不會被罰款。

あなたは **建設**（けんせつ） が完了（かんりょう）しているので、罰金（ばっきん）を科（か）されることはありません。 換2

a.na.ta/wa/ke.n.se.tsu/ga/ka.n.ryo-.shi.te.i.ru.no.de/ba.kki.n/o/ka.sa.re.ru.ko.to/wa/a.ri.ma.se.n

可替換字 1

* 送貨／**出荷**（しゅっか）**しました**／ shu.kka.shi.ma.shi.ta
* 通知／**通知**（つうち）**を出**（だ）**しました**／ tsu-.chi/o/da.shi.ma.shi.ta
* 購買／**購入**（こうにゅう）**しました**／ ko-.nyu-.shi.ma.shi.ta
* 參訪／**見学**（けんがく）**しました**／ ke.n.ga.ku.shi.ma.shi.ta
* 達成業績／**売上目標**（うりあげもくひょう）**を達成**（たっせい）**しました**／ u.ri.a.ge.mo.ku.hyo-/o/ta.sse.i.shi.ma.shi.ta

可替換字 2

* 付款／**お支払**（しはら）**い**／o.shi.ha.ra.i
* 搬遷／**移転**（いてん）／i.te.n
* 設計／**デザイン**／de.za.i.n
* 企劃／**企画**（きかく）／ki.ka.ku

* 倉庫的整理／**倉庫整理**（そうこせいり）／so-.ko.se.i.ri

06 我對你送來的**產品**很滿意。 換1

私（わたし）はあなたが送（おく）った**製品**（せいひん）に満足（まんぞく）しています。

wa.ta.shi/wa/a.na.ta/ga/o.ku.tta.se.i.hi.n/ni/ma.n.zo.ku.shi.te.i.ma.su

07 **分期付款**完成後才算履行完成。

分割払い（ぶんかつばらい）を完了（かんりょう）した後（あと）、契約（けいやく）を履行（りこう）し終（お）わるといえます。 換2

bu.n.ka.tsu.ba.ra.i/o/ka.n.ryo-.shi.ta.a.to/ke.i.ya.ku/o/ri.ko-.shi.o.wa.ru.to.i.e.ma.su

08 按照合約，我們明天可以收到全部的貨。

契約（けいやく）によれば、明日（あした）はすべての商品（しょうひん）を受（う）けられます。

ke.i.ya.ku.ni.yo.re.ba/a.shi.ta/wa/su.be.te.no.sho-.hi.n/o/u.ke.ra.re.ma.su

09 我們雙方都已經確實履行合約了。

我々両方（われわれりょうほう）は確（たし）かに契約（けいやく）を履行（りこう）しました。

wa.re.wa.re.ryo-.ho-/wa/ta.shi.ka.ni.ke.i.ya.ku/o/ri.ko-.shi.ma.shi.ta

10 非常感謝您的合作！

ご協力（きょうりょく）ありがとうございます。

go.kyo-.ryo.ku.a.ri.ga.to-.go.za.i.ma.su

可替換字 1

* 試用品／**試供品**（しきょうひん）／shi.kyo-.hi.n
* 年節禮品／**正月ギフト**（しょうがつ）／sho-.ga.tsu.gi.fu.to
* 邀請函／**招待状**（しょうたいじょう）／sho-.ta.i.jo-
* 賀年卡／**年賀状**（ねんがじょう）／ne.n.ga.jo-
* 贈品／**景品**（けいひん）／ke.i.hi.n
* 生日禮物／**誕生日プレゼント**（たんじょうび）／ta.n.jo-.bi.pu.re.ze.n.to
* 酒／**お酒**（さけ）／o.sa.ke
* 信／**手紙**（てがみ）／te.ga.mi

可替換字 2

* 工程／**工程**（こうてい）／ko-.te.i
* 會議／**会議**（かいぎ）／ka.i.gi

一定能輕鬆開口說！

Track 134

01 合約何時開始生效？

契約（けいやく）はいつから効力（こうりょく）が発生（はっせい）しますか？

ke.i.ya.ku/wa/i.tsu.ka.ra.ko-.ryo.ku/ga/ha.sse.i.shi.ma.su.ka

02 我們會在約定日期出貨。

我々（われわれ）は合意（ごうい）された日（ひ）に出荷（しゅっか）いたします。

wa.re.wa.re/wa/go-.i.sa.re.ta.hi/ni/shu.kka.i.ta.shi.ma.su

03 我們的合作已經步上軌道了。

我々（われわれ）の提携（ていけい）はすでに軌道（きどう）に乗（の）っています。

wa.re.wa.re.no.te.i.ke.i/wa/su.de.ni.ki.do-/ni/no.tte.i.ma.su

04 **款項結算完成**後就算完成交易了。

換1 ***決済（けっさい）した***後（あと）、引（ひ）き取（と）りは完了（かんりょう）するといえます。

ke.ssa.i.shi.ta.a.to/hi.ki.to.ri/wa/ka.n.ryo-.su.ru.to.i.e.ma.su

05 **關稅**的部分合約內容裡沒提到。

換2 ***関税（かんぜい）***の部分（ぶぶん）は契約（けいやく）に記載（きさい）されていません。

ka.n.ze.i.no.bu.bu.n/wa/ke.i.ya.ku/ni/ki.sa.i.sa.re.te.i.ma.se.n

可替換字 1

* 簽收／**サインした**／sa.i.n.shi.ta
* 收到／**受（う）け取（と）った**／u.ke.to.tta
* 出貨完成／**出荷（しゅっか）が完了（かんりょう）した**／shu.kka/ga/ka.n.ryo-.shi.ta.

可替換字 2

* 出貨方式／**配送方法（はいそうほうほう）**／ha.i.so-.ho-.ho-
* 換貨／**商品交換（しょうひんこうかん）**／sho-.hi.n.ko-.ka.n
* 雙方姓名／**双方（そうほう）の名前（なまえ）**／so-.ho-.no.na.ma.e
* 單價／**単価（たんか）**／ta.n.ka
* 付款方式／**支払（しはら）い方法（ほうほう）**／shi.ha.ra.i.ho-.ho-
* 交貨地點／**納品場所（のうひんばしょ）**／no-.hi.n.ba.sho
* 交貨日期／**納品期限（のうひんきげん）**／no-.hi.n.ki.ge.n

06 後續的事宜不會影響到合約。

後続の問題は契約に影響しません。

ko-.zo.ku.no.mo.n.da.i/wa/ke.i.ya.ku/ni/e.i.kyo-.shi.ma.se.n

07 我們的交易都是很有保障的。

我々の取引はかなり安全です。

wa.re.wa.re.no.to.ri.hi.ki/wa/ka.na.ri.a.n.ze.n/de.su

08 因為**前置作業**很仔細，交易相當順利。

準備作業 **はかなり慎重に取り扱ったため、取引はうまく行きました。** 換1

ju.n.bi.sa.gyo-/wa/ka.na.ri.shi.n.cho-.ni.to.ri.a.tsu.ka.tta.ta.me/to.ri.hi.ki/wa/u.ma.ku.i.ki.ma.shi.ta

09 請設法完成這筆交易。

この取引の達成に方策を講じてください。

ko.no.to.ri.hi.ki.no.ta.sse.i.ni.ho-.sa.ku/o/ko-.ji.te.ku.da.sa.i

10 完成的合約都歸檔了。

履行された契約がすでにファイリングされました。

ri.ko-.sa.re.ta.ke.i.ya.ku/ga/su.de.ni.fa.i.ri.n.gu.sa.re.ma.shi.ta

可替換字 1

* 聯絡工作／**連絡の作業**／re.n.ra.ku.no.sa.gyo-
* 行程規劃／**日程の計画**／ni.tte.no.ke.i.ka.ku
* 成本估算／**費用の見積もり**／hi.yo-.no.mi.tsu.mo.ri
* 企劃／**提案**／te.i.a.n
* 製造過程／**製造過程**／se.i.zo.ka.te.i
* 原料採買／**原材料の購入**／ge.n.za.i.ryo-.no.ko-.nyu-
* 人力安排／**人員配置**／ji.n.i.n.ha.i.chi
* 利益分析／**利益分析**／ri.e.ki.bu.n.se.ki
* 排練／**リハーサル**／ri.ha-.sa.ru
* 天氣預報／**天気予報**／te.n.ki.yo.ho-

Track 135

學會自然地對話互動……

業務員：很高興我們有了共識。
営業員：共通認識を達成してうれしいです。

客戶：可否請你給我一份合約草稿？
お客：契約の草案をいただけますか？

業務員：沒問題。我馬上傳真給您。如果您覺得合約內容有問題，請跟我連絡。
営業員：問題ないです。すぐにファックスいたします。契約の内容に問題があったら、私に連絡してください。

客戶：好的。我們確認合約內容之後會再與您連絡。
お客：はい。契約の内容を確認してから、また連絡いたします。

業務員：好的，再見。
営業員：それでは、失礼いたします。

客戶：我看過合約了。第三項似乎有點不合理。
お客：契約を読みました。第三項はちょっと合理ではないと思いますが。

業務員：這些條款已經討論過，為何現在又不同意？
営業員：これらの内容はもう議論したが、なぜ今同意しませんか？

客戶：我們覺得第三項的條件太嚴苛了。
お客：第三項の条件が厳しすぎると思いますから。

業務員：這樣啊。請讓我們想一下。
営業員：そうなんですか？ちょっと考えさせていただきます。

客戶：此外，請特別在合約書上註明我們為貴公司在台灣的獨家代理。
お客：その上、契約上にわが社が貴社の台湾唯一のエージェントということを明記してください。

業務員：我了解了。我們會照您的意思做。
営業員：かしこまりました。おっしゃった通りにします。

パート14

商業展覽篇

* 01 報名參展
* 02 企業簡介
* 03 接待客戶
* 04 請客戶填寫資料
* 05 邀請親臨攤位
* 06 拜訪買家

パート 14 音檔雲端連結

因各家手機系統不同，若無法直接掃描，
仍可以至以下電腦雲端連結下載收聽。
（http://tinyurl.com/3pfyuv5k）

ユニット 01 報名参展

Track 136

一定能清楚聽懂！

01 因為本次會場較小，只接受**一百家公司**報名。

小さい会場のため、**百社**だけの申し込みを受け入れます。 換1

chi.i.sa.i.ka.i.jo-.no.ta.me/hya.ku.sha.da.ke.no.mo-.shi.ko.mi/o/u.ke.i.re.ma.su

02 每間公司會分配到一個攤位。

各会社は一ブースを配置されます。

ka.ku.ka.i.sha/wa/i.chi.bu-.su/o/ha.i.chi.sa.re.ma.su

03 將**展示間**和客服區分開比較好。

ショールームと顧客サービスのエリアを分けたほうがいいです。

換2 sho-.ru-.mu.to.ko.kya.ku.sa-.bi.su.no.e.ri.a/o/wa.ke.ta.ho-/ga/i-/de.su

04 我已經收到貴公司的訂金了。

予約金をもう受け取りました。

yo.ya.ku.ki.n/o/mo-.u.ke.to.ri.ma.shi.ta

05 你們的申請表漏填了一些欄位。

あなたたちの申込書はいくつの項目が記入されていません。

a.na.ta.ta.chi.no.mo-.shi.ko.mi.sho/wa/i.ku.tsu.no.ko-.mo.ku/ga/ki.nyu-.sa.re.te.i.ma.se.n

可替換字 1

* 沒參加過的公司／**参加したことのない会社**／sa.n.ka.shi.na.ko.to.no.na.i.ka.i.sha
* 參加過的公司／**参加したことがある会社**／sa.n.ka.shi.ta.ko.to.ga.a.ru.ka.i.sha
* 新公司／**新しい会社**／a.ta.ra.shi.i.ka.i.sha
* 老字號的公司／**由緒ある会社**／yu-.i.sho.a.ru.ka.i.sha
* 小規模的公司／**小規模な会社**／sho-.ki.bo.na.ka.i.sha
* 有上市的公司／**上場会社**／jo-.jo-.ka.i.sha

可替換字 2

* 試衣間／**試着室**／shi.cha.ku.shi.tsu
* 美食街／**フードコート**／fu-.do.ko-.to

＊ 茶水間／**給湯室**／kyu-.to-.shi.tsu | ＊ 詢問台／**案内所**／a.n.na.i.sho

06 越田出版也有報名参加此次書展。

越田出版社が今度のブックフェアにも参加しています。

ko.shi.da.shu.ppa.n.sha/ga/ko.n.do.no.bu.kku.fe.a/ni/mo.sa.n.ka.shi.te.i.ma.su

07 出席時請攜帶您的**名片**。**換1**

出席する時に、名刺をご持参ください。

shu.sse.ki.su.ru.to.ki.ni/me.i.shi/o/go.ji.sa.n.ku.da.sa.i

08 請告知参加人數，我們會製作識別證。

参加者の人数を教えてください。身分を示す証明書を作成しますから。

sa.n.ka.sha.no.ni.n.zu-/o/o.shi.e.te.ku.da.sa.i/mi.bu.n/o/shi.me.su.sho-.me.i.sho/o/sa.ku.se.i.shi.ma.su.ka.ra

09 報名後五天之內必須繳費。

申し込んだ後の五日以内に必ず費用を納めなければなりません。

mo-.shi.ko.n.da.a.to.no.i.tsu.ka.i.na.i.ni.ka.na.ra.zu.hi.yo-/o/o.sa.me.na.ke.re.ba.na.ri.ma.se.n

10 請提供您的營業執照副本。

営業免許のコピーを提供してください。

e.i.gyo-.me.n.kyo.no.ko.pi-/o/te.i.kyu-.shi.te.ku.da.sa.i

可替換字 1

＊ 報名表／**参加応募用紙**／sa.n.ka.o-.bo.yo-.shi

＊ 護照／**パスポート**／pa.su.po-.to

＊ 身分證／**身分証明書**／mi.bu.n.sho-.me.i.sho

＊ 入場券／**入場券**／nyu-.jo-.ke.n

＊ 戶籍謄本／**戸籍謄本**／ko.se.ki.to-.ho.n

＊ 繳費憑證／**支払い証明**／shi.ha.ra.i.sho-.me.i

＊ 發票／**レシート**／re.shi-.to

＊ 會員卡／**会員カード**／ka.i.i.n.ka-.do

＊ 號碼牌／**番号札**／ba.n.go-.sa.tsu

＊ 集點卡／**ポイントカード**／po.i.n.to.ka-.do

一定能輕鬆開口說！

Track 137

01 我們想參加今年的國際通訊貿易展。

我々は今年の国際通信トレードショーに参加したいと思います。

wa.re.wa.re/wa/ko.to.shi.no.ko.ku.sa.i.tsu-.shi.n.to.re-.do.sho-/ni/sa.n.ka.shi.ta.i.to.o.mo.i.ma.su

02 你們何時開始接受報名呢？

申し込みはいつからですか？

mo-.shi.ko.mi/wa/i.tsu.ka.ra/de.su.ka

03 攤位申請何時截止？

ブースの申し込みはいつまでですか？

bu-.su.no.mo-.shi.ko.mi/wa/i.tsu.ma.de/de.su.ka

04 我們需要兩個攤位。

我々は2つのブースがいります。

wa.re.wa.re/wa/fu.ta.tsu.no.bu-.su/ga/i.ri.ma.su

05 **報名表**要到哪裡索取呢？ 換1

申込書 **はどこで入手できますか？**

mo-.shi.ko.mi.sho/wa/do.ko.de.nyu-.shu.de.ki.ma.su.ka

可替換字 1

- 會場平面圖／**会場平面図**／ka.i.jo-.he.i.me.n.zu
- 導覽手冊／**案内書**／a.n.na.i.sho
- 明信片／**はがき**／ha.ga.ki
- 贈品／**ギフト**／gi.fu.to
- 資料夾／**ファイル**／fa.i.ru
- 文件／**書類**／sho.ru.i
- 紀念章／**記念印**／ki.ne.n.i.n
- 紀念品／**記念品**／ki.ne.n.hi.n
- 甜點／**デザート**／de.za-.to
- 香檳／**シャンパン**／sha.n.pa.n

06 **訂金**的算法是怎樣呢？ **換1**

予約金の計算はどうなさいますか？

yo.ya.ku.ki.n.no.ke.i.sa.n/wa/do-.na.sa.i.ma.su.ka

07 需要繳交任何資料嗎？

どんな資料を提出すべきですか？

do-.n.na.shi.ryo-/o/te.i.shu.tsu.su.be.ki/de.su.ka

08 具備什麼條件才能報名？

どんな資格を備えれば申し込めますか？

do.n.na.shi.ka.ku/o/so.na.e.re.ba.mo-.shi.ko.me.ma.su.ka

09 雖然已經截止了，能不能多收我們一家呢？

すでに期限を切れましたが、本社の申し込みを受け取られますか？

su.de.ni.ki.ge.n/o/ki.re.ma.shi.ta.ga/ho.n.sha.no.mo-.shi.ko.mi/o/u.ke.to.ra.re.ma.su.ka

10 我們想多申請一張通行證可以嗎？

通行証をもう一枚申し込んでもよろしいですか？

tsu-.ko-.sho-/o/mo-.i.chi.ma.i.mo-.shi.ko.n.de.mo.yo.ro.shi.i/de.su.ka

可替換字 1

* 租金／**貸し出し料金**／ka.shi.da.shi.ryo-.ki.n
* 車票／**切符**／ki.ppu
* 入場費／**入場費**／nyu-.jo-.hi
* 日期／**期日**／ki.ji.tsu
* 手續費／**手数料**／te.su-.ryo
* 停車費／**駐車料金**／chu-.sha.ryo-.ki.n
* 住宿費／**宿泊費**／shu.ku.ha.ku.hi
* 登錄費／**登録料**／to-.ro.ku.ryo
* 總金額／**総金額**／so-.ki.n.ga.ku
* 服務費／**サービス料**／sa-.bi.su.ryo

ユニット 02 企業簡介

Track 138

一定能清楚聽懂！

01 我很有興趣瞭解貴公司。

貴社に非常に興味を持っています。

ki.sha/ni/hi.jo-.ni.kyu-.mi/o/mo.tte.i.ma.su

02 您能提供公司的詳細資訊嗎？

貴社の詳細な情報をご提供できますか？

ki.sha.no.sho-.sa.i.na.jo-.ho-/o/go.te.i.kyo-.de.ki.ma.su.ka

03 貴公司有**網站**嗎？ 換1

貴社は *ホームページ* がありますか？

ki.sha/wa/ho-.mu.pe-.ji/ga/a.ri.ma.su.ka

04 我們算是**同行**。換2

私たちは *同業* だといえます。

wa.ta.shi.ta.chi/wa/do-.gyo-.da.to.i.e.ma.su

05 你們是第一次參加這個展覽嗎？

あなたたちはこの展示会に参加するのが初めてですか？

a.na.ta.ta.chi/wa/ko.no.te.n.ji.ka.i/ni/sa.n.ka.su.ru.no/ga/ha.ji.me.te/de.su.ka

可替換字 1

* 目錄／**カタログ**／ka.ta.ro.gu
* 營業許可／**営業許可**／e.i.gyo-.kyo.ka

可替換字 2

* 貿易夥伴／**ビジネスパートナー**／bi.ji.ne.su.pa-.to.na-
* 競爭對手／**競争相手**／kyo-.so-.a.i.te
* 死對頭／**執念深い敵**／shu-.ne.n.bu.ka.i.te.ki
* 相關企業／**関連企業**／ka.n.re.n.ki.gyo-
* 老朋友／**昔馴染み**／mu.ka.shi.na.ji.mi
* 認識的人／**知り合い**／shi.ri.a.i
* 好朋友／**親友**／shi.n.yu-
* 貿易夥伴／**ビジネスパートナー**／bi.ji.ne.su.pa-.to.na-

06 我沒有聽過貴公司。

貴社(きしゃ)の名前(なまえ)を聞(き)いたことがありません。

ki.sha.no.na.ma.e/o/ki.i.ta.ko.to/ga/a.ri.ma.se.n

07 你們在這個領域還算新公司吧？

このエリアではまだ新(あたら)しい会社(かいしゃ)でしょうか？

ko.no.e.ri.a.de/wa/ma.da.a.ta.ra.shi.i.ka.i.sha/de.sho-.ka

08 貴公司的**特色商品**是什麼？ 換1

貴社(きしゃ)の **スペシャル商品(しょうひん)** は何(なん)ですか？

ki.sha.no.su.be.sha.ru.sho-.hi.n/wa/na.n/de.su.ka

09 你們跟其他公司最大的不同點在哪？

君(きみ)は他社(たしゃ)との最大(さいだい)の違(ちが)いは何(なん)ですか？

ki.mi/wa/ta.sha.to.no.sa.i.da.i.no.chi.ga.i/wa/na.n/de.su.ka

10 我覺得貴公司還蠻有**發展潛力**的。

換2 貴社(きしゃ)は **発展潜在力(はってんせんざいりょく)** を持(も)っていると思(おも)います。

ki.sha/wa/ha.tte.n.se.n.za.i.ryo.ku/o/mo.tte.i.ru.to.o.mo.i.ma.su

可替換字 1

* 經營方針／**経営方針(けいえいほうしん)**／ke.i.e.i.ho-.shi.n
* 賣點／**セールスポイント**／se-.ru.su.po.i.n.to

可替換字 2

* 特色／**特色(とくしょく)**／to.ku.sho.ku
* 影響力／**影響力(えいきょうりょく)**／e.i.kyo-.ryo.ku
* 親和力／**親(した)しみさ**／shi.ta.shi.mi.sa
* 魄力／**気迫(きはく)**／ki.ha.ku
* 洞察力／**洞察力(どうさつりょく)**／do-.sa.tsu.ryo.ku
* 決斷力／**決断力(けつだんりょく)**／ke.tsu.da.n.ryo.ku
* 遠見／**先見(せんけん)の明(めい)**／se.n.ke.n.no.me.i
* 幽默感／**ユーモアのセンス**／yu-.mo.a/no/se.n.su

一定能輕鬆開口說！

Track 139

01 很高興有這個機會向各位介紹我們的公司。

本社をご紹介させていただける機会を持って非常に喜んでいます。

ho.n.sha/o/go.sho-.ka.i.sa.se.te.i.ta.da.ke.ru.ki.ka.i/o/mo.tte.hi.jo-.ni.yo.ro.ko.n.de.i.ma.su

02 我們是全球五大通訊技術公司之一。

我々は世界前五位の通信技術会社の一つです。

wa.re.wa.re/wa/se.ka.i.ze.n.go.i.no.tsu-.shi.n.gi.ju.tsu.ga.i.sha.no.hi.to.tsu/de.su

03 我們的**分公司**遍及全球。 換1

私たちの **ブランチ** は全世界に及びます。

wa.ta.shi.ta.chi.no.bu.ra.n.chi/wa/ze.n.se.ka.i/ni/o.yo.bi.ma.su

04 亞洲總部位在**台北**。 換2

アジアの本部は **台北** にあります。

a.ji.a.no.ho.n.bu/wa/ta.i.pe.i/ni/a.ri.ma.su

05 目前有五百位員工。

現在は五百人のスタッフを持っています。

ge.n.za.i/wa/go.hya.ku.ni.n.no.su.ta.ffu/o/mo.tte.i.ma.su

可替換字 1

* 客戶／**顧客**／ko.kya.ku
* 分店／**支店**／shi.te.n
* 愛用者／**愛用者**／a.i.yo-.sha
* 據點／**拠点**／kyo.te.n
* 經銷商／**ディーラー**／di-.ra-

可替換字 2

* 曼谷／**バンコク**／ba.n.ko.ku
* 東京／**東京**／to-.kyo-
* 首爾／**ソウル**／so-.ru
* 上海／**上海**／sha.n.ha.i
* 吉隆坡／**クアラルンプール**／ku.a.ra.ru.n.pu-.ru

06 我們專門協助公司行號設立通訊系統。

我々は主に企業を支援して通信システムを設置します。

wa.re.wa.re/wa/o.mo.ni.ki.gyo-/o/shi.e.n.shi.te.tsu-.shi.n.shi.su.te.mu/o/se.cchi.shi.ma.su

07 公司內部網路與資料傳輸都屬我們專長。

企業内のネットワークやデータ伝送も全て当社の専門領域です。

ki.gyo-.na.i.no.ne.tto.wa-.ku.ya.de-.ta.de.n.so-.mo.su.be.te.to-.sha.no.se.n.mo.n.ryo-.i.ki/de.su

08 我們的**顧客服務**也得到極高評價。 換1

私たちの ***顧客サービス*** も高い評価を受けています。

wa.ta.shi.ta.chi.no.ko.kya.ku.sa-.bi.su.mo.ta.ka.i.hyo-.ka/o/u.ke.te.i.ma.su

09 這是我們第一次到國外來參展。

海外へ展示会を参加するのは当社の初めてです。

ka.i.ga.i/e/te.n.ji.ka.i/o/sa.n.ka.su.ru.no/wa/to-.sha.no.ha.ji.me.te/de.su

10 希望在不久的將來能為您服務。

近い将来にはサービスをご提供させていただきたいと思います。

chi.ka.i.sho-.ra.i.ni/wa/sa-.bi.su/o/go.te.i.kyo-.sa.se.te.i.ta.da.ki.ta.i.to.o.mo.i.ma.su

可替換字 1

* 出貨速度／**出荷速度**／shu.kka.so.ku.do
* 誠信／**誠実**／se.i.ji.tsu
* 創新／**革新**／ka.ku.shi.n
* 手藝／**職人芸**／sho.ku.ni.n.ge.i
* 廣告／**広告**／ko-.ko.ku
* 商品品質／**商品の質**／sho-.hi.n.no.shi.tsu
* 效率／**効率**／ko-.ri.tsu
* 包裝／**荷造り**／ni.zu.ku.ri
* 行銷／**マーケティング**／ma-.ke.ti.n.gu
* 文宣／**宣伝**／se.n.de.n

ユニット 03 接待客戶

Track 140

一定能清楚聽懂！

01 關於貴公司的產品，我有一些疑問。

貴社(きしゃ)の製品(せいひん)について、いくつかの質問(しつもん)があります。

ki.sha.no.se.i.hi.n.ni.tsu.i.te/i.ku.tsu.ka.no.shi.tsu.mo.n/ga/a.ri.ma.su

02 可以給我貴公司的名片嗎？

貴社(きしゃ)の名刺(めいし)をいただけますか？

ki.sha.no.me.i.shi/o/i.ta.da.ke.ma.su.ka

03 我想要看看後面那個**商品** 換1

私(わたし)は後(うし)ろのあの 商品(しょうひん) を見(み)たいですが。

wa.ta.shi/wa/u.shi.ro.no.a.no.sho-.hi.n/o/mi.ta.i/de.su.ga

04 這是你們公司的最新商品嗎？

これは貴社(きしゃ)の最新(さいしん)の商品(しょうひん)ですか？

ko.re/wa/ki.sha.no.sa.i.shi.n.no.sho-.hi.n/de.su.ka

05 我只是隨便看看。

私(わたし)は見(み)ているだけです。

wa.ta.shi/wa/mi.te.i.ru.da.ke/de.su

可替換字 1

* 海報／**ポスター**／po.su.ta-
* 女裝／**婦人服(ふじんふく)**／fu.ji.n.fu.ku
* 櫥窗／**ショーウィンド**／sho-.wi.n.do
* 非賣品／**非売品(ひばいひん)**／hi.ba.i.hi.n
* 展示品／**展示品(てんじひん)**／te.n.ji.hi.n
* 邀請卡／**招待状(しょうたいじょう)**／sho-.ta.i.jo-
* 畫／**絵(え)**／e
* 相片／**写真(しゃしん)**／sha.shi.n
* 實品／**本物(ほんもの)**／ho.n.mo.no
* 電視／**テレビ**／te.re.bi

06 不用幫我介紹。

ご紹介（しょうかい）は結構（けっこう）です。

go.sho-.ka.i/wa/ke.kko/de.su

07 這邊的商品可以試用嗎？

この辺（へん）の商品（しょうひん）は試（ため）してもいいですか？

ko.no.he.n.no.sho-.hi.n/wa/ta.me.shi.te.mo.i-/de.su.ka

08 現在有**現貨**可以直接買嗎？ 換1

現在（げんざい）は **現物（げんぶつ）** があるなら、直接（ちょくせつ）に購入（こうにゅう）できますか？

ge.n.za.i/wa/ge.n.bu.tsu/ga/a.ru.na.ra/cho.ku.se.tsu.ni.ko-.nyu-.de.ki.ma.su.ka

09 我還想再看看別的攤位。

私（わたし）は他（ほか）のブースも見（み）てみたいです。

wa.ta.shi/wa/ho.ka.no.bu-.su.mo.mi.te.mi.ta.i/de.su

10 商展期間有任何**活動**嗎？ 換2

トレードショーの間（あいだ）に、何（なに）かの **活動（かつどう）** がありますか？

to.re-.do.sho-.no.a.i.da.ni/na.ni.ka.no.ka.tsu.do-/ga/a.ri.ma.su.ka

可替換字 1

* 其他商品／**他（ほか）の商品（しょうひん）**／ho.ka.no.sho-.hi.n

可替換字 2

* 表演／**ショー**／sho-
* 導覽／**案内（あんない）**／a.n.na.i
* 派對／**パーティー**／pa-.ti-
* 抽獎／**抽選（ちゅうせん）**／chu-.se.n
* 優惠／**おまけ**／o.ma.ke
* 休展期間／**休憩（きゅうけい）**／kyu-.ke.i
* 晚會／**夜会（やかい）**／ya.ka.i
* 記者會／**記者会見（きしゃかいけん）**／ki.sha.ka.i.ke.n
* 走秀／**ファッションショー**／fa.ssho.n.sho-

一定能輕鬆開口說！

Track 141

01 我隨時都可以解答您的問題。

私(わたし)はいつもご質問(しつもん)にお答(こた)えすることができます。

wa.ta.shi/wa/i.tsu.mo.go.shi.tsu.mo.n/ni/o.ko.ta.e.su.ru.ko.to/ga/de.ki.ma.su

02 請慢慢看。

ゆっくりご覧(らん)ください。

yu.kku.ri.go.ra.n.ku.da.sa.i

03 待會有一場**展售會**，歡迎參加。

換1 後(あと)は、***販売展示会***(はんばいてんじかい)があるから、大歓迎(だいかんげい)です。

a.to/wa/ha.n.ba.i.te.n.ji.ka.i/ga/a.ru.ka.ra/da.i.ka.n.ge.i/de.su

04 十分鐘後會有專人來講解。

十分後(じゅうぷんご)は解説(かいせつ)の担当者(たんとうしゃ)がいます。

ju-.bu.n.go/wa/ka.i.se.tsu.no.ta.n.to-.sha/ga/i.ma.su

05 這是我們的目錄，請參考看看。

これは本社(ほんしゃ)のカタログです。ご参照(さんしょう)ください。

ko.re/wa/ho.n.sha.no.ka.ta.ro.gu/de.su/go.sa.n.sho-.ku.da.sa.i

可替換字 1

* 表演／**ショー**／sho-
* 有獎徵答／**懸賞(けんしょう)クイズ**／ke.n.sho-.ku.i.zu
* 摸彩／**抽選(ちゅうせん)**／chu-.se.n
* 聚餐／**晩餐会(ばんさんかい)、午餐会(ごさんかい)**／ba.n.sa.n.ka.i/go.sa.n.ka.i
* 聯誼／**合(ごう)コン**／go-.ko.n
* 餐會／**宴会(えんかい)**／e.n.ka.i
* 品酒會／**ワイン試飲会(しいんかい)**／wa.i.n.shi.i.n.ka.i
* 試吃會／**試食会(ししょくかい)**／shi.sho.ku.ka.i
* 演唱會／**コンサート**／ko.n.sa-.to
* 演奏會／**演奏会(えんそうかい)**／e.n.so-.ka.i

06 您在找什麼商品呢？

どんな商品（しょうひん）をお探（さが）しですか？

do.n.na.sho-.hi.n/o/o.sa.ga.shi/de.su.ka

07 有沒有什麼特別感興趣的東西？

特（とく）に興味（きょうみ）を持（も）っているものはありませんか？

to.ku.ni.kyo-.mi/o/mo.tte.i.ru.mo.no/wa/a.ri.ma.se.n.ka

08 這個商品**下個月**就會上市了。換1

この製品（せいひん）は、*来月（らいげつ）*発売（はつばい）されます。

ko.no.se.i.hi.n/wa/ra.i.ge.tsu.ha.tsu.ba.i.sa.re.ma.su

09 展覽期間下訂單可以**打折**。換2

展覧期間（てんらんきかん）で発注（はっちゅう）したら、*割引（わりびき）があります。*

te.n.ra.n.ki.ka.n.de.ha.cchu-.shi.ta.ra/wa.ri.bi.ki/ga/a.ri.ma.su

10 感謝您參觀我們的攤位。

我々（われわれ）のブースを伺（うかが）ってありがとうございました。

wa.re.wa.re.no.bu-.su/o/u.ka.ga.tte.a.ri.ga.to-.go.za.i.ma.shi.ta

可替換字 1

- ＊ 很快／**もうすぐ**／mo-.su.gu
- ＊ 明年／**来年（らいねん）**／ra.i.ne.n
- ＊ 週末／**来週（らいしゅう）**／ra.i.shu-
- ＊ 年底／**年末（ねんまつ）**／ne.n.ma.tsu
- ＊ 半年後／**半年後（はんとしご）**／ha.n.to.shi.go
- ＊ 明天／**明日（あした）**／a.shi.ta
- ＊ 月底／**月末（げつまつ）**／ge.tsu.ma.tsu

可替換字 2

- ＊ 獲得贈品／**景品（けいひん）を受（う）け取（と）れます**／ke.i.hi.n/o/u.ke.to.re.ma.su
- ＊ 參加活動／**イベントを参加（さんか）できます**／i.be.n.to/o/sa.n.ka.de.ki.ma.su
- ＊ 得到會員卡／**会員（かいいん）カードを取得（しゅとく）することができます**／ka.i.i.n.ka-.do/o/shu.to.ku.su.ru.ko.to/ga/de.ki.ma.su

ユニット 04 客戶填寫資料

Track 142

一定能清楚聽懂！

01 商品**上市的話**能通知我嗎？ 換1

この商品が ***市場に出回れば***、お知らせできますか？

ko.no.sho-.hi.n/ga/shi.jo-/ni/de.ma.wa.re.ba/o.shi.ra.se.de.ki.ma.su.ka

02 我還想參加貴公司的其他活動。

貴社が主催する他の活動にもまた参加したいと思いますが。

ki.sha/ga/shu.sa.i.su.ru.ho.ka.no.ka.tsu.do-/ni/mo.ma.ta.sa.n.ka.shi.ta.i.to.o.mo.i.ma.su.ga

03 如何獲得貴公司的其他訊息呢？

どのように貴社の他の情報を手に入れますか？

do.no.yo-.ni.ki.sha.no.ho.ka.no.jo-.ho-/o/te.ni.i.re.ma.su.ka

04 試用品怎麼索取？

見本は如何に要請しますか？

mi.ho.n/wa/i.ka.n.ni.yo-.se.i.shi.ma.su.ka

05 填資料等同加入會員嗎？

資料を記入したらメンバーと同じと見なしますか？

shi.ryo-/o/ki.nyu-.shi.ta.ra.me.n.ba-.to.o.na.ji.to.mi.na.shi.ma.su.ka

可替換字 1

* 到貨時／**送達したら**／so-.ta.tsu.shi.ta.ra
* 補貨的話／**在庫補充されたら**／za.i.ko.ho.ju-.sa.re.ta.ra
* 特價的話／**割引になったら**／wa.ri.bi.ki/ni/na.tta.ra
* 修好的話／**治ったら**／na.o.tta.ra
* 缺貨的話／**売り切れになったら**／u.ri.ki.re/ni/na.tta.ra
* 絕版的話／**絶版になったら**／ze.ppa.n/ni/na.tta.ra
* 壞掉的話／**壊れたら**／ko.wa.re.ta.ra
* 賣掉的話／**売られたら**／u.ra.re.ta.ra
* 買到的話／**買われたら**／u.wa.re.ta.ra

06 我填好資料了，請給我**贈品**。

資料を書き込みました。**ギフト**（換1）をください。

shi.ryo-/o/ka.ki.ko.mi.ma.shi.ta/gi.fu.to/o/ku.da.sa.i

07 現在報名有什麼福利嗎？

今申し込んだら、どんな福利がもらえますか？

i.ma.mo-.shi.ko.n.da.ra/do.n.na.fu.ku.ri/ga/mo.ra.e.ma.su.ka

08 我等下可以憑回函參加活動嗎？

後は受領書によって活動に参加できますか？

a.to/wa/ju-.ryo-.sho.ni.yo.tte.ka.tsu.do-/ni/sa.n.ka.de.ki.ma.su.ka

09 我已經在線上填寫過資料了。

私はオンラインで資料を記入しました。

wa.ta.shi/wa/o.n.ra.i.n.de.shi.ryo-/o/ki.nyu-.shi.ma.shi.ta

10 資料送出後就不能修改嗎？

データを送信した後に、変更することはできないのですか？

de-.ta/o/so-.shi.n.shi.ta.a.to.ni/he.n.ko-.su.ru.ko.to/wa/de.ki.na.i.no/de.su.ka

可替換字 1

* 入場巻／**入場券**／nyu-.jo-.ke.n
* 貼紙／**スッテカー**／su.tte.ka-
* 演唱會門票／**コンサートのチッケト**／ko.n.sa-.to.no.chi.kke.to
* 摸彩券／**福引券**／fu.ku.bi.ki.ke.n
* 准考證／**受験票**／ju.ke.n.hyo-
* 一杯水／**水一杯**／mi.zu.i.ppa.i
* 答案／**答え**／ko.ta.e
* 一些建議／**いくつかのアドバイス**／i.ku.tsu.ka.no.a.do.ba.i.su
* 密碼／**パスワード**／pa.su.wa-.do
* 帳號／**アカウント**／a.ka-.u.n.to

一定能輕鬆開口說！

Track 143

01 您介意留下您的**聯絡方式**嗎？ 換1

あなたの**連絡方法**を登録してもいいですか？

a.na.ta.no.re.n.ra.ku.ho-.ho-/o/to-.ro.ku.shi.te.mo.i-/de.su.ka

02 在這裡填下資料可以得到試用品。

ここで資料を記入すれば、サンプルをもらえます。

ko.ko.de.shi.ryo-/o/ki.nyu-.su.re.ba/sa.n.pu.ru/o/mo.ra.e.ma.su

03 這裡是體驗課程的**清單**。 換2

ここは体験コースの**リスト**でございます。

ko.ko/wa/ta.i.ke.n.ko-.su.no.ri.su.to.de.go.za.i.ma.su

04 您可以免費試用兩個星期。

二週間の無料トライアルが体験できます。

ni.shu-.ka.n.no.mu.ryo-.to.ra.i.a.ru/ga/ta.i.ke.n.de.ki.ma.su

05 我們會將最新訊息寄到您的 E-mail。

我々は最新の情報をメールで送信いたします。

wa.re.wa.re/wa/sa.i.shi.n.no.jo-.ho-/o/me-.ru.de.so-.shi.n.i.ta.shi.ma.su

可替換字 1

* 電子信箱／**メールアドレス**／me-.ru.a.do.re.su
* 郵遞區號／**郵便番号**／yu-.bi.n.ba.n.go-
* 連絡電話／**連絡電話番号**／re.n.ra.ku.de.n.wa.ba.n.go-
* 地址／**住所**／ju-.sho

可替換字 2

* 時刻表／**スケージュル**／su.ke-.ju.ru
* 體驗券／**体験券**／ta.i.ke.n.ke.n
* 學員證／**受講生証**／ju.ko-.se.i.sho-
* 收費説明／**料金説明**／ryo-.ki.n.se.tsu.me.i
* 禮券／**商品券**／sho-.hi.n.ke.n
* 報名表／**申し込みフォーム**／mo-.shi.ko.mi.fo-.mu

06 填寫資料可以換活動入場門票。

資料(しりょう)を記入(きにゅう)すれば、イベントのチケットをいただけます。

shi.ryo-/o/ki.nyu-.su.re.ba/i.be.n.to.no.chi.ke.tto/o/i.ta.da.ke.ma.su

07 憑**回函**可以參加抽獎。**換1**

返信用(へんしんよう)の手紙(てがみ)によって、抽選(ちゅうせん)にご参加(さんか)できます。

he.n.shi.n.yo-.no.te.ga.mi.ni.yo.tte/chu-.se.n/ni/go.sa.n.ka.de.ki.ma.su

08 我們已經幫您將資料建檔了。

我々(われわれ)は、データをファイルとして作成(さくせい)しました。

wa.re.wa.re/wa/de-.ta/o/fa.i.ru.to.shi.te.sa.ku.se.i.shi.ma.shi.ta

09 歡迎您加入會員。

ご入会(にゅうかい)を歓迎(かんげい)いたします。

go.nyu-.ka.i/o/ka.n.ge.i.i.ta.shi.ma.su

10 入會禮請到**這裡**領取。**換2**

入会(にゅうかい)ギフトなら、***ここ***で受(う)け取(と)ってください。

nyu-.ka.i.gu.fu.to.na.ra/ko.ko.de.u.ke.to.tte.ku.da.sa.i

可替換字 1

* 抽獎券／**抽選券(ちゅうせんけん)**／chu-.se.n.ke.n
* 票根／**半券(はんけん)**／ha.n.ke.n
* 邀請函／**招待状(しょうたいじょう)**／sho-.ta.i.jo-
* 發票／**リシート**／ri.shi-.to
* 印花／**印紙(いんし)**／i.n.shi

可替換字 2

* 樓上／**階上(かいじょう)**／ka.i.jo-
* 入口／**入口(いりぐち)**／i.ri.gu.chi
* 櫃台／**受付(うけつけ)**／u.ke.tsu.ke
* 樓下／**階下(かいか)**／ka.i.ka
* 出口／**出口(でぐち)**／de.gu.chi

ユニット 05 邀請親臨攤位

Track 144

一定能清楚聽懂！

01 方先生，你們有參加商展嗎？

方(ファン)さん、あなたはトレードショーに参加(さんか)しますか？

fa.n.sa.n/a.na.ta/wa/to.re-.do.sho-/ni/sa.n.ka.shi.ma.su.ka

02 展覽是幾點**開始**呢？ 換1

展覧会(てんらんかい)はいつ **から** ですか？

te.n.ra.n.ka.i/wa/i.tsu.ka.ra/de.su.ka

03 我應該星期三上午會過去。

私(わたし)はたぶん水曜日(すいようび)の午前中(ごぜんちゅう)に行(い)きます。

wa.ta.shi/wa/ta.bu.n.su.i.yo-.bi.no.go.ze.n.chu-/ni/i.ki.ma.su

04 我找不到你們的攤位。

あなたのブースを見(み)つけません。

a.na.ta.no.bu-.su/o/mi.tsu.ke.ma.se.n

05 你們的**攤位號碼**是什麼？ 換2

あなたの **ブース番号(ばんごう)** は何(なん)ですか？

a.na.ta.no.bu-.su.ba.n.go-/wa/na.n/de.su.ka

可替換字 1

* 結束／**まで**／ma.de

可替換字 2

* 公司名稱／**会社名(かいしゃめい)**／ka.i.sha.me.i
* 出場順序／**出場順(しゅつじょうじゅん)**／shu.tsu.jo-.ju.n
* 總機號碼／**交換局(こうかんきょく)の番号(ばんごう)**／ko-.ka.n.kyo.ku.no.ba.n.go-
* 安全措施／**安全措置(あんぜんそち)**／a.n.ze.n.so.chi
* 版本／**バージョン**／ba-.jo.n
* 系統／**システム**／shi.su.te.mu
* 產品成分／**製品成分(せいひんせいぶん)**／se.i.hi.n.se.i.bu.n
* 員工菜單／**従業員用(じゅうぎょういんよう)のメニュー**／ju-.gyo-.i.n.yo-.no.me.nyu-
* 選人標準／**人材(じんざい)の選定基準(せんていきじゅん)**／ji.n.za.i.no.se.n.te.i.ki.ju.n

06 你們的攤位佈置得很**顯眼**。　換1

あなたのブースはとても **目立(めだ)ちます。**

a.na.ta.no.bu-.su/wa/to.te.mo.me.da.chi.ma.su

07 現在有舉辦什麼特殊活動嗎？

今特殊(いまとくしゅ)なイベントを開催(かいさい)していますか？

i.ma.to.ku.shu.na.i.be.n.to/o/ka.i.sa.i.shi.te.i.ma.su.ka

08 我昨天已經去過了，怎麼沒看到你們？

私(わたし)は昨日(きのう)もう行(い)きましたが、どうしてあなたたちを見(み)ていませんでしたか？

wa.ta.shi/wa/ki.no-.mo-.i.ki.ma.shi.ta.ga/do-.shi.te.a.na.ta.ta.chi/o/mi.te.i.ma.se.n.de.shi.ta.ka

09 我在出差，沒辦法去。

私(わたし)は出張中(しゅっちょうちゅう)で、いけません。

wa.ta.shi/wa/shu.ccho-.chu-.de/i.ke.ma.se.n

10 我有時間的話會去看看。

時間(じかん)があれば、見(み)に行(い)きます。

ji.ka.n/ga/a.re.ba/mi.ni.i.ki.ma.su

可替換字 1

* 有特色／**特色(とくしょく)があります**／to.ku.sho.ku/ga/a.ri.ma.su
* 有趣／**面白(おもしろ)いです**／o.mo.shi.ro.i/de.su
* 低俗／**下品(げひん)です**／ke.hi.n/de.su
* 可愛／**可愛(かわい)いです**／ka.wa.i-/de.su
* 漂亮／**素敵(すてき)です**／su.te.ki/de.su
* 新潮／**お洒落(しゃれ)です**／o.sha.re/de.su
* 老派／**古臭(ふるくさ)いです**／fu.ru.ku.sa.i/de.su
* 微妙／**微妙(びみょう)です**／bi.myo-/de.su
* 隨興／**カジュアルです**／ka.ju.a.ru/de.su
* 舒服／**快適(かいてき)です**／ka.i.te.ki/de.su

一定能輕鬆開口說！

Track 145

01 我們在下禮拜的展覽中有設攤位。

来週の展覧会で我々はブースを設置します。（らいしゅう／てんらんかい／われわれ／せっち）

ra.i.shu-.no.te.n.ra.n.ka.i.de.wa.re.wa.re/wa/bu-.su/o/se.cchi.shi.ma.su

02 位置在**入口右側**。 換1

ロケーションは ***入り口の右***（い／ぐち／みぎ） にあります。

ro.ke-.sho/wa/i.ri.gu.chi.no.mi.gi/ni/a.ri.ma.su

03 我們將會在那裡展出一些新產品。

我々はそこに新製品を展示します。（われわれ／しんせいひん／てんじ）

wa.re.wa.re/wa/so.ko.ni/shi.n.se.i.hi.n/o/te.n.ji.shi.ma.su

04 城田先生要不要來看看呢？

城田さんは見に来ませんか？（しろだ／み／き）

shi.ro.da.sa.n/wa/mi.ni.ki.ma.se.n.ka

05 我有商展的**優待票**。 換2

私はトレードショーの *割引券* を持っています。（わたし／わりびきけん／も）

wa.ta.shi/wa/to.re-.do.sho-.no.wa.ri.bi.ki.ke.n/o/mo.tte.i.ma.su

可替換字 1

- 最左側／**最左側**（さいさがわ）／sa.i.sa.ga.wa
- 第二排／**二列目**（にれつめ）／ni.re.tsu.me
- 左側／**左側**（ひだりがわ）／hi.da.ri.ga.wa
- 右側／**右側**（みぎがわ）／mi.gi.ga.wa
- 出口附近／**出口の近く**（でぐち／ちか）／de.gu.chi.no.chi.ka.ku

可替換字 2

- 工作證／**スタッフ証**（しょう）／su.ta.ffu.sho-
- 老人票／**シニアチケット**／shi.ni.a.chi.ke.tto
- 兒童票／**子供チケット**（こども）／ko.do.mo.chi.ke.tto
- 學生票／**学生チケット**（がくせい）／ga.ku.se.i.chi.ke.tto
- 團體票／**団体チケット**（だんたい）／da.n.ta.i.chi.ke.tto
- 情侶票／**カップルチケット**／ka.ppu.ru.chi.ke.tto
- 身障者優惠票／**障害者チケット**（しょうがいしゃ）／sho-.ga.i.sha.chi.ke.tto

06 我帶您入場的話就不需要買票了。

私(わたし)があなたをつれて入場(にゅうじょう)すれば、チケットは要(い)りません。

wa.ta.shi/ga/a.na.ta/o/tsu.re.te/nyu-.jo-.su.re.ba/chi.ke.tto/wa/i.ri.ma.se.n

07 請務必來參加**體驗活動**。 換1

必(かなら)ず ***体験活動(たいけんかつどう)*** にご参加(さんか)してください。

ka.na.ra.zu.ta.i.ke.n.ka.tsu.do-/ni/go.sa.n.ka.shi.te.ku.da.sa.i

08 只要來參加就能得到新商品的試用品。

ご参加(さんか)だけで、新製品(しんせいひん)の試作品(しさくひん)をもらえます。

go.sa.n.ka.da.ke.de/shi.n.se.i.hi.n.no.shi.sa.ku.hi.n/o/mo.ra.e.ma.su

09 如果找不到攤位請打電話給我。

ブースを見(み)つけることができない場合(ばあい)に、私(わたし)に電話(でんわ)してください。

bu-.su/o/mi.tsu.ke.ru.ko.to/ga/de.ki.na.i.ba.a.i.ni/wa.ta.shi/ni/de.n.wa.shi.te.ku.da.sa.i

10 我會恭候您的大駕光臨。

謹(つつし)んでご光臨(こうりん)をお待(ま)ち申(もう)し上(あ)げます。

tsu.tsu.shi.n.de.go.ko-.ri.n/o/o.ma.chi.mo-.shi.a.ge.ma.su

可替換字 1

* 拍賣會／**オークション**／o-.ku.sho.n
* 餐會／**ディーナ**／di-.na
* 聽證會／**公聴会(こうちょうかい)**／ko-.cho-.ka.i
* 頒獎典禮／**表彰式(ひょうしょうしき)**／hyo-.sho-.shi.ki
* 開幕儀式／**開会式(かいかいしき)**／ka.i.ka.i.shi.ki
* 茶會／**ティーパーティー**／ti.-pa-.ti-
* 閉幕儀式／**閉会式(へいかいしき)**／he.i.ka.i.shi.ki
* 婚禮／**結婚式(けっこんしき)**／ke.kko.n.shi.ki
* 嘉年華會／**カーニバル**／ka-.ni.ba.ru
* 投票／**投票**／to-.hyo-

ユニット 06 拜訪買家

Track 146

一定能清楚聽懂！

01 我記得貴公司的商品蠻**有特色的**。

貴社(きしゃ)の商品(しょうひん)はかなり ユニークだ と覚(おぼ)えています。 換1

ki.sha.no.sho-.hi.n/wa/ka.na.ri.yu.ni-.ku.da.to.o.bo.e.te.i.ma.su

02 你能來做介紹是最好不過了。

あなたがプレゼンテーションを行(おこな)われるなら、最高(さいこう)です。

a.na.ta/ga/pu.re.ze.n.te-.sho.n/o/o.ko.na.wa.re.ru.na.ra/sa.i.ko-/de.su

03 請幫我們準備一些合適的樣品。

いくつかの適当(てきとう)なサンプルを用意(ようい)してください。

i.ku.tsu.ka.no.te.ki.to-.na.sa.n.pu.ru/o/yo-.i.shi.te.ku.da.sa.i

04 如果有新商品能帶來讓我看看嗎？

新製品(しんせいひん)があれば、持(も)ってきて見(み)せられますか？

shi.n.se.i.hi.n/ga/a.re.ba/mo.tte.ki.te.mi.se.ra.re.ma.su.ka

05 我們想多了解 H 系列的商品。

我々(われわれ)はHシリーズについてもっと知(し)りたいです。

wa.re.wa.re/wa/e.cchi.shi.ri-.zu.ni.tsu.i.te.mo.tto.shi.ri.ta.i/de.su

可替換字 1

* 貴的／**高(たか)い**／ta.ka.i
* 便宜的／**安(やす)い**／ya.su.i
* 爛的／**悪(わる)い**／wa.ru.i
* 粗糙的／**ラフだ**／ra.fu.da
* 精緻的／**精巧(せいこう)だ**／se.i.ko-.da
* 實用的／**実用(じつよう)だ**／ji.tsu.yo-.da
* 少見的／**珍(めずら)しい**／me.zu.ra.shi.i
* 重的／**重(おも)い**／o.mo.i
* 輕便的／**軽(かる)い**／ka.ru.i
* 時尚的／**お洒落(しゃれ)だ**／o.sha.re.da

06 請先寄一份報價單給我參考。

参考のために、お先に一部の見積書を送って下さい。

sa.n.ko-.no.ta.me.ni/o.sa.ki.ni.i.chi.bu.no.mi.tsu.mo.ri.sho/o/o.ku.tte.ku.da.sa.i

07 您可以到採購部去拜訪。

購買部を見に行くことができます。

ko-.ba.i.bu/o/mi.ni.i.ku.ko.to/ga/de.ki.ma.su

08 我們公司沒有預算購買新**設備**。 **換1**

当社は新たな ***設備*** の購入予算を持っていないです。

to-.sha/wa/a.ra.ta.na.se.tsu.bi.no.ko-.nyu-.yo.sa.n/o/mo.tte.i.na.i/de.su

09 我請公關部的人跟你聯絡。

広報部の人にあなたをご連絡させていただきます。

ko-.ho-.bu.no.hi.to.ni.a.na.ta/o/go.re.n.ra.ku.sa.se.te.i.ta.da.ki.ma.su

10 抱歉，我覺得貴公司產品不適合我們。

申し訳ありませんが、貴社の製品が私たちに合わないと思います。

mo-.shi.wa.ke.a.ri.ma.se.n.ga/ki.sha.no.se.i.hi.n/ga/wa.ta.shi.ta.chi/ni/a.wa.na.i.to.o.mo.i.ma.su

可替換字 1

* 電腦／**コンピューター**／ko.n.pyu-.ta-
* 軟體／**ソフトウェア**／su.fu.to.we.a
* 傳真機／**ファックス**／fa.kku.su
* 影印機／**コピー機**／ko.pi-.ki
* 碎紙機／**シュレッダー**／shu.re.dda
* 飲水機／**ウォーターサーバー**／wo-.ta-.sa-.ba-
* 電燈／**電気**／de.n.ki
* 電風扇／**扇風機**／se.n.pu-.ki
* 冷氣／**エアコン**／e.a.ko.n
* 印表機／**プリンター**／pu.ri.n.ta-

一定能輕鬆開口說！

Track 147

01 展覽期間在我們的攤位上見過面。

展示期間（てんじきかん）で我々（われわれ）のブースで合（あ）ったことがあります。

te.n.ji.ki.ka.n.de.wa.re.wa.re.no.bu-.su.de.a.tta.ko.to/ga/a.ri.ma.su

02 我記得您說對我們的產品頗有興趣。

我々（われわれ）の製品（せいひん）に興味（きょうみ）を持（も）っているとのことを覚えています。

wa.re.wa.re.no.se.i.hi.n.ni.kyo-.mi/o/mo.tte.i.ru.to.no.ko.to/o/o.bo.e.te.i.ma.su

03 我想向您多做一些介紹。

もっとご紹介（しょうかい）させていただきたいと思（おも）います。

mo.tto.go.sho-.ka.i.sa.se.te.i.ta.da.ki.ta.i.to.o.mo.i.ma.su

04 能不能到貴公司去拜訪呢？

貴社（きしゃ）に訪問（ほうもん）することはできますか？

ki.sha.ni.ho-.mo.n.su.ru.ko.to/wa/de.ki.ma.su.ka

05 我可以介紹一些適合貴公司的**產品**。

貴社（きしゃ）に合（あ）う **商品（しょうひん）** をご紹介（しょうかい）できます。換1

ki.sha.ni.a.u.sho-.hi.n/o/go.sho-.ka.i.de.ki.ma.su

可替換字 1

* 服務內容／**サービス內容（ないよう）**／sa-.bi.su.na.i.yo-
* 特惠組合／**スペシャルセット**／su.be.sha.ru.se.tto
* 地點／**場所（ばしょ）**／ba.sho
* 人選／**人（ひと）**／hi.to
* 保險／**保険（ほけん）**／ho-.ke.n
* 辦公用品／**オフィスサプライ**／o.fi.su.sa.pu.ra.i
* 套書／**書籍（しょせき）セット**／sho.se.ki.se.tto
* 方案／**プログラム**／pu.ro.gu.ra.mu
* 企業／**企業（きぎょう）**／ki.gyo-
* 配方／**処方（しょほう）**／sho.ho-

06 您在展覽期間有填資料，訂購有優惠。

あなたは展覧期間に資料を登録したので、注文する場合は割引があります。

a.na.ta/wa/te.n.ra.n.ki.ka.n.ni.shi.ryo-/o/to-.ro.ku.shi.ta.no.de/chu-.mo.n.su.ru.ba.a.i/wa/wa.ri.bi.ki/ga/a.ri.ma.su

07 我們都會**打電話**給留下資料的買家。 換1

我々は資料を登録したバイヤーに *電話いたします。*

wa.re.wa.re/wa/shi.ryo-/o/to-.ro.ku.shi.ta.ba.i.ya-/ni/de.n.wa.i.ta.shi.ma.su

08 我想給您一些我們產品的**資料**。 換2

我々の製品の *情報* をいくつあげたいと思います。

wa.re.wa.re.no.se.i.hi.n.no.jo-.ho-/o/i.ku.tsu.a.ge.ta.i.to.o.mo.i.ma.su

09 我想聽聽您對產品的意見。

製品についてのご意見を聞きたいです。

se.i.hi.n.ni.tsu.i.te.no.go.i.ke.n/o/ki.ki.ta.i/de.su

10 您還會再過來看商展嗎？

あなたはまたトレードショーを見にきますか？

a.na.ta/wa/ma.ta.to.re-.do.sho-/o/mi.ni.ki.ma.su.ka

可替換字 1

* 寄信／**手紙を出します**／te.ga.mi/o/da.shi.ma.su
* 寄型錄／**カタログを出します**／ka.ta.ro.gu/o/da.shi.ma.su
* 寄 Email／**メールいたします**／me-.ru.i.ta.shi.ma.su
* 傳真／**ファックスを送信します**／fa.kku.su/o/so-.shi.n.shi.ma.su

可替換字 2

* 請用訂購單／**発注書**／ha.chu-.sho
* 試用品／**試供品**／shi.kyo-.hi.n
* 秘笈／**秘訣**／hi.ke.tsu
* 使用説明／**使用説明**／shi.yo-.se.tsu.me.i
* 提示／**ヒント**／hi.n.to
* 禮券／**クーポン**／ku-.po.n

Track 148

學會自然地對話互動……

參加者：您好，我們想詢問關於今年國際通訊貿易展的事。
参加者：もしもし、我々は今年の国際通信トレードショーについてお聞きしたいですが。

會場：謝謝您的來電詢問。因為本次會場較小，我們只接受一百家公司報名。
会場：お電話ありがとうございます。今度は小さい会場のため、百社だけの申し込みを受け入れます。

參加者：這樣啊！你們何時開始接受報名呢？
参加者：そうですか。申し込みはいつからですか？

會場：下個禮拜開始。
会場：来週からです。

參加者：了解。那麼，攤位申請何時截止呢？
参加者：分かりました。では、ブースの申し込みはいつまでですか？

會場：10月5號截止。
会場：10月5日までです。

參加者：請問報名表要到哪裡索取呢？
参加者：申込書はどこで入手できますか？

會場：您只要上網填寫貴公司的資料就可以了。
会場：ホームページで貴社の資料を記入したらいいです。

參加者：這樣啊。我們還想參加你們舉辦的其他活動。
参加者：そうですか。開催される他の活動にも参加したいと思いますが。

會場：謝謝您。我們會將最新訊息寄到您的 Email。
会場：ありがとうございます。最新の情報をメールで送信いたします。

參加者：那就麻煩您了。
参加者：それでは、お願いします。

パート 15

國外考察篇

* 01 預約機位／飯店
* 02 拜訪客戶
* 03 交換市場心得

パート 15 音檔雲端連結

因各家手機系統不同，若無法直接掃描，
仍可以至以下電腦雲端連結下載收聽。
（http://tinyurl.com/mu69wspm）

ユニット01 預約機位／飯店

Track 149

一定能清楚聽懂！

01 **中華航空**您好，有什麼可以效勞的嗎？ 換1

こんにちは。チャイナエアライン でございます。御用(ごよう)を承(うけたまわ)ります。

ko.n.ni.chi.wa/cha.i.na.e.a.ra.i.n.de.go.za.i.ma.su/go.yo-/o/u.ke.ta.ma.wa.ri.ma.su

02 時間是哪一天呢？

何日(なんにち)にしますか？

na.n.ni.chi.ni.shi.ma.su.ka

03 目前當天的機位都滿了。

今(いま)はその日(ひ)の座席(ざせき)がいっぱいです。

i.ma/wa/so.no.hi.no.za.se.ki/ga/i.ppa.i/de.su

04 請記得提早到**機場**辦理登記。 換2

どうぞ早(はや)めに 空港(くうこう) で登録(とうろく)手続(てつづ)きをしてください。

do-.zo.ha.ya.me.ni.ku-.ko-/de/to-.ro.ku.te.tsu.zu.ki/o/shi.te.ku.da.sa.i

05 您要**商務艙**機票嗎？ 換3

ビジネスクラス にしますか？

bi.ji.ne.su.ku.ra.su/ni/shi.ma.su.ka

可替換字 1

* 全日空／**全日本空輸(ぜんにっぽんくうゆ)**／ze.n.ni.ppo.n.ku-.yu
* 長榮航空／**エバー航空(こうくう)**／e.ba-.ko-.ku-
* 聯合航空／**ユナイテッド航空(こうくう)**／yu.na.i.te.ddo.ko-.ku-
* 國泰航空／**キャセイパシフィック航空(こうくう)**／kya.se.i.pa.shi.fi.kku.ko-.ku-
* 達美航空／**デルタ航空(こうくう)**／de.ru.ta.ko-.ku-
* 捷星航空／**ジェットスターアジア航空(こうくう)**／je.tto.su.ta-.a.ji.a.ko-.ku-.
* 華信航空／**マンダリン航空(こうくう)**／ma.n.da.ri.n.ko-.ku-

可替換字 2

* 網路系統／**ネットワークシステム**／ne.tto.wu-.kku.shi.su.te.mu

可替換字 3

* 經濟艙／**エコノミークラス**／e.ko.no.mi-.ku.ra.su
* 頭等艙／**ファーストクラス**／fa-.su.to.ku.ra.su

06 請問您貴姓大名？

お名前（なまえ）をいただけませんでしょうか？

o.na.ma.e/o/i.ta.da.ke.ma.se.n/de.sho-.ka

07 需要派人到機場接您嗎？

空港（くうこう）へ出迎（でむか）える必要（ひつよう）はありますか？

ku-.ko-/e/de.mu.ka.e.ru.hi.tsu.yo-/wa/a.ri.ma.su.ka

08 很抱歉，我們空房只剩**單人房**。

換1 **シングルルーム** しか残（のこ）していませんので、申（もう）し訳（わけ）ございません。

shi.n.gu.ru.ru-.mu.shi.ka.no.ko.shi.te.i.ma.se.n.no.de/mo-.shi.wa.ke.go.za.i.ma.se.n

09 團體訂房的話**打九折**。

グループの予約（よやく）の場合（ばあい）は **10パーセント割引（わりび）きします。** 換2

gu.ru-.pu.no.yo.ya.ku.no.ba.a.i/wa/ju-.pa-.se.n.to.wa.ri.bi.ki.shi.ma.su

10 我已經幫您登記了。

もう、予約（よやく）しました。

mo-.yo.ya.ku.shi.ma.shi.ta

可替換字 1

* 雙人房（一張大床）／**ダブル**／da.bu.ru
* 三人房／**トリプル**／to.ri.pu.ru
* 雙人房（兩張小床）／**ツインルーム**／tsu.i.n.ru-.mu
* 總統套房／**大統領（だいとうりょう）スイート**／da.i.to-.ryo-.su.i.to

可替換字 2

* 附贈早餐／**朝食付（ちょうしょくつ）きです**／cho-.sho.ku.tsu.ki.de.su
* 可以用會議室／**会議室（かいぎしつ）が使（つか）えます**／ka.i.gi.shi.tsu/ga/tsu.ka.e.ma.su
* 可以用健身房／**ジムが使（つか）えます**／ji.mu/ga/tsu.ka.e.ma.su
* 安排在同一層樓／**同（おな）じフロアにします**／o.na.ji.fu.ro.a/ni/shi.ma.su
* 有導覽活動／**ガイドツアーはあります**／ga.i.do.tsu.a-/wa/a.ri.ma.su
* 有團康活動／**レクリエーション活動（かつどう）はあります**／re.ku.ri.e-.sho.n.ka.tsu.do-/wa/a.ri.ma.su

一定能輕鬆開口說！

Track 150

01 我想預訂一張去**關西機場**的機票。

関西空港へのチケットを予約したいですが。

換1 ka.n.sa.i.ku-.ko-/e/no.chi.ke.tto/o/yo.ya.ku.shi.ta.i/de.su.ga

02 你的機位確定沒問題，班機號碼為 0662。

お客様のお席はもうチェックしました。フライト番号は0662です。

o.kya.ku.sa.ma.no.o.se.ki/wa/mo-.che.kku.shi.ma.shi.ta/fu.ra.i.to.ba.n.go-/wa/ze.ro.ro.ku.ro.ku.ni/de.su

03 我想要**靠走道**的位置。

通路側の席が欲しいです。

換2 tsu-.ro.ga.wa.no.se.ki/ga/ho.shi.i/de.su

04 我要預約 10 月 28 日晚上的一間單人房。

10月 28 日のシングルルームを予約したいです。

ju-.ga.tsu.ni.ju-.ha.chi.ni.chi.no.shi.n.gu.ru.ru-.mu/o/yo.ya.ku.shi.ta.i/de.su

05 我要住兩晚。

二泊の予定です。

ni.ha.ku.no.yo.te.i/de.su

可替換字 1

* 成田機場／**成田空港**／na.ri.da.ku-.ko-
* 中部機場／**中部空港**／chu-.bu.ku-.ko-
* 羽田機場／**羽田空港**／ha.ne.da.ku-.ko-
* 函館機場／**函館空港**／ha.ko.da.te.ku-.ko-
* 仙台機場／**仙台空港**／se.n.da.i.ku-.ko-
* 新瀉機場／**新潟空港**／ni.i.ga.ta.ku-.ko-
* 伊丹機場／**伊丹空港**／i.ta.mi.ku-.ko-
* 那霸機場／**那覇空港**／na.ha.ku-.ko-

可替換字 2

* 靠窗／**窓側**／ma.do.ga.wa
* 正中央／**真ん中**／ma.n.na.ka

06 從**機場**到飯店怎麼走？

空港からホテルへどう行きますか？

ku-.ko-.ka.ra.ho.te.ru.e.do-.i.ki.ma.su.ka

07 預約訂房需要付訂金嗎？

予約金は必要ですか？

yo.ya.ku.ki.n/wa/hi.tsu.yo-/de.su.ka

08 可以幫我們把六間房安排在同一樓層嗎？

6つの部屋を同じフロアに手配することはできますか？

mu.ttsu.no.he.ya/o/o.na.ji.fu.ro.a/ni/te.ha.i.su.ru.ko.to/wa/de.ki.ma.su.ka

09 七天內不付訂金的話，房間會被取消嗎？

換1

七日以内に予約金を支払わなければ、ルームはキャンセルされますか？

na.no.ka.i.na.i/ni/yo.ya.ku.ki.n/o/shi.ha.ra.wa.na.ke.re.ba/ru-.mu/wa/kya.n.se.ru.sa.re.ma.su.ka

10 你們飯店離**會議大樓**近嗎？

ホテルから**会議ビル**まで近いですか？

ho.te.ru.ka.ra.ka.i.gi.bi.ru.ma.de/chi.ka.i/de.su.ka

可替換字 1

- 車站／**駅**／e.ki
- 公車站牌／**バス停**／ba.su.te.i
- 市區／**市内**／shi.na.i
- 港口／**埠頭**／fu.to-
- 風景區／**風景区**／fu-.ke.i.ku
- 藥局／**薬局**／ya.kkyo.ku
- 咖啡館／**カフェ**／ka.fe
- 銀行／**銀行**／gi.n.ko-
- 郵局／**郵便局**／yu-.bi.n.kyo.ku
- 便利商店／**コンビニ**／ko.n.bi.ni

ユニット 02 拜訪客戶

Track 151

一定能清楚聽懂！

01 我們會派人去機場接您。

空港へ出迎えします。

ku-.ko-/e/de.mu.ka.e.shi.ma.su

02 公事到時再説吧！

ビジネスはその時に話しましょう。

bi.ji.ne.su/wa/so.no.to.ki/ni/ha.na.shi.ma.sho-

03 我們公司**離機場很近**。

換1

当社は **空港までかなり近いです。**

to-.sha/wa/ku-.ko-.ma.de.ka.na.ri.chi.ka.i/de.su

04 您有順利找到敝公司嗎？

当社を順調に探しましたか？

to-.sha/o/ju.n.cho-.ni.sa.ga.shi.ma.shi.ta.ka

05 歡迎光臨敝公司。

ようこそいらっしゃいました。

yo-.ko.so.i.ra.ssha.i.ma.shi.ta

可替換字 1

* 很好找／**探しやすいです**／sa.ga.shi.ya.su.i/desu
* 很大／**大きいです**／o-.ki.i/de.su
* 很小／**小さいです**／chi.i.sa.i/de.su
* 很氣派／**立派です**／ri.ppa/de.su
* 很樸素／**地味です**／ji.mi/de.su
* 很熱鬧／**賑やかです**／ni.gi.ya.ka/de.su
* 很安靜／**静かです**／shi.zu.ka/de.su
* 很顯眼／**目立ちます**／me.da.chi.ma.su
* 很新／**新しいです**／a.ta.ra.shi.i/de.su
* 很舊／**古いです**／fu.ru.i/de.su

06 會議可以安排在您回國前兩天嗎？

かいぎ　きこく　ふつかまえ　よてい
会議は帰国の二日前に予定してもよろしいですか？
ka.i.gi/wa/ki.ko.ku.no.fu.tsu.ka.ma.e/ni/yo.te.i.shi.te.mo.yo.ro.shi.i/de.su.ka

07 我們會為您安排一些**參觀行程**。 **換1**

われわれ　けんがく　ようい
我々は 見学ツアー を用意します。

wa.re.wa.re/wa/ke.n.ga.ku.tsu.a-/o/yo-.i.shi.ma.su

08 你覺得我們公司怎麼樣呢？

とうしゃ　おも
当社にどう思いますか？
to-.sha/ni/do-.o.mo.i.ma.su.ka

09 恭候多時了。

ま
お待ちしております。
o.ma.chi.shi.te.o.ri.ma.su

10 真高興能在這裡見到你。

あ
ここにお会いできてうれしいです。
ko.ko/ni/o.a.i.de.ki.te.u.re.shi-.i/de.su

可替換字 1

- 翻譯人員／**通訳**（つうやく）／tsu-.ya.ku
- 旅遊行程／**観光ツアー**（かんこう）／ka.n.ko-.tsu.a-
- 餘興節目／**キャバレー**／kya.ba.re-
- 茶／**お茶**（ちゃ）／o.cha
- 洋芋片／**ポテトチップス**／po.te.to.chi.ppu.su
- 啤酒／**ビール**／bi-.ru
- 泡麵／**インスタントラーメン**／i.n.su.ta.n.to.ra-.me.n
- 水果／**果物**（くだもの）／ku.da.mo.no
- 零食／**お菓子**（かし）／o.ka.shi
- 名產／**名産品**（めいさんひん）／me.i.sa.n.hi.n

一定能輕鬆開口說！

Track 152

01 我明天下午會到**福岡**。換1

明日の午後には 福岡 に到着します。

a.shi.ta.no.go.go.ni/wa/fu.ku.o.ka/ni/to-.cha.ku.shi.ma.su

02 12 月 3 日方便到貴公司拜訪嗎？

12月3日に貴社に訪問してもよろしいですか？

ju-.ni.ga.tsu.mi.kka.ni.ki.sha/ni/ho-.mo.n.shi.te.mo.yo.ro.shi.i/de.su.ka

03 請問機場到貴公司怎麼走呢？

空港から貴社までどう行きますか？

ku-.ko-.ka.ra.ki.sha.ma.de.do-.i.ki.ma.su.ka

04 能不能派人來接我呢？

私を出迎えにきていただけますか？

wa.ta.shi/o/de.mu.ka.e/ni/ki.te.i.ta.da.ke.ma.su.ka

05 我上個月拜訪過貴公司，我知道路。

私は先月貴社を訪問したことがあるから、その道を知っています。

wa.ta.shi.wa.se.n.ge.tsu.ki.sha/o/ho-.mo.n.shi.ta.ko.to.ga.a.ru.ka.ra/
so.no.mi.chi/o/shi.tte.i.ma.su

可替換字 1

* 貴公司／**貴社**／ki.sha
* 日本／**日本**／ni.ho.n
* 東京／**東京**／to-.kyo-
* 北海道／**北海道**／ho.kka.i.do-
* 廣島／**広島**／hi.ro.shi.ma
* 秋田／**秋田**／a.ki.ta
* 鹿兒島／**鹿児島**／ka.go.shi.ma
* 京都／**京都**／kyo-.to
* 青森／**青森**／a.o.mo.ri
* 和歌山／**和歌山**／wa.ka.ya.ma

06 當天請準備一些樣品給我。

その日(ひ)はいくつかのサンプルを用意(ようい)してください。

so.no.hi/wa/i.ku.tsu.ka.no.sa.n.pu.ru/o/yo-.i.shi.te.ku.da.sa.i

07 我們直接在**工廠**碰面嗎？ 換1

我々(われわれ)は直接(ちょくせつ)に**工場**(こうじょう)でお会(あ)いしましょうか？

wa.re.wa.re/wa/cho.ku.se.tsu.ni.ko-.jo-/de/o.a.i.shi.ma.sho-.ka

08 台灣工事的楊先生也會跟我一同前往。

台湾工事(たいわんこうじ)の楊(ヤン)さんも一緒(いっしょ)に行(い)きます。

ta.i.wa.n.ko-.ji.no.ya.n.sa.n.mo.i.ssho.ni.i.ki.ma.su

09 我帶了名產來給各位。

お土産(みやげ)を持(も)ってきます。

o.mi.ya.ge/o/mo.tte.ki.ma.su

10 期待盡快再見到您。

なるべく早(はや)く再会(さいかい)することを願(ねが)っております。

na.ru.be.ku.ha.ya.ku.sa.i.ka.i.su.ru.ko.to/o/ne.ga.tte.o.ri.ma.su

可替換字 1

- * 機場／**空港**(くうこう)／ku-.ko-
- * 工地／**工事現場**(こうじげんば)／ko-.ji.ge.n.ba
- * 公司／**会社**(かいしゃ)／ka.i.sha
- * 宿舍／**寮**(りょう)／ryo-
- * 餐廳／**レストラン**／re.su.to.ra.n
- * 車站／**駅**(えき)／e.ki
- * 遊樂園／**遊園地**(ゆうえんち)／yu-.e.n.chi
- * 電影院／**映画館**(えいがかん)／e.i.ga.ka.n
- * 公園／**公園**(こうえん)／ko-.e.n
- * 百貨公司／**デパート**／de.pa-.to

ユニット03 交換市場心得

Track 153

一定能清楚聽懂！

01 你們過去幾個月代理我們的產品銷路如何？

この数月間で、当社の製品を代理して、その売れ行きはいかがですか？

ko.no.su-.ge.tsu.ka.n.de/to-.sha.no.se.i.hi.n/o/da.i.ri.shi.te/so.no.u.re.yu.ki/wa/i.ka.ga.de.su.ka

02 我覺得和貴公司的合作很愉快。

貴社との協力は非常に満足しています。

ki.sha.to.no.kyo-.ryo.ku.wa.hi.jo-.ni.ma.n.zo.ku.shi.te.i.ma.su

03 現在全球的景氣都不好。

現在、世界の景気はあまり良くないです。

ge.n.za.i/se.ka.i.no.ke.i.ki/wa/a.ma.ri.yo.ku.na.i.de.su

04 第一季的新產品運作狀況如何？

新製品の最初の四半期の営業状況はどうですか？

shi.n.se.i.hi.n.no.sa.i.sho/no/shi.ha.n.ki/no/e.i.gyo-.jo-.kyo-/wa/do-.de.su.ka

05 這裡是一些新**提案**。 換1

こちらはいくつの新しい*提案*でございます。

ko.chi.ra.wa.i.ku.tsu.no.a.ta.ra.shi.i.te.i.a.n/de.go.za.i.ma.su

可替換字 1

* 商品／**商品**／sho-.hi.n
* 衣服／**服**／fu.ku
* 褲子／**ズボン**／zu.bo.n
* 鞋子／**靴**／ku.tsu
* 外套／**コート**／ko-.to
* 襪子／**靴下**／ku.tsu.shi.ta
* 領帶／**ネクタイ**／ne.ku.ta.i
* 帽子／**キャップ**／kya.ppu
* 襯衫／**シャツ**／sha.tsu
* 皮帶／**ベルト**／be.ru.to

06 我會把您的意見回報給我老闆。

ご意見を上司に報告します。

go.i.ke.n/o/jo-.shi.ni.ho-.ko.ku.shi.ma.su

07 您今年打算投入多少**廣告預算**呢？ 換1

今年は、どのくらいの広告予算を投入したいですか？

ko.to.shi.wa/do.no.ku.ra.i.no.ko-.ko.ku.yo.sa.n/o/to-.nyu-.shi.ta.i.de.su.ka

08 我想給貴公司一些建議。

貴社にいくつかの提案をしたいですが。

ki.sha.ni.i.ku.tsu.ka.no.te.i.a.n/o/shi.ta.i.de.su.ga

09 我的**主管**葉先生下個月也會來拜訪。

上司の葉さんは来月もお伺いします。 換2

jo-.shi.no.ye.sa.n/wa/ra.i.ge.tsu.mo.o.u.ka.ga.i.shi.ma.su

10 貴公司在金融危機中還好嗎？

金融危機に遭って、貴社は大丈夫ですか？

ki.n.yu-.ki.ki.ni.a.tte/ki.sha/wa/da.i.jo-.bu.de.su.ka

可替換字 1

* 人力／**人的資源**／ji.n.te.ki.shi.ge.n
* 心力／**努力**／do.ryo.ku
* 研究預算／**研究予算**／ke.n.kyu-.yo.sa.n
* 原料／**原料**／ge.n.ryo-
* 資金／**資金**／shi.ki.n
* 保險預算／**保険予算**／ho.ke.n.yo.sa.n
* 行銷預算／**マーケティング予算**／ma-.ke.ti.n.gu.yo.sa.n

可替換字 2

* 同事／**同僚**／do-.ryo-
* 朋友／**友達**／to.mo.da.chi
* 下屬／**部下**／bu.ka

一定能輕鬆開口說！

Track 154

01 今年銷售量提升了 12 個百分點。

今年の売上げは12%増えました。

ko.to.shi.no.u.ri.a.ge/wa/ju-.ni.pa-.se.n.to.fu.e.ma.shi.ta

02 我們有計劃要去開拓美東市場。

我々はアメリカ東部の市場を開拓に行く予定があります。

wa.re.wa.re.wa.a.me.ri.ka.to-.bu.no.shi.jo-/o/ka.i.ta.ku.ni.i.ku.yo.te.i/ga/a.ri.ma.su

03 由於**價格不穩定**，多數買主已退出市場。

価格の不安定の **ため、大部分のバイヤーは市場から取り下げました。** 換1

ka.ka.ku.no.fu.a.n.te.i.no.ta.me/da.i.bu.bu.n.no.ba.i.ya-/wa/shi.jo-.ka.ra.to.ri.sa.ge.ma.shi.ta

04 我們已經準備明年添購貴公司的新設備。

来年、我々は貴社の新しい機器を購入する準備が整いました。

ra.i.ne.n/wa.re.wa.re/wa/ki.sha.no.a.ta.ra.shi.i.ki.ki/o/ko-.nyu-.su.ru.ju.n.bi/ga/to.to.no.i.ma.shi.ta

05 這個問題等您回國後我們再討論吧！

この問題は君が帰国後に討論しましょう。

ko.no.mo.n.da.i/wa/ki.mi.ga.ki.ko.ku.go.ni.to-.ro.n.shi.ma.sho-

可替換字 1

* 成本太高／**コストが高すぎる**／ko.su.to/ga/ta.ka.su.gi.ru
* 品質不佳／**品質が悪い**／hi.n.shi.tsu/ga/wa.ru.i
* 通貨膨脹／**インフレの**／i.n.fu.re.no
* 資金短缺／**資金不足の**／shi.ki.n.bu.so.ku.no
* 沒有興趣／**興味がない**／kyo-.mi/ga/na.i
* 沒有賺頭／**お金を稼がない**／o.ka.ne/o/ka.se.ga.na.i
* 經濟不景氣／**経済低迷の**／ke.i.za.i.te.i.me.i.no
* 周轉不靈／**キャッシュフロー問題の**／kya.sshu.fu.ro-.mo.n.da.i.no
* 競爭太激烈／**競争が激し過ぎる**／kyo-.so-/ga/ha.ge.shi.su.gi.ru
* 原料上漲／**原料価格が上昇した**／ge.n.ryo-.ka.ka.ku/ga/jyo-.sho-.shi.ta

06 我國市場開始有復甦的跡象。

わが国の市場は回復の兆しを見せ始めました。

wa.ga.ku.ni.no.shi.jo-/wa/ka.i.fu.ku.no.ki.za.shi/o/mi.se.ha.ji.me.ma.shi.ta

07 貴公司一直是我們努力經營的客戶。

貴社はいつも我々の重要な顧客となっています。

ki.sha/wa/i.tsu.mo.wa.re.wa.re.no.ju-.yo-.na.ko.kya.ku/to/na.tte.i.ma.su

08 我們設立了一個新的**子公司**。換1

我々は新しい支社を設立しました。

wa.re.wa.re/wa/a.ta.ra.shi.i.shi.sha/o/se.tsu.ri.tsu.shi.ma.shi.ta

09 這些提案我們必須再評估一下。

これらの提案を再評価しようと思います。

ko.re.ra.no.te.i.a.n/o/sa.i.hyo-.ka.shi.yo-.to.o.mo.i.ma.su

10 我們希望保持**長久的**合作關係。換2

我々はパートナーシップを長く保持し続けたいと思います。

wa.re.wa.re/wa/pa-to.na-.shi.ppu/o/na.ga.ku.ho.ji.shi.tsu.zu.ke.ta.i/to/o.mo.i.ma.su

可替換字 1

- ＊ 部門／**部門**／bu.mo.n
- ＊ 組／**グループ**／gu.ru-.pu
- ＊ 宿舍／**寮**／ryo-
- ＊ 單位／**ユニット**／yu.ni.tto
- ＊ 班級／**クラス**／ku.ra.su

可替換字 2

- ＊ 良好的／**良く**／yo.ku
- ＊ 完美的／**完璧に**／ka.n.pe.ki.ni
- ＊ 和平的／**平和に**／he.i.wa.ni
- ＊ 順利的／**順調に**／jun.cho-.ni
- ＊ 互利的／**互助に**／go.jo.ni

Track 155

學會自然地對話互動……

服務人員：中華航空您好，有什麼可以效勞的嗎？
乗務員：こんにちは。チャイナエアラインでございます。御用を承ります。

客人：我想預定一張去關西機場的機票。
お客：関西空港への航空券を予約したいですが。

櫃台：時間是哪一天呢？
乗務員：何日にしますか？

客人：八月三號。
お客：8月3日です。

櫃台：您要商務艙的機票嗎？
乗務員：ビジネスクラスですか？

客人：不，我要經濟艙。
お客：いいえ、エコノミーにします。

櫃台：好的，請問是一個人嗎？
乗務員：はい。お一人様ですか？

客人：是的，麻煩您。還有，我想要靠走道的位置。
お客：そうです。お願いします。また、通路側の席が欲しいですが。

櫃台：好的。我幫您安排在走道的位置。
乗務員：かしこまりました。通路側の席を予約します。

客人：謝謝。
お客：ありがとう。

櫃台：您的機位已經確定沒問題了。班機號碼為 0662。當天請記得提早到機場辦理登記。

乗務員：お客様のお席はもうチェックしました。フライト番号は0662です。当日早めに空港へ行って、搭乗の手続きをしてください。

語研力 J010

商用日語：辦公室實境會話即戰力！
從新人入職到各式商務互動，輕鬆縱橫日商職場

作　　者　上杉哲
顧　　問　曾文旭
出版總監　陳逸祺、耿文國
主　　編　陳蕙芳
執行編輯　翁芯琍
美術編輯　李依靜
法律顧問　北辰著作權事務所

印　　製　世和印製企業有限公司
初　　版　2024 年 02 月
出　　版　凱信企業集團 - 凱信企業管理顧問有限公司
電　　話　（02）2773-6566
傳　　真　（02）2778-1033
地　　址　106 台北市大安區忠孝東路四段 218 之 4 號 12 樓
信　　箱　kaihsinbooks@gmail.com

定　　價　新台幣 349 元 / 港幣 116 元
產品內容　1 書

總 經 銷　采舍國際有限公司
地　　址　235 新北市中和區中山路二段 366 巷 10 號 3 樓
電　　話　（02）8245-8786
傳　　真　（02）8245-8718

國家圖書館出版品預行編目資料

商用日語：辦公室實境會話即戰力！從新人入職到各式商務互動，輕鬆縱橫日商職場／上杉哲著. -- 初版. -- 臺北市：凱信企業集團凱信企業管理顧問有限公司, 2024.02

面；　公分

ISBN 978-626-7354-24-7(平裝)

1.CST: 日語 2.CST: 商業 3.CST: 會話

803.188　　　　112020299